古代中国研究丛书／曹胜高 主编

楚辞文化研究

— 张崇琛 — 著 —

中国社会科学出版社

图书在版编目（CIP）数据

楚辞文化研究/张崇琛著.—北京：中国社会科学出版社，2020.1

ISBN 978-7-5203-5499-8

Ⅰ.①楚… Ⅱ.①张… Ⅲ.①楚辞研究 Ⅳ.①I207.223

中国版本图书馆 CIP 数据核字（2019）第 245441 号

出 版 人	赵剑英
责任编辑	张　林
特约编辑	周维富
责任校对	闫　萃
责任印制	戴　宽

出　　版	中国社会科学出版社
社　　址	北京鼓楼西大街甲 158 号
邮　　编	100720
网　　址	http://www.csspw.cn
发 行 部	010-84083685
门 市 部	010-84029450
经　　销	新华书店及其他书店
印　　刷	北京明恒达印务有限公司
装　　订	廊坊市广阳区广增装订厂
版　　次	2020 年 1 月第 1 版
印　　次	2020 年 1 月第 1 次印刷
开　　本	710×1000　1/16
印　　张	21.25
字　　数	328 千字
定　　价	118.00 元

凡购买中国社会科学出版社图书，如有质量问题请与本社营销中心联系调换
电话：010-84083683
版权所有　侵权必究

半亩方塘一鉴开 天光云影
共徘徊 问渠那得清如许
为有源头活水来 晦翁晚书有感

崇琛喜诵晦翁此诗因书之 七九老亮夫

姜亮夫先生为作者题辞

1986年作者与姜亮夫先生在杭州

《古代中国研究丛书》总序

曹胜高

求木之长者，必固其根本；欲流之远者，必浚其泉源。中华文明经历了五千年的发展，不仅积累了丰富的国家治理经验，成为我们的历史传承；而且形成了许多优秀的文化传统，成为我们的标识。这些经验和传统，已经成为当代中国建设的历史基础和文化积淀，而且必然会成为未来中国发展的思想资源和学理支撑。

研究古代中国，一是要以历史视角观察中华文明的演进过程，更为理性地思考古代中国在国家建构、行政调适、社会整合、文化建制方面的历史经验，清晰地揭示中华文明何以如此，将之作为世界文明史的基本结论。有了准确的自我认知，便能以学术自觉推动文化自觉，广泛地参与未来全球文明的共建。二是要从学理角度辨析古代中国演进的规律性特征，概括出中华文明一以贯之的历史渊源、发展脉络、基本走向，总结出对中华文化的独特创造、价值理念、鲜明特色，作为世界秩序建设的理论支撑。有了清醒的文明定位，便能以学术自信支撑文化自信，全面主导未来世界秩序的重建。

这就需要当代的学术研究者，能以赓续中国学术的学脉为己任，以新的人文主义情怀面对一切历史经验、思想进程、文学创作，注重以新方法、新材料、新思路、新视野审视中国固有之学问，通过对中国古典文献的推陈出新，对中国优秀文化的温故知新，对中国传统学术的守正创新，以历时性的研究、共识性的成果，推动古代中国研究的不断深入。

基于上述考量，我们编辑出版"古代中国研究丛书"，意在对中国传统学术、中国基本典籍与中国优秀文化的一些重要问题、重大关切进行跨学科综合研究，选取古代中国在文学、历史、哲学以及艺术等学科发展演生的关键环节进行深入研究，不仅致力于总结其"所以如此"，而且着力分析其"何以如此"，资助出版一批具有前瞻眼光、原创意识、深厚学理的研究成果。期待与同道者合作。

2015 年 12 月 8 日于长安

初版自序

世之所谓"楚辞",约有两方面的含义:一指诗体,即战国时代以屈原为代表的楚国诗人所创造的一种有别于《诗经》的新的诗体,世称"楚辞体"或"骚体";二指一部诗歌集的名字,即最早由汉代刘向编辑成书的《楚辞》,主要收集屈原、宋玉及汉人有关"楚辞体"的作品。楚辞在汉代就已经成为一种专门的学问了。时至今日,有关楚辞的全部学问,学界多谓之"楚辞学",或曰"屈原学"。而楚辞文化学便是这门古老学问中的一个重要内容。

《楚辞》作为一部古老的诗集,目前已被公认为中国传统文化的最具代表性的著作之一。《楚辞》的出现,不但标志着我国古代诗歌已进入了文人自觉创作的时代,并取得了极高的成就;同时,也为楚文化的研究保存了一块活化石,提供了一部袖珍本的百科全书。而源远流长、光辉灿烂的楚文化,又是完全可以和西方的古希腊文化相媲美的。

自西汉刘安的《离骚传》以来,对《楚辞》进行评注和研究的著作真可谓汗牛充栋,而其研究的角度和方法也是多种多样的。在众多的研究方法中,我始终牢记业师姜亮夫先生"要对楚辞作综合研究"的教导。犹记己未、庚申之际在"楚辞班"受业期间,先生曾不止一次地说过这样的话:"如果你要真正做学问,一定还需要做综合性的研究,要综合许许多多的科目。""要综合研究楚辞,因为研究楚辞需要各方面的知识,不单是社会科学的知识,自然科学的知识也需要。"这些话都收在了先生的《楚辞今绎讲录》中,至今读来犹觉新鲜。先生还在给我所写的一段评语中,专门就综合研究的方法作过阐述:"博涉群书是一个最主要的读书方法。专门只搞一、二门,自然容易为功,但成就必然有限。由博返约,然后能切实掌握所要掌握的东西,这即是近年来所盛传的综合研究方法的基本要素。"

　　余性也鲁。读书既少，融通的能力更差，故常感愧对先生的教诲。然多年来，为配合教学，对与楚辞有关的书也大略读过一些，并围绕楚辞文化这个中心，尝试采用综合研究即多角度、多层次的方法陆续写出了一批文章。这其中的一部分，便是呈现在读者面前的《楚辞文化探微》。应该说，此书半是师长的教诲和鼓励，又半是应个人教学之需的成果。

　　《楚辞》是很复杂的文化现象。楚辞文化的蕴含也是异常丰富的。关于楚辞文化的渊源、背景等方面的问题，已有不少学者做过研究。而我在本书中所要探讨的内容，虽也涉及这方面的问题，但主要还是对楚辞文化的丰富内涵进行阐发。故而所采用的方法也是首先从作品本身出发，然后运用与楚辞相关的哲学、政治、教育、美学、文学、历史、地理、民俗、方言乃至植物学等方面的知识，对保存于《楚辞》的丰富文化蕴含进行探讨和发掘。限于本人的学力，可以想见，这样的研究对我来说自然是很吃力的。但越是深入探寻，便越能令我感到楚辞之"道"的难穷，于是也就越能吸引我继续钻研下去，并因此而产生了乐趣。我至今记得，在我写作《楚辞之"兰"辨析》一篇时，当我从野外发现了兰草和泽兰的实物时，心情是何等的愉悦！现在这两株兰就贮在我窗台上的花盆里，每当夏秋季节，还时时散发着沁人的幽香。

　　本书主要是围绕楚辞文化而写，可以算一个整体。至其具体内容，又大致可以归纳为六个方面：一是对楚辞来源的探讨，我着眼于楚的固有文化和南北文化的交流，以及作家本身条件。二是关于屈原思想的清理与发明。屈原是楚辞体即"骚体"的创始人和代表作家，研究楚辞，自然先要认识屈原。而屈原虽是以诗人名世，然又作过楚国的左徒和三闾大夫，并为南楚思想文化的代表人物之一，故于屈原哲学、政治、教育、美学思想的研究应不可少。三是对楚辞代表作《离骚》的研究，或探讨其内部结构的特点，或探讨其象征手法的微义。四是从史、地的角度探讨楚辞文化的有关问题，"史"本《天问》旧闻，而"地"由《离骚》"神游"生发。五是对楚辞文化中的有关民俗现象及齐鲁方音的探讨。六是对楚辞植物文化的研究。最后一篇谈清人刘梦鹏的《屈子章句》。刘书在清人的楚辞注本中是很有特色的，然传布未广，难得一睹，故很有介绍的必要。以上虽非我研究楚辞的全部，但多少能反映一些我在楚辞研究方面的情况。其中有些论题，我也很想说出一些别人未曾说过的话来，然而效果如何，还有待实践的检验。况且，楚辞文化本是一个大的课题，而我所研究的，充其量也不过是这棵参天大树上的一点枝叶而已。

本书中的大部分篇什，在给研究生和本科生讲课中曾使用过，有些也曾发表。此次成书，又经重新修订，并补写了一些新的篇章。但由于本人水平有限，不当之处一定难免，敬祈方家和读者不吝赐教。

业师姜亮夫先生在病榻之上，还时时关心我的学习和写作，令我终生难忘！及门诸君，如王亚林、周绚隆、姜楠，利用业余时间为拙稿进行誊抄，也应在此一志。

张崇琛
1993 年 9 月 1 日于兰州大学

目 录

楚辞的来源 ………………………………………………………（1）
昆仑文化与楚辞 …………………………………………………（12）
伏羲文化与楚辞
　　——从"伏羲驾辩"说起 …………………………………（28）

屈原的哲学思想
　　——屈原思想研究之一 …………………………………（38）
屈原的政治思想
　　——屈原思想研究之二 …………………………………（50）
屈原的教育思想
　　——屈原思想研究之三 …………………………………（61）
屈原的美学思想
　　——屈原思想研究之四 …………………………………（67）

《离骚》结构探微 …………………………………………………（81）
博大、和谐、深邃、持久
　　——《离骚》象征探微 ……………………………………（115）
《离骚》的哲学解读 ……………………………………………（125）
一组饱含南楚风情的优美恋歌
　　——《楚辞·九歌》论析 …………………………………（132）

爱国激情与纪实之词的交融
　　——《楚辞·九章》导读 …………………………………（152）

"山鬼"考 ………………………………………………（188）
《招魂》"些"字探源 ……………………………………（199）
《天问》中所见之殷先王事迹 …………………………（206）

屈原神游西北的地理问题 ………………………………（214）
楚辞齐鲁方音证诂 ………………………………………（223）
楚人卜俗考 ………………………………………………（232）
说"姱女" …………………………………………………（246）
龙子节·卫生节·屈原节
　　——端午节的由来与演变 …………………………（254）

楚骚咏"兰"探微 …………………………………………（259）
说"蒲剑" …………………………………………………（281）
"薇"与《诗经》中的"采薇"诗 …………………………（288）
说《诗经·荣苢》
　　——兼谈周人对夏文化的继承 ……………………（296）
兰州与"兰" ………………………………………………（308）

一个值得重视的《楚辞》注本
　　——读清人刘梦鹏《屈子章句》 …………………（315）
两座文学高峰间的相通
　　——从《离骚》到《聊斋》 ………………………（320）

后记 …………………………………………………………（328）

楚辞的来源

"楚辞"之名，就目前所能见到的资料来看，最早出现在《史记》中。《史记·酷吏列传》云：

> 始长史朱买臣，会稽人也。读《春秋》。庄助使人言买臣，买臣以"楚辞"与助俱幸。

又，《汉书·朱买臣传》亦云：

> 会邑子严助贵幸，荐买臣。召见，说《春秋》，言《楚词》，帝甚悦之。

朱买臣是汉武帝时人，可见，武帝时"楚辞"已成为一种可与《春秋》相提并论的学问了。到汉成帝时，刘向整理古籍，把屈原、宋玉以及汉人贾谊、淮南小山、东方朔、严忌、王褒等人有关"楚辞体"的作品，再加上他自己的《九叹》编辑成书，定名为《楚辞》。至此，"楚辞"便不仅是一种文体的名称，也是一部诗歌集的名字了。后来，东汉的王逸又为《楚辞》作注，并增入自己所写的《九思》一篇，遂成为今天所流传的《楚辞章句》的本子。

那么，楚辞作为一种文体和文化现象，它是如何产生的呢？简单地说，它是楚国的地方文化与中原文化接触后所酝酿而成的一种文化现象，是南北方文化交流而迸发出来的火花；同时，也与其代表作家屈原自身的条件及努力是分不开的。具体说：

一 楚国的地方文化是楚辞形成和发展的重要基础

楚之先，出自古帝颛顼，即所谓"帝高阳之苗裔"。周文王时，其祖先鬻熊曾"子事"周王朝；至成王时，鬻熊的曾孙熊绎便被封于江汉之间，姓芈氏，居丹阳（今湖北秭归县东），遂建国。那时的江汉流域，还是一片荒无人烟的处女地，楚人"筚路蓝缕，以处草莽，跋涉山林"（《左传·昭公十二年》），开发了富饶的南方。此后，楚人在长期独立发展的过程中，遂形成了自己独特的地方文化。而这种地方文化对楚辞的形成又有着直接的关系。

（一）楚人勤劳勇敢、克服困难的精神和力争上游、反抗外侮的传统，是楚辞产生的思想基础

《左传·宣公十二年》记晋栾书的话说：

> 楚自克庸以来，其君无日不讨国人而训之以民生之不易、祸至之无日，戒惧之不可以怠；在军，无日不讨军实而申儆之于胜之不可保，纣之百克而卒无后，训之以若敖、蚡冒筚路蓝缕，以启山林。箴之曰："民生在勤，勤则不匮。"

正是由于楚人的这种奋发精神和辛勤劳动，长期以来，楚地远较中原各国为富足。《史记·货殖列传》说楚地"无冻馁之人，亦无千金之家"，这在"民有饥色，野有饿莩"的北方各国是不多见的。即使是极端动乱的战国年代，楚的长江两岸仍有"平乐"的"州土"（《哀郢》）。像孟轲所说的"老弱转乎沟壑，壮者散而之四方"（《孟子·梁惠王下》）的情形，楚国还未出现过。由此我们不难看出，屈原作品中所表现出来的那种对故土、对故国的强烈的爱，实在是有其根源的。

但是，尽管楚国有着自己高度发展的经济和文化，还是被北方各国目为"披发左衽"的"荆蛮"（《国语·郑语》），被看作是不开化的"鴃舌之人"（《孟子·滕文公上》），不仅不能列于上国之林，而且在"戎狄是膺,荆舒是惩"(《诗经·鲁颂·閟宫》)的口号下,始终成为中原各国征讨的对象。也正因为楚国处在这样一个被侮辱、被攻伐的地位,所以又培养了楚国人民一种誓死抵抗外侮和力争上游的精神。这种精神表现在《楚辞》作品中,那就是"首身离兮心不惩"(《国殇》)的英雄气概和对于"国富强而法立"(《惜往日》)美好理想的向往。可见,楚辞尤其是屈原赋中所表现出来的强烈的爱国主义情绪,实与南楚特殊的社会及文化背景是分不开的。

(二) 楚地的民歌对楚辞的产生有着直接的影响

《诗经》无"楚风",但"二南"中的《汉广》《江有汜》等篇都产生在楚境内,可以算是楚地的民歌。其他散篇单什,杂见古籍中的,尚有一些,如刘向《说苑·至公》所载的《子文歌》:

> 子文之族,犯国法程。廷理释之,子文不听。恤顾怨萌,方正公平。

《说苑·正谏》所载的《楚人歌》:

> 薪乎,莱乎!无诸御己,讫无子乎!
> 莱乎,薪乎!无诸御己,讫无人乎!

按子文于楚成王时为令尹,成王在位时间为公元前672—公元前625年,则《子文歌》的产生时代总不出这几十年中。"诸御己",据游国恩先生说,或即《史记·楚世家》之伍举(《楚辞概论》),而伍举谏楚庄王事在庄王三年,那么《楚人歌》的产生也可能在庄王初年,即公元前611年前后。这两首诗歌是现存楚民歌中最早的,虽极其质朴、单调,但在楚国,可算是楚辞不祧的远祖。稍后于此的是《说苑·善说》所载的《越人歌》,那是公元前6世纪中叶鄂君子皙(楚康王弟)泛舟时听越人唱的,子皙不懂越语,由"越译"翻译出来是:

> 今夕何夕兮,搴舟中流。今日何日兮,得与王子同舟。蒙羞被

好兮，不訾诟耻。心几顽而不绝兮，得知王子。山有木兮木有枝，心说君兮君不知。

楚、越在文化上有着密切的关系。而这首《越人歌》也远较前面两首为华丽，已经与《九歌》中的一些篇章十分接近了。此外，还可以看作是楚地民歌的，尚有《新序·节士》所载的《徐人歌》：

延陵季子兮不忘故，脱千金之剑兮带丘墓。

《论语·微子》所载的《接舆歌》：

凤兮，凤兮！何德之衰！往者不可谏，来者犹可追。已而，已而！今之从政者殆尔。

《孟子·离娄上》所载的《孺子歌》（又名《沧浪歌》）：

沧浪之水清兮，可以濯我缨。沧浪之水浊兮，可以濯我足。

《左传·哀公十三年》所载申叔仪的《乞粮歌》：

佩玉蕊兮，余无所系之。旨酒一盛兮，余与褐之父睨之。

《徐人歌》的时间大约与《越人歌》同时。《接舆歌》的时间据《史记·孔子世家》说，"是岁也，孔子年六十三，而鲁哀公六年也"，即公元前489年。《孺子歌》是孔子在楚时听来的童谣，也可定为与《接舆歌》同时。《乞粮歌》的时间明确，鲁哀公十三年即公元前482年。

从上面所引，我们约略可以看出自春秋中期到春秋末期近两百年间楚国民歌创作的一个大致的轮廓。尽管只是残存的一鳞半爪，但至少能够说明，这些民歌无论在风格上还是形式上，都与《诗经》所记录的北方民歌大不相同，而与后来的楚辞相近。尤其是稍后的几首，楚辞的主要形式，如隔句末尾用"兮"字的特点已经开始具备了。我们完全可以说，楚辞就是在这些民歌的基础上发展起来的。

（三）楚国的地方音乐对楚辞的形成也有一定影响

春秋时乐歌已有"南风""北风"之称，《左传·襄公十八年》云：

> 晋人闻有楚师，师旷曰："不害，吾骤歌北风，又歌南风。南风不竞，多死声，楚必无功。"

所谓"北风"，即是中原音乐；所谓"南风"，即楚地的音乐，亦即钟仪在晋鼓琴时操的"南音"。而南音之始，甚至还可以追溯得更早。《吕氏春秋·音初》云：

> 禹行功，见涂山之女。禹未之遇而巡省南土。涂山氏之女令其妾候禹于涂山之阳，女乃作歌，歌曰："候人兮猗！"实始作为南音。周公及召公取风焉，以为《周南》《召南》。（高诱注："取涂山氏女南音以为乐歌。"）

周公及召公是否取《候人歌》的音乐以为《周南》《召南》不得而知，但"二南"中夹杂了楚人的风谣及音乐，则是可以肯定的（见魏源《诗古微·二南义例篇下》）。可见，楚国的地方音乐也是源远流长的。

到了战国时代，楚国的地方音乐更为发达。《招魂》说：

> 陈钟按鼓，造新歌些：《涉江》《采菱》，发《阳荷》些。

据《文选》李善注，"阳荷"当作"阳阿"，而《阳阿》与《涉江》《采菱》均为楚国歌曲名。又《大招》"伏羲驾辩，楚劳商只"的"劳商"和"辩驾"，据王逸《楚辞章句》说也是楚歌曲名。这些歌曲的具体内容我们虽无从得悉，但既然为楚辞作家所标榜，想来一定是当时楚国民间最为流行的新声了。此外，像宋玉《对楚王问》中所列举的《下里巴人》《阳阿薤露》及《阳春白雪》等，也都是歌曲名无疑。我们知道，战国时期楚国的文学与音乐还未完全分开，唱出来的是"楚声"，写出来的便是

"楚辞";而千变万化的"楚声",孕育出来的必然是丰富多彩的"楚辞"。

(四) 楚国巫风的盛行,更是楚辞形成的极好的民俗条件

荆楚民俗,最信巫鬼。《汉书·地理志》说楚人"信巫鬼而重淫祀"。《郊祀志》记谷永说成帝云:"楚怀王隆祭祀,事鬼神,欲以获福助,却秦师,而兵挫地削,身辱国危。"桓谭《新论》还记载楚灵王"简贤务鬼,信巫祝之道,斋戒洁鲜以祀上帝,礼群神,躬执羽绂,起舞坛前",甚至吴人来攻仍鼓舞自若,不肯发兵拒敌,说什么"寡人方祭上帝,乐明神,当蒙福祐焉",结果太子后姬都当了俘虏。可见楚国上下巫风之盛。而楚国的巫风为什么会如此之盛呢?郭沫若先生说楚文化是殷文化的"嫡传",殷人最崇信鬼神,故楚人亦保留其风俗(《屈原研究》)。实际上,楚文化的自成系统,不必待殷人之南下传播,这已为近来的许多地下发掘所证明。而楚地巫风的盛行实有其自身的原因。《国语·楚语下》云:"古者民神不杂。民之精爽不携贰者,而又能齐肃衷正。……如是则明神降之,在男曰觋,在女曰巫。"在古人认为,巫觋是神明的代表,能通神人两界的意思。为了祈福佑而免灾祸,便常常使巫觋作歌乐鼓舞以娱诸神。这种迷信的风气,古代各民族中都是有过的。楚地较北方开发为晚,其社会中保留氏族时代的遗俗也就较多,故当周人已"敬鬼神而远之"的时候,楚人却还在那里"隆祭祀,事鬼神",原是毫无足怪的。

那么,巫风对于楚辞的形成又有什么关系呢?祭祀必有祈祷,祈祷必用祝辞和歌舞。祝辞是为自己祈福的,即《伊耆氏蜡辞》(《礼记·郊特牲》)及《禳田者祝》(《史记·滑稽列传》)一类的文字,可以说与楚辞的关系不大。而用来娱神的歌舞则不同。歌必有辞,歌和舞也都须有曲,这样,巫歌、音乐便随之发展起来,楚辞也就产生了。《楚辞》中的《九歌》,其前身就是楚国各地包括沅湘一带的民间祭神歌曲。至于《离骚》的巫咸降神,《招魂》的巫阳下招等,也都是楚辞受巫风影响的明显的例证。

（五）楚方言对楚辞形成的影响

《楚辞》是"书楚语，作楚声，纪楚地，名楚物"的（宋黄伯思《校定楚辞序》），故其中方言极多。如"扈"（披）、"汩"（疾行）、"凭"（满）、"羌"（语词）、"侘傺"（失志貌）、"婵媛"（喘息貌）、"娃"（美）、"些"（suō）、"謇"（语词）等便是。还有楚辞中常用的"兮"字，虽不是楚国方言，但它在南在北，同样是民间的口语，正如今天的"啊"一样。这些楚地的方言，既有特殊的意义，也有特殊的音调。大抵西汉以前研究楚辞的人们，多半懂得它的音调，汉宣帝时九江（安徽寿县）被公就能"诵读"楚辞（《汉书·王褒传》）。至隋代，僧智骞（据姜亮夫师《智骞〈楚辞音〉跋》，道骞应为智骞）亦"善读之，能为楚声，音韵清切"（《隋书·经籍志》），可见懂得《楚辞》中楚声的人在隋唐间也还是有的。此后便不甚了然了。不过可以想见，带有浓厚方言色彩的"楚辞"，再以方音朗读起来，肯定是别有风味的。

（六）楚国的地理环境跟楚辞的形成也是有密切关系的

刘师培《南北文学不同论》说：

> 北方之地，土厚水深，民生其间，多尚实际。南方之地，水势浩洋，民生其间，多尚虚无。民尚实际，故所著之文，不外记事、析理二端；民尚虚无，故所作之文，或为言志抒情之体。

此说虽不尽然，但并不是没有道理的。大抵北土环境艰苦，碌碌一世，逃生且不易，又安得闲暇以乐其风土？南方气候温暖，地沃物丰，求生至易，故居人常有闲情逸致；兼以其地之山清水秀，湖光潋滟，更易启幻想之思。正如刘勰所说："山林皋壤，实文思之奥府，略语则阙，详说则繁。然屈平所以能洞鉴风骚之情者，抑亦江山之助乎？"（《文心雕龙·物色》）可见，楚辞的产生与楚地的自然环境也是分不开的。

总之，楚国的地方文化及其社会风俗、自然环境实是楚辞形成和发展的重要基础，我们在探讨楚辞来源的时候，首先应该注意这一点。

二　大量吸收中原文化是楚辞形成和发展的必要条件

北方文化传到南方，最早当推舜征三苗。三苗故地的江淮荆楚（《史记·五帝本纪》），正是后来周成王封熊绎的楚国，其时楚王族虽未入主，但舜的长征对那儿的土著肯定是留有影响的。其次是周公和孔子的入楚，也对那儿的政治思想和教育思想产生过影响。而自春秋以来，楚的国势日益强大，先后吞灭四十五国，即所谓"周之子孙封于江汉之间者，楚尽灭之"（《史记·楚世家》），"汉阳诸姬，楚实尽之"（《左传·僖公二十八年》）。至楚庄王时，楚更曾一度称霸中原，观兵问鼎，声威赫赫。这样，随着姬姓国家被并入楚版图，以及楚与中原交往的日益频繁，南北文化的交流便也加强了。北方的学者们纷纷到南方去游说、仕宦，如鲁人墨翟曾说楚王，卫人吴起曾相楚悼王，魏人张仪曾以合纵说楚，赵人荀卿曾仕楚为兰陵令。而楚人环渊则成了齐国的稷下先生，楚人陈良"悦周公、仲尼之道，北学于中国，北方之学者未能或之先也"（《孟子·滕文公上》）。值得注意的是，虽然诸夏对南楚的歧视一直存在，但楚人对北方文化的吸收却是不遗余力的。楚国的大臣申叔时甚至还主张用北方的经典著作《春秋》《诗》《礼》《乐》来教傅楚太子。《国语·楚语上》记申叔时的话说：

> 教之《春秋》，而为之耸善而抑恶焉，以戒劝其心；教之《世》，而为之昭明德而废幽昏焉，以休惧其动；教之《诗》，而为之导广显德，以耀明其志；教之《礼》，使知上下之则；教之《乐》，以疏其秽而镇其浮……

这些建议被采纳与否虽未可知，但楚人对北方文化的重视态度和积极吸取精神却是显见的。而且，我们从《左传》中还可以看出，楚国君臣上下，不少人都能引用《诗经》来谈话。如：

> 文公十年，子舟引《大雅·烝民》："刚亦不吐，柔亦不茹。"

宣公十二年，孙叔引《小雅·六月》："元戎十乘，以先启行。"

成公二年，子重引《大雅·文王》："济济多士，文王以宁。"

昭公三年，楚子享郑伯，赋《吉日》。

昭公七年，芈尹无宇引《小雅·北山》："普天之下，莫非王土；率土之滨，莫非王臣。"

昭公二十四年，沈尹戌引《大雅·桑柔》："谁生厉阶，至今为梗。"

这说明北方文化不仅已经传播到了南楚，而且也开始为楚人所用了。

至于屈赋中所提到的许多北方传说和史实，也有不少与《诗》《书》及《左传》相同或相似。如"鲧禹治水"，既见于《天问》，又见于《尚书》；"夏初之乱"，既见于《离骚》《天问》，又见于《左传》；"舜娶二妃"，既见于《天问》《九歌》，又见于《尚书》《孟子》；伊尹、傅说、箕子、比干、吕望、介推故事，既见于《离骚》《天问》《九章》，又见于《尚书》《左传》，不胜枚举。有些中原的史实，楚辞的记载甚至要比北土的典籍还要详细。如殷先公先王事迹，尤其是王亥与王恒、上甲微事，《世本》《史记》虽载其世系，然皆语焉不详；倒是《天问》中保存了较多的这方面的资料（参《〈天问〉中所见之殷先王事迹》）。还有不少神话，如羲和、女娲、后羿故事，楚辞中所记也与北土所传大同小异。这些都可以看作是北方文化影响于南楚的痕迹。

倘自民俗角度而言，则这方面的影响似乎还可以看得更加明显。楚人的尚卜，除了其民族的渊源外，殷、周文化的影响实是一个重要的原因（详《楚人卜俗考》）。楚人的崇凤，学界也多谓与东夷文化的影响是分不开的。楚辞中还有一些词语，如"朕""猖披""蹀躞""终古"等，均带有明显的齐鲁方言色彩，也可以看作是南北文化包括方言互相交流的结果（参《楚辞齐鲁方音证诂》）。战国时期，楚人学齐语似成风气，甚至连孟子都说过"有楚大夫于此，欲其子之齐语"（《孟子·滕文公下》）的话。可见，北方文化对南楚的影响实在是无所不至了。而没有这种南北文化的交流和融合，楚辞的形成简直是不可能的。汉朝建立后，之所以能很快将中国文化统一起来并传播到各地，楚辞文化的这种超前统一，实是重要原因之一。

三 屈原的家世、经历、性格、学识对楚辞的形成和发展起了促进作用

楚辞的创始人及代表作家是屈原。屈原与楚同姓，为高阳氏的后代子孙。楚武王熊通封其子熊瑕于屈，子孙遂以屈为姓。而屈氏不但是楚王族的分支，其子孙还历任楚王朝的要职。传到屈原，仍为左徒和三闾大夫。屈原的这种与楚同宗的家世，既令他将爱国与恋宗永远地纠缠在一起，又具有了与一般平民所不同的高度责任感和牺牲精神；同时也使他有机会接受教育，并阅读了大量的南楚典籍，从而丰富了自己的知识，具备了良好的文学素养。这样，便为他的楚辞创作打下了坚实的基础。

而屈原在政治上的特殊经历，即由"入则与王图议国事，以出号令；出则接遇宾客，应对诸侯"而遭谗见疏，并被长期流放，又使他对南楚社会有了更清醒的认识，并激发了他丰富的感情，即所谓"发愤以抒情"，从而为楚辞的创作也提供了条件。屈赋中大量抨击时政、谴责胄子的内容，实与此有关。而且，长期的流放生活，也使屈原有机会深入下层，了解民风，体察民情，从而写出了不少富有生活气息的作品。如《九歌》中的大部分篇章便是。屈原在任职期间还曾两次使齐，这也使他对当时的学术动态有了直接的了解，并开始从南北方学术思想的差别上去思考问题。《天问》中的大部分问难，既本楚之旧闻，在一定程度上来说，也是对稷下先生们的质疑。

屈原爱美的习性和好修的品格，更使他的楚辞创作带上了绚丽的色彩和浪漫的情调。司马迁在《史记·屈原传》中引刘安《离骚传》的话说：

> 其志洁，故其称物芳。其行廉，故死而不容自疏。濯淖污泥之中，蝉蜕于浊秽，以浮游尘埃之外，不获世之滋垢，皭然泥而不滓者也。

唐代沈亚之的《屈原外传》也说：

> 屈原瘦细美髯，丰神朗秀。长九尺，好奇服，冠切云之冠。性

洁，一日三濯缨。

这种爱美和修洁的品性，表现在屈赋中便是那高冠长佩、身披芳草、朝搴夕揽、好修不辍的诗人形象，以及内美与外美和谐统一的美学理想。也正因为屈原将自己的个性特征糅进了楚辞创作，所以楚辞才出现了"惊采绝艳"的不灭的光辉。

刘勰在《文心雕龙·辨骚》中说："楚人之多才。"又说："不有屈原，岂见《离骚》。"屈原在促进楚辞产生和发展方面的功绩，一直受到了后人的称赞。而我们今日探讨楚辞的来源，除了注意其社会及文化的背景外，对代表作家的特殊贡献也是不应忽视的。

总之，楚辞的产生是有着多方面因素的。楚国本有自己固有的文化，又加上春秋战国以来北方文化的不断影响，于是二者融合为一，汇为文化的巨流，产生了楚辞这样光耀千古的诗篇和屈原这样伟大的诗人。在这个意义上可以说，楚辞是时代的产物，是春秋战国以来的思想解放运动在文学上结出的硕果，是一种"聚合效应"，它与先秦诸子发扬蹈厉、放言高论的文章同为时代精神的反映。其间，屈原的历史性功绩当然不可抹杀。但屈原在文学上的成功，除了其与楚同宗的家世及博学多才的条件外，又是以亡国破家及个人的被斥逐为代价的，所以郭沫若才沉痛地喊出了"深幸有一，不望有二"（《今昔蒲剑》）的呼声。

（《人民日报》海外版1994年7月7日"楚辞文化专版"详细转载）

昆仑文化与楚辞

楚辞创作曾经受过多方面的影响，如中原文化的影响，楚国地方文化的影响，以及楚辞代表作家屈原本身的才华及其影响，对此，学者们均有过充分的论述。而楚人作为"帝高阳之苗裔"，其楚辞创作有没有受到高阳氏发祥地的昆仑文化的影响呢？我以为回答应该是肯定的。先师姜亮夫先生早在二十多年前就曾明确指出，"西北为颛顼传说之中心点"，而作为楚人之先的颛顼，正是"发祥自昆仑若水之间"。[①] 先生还在《楚辞今绎讲录》中进一步论述道：

> 西方则是追念祖先、寄托感情的地方，因为楚国的发祥地在西方。……高阳氏来自西方，即今之新疆、青海、甘肃一带，也就是从昆仑山来的。我们说汉族发源于西方的昆仑，这说法是对的，也只有昆仑山才当得起高阳氏的发祥之地。[②]

本文便是在此基础上，首先从考证昆仑之地望入手，进而论述昆仑文化之实际存在及其对楚文化和楚辞创作的影响。

一　昆仑之地望

关于昆仑，《史记·大宛列传》云："汉使穷河源，河源出于寘，其

[①] 姜亮夫：《说高阳》，《社会科学战线》1979年第3期。
[②] 姜亮夫：《楚辞今绎讲录》（修订本）"屈原事迹"一讲，北京出版社1983年版，第42页。

山多玉石,采来,天子按古图书,名河所出曰昆仑云。"在古人的心目中,河源与昆仑是联系在一起的,也就是说,哪里是黄河源头,哪里便是昆仑山。这里,汉使误将塔里木河上游的于阗河当作了黄河的上游,故遂以于阗南山为河源;而汉武帝相信了汉使的说法,径名于阗南山曰昆仑山。此即所谓"河源昆仑",也就是今天地图上所标出的昆仑山。

其实,先秦人心目中的昆仑,尤其是神话传说中的昆仑,是没有这么遥远的。《山海经·大荒西经》云:

> 西海之南,流沙之滨,赤水之后,黑水之前,有大山名曰昆仑之丘。……其下有弱水之渊环之。

《离骚》在述诗人第二次的神游时也写道:

> 邅吾道夫昆仑兮,路修远以周流。……忽吾行此流沙兮,遵赤水而容与。……路不周以左转兮,指西海以为期。

《淮南子·地形训》也说:

> 河水出昆仑东北陬。……赤水出其东南陬……弱水出自穷石,至于合黎,余波入于流沙。

这里先要弄清几个与昆仑有关的地名。"流沙"当指今甘肃西北、内蒙额济纳旗一带的沙漠,这大概无异辞。"赤水"是源于昆仑山之东南麓并流入南海(印度洋)的一条河流,以今当之,可能为怒江或澜沧江的上游。至于"西海",应即今青海湖。《后汉书·西羌传》云汉武帝时,"羌乃去湟中,依西海、盐池左右",王莽时羌人纳地,又在今青海地区设西海郡,事见《汉书·王莽传》及《后汉书·西羌传》。而《汉书·地理志》云:"西北至塞外,有西王母石室、仙海、盐池。北则湟水所出,东至允吾入河。西有须抵池,有弱水、昆仑山祠。"王先谦《补注》引董祐诚曰:"《河水注》作西海,即仙海,今曰青海。"汉代西、先、鲜、仙音近，故汉人所谓西海、仙海及先水海、鲜水海，皆谓今之青海。① 而且，我们从屈原神游的路线也可以看出，诗人在"行流沙""遵赤水"之后"左转"，"指西海以为期"，其所谓"西海"，也便是青海湖了。"弱水"即今由张掖流入居延海的黑河（其下游蒙古人称额济纳河）。《尚书·禹贡》："导弱水至于合黎，余波入于流沙。"《史记·司马相如传》张守节《正义》引《括地志》亦云："弱水在甘州张掖县南山下也。"皆可为证。至于"黑水"，则可能是发源于祁连山而向西流去的某条河流（如疏勒河）。

现在，我们约略可以勾勒出"神话昆仑"的大体位置了：它在"西海"（青海湖）之南，"流沙"（今额济纳旗一带沙漠）之滨，"赤水"（怒江或澜沧江上游）之后（北），"黑水"之前，而其下又有"弱水"（今黑河或称额济纳河）环之。显然，其大致的位置应在今西宁市以西、河西走廊以南、巴颜喀拉山以北的青海高原上。其中，"西海"应在"昆仑之虚"中间，《山海经》说昆仑在"西海之南"，可算一点程度上的误差。

又，今之祁连山，也有人以为即是先秦文献中的昆仑，最早提出此说的是前凉酒泉太守马岌。《晋书·张轨传》所附《张骏传》云：

> 酒泉太守马岌上言："酒泉南山，即昆仑之体也。周穆王见西王母乐而忘归，即谓此山。此山有石室玉堂，珠玑镂饰，焕若神宫。"②

唐李泰《括地志》亦以"酒泉南山"为昆仑山。《史记·秦本纪》及《史记·司马相如列传》张守节《正义》所引《括地志》，便皆谓"昆仑山在肃州酒泉县南八十里"。后之言"昆仑"者，也多引马、李之说。如《后汉书·明帝纪》："（永平十七年）冬十一月，遣奉车都尉窦固、驸马都尉耿秉、骑都尉刘张出敦煌昆仑塞，击破白山虏于蒲类海上。"唐李贤注即采马岌说云："昆仑，山名，因以为塞，在今肃州酒泉县西南。山有昆仑之体，故名之。周穆王见西王母于此山，有石室、王母台。"马、李

---

① 参见钱大昕《十驾斋养新录》卷十一"青海"条，上海书店1983年版，第256页。
② 最早见北魏崔鸿《十六国春秋·前凉录》，但原书已散失，今所传为辑佚本。

所谓昆仑，即今甘肃肃南裕固族自治县西北甘青界上的祁连山主峰，标高 5564 米。可见，在汉武帝定名于阗南山为昆仑山后，还是有人在称祁连山为"昆仑"。迨至清代毕沅《山海经新校正》及郝懿行《山海经笺疏》，更对此进行了详细的论证。直到近世，持"昆仑祁连说"者亦不乏其人。其中较有代表性的是朱芳圃，朱先生在《西王母考》一文中说：

> 天山，匈奴呼为昆仑山，亦即昆仑的异名。天者，至高无上之名；昆仑即穹隆的转音。《尔雅·释天》："穹隆，苍天也。"郭璞注："天形穹隆，其色苍苍，因名云。"故以其高言之，谓之天山；以其形言之，谓之昆仑。是西王母所居之昆仑，即今祁连山，信而有征。①

谓"昆仑"为祁连山，虽较汉武帝所定更为近真，但也存在着一定的局限。因为古人所谓的"昆仑"，并非只是一座孤零零的山，而是一大片地区，即所谓"昆仑之虚（墟）"。试看《山海经·海内西经》所记：

> 海内昆仑之虚，在西北，帝之下都。昆仑之虚，方八百里，高万仞。……面（上）有九井，以玉为槛。面有九门，门有开明兽守之。

八百里见方的"昆仑之虚"，当然不只是一座祁连山，而应与包括祁连山和青海湖在内的青海高原相仿佛。

而且，在古人的心目中，昆仑不但地域广大，而且是有着多级构造的。洪兴祖《楚辞补注·离骚》引《昆仑说》曰：

> 昆仑之山三级：下曰樊桐，一名板松；二曰玄圃（县圃），一名阆风；上曰层城，一名天庭。②

---

① 朱芳圃：《西王母考》，《开封师范学院学报》1957 年第 2 期。
② 洪兴祖：《楚辞补注》，中华书局 1983 年版，第 26 页。《水经·河水》郦注引《昆仑说》与此同。

《淮南子·地形训》也说：

> 昆仑之丘，或上倍之，是谓凉风之山（即阆风山），登之而不死；或上倍之，是谓悬圃，登之乃灵，能使风雨；或上倍之，乃维上天，登之乃神，是谓太帝之居。

《楚辞·天问》亦云：

> 昆仑县圃，其尻安在？增城九重，其高几里？

"增城"即"层城"，亦即"天庭"之所在。以上说虽少异，然都承认昆仑是有着多级构造的，而屈原的神游昆仑，实际也是按照这种模式进行的。

二　昆仑之文化

所谓"昆仑文化"，实际是史前期人类在昆仑地区活动的历史积淀，它是中华文化的早期源头之一。而其载体，除文献记载和考古发现的资料外，也还应包括流传于昆仑地区的大量的神话传说。

先看文献记载。《山海经·海内经》云：

> 流沙之东，黑水之西，有朝云之国、司彘之国。黄帝妻雷祖，生昌意，昌意降处若水，生韩流。……取淖子曰阿女，生帝颛顼。

《竹书》：

> 昌意降居若水，产帝乾荒。（《山海经·海内经》郭璞注引）

《大戴礼记·帝系》：

> 黄帝居轩辕之丘，娶于西陵氏之子，谓之嫘祖氏，产青阳及昌

意。青阳降居泚水，昌意降居若水。昌意娶于蜀山氏，蜀山氏之子谓之昌濮氏，产颛顼。

《史记·五帝本纪》：

> 黄帝居轩辕之丘，而娶于西陵之女，是为嫘祖。嫘祖为黄帝正妃，生二子，其后皆有天下：其一曰玄嚣，是为青阳，青阳降居江水；其二曰昌意，降居若水。昌意娶蜀山氏女，曰昌仆，生高阳。

以上所引文献，皆谓"昌意降居若水"，昌意即生颛顼高阳氏者（《山经》《竹书》谓颛顼为昌意之孙，说稍异）。而昌意所居住的"若水"又在何处呢？《水经·若水》云："若水出蜀郡旄牛徼外，东南至故关，为若水也。"郦注：

> 若木之生非一所也，黑水之间，厥木所植，水出其下，故水受其称焉。若水沿流，间关蜀土，黄帝长子昌意，德劣不足绍承大位，降居斯水，为诸侯焉。娶蜀山氏女，生颛顼于若水之野。……若水东南流，鲜水注之，一名州江，大度水出徼外，至旄牛道，南流入于若水。

又，《史记·司马相如列传》云司马相如通西南夷，"西至沫、若水"，司马贞《索隐》引张揖曰："若水出旄牛徼外，至僰道入江。"按此，古之所谓若水，即今雅砻江也。

若木生于昆仑，黑水源于昆仑。而若水既得名于若木，又出于"黑水之间"，其属昆仑地区当无所疑。再看今之雅砻江，其发源地正在青海高原上。是诸书所载之"昌意降居若水"，实可视为人类（至少是楚人的祖先）早期曾在昆仑地区，即今之青海高原活动过的文献依据了。

至于颛顼在昆仑地区的活动，《山海经》中也有多处记载。如《大荒西经》：

> 大荒之中，有山名曰月山。……颛顼生老童，老童生重及黎。

再如《大荒北经》：

> 东北海之外，大荒之中，河水之间，附禺之山，帝颛顼与九嫔葬焉。……丘西有沉渊，颛顼所浴。
> 西北海外，流沙之东，有国曰中轮，颛顼之子，食黍。
> 西北海外，黑水之氾。有人有翼，名曰苗民。颛顼生驩头，驩头生苗民。

《山海经》所记颛顼事迹虽难以坐实，然其中所涉及的地名如"日月山""附禺之山""流沙""黑水"等，却皆在昆仑之域，因而我们至少可以说，颛顼传说之中心点是在昆仑一带。

而且在文献记载中，远古昆仑地区的生态环境也是极宜于人类生存的。《穆天子传》描写道：

> 季夏丁卯，天子北升于舂山之上，以望四野。……曰："舂山之泽，清水出泉，温和无风，飞鸟百兽之所饮食，先王所谓县圃。"

县圃在昆仑的第二级，其景致令人神往。再看《山海经·大荒西经》所记：

> 西有王母之山、壑山、海山。有沃民之国，沃民是处。沃之野，凤鸟之卵是食，甘露是饮。凡其所欲，其味尽存。爰有甘华、甘柤、白柳、视肉、三骓、璇瑰、瑶碧、白木、琅玕、白丹、青丹，多银铁。鸾鸟自歌，凤鸟自舞，爰有百兽，相群是处，是谓沃之野。

《海外西经》对"诸夭之野"也有类似的描写：

> 此诸夭之野，鸾鸟自歌，凤鸟自舞；凤凰卵，民食之；甘露，民饮之；所欲自从也。百兽相与群居。

西王母之山，亦即昆仑山。"夭之野"即"沃之野"，谓富饶的原野。沃民居住在这里，与百兽群鸟和睦相处，鸾鸟自歌，凤凰自舞，各种花果、树木、矿产，无不应有尽有。人们食的是凤鸟之卵，饮的是甘露之液，凡是心中所向往的，莫不如愿遂意。这真是人类理想的乐园。

诚然，《山海经》与《穆天子传》的描写有其美化的成分，实际情况未必如此。但也并非毫无所据，它与后人对祁连山的印象实有着某些相似之处。请看《史记·匈奴列传》司马贞《索隐》引《西河旧事》的一段文字：

> （祁连）山在张掖、酒泉二界上，东西二百余里，南北百里，有松柏五木，美水草，冬温夏凉，宜畜牧。匈奴失二山，乃歌云："亡我祁连山，使我六畜不蕃息；失我燕支山，使我嫁妇无颜色。"

《太平御览》卷五十引段龟龙《凉州记》所述祁连山的景物则更为具体：

> 祁连山，张掖、酒泉二界之上。东西二百里，南北百余里。山中冬温夏凉，宜牧牛，乳酪浓好。夏写（泻）酪，不用器物，刈草著其上，不散。酥特好，酪一斛得升余酥。又有仙人树，行人山中，饥渴者辄食之饱。

这不正是《山海经》所描写的"沃之野"的景象吗？

至于今日青海高原的生态状况，虽远不如古代，但也不像人们所想象的那样荒凉而可怕。从日月山下到祁连山麓，几乎到处都能见到温泉，即使是长江源头附近的青藏公路沿线，由北至南也分布有十四个温泉带，而每处泉眼都不下数十个。这不禁会令人联想起《穆天子传》所描写的"清水出泉，温和无风"的景象。至于青海湖周围的草原，尤其是海北草原，更是自古以来的重要牧场。笔者1998年曾专程绕青海湖一周进行考察，时当夏秋季节，只见草原上水潭闪烁，牧草丰盛，鲜花遍开，牛羊成群，再辉映着蓝天、丽日、白云，着实令人心旷神怡。我深信这是远古的人们曾经居住过的地方。

再看青海高原的考古发现。早在1956年7—8月，中国科学院地质研究所赵宗溥先生等在青藏高原进行地质普查时，便在柴达木盆地的沱沱河沿、霍霍西里等地采集到十几种打制石器。① 虽然学术界对这些石器的文化性质与年代归属问题，尚有细石器文化与旧石器文化之不同看法，但毕竟可以说明，青藏高原地区在古代并非荒无人烟之地，而是远古人类曾经繁衍、生息过的地方。1983年，中国科学院青海盐湖所的科研人员也在柴达木盆地发现了距今三万年左右的旧石器时代遗址，《新华文摘》1985年第3期报道说：

> 我国科技人员在西北地区柴达木盆地距今三万年左右的地层中发现了旧石器和南极石。这组包括刮削器、雕刻器、钻具和砍砸器等石制工具，制于距今三万年左右的晚更新世时期。当时的柴达木盆地植被繁茂，小柴旦湖是淡水湖，人类生活在一种适宜于成群食草类动物生活的草原环境。黄慰文还指出，这些以刮削器为主的石器组合，具有华北旧石器文化两大系统中"周口店第一地点（北京人遗址）——寺峪系"的特色，反映了当时西北与华北的古人类在文化、技术上有密切的联系。

除了旧石器遗址外，1980年7月，青海省文物考古队在海南藏族自治州的贵南县拉乙亥还发现了一处中石器时代遗址。该遗址位于青海湖以南的共和盆地中部，海拔2580米。遗址共出土各类石器、骨器1400余件，其文化发展水平高于旧石器晚期文化，而进入中石器时代。其出土的木炭标本经碳-14测定，距今为6745年。②

至于更晚的新石器时代遗址，在青海高原更是多处发现。③ 马家窑文化的四种类型即石岭下类型、马家窑类型、半山类型与马厂类型，在青海境内都有发现。如1958年在民和县马营镇发现的阳洼坡遗址，便是一处典型的石岭下类型文化遗存。④ 遗址内除发现当时居民的房屋及储藏东西的窖穴外，还出土各种生产与生活用具三千多件，其中作为狩猎工具

---

① 邱中郎：《青藏高原旧石器的发现》，《古脊椎动物学报》1958年第2、3合期。
② 盖培、王国道：《黄河上游拉乙亥中石器时代遗址发掘报告》，《人类学学报》1983年第2卷第1期。
③ 参见赵生琛等《青海古代文化》，青海人民出版社1986年版，第15—82页。
④ 李恒年：《民和县阳洼坡发现了仰韶文化遗址》，《文物》1959年第2期。

的石制与陶制弹丸，① 不由得会令人想起那首"断竹，续竹；飞土，逐肉"的原始歌谣来。② 再如在大通县上孙家寨发现的一处马家窑类型遗址，其中所出土的一件内壁绘有三组舞蹈人花纹（每组五人）的彩陶盆，更体现了青海远古文化中独具异彩的艺术魅力。③ 马家窑文化又称甘肃仰韶文化，主要分布于黄河上游及其支流湟水、洮水流域，其马家窑类型距今约五千年，一般认为它是受中原仰韶文化的影响而发展起来的。此虽与源于昆仑之虚的昆仑文化不能混为一谈，但至少可以说明，无论在旧石器、中石器还是新石器时代，辽阔的青海高原上都是有人类居住过的。

有人类就会有文化，远古人类在昆仑地区所创造的文化，其主要载体便是神话。一般认为，神话产生于野蛮时期的低级阶段④，即一万年前的新石器时代，在社会发展形态上属于母系氏族社会的全盛期。但由于当时并无文字，所以这些神话只能流传于口头，此后屡经传播，才被记载于某些图书。所以，神话产生的时代与记录神话的时代并不是一个概念。具体到昆仑神话来说，它虽多载于《山海经》《庄子》《楚辞》《淮南子》诸书，然其产生的时代却要更早，即来源于远古的昆仑一带。顾颉刚先生亦认为"昆仑神话发源于西部高原地区"，并具体论述道：

> 在《山海经》中，昆仑是一个有特殊地位的神话中心，很多古代的神话，如夸父逐日、共工触不周山及振滔洪水、禹杀相柳及布土、黄帝食玉投玉、稷与叔均作耕、魃除蚩尤、鼓与钦䲹杀葆江、烛龙烛九阴、建木与若木、恒山与有穷鬼、羿杀凿齿与窫窳、巫彭等活窫窳、西王母与三青鸟、姮娥盗药、黄帝娶嫘祖、窜三苗于三危等故事，都来源于昆仑。⑤

---

① 青海省文物考古队：《青海民和阳洼坡遗址试掘简报》，《文物》1984年第1期。
② 载赵晔《吴越春秋·勾践阴谋外传》。
③ 青海省文物考古队：《青海大通县上孙家寨出土的舞蹈纹彩陶盆》，《文物》1978年第3期。
④ 马克思：《摩尔根〈古代社会〉一书摘要》，人民出版社1965年版，第55页。
⑤ 顾颉刚：《〈庄子〉和〈楚辞〉中昆仑和蓬莱两大神话系统的融合》，《中华文史论丛》1979年第2期。

如此多彩的昆仑神话，其文化内涵当然是十分丰厚的，而随着这些神话的世代流传，其对后世的文化及其文学的影响，也应是深远的。

三　楚辞所受昆仑文化之影响

楚人既发祥于昆仑，而昆仑文化又被证明确实是一种曾经存在过的文化，则作为战国时代楚地文明成果的楚辞，其在创作中曾经接受过昆仑文化的影响，也就是很可以理解的了。具体说，主要表现为以下几点。

一曰昆仑文化之情结。楚辞中多次提到昆仑，尤其是楚辞的代表作家屈原，每言及昆仑，总是充满着向往之情。其中最典型的要数《离骚》的"两上昆仑"了：

> 朝发轫于苍梧兮，夕余至乎县圃。欲少留此灵琐兮，日忽忽其将暮。吾令羲和弭节兮，望崦嵫而勿迫。路曼曼其修远兮，吾将上下而求索。饮余马于咸池兮，总余辔乎扶桑。折若木以拂日兮，聊逍遥以相羊。前望舒使先驱兮，后飞廉使奔属。鸾皇为余先戒兮，雷师告余以未具。……吾令帝阍开关兮，倚阊阖而望予。……朝吾将济于白水兮，登阆风而绁马。……溘吾游此春宫兮，折琼枝以继佩。

从诗中所提到的一系列地名如县圃、崦嵫、阊阖、白水[①]、阆风等来看，这次神游的地点显然是在昆仑山一带。这是诗人的"一上昆仑"，其目的是要到"帝之下都"的昆仑去向天帝诉说自己在人间的一切不平。"二上昆仑"是在灵氛占卜、巫咸降神，诗人决意出走之后，即自"遭吾道夫昆仑兮"至"指西海以为期"一段。"二上昆仑"意在缅怀楚人的发祥之地，"追念祖先，寄托感情"。合而言之，"两上昆仑"虽都是"神游"，但却集中表现了屈原的昆仑情结。此外如《河伯》之"登昆仑兮四望，心飞扬兮浩荡"，《涉江》之"登昆仑兮食玉英，与天地兮同寿，与

[①] 白水即黄河，不周山即祁连山。参见张崇琛《楚辞文化探微》之"屈原神游西北的地理问题"一节，新华出版社1993年版，第131—133页。

日月兮齐光"，皆对昆仑寄托了美好的愿望，并流露出诗人内心深处的欣慰之情。

楚辞中还多载与昆仑有关的神话，这是诗人昆仑文化情结的又一表现。如《离骚》之太阳神神话、西皇神话及春宫、咸池、若木神话，《招魂》之流沙、雷渊神话，都与昆仑有关。而涉及昆仑神话最多的又莫过于《天问》。篇中之"康回冯怒，地何故以东南倾"言共工怒触不周山事，不周山之原型即今之祁连山。"黑水玄趾，三危安在"，后一句言黄帝迁三苗于三危事，三危山在今敦煌地区，距祁连山亦不远。"穆王巧梅，夫何为周流？环理天下，夫何索求"言周穆王西行事，而穆王西行即曾到过昆仑山。至于"昆仑县圃，其凥安在？增城九重，其高几里？四方之门，其谁从焉？西北辟启，何气通焉"，则更是问昆仑山的地理位置及其具体结构了。

楚辞中之所以保存有大量的昆仑神话，一方面固然是由于战国时期秦、楚的往西拓地，同羌、戎的接触日渐频繁。据徐中舒先生说，楚国的疆域已发展到古代盛产黄金的四川丽水地区，因而昆仑神话也便随着黄金的不断运往郢都而在楚国广泛传播。① 另一方面，高阳氏的子孙们在迁移之后，并没有忘怀祖先的发祥地昆仑，他们将这一地区的有关神话世世代代地传承下去，从而形成一种所谓的"昆仑情结"，这也应是一个重要的原因。

二曰神人杂糅之习俗。楚人信鬼神，如《九歌》中所祭便有东皇太一、云神、日神、司命神及湘水、山林诸神。而在祭神的场面中，既有神的出现（巫觋所扮），又有人的活动，即所谓"阴阳人鬼之间又或不能无亵慢淫荒之杂"。这种习尚甚至连宫廷内也不例外。如桓谭《新论》记楚灵王"斋戒洁鲜，以祀上帝、礼群神，躬执羽绂，起舞坛前。吴人来攻，其国人告急，而灵王鼓舞自若"②。值得指出的是，在楚人的心目中，有些神话故事中的神与历史传说中的人往往是纠缠在一起的，如舜与二妃的事迹便与湘水配偶神湘君、湘夫人的故事融为一体。应该说，这种神话故事与历史传说同时存在甚至分不清何者为神话、何者为历史的现

---

① 参见徐中舒《试论岷山庄王与滇王庄蹻的关系》，《思想战线》1977年第4期。
② （宋）李昉等编撰：《太平御览》卷第526、735引。

象，也是与昆仑文化的影响分不开的。因为在远古的昆仑文化时代，人格与神格就是很难区分的。例如，昆仑作为"帝下之都"，这"帝"便既指神话中的天帝，又指人间五帝之一的黄帝，《穆天子传》"吉日辛酉，天子升于昆仑之丘，以观黄帝之宫"可证。再如后稷，《山海经·大荒西经》说："有西周之国，姬姓，食谷。有人方耕，名曰叔均。帝俊生后稷，稷降以百谷。"可见他既是周民族的始祖，又是昆仑神话中的人物。他如居住在昆仑山的西王母、禹、羿、帝江等，也都兼有人与神两种品格。这种人神杂糅的观念经过不断的传播，遂留存到了楚民俗中。

再进一步说，楚民俗中能够沟通人神两界之意的"巫"，也早在昆仑文化的时代即已经出现了。《山海经·海外西经》记：

>巫咸国在女丑北，右手操青蛇，左手操赤蛇。在登葆山，群巫所从上下也。

《海内西经》记：

>开明东有巫彭、巫抵、巫阳、巫履、巫凡、巫相，夹窫窳之尸，皆操不死之药以拒之。

《大荒西经》记：

>有灵山，巫咸、巫即、巫盼、巫彭、巫姑、巫真、巫礼、巫抵、巫谢、巫罗十巫，从此升降，百药爰在。

昆仑地区这众多的巫已经组成了一个"巫咸国"，而群巫上下升降，其主要任务便是要下宣神旨，上达民情，以沟通人神两界之意也。其中，诸巫中的巫阳即曾奉上帝之命为怀王（或曰屈原）招魂者，而巫彭、巫咸更是屈原所引为榜样者，楚辞中屈原多次申明要"依彭咸之遗则"，要"从彭咸之所居"，究其本义，不过是想追念昆仑先祖，以与群巫为伍，实现其宣神旨、达民情之夙愿罢了。

三曰时空跨越之思维。楚人思维之跨越性，最明显的表现莫过于

《离骚》的天地神游、上下求女了。以时间言，自高阳、高辛、虞舜、少康、宓妃、简狄、二姚，以至当代的"党人"，可谓上下三千年；以空间言，自南楚以至昆仑西极，又可谓纵横上万里。他如《九歌》诸神之古往今来，《远游》《招魂》之上下四方，也都是跨度极大的。这较之庄子的"逍遥游"，实有过之而无不及。而这种超越时空的跨越性思维，从文化传统上来说，又与昆仑文化时期人们的思维方式是一脉相承的。请看《山海经·大荒南经》所记：

> 东南海之外，甘水之间，有羲和之国，有女子名曰羲和，方浴日于甘渊。羲和者，帝俊之妻，生十日。

居于昆仑的帝俊（上帝之一），其妻羲和生十日，而太阳又天天东升西落，无穷无尽，这是思维上的时间跨越。这种跨越到了《离骚》之中，便是羲和又由太阳的母亲变为太阳的御者了。再看《大荒西经》所记：

> 西南海之外，赤水之南，流沙之西，有人珥两青蛇，乘两龙，名曰夏后开。开上三嫔于天，得《九辩》与《九歌》以下。此天穆之野，高二千仞，开焉得始歌《九招》。

夏后开将三位美女送给天帝，从而获赐美妙的《九辩》与《九歌》，这种人、天间的交易，也可谓是一种思维上的空间超越。《离骚》述诗人神游升腾，在昆仑上空"奏《九歌》而舞《韶》"，《天问》言"启棘宾商"（有人训为"启亟宾帝"），《九辩》《九歌》"，可以说都是受此种思维方式的启发的。

跨越性思维是原始思维的特点之一，它较之后来的"三段论"式推理而言，往往缺少一中间环节。这种思维方式除存在于神话之中，在早期的文献中也有遗存。如《周易》卦爻辞中的"象辞"与"占辞"之间便具有这样的特点。[①] 到了《诗经》中，又发展成为"兴"的表现方法。

---

① 参见张崇琛《〈诗经·小雅〉与〈周易〉卦爻辞之比较》，《经学研究论丛》第五辑，台北学生书局1998年版。

此自北土言之。而在"帝高阳之苗裔"的楚人那里，由于受传统的昆仑文化的影响更大，故仍保留着较原始的状态。

四曰尊坤崇女之意识。从社会发展阶段而言，昆仑文化应处在母系氏族社会时期，故其对女性的尊崇是很自然的。如西王母便是昆仑地区的一位女性尊神。《山海经》记其形象是：

> 玉山，是西王母所居也。西王母其状如人，豹尾虎齿而善啸，蓬发戴胜，是司天之厉及五残。
>
> ——《西山经》
>
> 西王母梯几而戴胜杖，其南有三青鸟，为西王母取食。在昆仑虚北。
>
> ——《海内北经》
>
> 昆仑之丘……有人戴胜，虎齿，有豹尾，穴处，名曰西王母。
>
> ——《大荒西经》

虽然其时的西王母还是一个穴居野处、形状威猛、专掌灾厉及刑罚的怪神，但其女性的神格还是对后世产生了深远的影响。撇开其在《穆天子传》及此后的《汉武故事》《汉武帝内传》中向"帝女"和"丽人"方面的演变不说，单在《九歌》中，某些女性神祇身上就仍有她的影子。如"被薜荔兮带女萝""乘赤豹兮从文狸"的山鬼，便是一个典型的例子。

昆仑文化的尊坤意识除影响到《九歌》中对女性神的创造及礼赞外，也还体现在屈原常常以女性自比和以"求女"喻求贤。对于《离骚》中诗人的自比女性，论者或谓是以夫妻关系喻君臣关系，或谓弄臣人格，或谓变态心理。其实，若自文化背景而言，亦当与昆仑文化中尊坤意识的影响是分不开的。因为所谓臣妾也罢，弄臣也罢，变态也罢，都是视女性为下贱的男尊女卑意识的产物，而屈原却并不以自比女性为耻，相反的，他还在女性身上寄托着自己美好的愿望。他的自比女性，甚至以美女喻贤才、以求女喻求贤，即是出于这样的心理。这也是很可以理解的。因为随着社会竞争的日益激烈，人际关系的不断复杂，人类的许多美质在男性身上已经保存不多了。而女性却由于介入竞争的机会较少，人际交往的有限，许多美好的东西在她们身上仍能得以保存。所以直到两千多年后的贾宝玉还对此深有感慨，说什么"男人是土做的，女儿是水做的"。更何况战国时代的南楚社会，其本身就保存着较多的氏族社会遗风，① 而昆仑文化的尊坤意识在屈原身上还发生着影响，那是一点也不奇怪的。

综上所述，先秦所谓昆仑，其地理位置大致在今青海高原一带。由于这一地区远古时期的自然生态尚比较适合人类的生息、繁衍，所以楚人的祖先曾在这里创造过中华文化源头之一的昆仑文化。这不但有文献的记载，也为近年来的考古发现所证明。而作为昆仑文化主要载体的昆仑神话，由于世代流传，已对楚文化及楚辞的创作产生了重要影响。即在今天，我们要对楚辞进行更为广泛深入的研究，昆仑文化也仍不失为一种新的视角。

2003 年 1 月

（原载《兰州大学学报》2003 年第 1 期，同时收入中国屈原学会编《中国楚辞学》第二辑，学苑出版社 2003 年 1 月版）

---

① 参见姜亮夫《楚辞学论文集》中《三楚所传古史与齐鲁三晋异同辨》及《楚文化与文明点滴钩沉》二篇，上海古籍出版社 1984 年版，第 116—157 页。

伏羲文化与楚辞

——从"伏羲驾辩"说起

《楚辞·大招》："伏戏《驾辩》，楚《劳商》只。"作为先秦文献，楚辞的诗句不但进一步证明了伏羲的真实存在，同时也揭示出伏羲文化与楚文化及楚辞的关系。具体说，有以下三个方面。

一是楚辞中多言伏羲及与伏羲有关的人物和故事。除《大招》之"伏戏《驾辩》"外，《远游》中也提到了太昊伏羲氏："历太皓以右转兮，前飞廉以启路。"王逸《楚辞章句》解释说：

> 遂过庖牺，而谘访也。东方甲乙，其帝太皓，其神句芒。太皓始结罔罟，以畋以渔，制立庖厨，天下号之为庖牺氏。皓，一作暤。

太皓今通作太昊。或谓太昊与伏羲并非一人，今观王逸《楚辞章句》，至少在东汉时期，人们已将太昊与伏羲视为一人了。此外，《离骚》中还提到了伏羲的女儿宓妃及伏羲之臣蹇修：

> 吾令丰隆乘云兮，求宓妃之所在。
> 解佩纕以结言兮，吾令蹇修以为理。

洪兴祖《楚辞补注》引《洛神赋》注云："宓妃，伏牺氏女，溺洛水而死，遂为河神。"王逸《楚辞章句》："蹇修，伏羲之臣也。"而《天问》"帝降夷羿，革孽夏民。胡射夫河伯，而妻彼洛嫔"之"洛嫔"，王逸《楚辞章句》亦谓"洛嫔，水神，谓宓妃也"。又《九歌·河伯》"与女游兮九河""与女游兮河之渚"及"送美人兮南浦"之"女"与"美人"，实际上也是指洛嫔即伏羲之女宓妃。至于相传与伏羲兄妹而为夫妻的女娲，《天问》中也曾问道："女娲有体，孰制匠之？"

可见，有关伏羲的传说不但在屈原那里仍被保留着，而且还被纳入了他的楚辞创作之中。

二是楚人对伏羲时代音乐的继承。伏羲时代，随着先进工具的出现，生产力的发展，物质的日渐丰富，人们已开始造琴瑟，制乐曲了。《礼记·曲礼》孔颖达《正义》说伏羲"作琴瑟以为乐"，《世本》云"伏羲造琴瑟"（《孝经》孔颖达《正义》引），《楚辞·大招》云"伏戏《驾辩》，楚《劳商》只"。《说文解字》："瑟，庖牺氏所作弦乐也。"司马贞《补史记·三皇本纪》也说伏羲"作三十五弦之瑟"。至于伏羲所制乐曲，除《楚辞》所载《驾辩》外，《周礼·春官·大司乐》疏："伏羲之乐曰《立基》。"清马骕《绎史》引《孝经纬·钩命决》："伏羲乐名《立基》，一曰《扶来》，亦曰《立本》。"《隋书·乐志》及《古今事物考》还记载伏羲有《网罟》之咏。既有乐器又有乐曲，伏羲时代的先民们遂在劳动之余载歌载舞，其乐无穷。青海大通县上孙家寨新石器文化遗址中出土的舞蹈纹彩陶盆（内壁绘有三组舞蹈人花纹，每组五人），便是对这一景象的生动体现。①

楚国的音乐亦十分发达。单从当时流行的乐曲来看，就有《九歌》《九辩》《涉江》《采菱》《阳荷》《驾辩》《劳商》《下里》《巴人》《阳春》《白雪》等十余种名目。这其中，既有楚人自己创作的"新歌"，也有对远古音乐的继承及对他族乐曲（如原为巴人乐曲的《下里》《巴人》）的融汇。《招魂》云：

> 肴羞未通，女乐罗些。陈钟按鼓，造新歌些：《涉江》《采菱》，发《阳荷》些。

王逸《楚辞章句》："《涉江》《采菱》《阳荷》（按：即《扬荷》），皆楚歌名。"所谓楚歌，也就是楚人所造的"新歌"。但这类歌曲只占楚国流

---

① 参见青海省文物考古队《青海大通县上孙家寨出土的舞蹈纹彩陶盆》，《文物》1978年第3期。

行音乐的一部分，还有相当一部分则是对远古音乐包括伏羲时代音乐的继承。如《九歌》《九辩》便实为夏乐，《离骚》"启《九辩》与《九歌》"、《天问》"启棘宾商，《九辩》《九歌》"及《山海经·大荒西经》"开上三嫔于天，得《九辩》与《九歌》以下"可证。楚为夏后，[①] 楚人对夏文化的继承是很自然的。而《驾辩》《劳商》的来源则更早，它们当是伏羲时代音乐的遗留。《大招》云：

> 代秦郑卫，鸣竽张只。伏戏《驾辩》，楚《劳商》只。讴和《扬阿》，赵箫倡只。魂乎归来，定空桑只。

王逸《章句》：

> 伏戏，古王者也，始作瑟。《驾辩》《劳商》皆曲名也。言伏戏氏作瑟，造《驾辩》之曲，楚人因之，作《劳商》之歌。皆要妙之音，可乐听也。

朱熹《楚辞集注》亦云：

> 代秦郑卫，当世之乐也。伏羲之《驾辩》，楚之《劳商》，疑皆古曲名，而未有考。

朱熹疑《驾辩》《劳商》皆古曲名，而王逸则谓楚人在伏羲《驾辩》的基础上又创作了《劳商》。而无论是直接演唱还是"楚人因之"又作新歌，这都说明了一个问题，那就是楚人对伏羲音乐的有意继承。

更值得注意的是《大招》"魂乎归来，定空桑只"两句。王逸《章句》解释道：

> 空桑，瑟名也。《周官》云：古者弦空桑而为瑟。言魂急来归，

[①] 此从姜亮夫先生说。参见姜亮夫《楚辞今绎讲录》（修订本）第九讲《天问概说》，北京出版社1983年版，第95页。

定意楚国，听瑟之乐也。或曰：空桑，楚地名。

空桑非地名，乃琴瑟之名，因为《周礼·春官·大司乐》曾明确提到"空桑之琴瑟"。而瑟上有弦，弦各有柱，可上下移动，以定声音之清浊高低。故所谓"定空桑"，正如胡文英《屈骚指掌》所说："他乐人皆能之，惟空桑之琴瑟至为贵重，故必须王自定其声也。"[①]可见，楚人所演唱的各种歌曲，其伴奏都是少不了瑟的。而瑟的定音竟要由楚王亲自操作，更反映出楚人对瑟这一乐器的重视程度。

瑟为伏羲所发明，楚人之重瑟，本身就说明了伏羲文化对楚文化的深远影响。而用瑟为主要乐器演唱的歌曲便为瑟调。楚辞中亦有多处写到瑟的演奏情形，如"陈竽瑟兮浩倡"（《东皇太一》）、"缍瑟兮交鼓"（《东君》）、"使湘灵鼓瑟"（《远游》）、"竽瑟狂会"（《招魂》）、"搷梓瑟些"（《招魂》）等。而发端于伏羲时代的瑟调，经楚人的播扬，直到汉代仍为乐府相和歌之一种，并被不断地传唱着。再从瑟调曲中所保存的《陇西行》等乐曲来看，瑟调与伏羲生地的陇西一带，其渊源仍是显见的。

三是伏羲文化中的龙文化特征，在楚辞中也有着明显的体现。伏羲风姓，风字从虫凡声，虫即蛇。故汉画像石中的伏羲、女娲即常为人首蛇身，作交尾状。可见，伏羲族属于古时的蛇图腾部落。而随着伏羲族在东进过程中对其他氏族的不断兼并，其图腾又由蛇逐渐演化为龙。甘肃武山、甘谷两县仰韶文化庙底沟类型遗址出土的人面鲵鱼（俗称娃娃鱼）纹彩陶瓶，[②]既是伏羲人首蛇身的真实写照，也是原始的龙图腾形象。至于伏羲族为加强氏族及部落内部的管理而创设的以龙纪官制度，更有力地证明了伏羲族的龙图腾特征。如《补史记·三皇本纪》说伏羲"有龙瑞，以龙纪官，号曰龙师"；《绎史》卷三引《古史考》谓"伏牺立九部而民易理"；《左传·昭公十七年》也说："太皞氏以龙纪，故为龙师而龙名。"师，长也。所谓"龙师"，即各官之长皆以龙为名。汉代的

---

① 胡文英：《屈骚指掌》卷四《大招》，北京古籍出版社1979年版，第238页。
② 天水市政府文史资料委员会编：《文化天水》，甘肃文化出版社2006年版，第64页彩图。

服虔更具体指出："太皞以龙名官，春官为青龙氏，夏官为赤龙氏，秋官为白龙氏，冬官为黑龙氏，中官为黄龙氏。"而楚辞之多言龙，应该是接受了伏羲龙文化的这种影响。

今观屈宋赋中，言"龙"者凡二十处。其中，或以龙为灵物，如：

麾蛟龙使梁津兮　　（《离骚》）
驾两龙兮骖螭　　　（《河伯》）
河海应龙　　　　　（《天问》）
焉有虬龙　　　　　（《天问》）
蛟龙隐其文章　　　（《悲回风》）
螭龙并流　　　　　（《大招》）

或以龙为舟车堂室之饰，如：

驾龙辀兮乘雷　　　（《东君》）
鱼鳞屋兮龙堂　　　（《河伯》）
画龙蛇些　　　　　（《招魂》）

或以龙为专用名词（地名、神名、器物名），如：

顾龙门而不见　　　（《哀郢》）
烛龙何照　　　　　（《天问》）
逴龙艳只　　　　　（《大招》）
驾飞龙兮北征　　　（《湘君》）
飞龙兮翩翩　　　　（《湘君》）

龙门乃楚郢都之门。逴龙即烛龙，为照耀北方无日之国的神人。而《湘君》之"飞龙"，实为龙舟的专称。又，或以龙为升天及神游之导引，如：

为余驾飞龙兮　　　（《离骚》）

驾八龙之婉婉兮	（《离骚》）
龙驾兮帝服	（《云中君》）
乘龙兮辚辚	（《大司命》）
驾八龙之婉婉兮	（《远游》）
右苍龙之躣躣	（《九辩》）

可见，楚人虽未必以龙为图腾，但也并非是"贬龙"的。他们不但继承了自伏羲以来有关龙的传说，而且还从生物学、美学及神话学等方面又对龙文化作出了新的诠释。

再从出土资料来看，楚人对龙文化的继承也是显见的。1949年出土于长沙陈家大山战国楚墓的《人物龙凤》帛画（又称《人物夔凤画》，今藏湖南省博物馆），图中绘一侧身而立的细腰女子，双手合于胸前作祈祷模样；其左上方又绘一龙一凤，皆呈奋起状。画中仕女自然是墓主人的形象，而画的主题实为死者在腾龙舞凤的指引下向天国飞升。又，1973年在长沙子弹库一号战国楚墓中出土了另一幅《人物御龙》帛画（今藏湖南省博物馆），画中男子留须，头戴高冠，腰佩长剑，正驾驭一条昂首巨龙遨游天宇。人物上方有华盖一重，龙前腹下有游鱼一条，龙尾上有立鹤一只作昂首长唳状。[①] 以上两画皆以龙为升天之导引或负载者，此恰可与《离骚》等篇所描写的驾龙神游之景象互证，都反映了楚文化所受由伏羲开创的龙文化的影响。至于画中之鸟（或为凤，或为鹤），则又昭示着楚文化中东夷文化成分的存在（东夷族之图腾为鸟）。而楚文化作为一种包孕性极强的文化，在接受了伏羲文化影响的同时，又兼融了其他文化的一些特征，也是很自然的。

楚文化与楚辞所受伏羲文化的影响已如上述。那么，这种影响又是从何而来呢？窃以为，不外乎以下三种传播途径。

首先是伏羲文化的直接影响。伏羲文化发源于西北，即今甘肃天水一带。此后，伏羲族主体虽曾东迁，然其文化仍然在故地传承，今天水地区的大地湾文化便带有明显的伏羲文化色彩。大地湾文化最早发现于天水市秦安县东北部的五营乡邵店村东，其后在天水市的师赵村、西山

[①] 帛画参见湖南省博物馆《长沙楚墓帛画》，文物出版社1973年版。

坪，武山县的西旱坪，西和县的宁家庄，礼县的赵坪、盐关以及徽县的柳林等地，也有类似的发现。其时间距今约八千年至五千年。而楚人的祖先自昆仑而下，沿河西走廊及陕、甘交界处东迁，也正在这一段时间里。因此，楚人对伏羲文化的直接吸纳是完全可能的。今天，我们从楚文化与大地湾文化的某些相似之处来看，似乎也可以证明这一点。例如，王逸在《楚辞章句·天问》中曾指出，屈原放逐期间，"见楚有先王之庙及公卿祠堂，图画天地、山川、神灵""因书其壁"。目前在楚地虽未发现这样的大型壁画，但在大地湾遗址编号为F411的房屋遗址内，却发现了一幅长约1.2米，宽约1.1米用炭黑作颜料绘制而成的以人物为中心的地画，时间距今约五千年。[①] 这比前述的《人物龙凤》帛画和《人物御龙》帛画还要早两千多年。又，伏羲文化以音乐发达著称，尤其是瑟的制作与演奏，屡见于文献记载。而楚人不但重瑟，并用瑟演奏出许多不同的乐曲，而且我们今天在楚墓中仍能发现许多出土的瑟。如天星观一号楚墓出土瑟五件，擂鼓墩一号楚墓出土十二件，浏城桥一号楚墓和长台关一号楚墓也各出土瑟一件。[②] 楚人对瑟的格外钟爱，不能不说与伏羲文化的直接影响有关。

其次是伏羲文化的间接影响。伏羲族东迁途中，先后经过了今天的陕西、河南、山东一带，最后建都于陈（今河南淮阳）。在其所经之地，都留下了他们的文化，并为当地的民族所不同程度地接受。而此后的楚人东迁，其足迹所至，也定会间接地感受到伏羲文化的影响。例如，受伏羲文化影响较深的夏、周民族，楚人便从他们那里继承了不少伏羲文化的因子。夏族也以龙作为自己的图腾，这一点可以看出夏族与伏羲族间在文化上的传承关系；而楚人所传承的《九歌》，又正是当年夏民族的图腾之歌。先师姜亮夫先生认为，《九歌》之"九"通"虬"（有角之龙），"虬"即"禹"字。而"禹"的形旁为"虫"，虫即蛇，亦即古人所说的龙的主体。因此，"《九歌》是夏民的歌""夏以龙为图腾，禹即

[①] 甘肃省文物工作队：《大地湾遗址仰韶晚期地画的发现》，《文物》1986年第2期。
[②] 参见张正明《楚文化史》第四章"鼎盛期的楚文化"，上海人民出版社1987年版，第274页。

这位图腾神的雅名"。① 可见,《九歌》原本为夏民族的龙图腾之歌。再考虑到楚辞中"龙"字的多处出现,我们完全可以说,伏羲文化经夏人的播扬,已间接影响到了楚文化。周文化的影响也是同样。当年楚人东迁至楚丘一带之后,又辗转而西、而南,并曾长期依附于周,至周文王被封为楚子,因此,周文化的熏陶也就在所难免了。而周文化中有不少是源自伏羲文化的,即如周人所擅长的《周易》,也是在伏羲八卦的基础上形成的。据《左传·文公十八年》记载,楚人很早即以卜筮闻名,也出过一些以卜筮著称的家族,春秋时期的卜楚丘父子即是一例。又据《国语·楚语下》记载,楚国的观射父也善卜筮,至被称为"国宝"。到了战国时期,曾为屈原占卜的郑詹尹,所用的也还是"端策拂龟"的方法(见《楚辞·卜居》)。"拂龟"为龟卜,"端策"即筮占,亦即司马迁《史记·龟策列传》所说的"揵策定数",当属《周易》的方法了。而这种方法最早便是从伏羲那里来的。

最后,楚文化中某些伏羲文化因子的存在,也与两者共同来源于昆仑文化是分不开的。

楚人祖先高阳氏的发祥地在昆仑。正如姜亮夫先生所指出的,"高阳氏来自西方,即今之新疆、青海、甘肃一带,也就是从昆仑山来的"②。而先秦所谓昆仑,其地理位置大致在今青海高原一带,楚人的祖先正是在这里创造了中华文化源头之一的昆仑文化。这不但有着文献的记载,也为近年来的考古发现所证明。③ 而伏羲文化的源头又在哪里呢?迄今为止,尚未有学者论及。窃以为,伏羲文化的源头亦应在昆仑,其理由有三。

其一,远古时期昆仑地区的自然生态是适合人类繁衍、生息的。我们知道,在人类早期的历史上,曾有过两大不利于人类生存的因素,即炎热与洪水,而昆仑山因为地势的高爽,均不会受此影响。而且,在文

---

① 姜亮夫:《楚辞今绎讲录》(修订本)第十讲"《九歌》通说",北京出版社1983年版,第102页。

② 姜亮夫:《楚辞今绎讲录》(修订本)第五讲"屈原事迹",北京出版社1983年版,第42页。

③ 参见张崇琛《楚辞文化探微》之"屈原神游西北的地理问题"一节,新华出版社1993年版,第135—138页。

献记载中，远古昆仑地区的生态环境也不像后人所想象的那样恶劣。如《穆天子传》描写的昆仑地区便是：

> 季夏丁卯，天子北升于舂山之上，以望四野。……曰："舂山之泽，清水出泉，温和无风，飞鸟百兽之所饮食，先王所谓县圃。"

《山海经·大荒西经》亦记：

> （昆仑山）有沃民之国，沃民是处。沃之野，凤鸟之卵是食，甘露是饮。凡其所欲，其味尽存。……鸾鸟自歌，凤鸟自舞，爰有百兽，相群是处，是谓沃之野。

如果说《穆天子传》《山海经·大荒西经》所写或有美化成分，那么《史记·匈奴列传》司马贞《索隐》所引《西河旧事》的一段文字，应是不存夸张的：

> （祁连）山在张掖、酒泉二界上，东西二百余里，南北百里，有松柏五木，美水草，冬温夏凉，宜畜牧。匈奴失此二山，乃歌云："亡我祁连山，使我六畜不蕃息；失我燕支山，使我嫁妇无颜色。"

祁连山为八百里见方的"昆仑之虚"的北界，其景致尚且如此，而昆仑的腹地，其局部的小气候只会更佳。

其二，昆仑是中国古代神话传说最为丰富的一个地区，先秦的许多神话如夸父逐日、共工触不周山及振滔洪水、禹杀相柳及布土、黄帝食玉投玉、稷与叔均作耕、魃除蚩尤、鼓与钦䲹杀葆江、烛龙烛九阴、建木与若木、恒山与有穷鬼、羿杀凿齿与窫窳、巫彭等活窫窳、西王母与三青鸟、姮娥盗药、黄帝娶嫘祖、窜三苗于三危等故事，最初都产生于远古的昆仑一带。对此，顾颉刚先生已有过具体的论述。①

---

① 顾颉刚：《〈庄子〉和〈楚辞〉中昆仑和蓬莱两大神话系统的融合》，《中华文史论丛》1979年第2期。

神话是昆仑文化的主要载体，而神的背后却是人。因此，透过昆仑地区丰富多彩的古代神话，人们完全可以感受到昆仑地区早期人类的活动。

其三，从考古发现来看，昆仑地区事实上已经有早期人类活动的痕迹。当年，徐旭生先生曾经猜测华夏集团的发源地在古昆仑丘（徐先生也认为古昆仑丘是现在的青海高原），但由于缺乏考古学的证明，他未能遽下结论。[①] 今天，徐先生所期待的考古资料已经出现。1983 年，中国科学院青海盐湖所的科研人员在柴达木盆地发现了距今三万年左右的旧石器时代遗址。这组包括刮削器、雕刻器、钻具和砍砸器等石制工具，制于距今三万年左右的晚更新世时期。当时的柴达木盆地植被繁茂，小柴旦湖是淡水湖，人类生活在一种适宜于成群食草类动物生活的草原环境。[②] 除了旧石器遗址外，1980 年 7 月，青海省文物考古队还在海南藏族自治州的贵南县拉乙亥又发现了一处中石器时代遗址。该遗址位于青海湖以南的共和盆地中部，海拔 2580 米。遗址共出土各类石器、骨器 1400 余件，其文化发展水平高于旧石器晚期文化，而进入中石器时代。[③] 至于更晚的新石器时代遗址，在青海高原也有多处发现。[④]

总之，无论从生态环境、神话传说还是考古发现来看，昆仑地区无疑是中国古人类的一处重要发祥地。而西北的华夏集团之源于昆仑，也应是可信的。至于伏羲族，徐旭生先生认为属于苗蛮集团，[⑤] 然大量的文献已证明，该族最早的活动区域是在西北。伏羲文化会不会也由昆仑发源呢？应该说是很可能的。倘如此，则楚文化与伏羲文化中某些相同因子的存在，也就很好理解了。

2007 年 9 月

（原载《职大学报》2008 年第 3 期，并收入中国屈原学会编《中国楚辞学》第十四辑，学苑出版社 2001 年版）

[①] 徐旭生：《中国古史的传说时代》，科学出版社 1960 年版，第 43 页。
[②] 参见《新华文摘》1985 年第 3 期。
[③] 盖培、王国道：《黄河上游拉乙亥中石器时代遗址发掘报告》，《人类学学报》1983 年第 2 卷第 1 期。
[④] 参见赵生琛等《青海古代文化》，青海人民出版社 1986 年版，第 15—51 页。
[⑤] 徐旭生：《中国古史的传说时代》，科学出版社 1960 年版，第 49 页。

屈原的哲学思想

——屈原思想研究之一

屈原是以文学见长的,他留给后人的主要是辞赋。所以他不像许多先秦诸子那样,能够留给我们一部现成的哲学著作,可以让我们从中研究他的哲学思想。但屈原作为一位历史人物,一位政治家,还是有他的哲学思想的。这主要表现在他的《天问》之中,也散见于他的其他一些篇章。不过,由于材料的零乱和思想的隐微,要真正把握屈原的哲学思想并不是很容易的事情。下面试从三个方面来加以探讨。

一 屈原的宇宙观

战国时期,我国的思想界出现了百家争鸣的局面。齐国的稷下便堪称当时的一个学术中心。屈原曾经两次出使齐国,所以他对当时的学术动态应是了解的。当时的学者们对于宇宙的认识主要有两种学说:一是"元气说",二是"盖天说"。"元气说"是为解释宇宙的生成原因而立论的,其说见于《易传》。《周易·系辞下》说:"易有太极,是生两仪。两仪生四象,四象生八卦。"什么是"太极"呢?汉代的郑玄解释说:"极中之道,淳和未分之气也。"(宋王应麟辑《郑氏周易注》)唐代的孔颖达更进一步明确道:"太极谓天地未分之前元气混而为一,即是太初大一也。"(《周易正义》)如果郑、孔两家的解释是符合原意的话,那么,《易传》无疑是"元气说"的提出者。倘再进一步上溯还可以发现,老子的"道"与《易传》的"太极"也有着某些相似。《老子》说:"有物混成,先天地生。寂兮寥兮,独立而不改,周行而不殆,可以为天下母。吾不知其名,字之曰道,强为之名曰大。"又说:"道生一,一生二,二生三，三生万物。"老子也认为宇宙生成于一种原始的"混成"的"物"，然后由此物而变化生成"万物"。应该说，这种关于宇宙生成的理论是带有一定唯物的因素的。

"盖天说"则是关于宇宙结构的一种理论。这种理论认为天像一个圆盆盖在上面，地是方的，离天八万里，即所谓"天圆地方"。直到成书于西汉的《淮南子》还是这样认为。《淮南子·天文训》说："天道曰圆，地道曰方。方者主幽，圆者主明。"《晋书·天文志》也记述了古代的"盖天说"："天似盖笠，地法覆盘。天地各中高外下，北极之下为天地之中。"又据《管子·白心》说："天或维之，地或载之。天莫之维，则天以坠矣；地莫之载，则地以沉矣。"这便是说，"天盖"尚有一根绳子系着，大地也由东西承载着。显然，"盖天说"对宇宙结构的设想是缺乏科学依据的。

那么，屈原的宇宙观又是怎样的呢？简言之，他赞成"元气说"，而对"盖天说"则表示了大胆的怀疑。请看《天问》开头的七章：

> 曰遂古之初，谁传道之？上下未形，何由考之？
> 冥昭瞢暗，谁能极之？冯翼惟像，何以识之？
> 明明暗暗，惟时何为？阴阳三合，何本何化？
> 圜则九重，孰营度之？惟兹何功？孰初作之？
> 斡维焉系？天极焉加？八柱何当？东南何亏？
> 九天之际，安放安属？隅隈多有，谁知其数？
> 天何所沓？十二焉分？日月安属？列星安陈？

《天问》的写作特点是"引而不发，令人自悟，不质言而若疑难"（刘梦鹏《屈子章句》）。所以，从这些问难的背后，读者是不难体会到屈原的实际倾向的。例如，屈原说"遂古之初""上下未形"，宇宙混沌一片（"冥昭瞢暗"），只有盛满的大气（"冯翼惟象"），这实际上已经承认了宇宙之初是一团氤氲浮动的元气；而他所要质问的只不过是"何由考之""谁能极之""何以识之"罢了。再比如屈原问阴、阳、天三者的结合，什么是本源，又如何变化的（"阴阳三合，何本何化"），也是先肯定了元气分化为阴阳二气并在"天"（大自然）的作用下生成万物，然后才去发问三者之中何为"本"、何为"化"的。显然，屈原对"元气说"这一朴素唯物的宇宙生成理论本身并没有产生怀疑。换言之，屈原是赞同"元气说"的。

至于对"盖天说"，屈原则表现出另外一种态度。他问那九重的天盖是谁营造的（"圜则九重，孰营度之"），天盖枢纽的绳子系在何处（"斡维焉系"），天体的最高处固定在哪儿（"天极焉加"），八根天柱撑在什么地方（"八柱何当"），九层天之间怎么安置、联属（"九天之际，安放安属"），大地不能完全被天覆盖的角落有多少（"隅隈多有，谁知其数"），天在哪儿同地接合（"天何所沓"），十二辰怎样划分（"十二焉分"），日月星辰如何附着、陈列在天上（"日月安属，列星安陈"）？由其具体而微而又层层递进的发问可以看出，屈原认为"盖天说"的漏洞甚多，实难自圆其说。这在两千多年前"盖天说"还在广为流行的时代，不能不说是一种可贵的探索精神。

质言之，屈原对宇宙生成的看法是：他认为宇宙是物质的，而这些物质是如何形成和安排的，他则不甚了然。这当然是一种时代的局限。但直到今天为止，谁又能说对宇宙生成的问题完全搞清楚了呢？看来人类对宇宙认识的局限还将会继续下去。

屈原宇宙观的另外一个重要方面是对"天命"的怀疑和否定，这是同他对宇宙的物质性认识相一致的。他在《天问》中说：

　　天命反侧，何罚何佑？齐桓九合，卒然身杀。

他认为天命是反复无常的，赏罚也没有什么标准可言。齐桓公九合诸侯，一匡天下，然而卒致身杀。言下之意是说，假如真有什么"天命"的话，那么像齐桓公这样的贤者便不应该落到如此下场。他接着又问道：

　　比干何逆，而抑沈之？雷开何顺，而赐封之？
　　何圣人之一德，卒其异方？梅伯受醢，箕子详狂？

纣的忠臣比干触犯了什么，而被挖心？奸臣雷开顺从了什么，却受到封爵？为什么圣人们美德如一而结局各异？梅伯被剁成肉酱，而箕子又装疯逃亡？可见，要说有"天命"，许多事情实在是解释不通的。

不仅如此，屈原还对世人所信仰的"天帝"也进行了攻击。他在《哀郢》中就痛斥过"皇天之不纯命"，在《天问》中更进一步揭露了天帝的不负责任和私心杂念：

> 皇天集命，惟何戒之？受礼天下，又使至代之？
> 彭铿斟雉，帝何飨？受寿永多，夫何久长？

天帝既然把天下赐给某位国王，他是怎样告诫他的呢？为何已经授予了天下之位，到时候却又使别人去取代他？彭祖调制的野鸡汤，上帝为何就享用了呢？让他多寿，为何就那么久长？据说彭祖之所以活了800岁，是因为他调制的野鸡汤为天帝所喜爱的缘故。这样的传说，屈原当然是熟知的。而他所要质问的是，既然如此，那么天帝岂不是接受了贿赂？这种义正词严的问难，连有意为天帝辩护的人怕也无言以对了。

在对"天帝"进行了问难，并对历史上各个王朝兴亡的经验教训进行了总结的基础上，屈原径直提出了自己的看法。他在《离骚》中说：

> 皇天无私阿兮，览民德焉错辅。夫惟圣哲以茂行兮，苟得用此下土。

原来所谓"天意"即是民意，上天是选择了民众拥戴的人才安排辅佐的。这与《尚书》"天视自我民视，天听自我民听"（《孟子·万章上》引《泰誓》）、"皇天无亲，惟德是辅"（《左传·僖公五年》引《周书》）的思想是一脉相承的。只不过在屈原的观念里，"天"不但已降为"民"的附庸，而且连那个有意志的"天"（即上帝）的是否存在也成了问题。在先秦时代，这样的宇宙观虽比不上荀子的"制天命而用之"，但也算得上是比较进步了。

二　屈原的认识论

在认识论上，屈原首先主张"参验以考实"，这与稍后的韩非子的主张有着某些相似之处。韩非在《显学》篇中说："无参验而必之者，愚也。"在《孤愤》篇中，韩非还谴责了"人主不合参验而行诛"的做法。韩非所谓"参验"，即比较研究，检验证实，这无疑是一种进步的认识方法。而早在韩非之前，屈原即已提出了"参验以考实"的主张。如他在《惜往日》中就明确指出：

> 弗参验以考实兮，远迁臣而弗思。
> 信谗谀之溷浊兮，盛气志而过之。

又说：

> 弗省察而按实兮，听谗人之虚辞。
> 芳与泽其杂糅兮，孰申旦而别之？

屈原从认识论的角度谴责了楚王的"弗参验以考实""弗省察而按实"，并认为这是导致楚王疏远自己的主要原因。在《离骚》中，屈原也表达了这样的意思：

> 怨灵修之浩荡兮，终不察夫民心。
> 众女嫉余之蛾眉兮，谣诼谓余以善淫。

"浩荡"犹言荒唐，"民心"即人心。楚王之所以荒唐，相信谣诼，不察人心，其原因也还是上文所说的"弗参验以考实"。为此，屈原在《离骚》的"求女"一节中又举了宓妃的例子以说明"参验考实"的重要性：

> 吾令丰隆乘云兮，求宓妃之所在。
> 解佩纕以结言兮，吾令蹇修以为理。
> 纷总总其离合兮，忽纬繣其难迁。
> 夕归次于穷石兮，朝濯发乎洧盘。
> 保厥美以骄傲兮，日康娱以淫游。

> 虽信美而无礼兮，来违弃而改求。

宓妃虽然外表很美，但经过屈原的"参验考实"，却发现她性情乖戾、行为不检、傲慢无礼，故尔只好"来违弃而改求"了。看来，屈原也许是想借此以表明，他与楚王的认识方法是截然的不同吧！

其次，屈原也很注意从事物的本体出发，首先抓住事物的特性，然后去进行推论，从而获得自己的认识。屈原在作品中经常讲到"性""质""实"这样三个概念，如：

> 物有微而陨性兮，心有隐而先倡。
> ——《悲回风》

> 芳与泽其杂糅兮，唯昭质其犹未亏。
> ——《离骚》

> 孰无施而有报兮，孰不实而有获。
> ——《抽思》

屈原所谓"性"即生，亦即事物的天性和特性；"质"是事物内部的组织结构，即本质；"实"是实体，即由于事物的内部组织结构的不同而形成的不同实体。屈原认识事物的顺序便是由"性"到"质"再到"实"，即由外表到实质、由形式到内容、由总体到个体这样一个过程。而如何才能实现由"性"到"质"再到"实"的不断深化的认识呢？屈原则主要通过形象思维和抽象思维相结合的方法，以推出自己的结论。请看《悲回风》的首四句：

> 悲回风之摇蕙兮，心冤结而内伤。
> 物有微而陨性兮，声有隐而先倡。

"回风"即旋风、邪风；"微"即"媺"，美好之意。"蕙"的天性是美好的，质地是芳香的，而其实体却被"回风"肆意地摧残着。由此屈原便推出了自己的结论："物有微而陨性"——凡是具有美好天性的物体，就必然要被毁灭。而读者当然也可由此而联想到人类社会，联想到屈原因内美、外美兼具而被迫害、被放逐的事实。正如姜亮夫师所精辟指出的，屈原是"借'悲回风之摇蕙'来作形象，再以'物有微而陨性'来作一个逻辑思维"（《楚辞今绎讲录》）。而这种逻辑思维也就是诗歌的哲理，与文学上的比兴是完全不同的。再看《离骚》的这样几句：

　　日月忽其不淹兮，春与秋其代序。
　　惟草木之零落兮，恐美人之迟暮。

诗人由"草木"的"零落"而立刻意识到"美人"的"迟暮"，这也是一种推理，是由自然界到人世间的推理；而其推理的方式，也仍然是由"性"到"质"到"实"，即由香草、美人所共有的美好天性和芳香品质，而推导出她们作为一个个实体都会衰老以至死亡的结论。

　　再次，在认识论方面，屈原还有一种特殊的"递进式"或"并列式"的认识方式。屈原的"递进式"与今天逻辑推理中的"三段论式"不同，它不是通过"大前提""小前提"以推出"结论"，而是连续采用三种不同的角度或感知方式来变革事物，以求得对事物的深刻认识。这在文法上便常常表现为三个动词的连用。如：

　　览相观于四极兮，周流乎天余乃下。
　　　　　　　　　　　　　　　——《离骚》
　　登石峦以远望兮，路眇眇之默默。
　　入景响之无应兮，闻省想而不可得。
　　　　　　　　　　　　　　　——《悲回风》

屈原对于天之四极的认识便是通过"览、相、观"的方式来完成的。具体说，"览"是从大处着眼，即浏览；"相"是仔细地看，即审视；而"观"则是带有体察、判断的意味了（此三字解释略本亮夫师说）。这是由宏观至微观再到理念的认识方式，它表明了屈原最后所作出的"周流乎天余乃下"的决断是极其不易的。《悲回风》中所反映的认识方式也是同样。诗人在流放中，登上那石头小山远望，只见道路辽远，一切都沉寂无声，以致连任何形影、声响都毫无所应。此时，诗人是多么想念自己的祖国呀，但"闻省想而不可得"。"闻"即耳听，"省"即目视，"想"即心思。作者连续运用了这样三种层层递进的感知方式还是不能得到故国的消息，诗人此时的孤寂处境及爱国深情可想而知了。这也从另一个角度告诉了我们，诗人要对一个重要问题作出结论，其态度是何等的认真，其认识的过程又是何等的细致和深入呀！

除了"递进式"的认识方式外，屈赋中也有不少诗句反映了屈原的"并列式"认识。如《抽思》的"好姱佳丽"及《怀沙》的"文质疏内"等便是。《抽思》言"有鸟自南兮，来集汉北"，这当然是屈原放逐汉北的自比。而这只"鸟"是什么样子呢？屈原便同时从"好、姱、佳、丽"四个角度来加以形容。"好"是总体的和外表的美；"姱"即"夸"，壮大之美；"佳"指人的内在气质的美，"丽"言风采的美。合言之，即是屈原所一贯珍惜的内美与外美。像这样能从四个不同的角度来细致地把握美和阐述美，的确是屈原在认识论上的独到之处。至于《怀沙》的"文质疏内兮，众不知余之异彩"，一般注本多以"文质""疏内"分疏，恐不尽然。唯清人刘梦鹏能得屈子真义。刘氏《屈子章句》注此二句云："文，道德之华；质，忠诚之实；疏，豁达；内，木讷。有此四者，屯中发外，彬彬可观，故曰异彩。"所谓"四者"，也即是认识问题的四个不同的角度。

总的来说，屈原在认识论方面虽不像某些先秦诸子（如墨子、庄子、孟子）那样具有一整套关于"正名"的理论，但透过其作品的字里行间，还是能够体察到他在认识事物方面的独特方式的。

三　屈原的人生观

屈原的一生，是悲剧的一生，但同时又是光辉的一生。他生而具有"内美"，而在此后漫长的人生旅途中，又始终为真理和正义而斗争，九死不悔。可以说，他是生得伟大，死得光荣。而这样一位对于中华民族产生了深远影响的历史人物，他的人生观又是怎样的呢？约略言之，其人生要义似可归结为三点。

一是对美的追求。屈原认为他生而就具有"内美"，即高贵的出身（高阳苗裔）、吉利的生日（庚寅以降）以及父亲所赐予的"嘉名"。而他的一生便是要竭力追求"外美"即后天之美以与之相符，从而使自己达到"完美"的境地。而如何才能求得后天之美呢？屈原所采取的方法是"修"，即刻苦地自我修养。

正是基于这样的人生观，所以作为屈原心灵写照的屈赋，自始至终都贯穿了一个"修"字，而尤以他的代表作《离骚》最为明显。清代的楚辞注家蒋骥曾经指出，《离骚》"通篇以好修为纲领""篇中曰好修、曰修能、曰修名、曰前修、曰修初服、曰信修，修字凡十一见，首尾照应，眉目了然"（《山带阁注楚辞·余论》）。今观《离骚》中的"修"字（《离骚》中"修"字实际凡十八见，蒋氏统计未确），除了有三处与"长"字同义外，其余如"又重之以修能""恐修名之不立""退将复修吾初服""孰信修而慕之""余虽好修姱以靰羁""余独好修以为常""汝何博謇而好修""苟中情其好修""莫好修之害也"，大都与诗人的求美及自身修养有关。诗人还称前代贤人为"前修"（如"謇吾法夫前修""固前修以菹醢"），称楚王为"灵修"（如"夫唯灵修之故也""伤灵修之数化""怨灵修之浩荡"），也都是基于他对"修"的看重。至于诗人通过"修"以追求的后天之美，则既包括了外在的美，如高冠、长佩、芰荷为衣、芙蓉为裳、身披芳草、腰带长剑；也包括了心灵的美和道德的善，即"中情其好修"。在屈原认为，原先没有的，可以通过"修"来完备；原先已有的，也要通过"修"来保持。那些青年贵族之所以会中道变质（"兰芷变而不芳兮，荃蕙化而为茅"），就是"莫好修之害也"。所以他自始至终以前代的贤者为榜样（即"法夫前修"），以国家的安危作鞭策（"恐皇舆之败绩"），坚持不懈地进行着自我修养，也坚持不懈地在追求着美。而他所津津乐道的"余独好修以为常"，用今天的话来说，便是活到老学到老、修养到老。这种终其生而不遗余力地追求美的精神，实在令人敬佩！

二是对邪恶的斗争。屈原一生都在追求美，然而他也深知，在现实社会中，正义与邪僻、美好与丑恶总是同时存在的。而为了追求美好，他便不得不与邪恶进行斗争。

当时楚国的邪恶势力主要来自以"党人"为代表的一批旧贵族，是他们将楚国引上了危险的道路。屈原从国家的利益出发，毫不留情地揭露了他们的丑恶面目：

惟夫党人之偷乐兮，路幽昧以险隘。

　　　　　　　　　　　　　　　　——《离骚》

众皆竞进以贪婪兮，凭不厌乎求索。
羌内恕己以量人兮，各兴心而嫉妒。

　　　　　　　　　　　　　　　　——《离骚》

固时俗之工巧兮，偭规矩而改错。
背绳墨以追曲兮，竞周容以为度。

　　　　　　　　　　　　　　　　——《离骚》

世溷浊而嫉贤兮，好蔽美而称恶。

　　　　　　　　　　　　　　　　——《离骚》

外承欢之汋约兮，谌荏弱而难持。

　　　　　　　　　　　　　　　　——《哀郢》

众踥蹀而日进兮，美超远而逾迈。

　　　　　　　　　　　　　　　　——《哀郢》

变白以为黑兮，倒上以为下。
凤皇在笯兮，鸡鹜翔舞。

　　　　　　　　　　　　　　　　——《怀沙》

"党人"们违背法度，竞进贪婪，嫉贤妒能，颠倒黑白，苟且偷生，把楚国搅得乌烟瘴气。在此，屈原虽没有点名，但人们并不难感觉出，这正是对以令尹子兰和上官大夫靳尚为代表的一批旧贵族的真实写照。

不仅如此，屈原还对信任、纵容邪恶势力的楚王也进行了谴责。他不但数说楚王的"荒唐"，"详（佯）聋而不闻"（《抽思》），而且还斥其为"壅君"，是"无度而弗察""含怒而待臣"（皆见《惜往日》）。甚至直到他的绝笔《惜往日》的最后二句也还是毫不留情：

不毕辞而赴渊兮，惜壅君之不识！

这临终前的铮铮铁骨、慷慨之辞，这至死不屈的斗争精神，千载之下犹令人肃然起敬！

三是对死的选择。应该说，屈原是热爱生活的，也是珍惜生命的。

这我们只要看他在《九歌》的许多篇章中所表现的浓厚的生活情趣，在《橘颂》中所显示的爱美的品性和非凡的生活气度便可以知晓。这样的人本来是可以活得很潇洒的，但他却不等寿终正寝提早结束了自己的生命，而且连死的方式也是预先决定了的。这不能不引起人们的深思。

我们不妨将屈赋中谈到"死"的诗句作一些分析：

亦余心之所善兮，虽九死其犹未悔。

——《离骚》

宁溘死以流之兮，余不忍为此态也。

——《离骚》

伏清白以死直兮，固前圣之所厚。

——《离骚》

民生各有所乐兮，余独好修以为常。
虽体解吾犹未变兮，岂余心之可惩。

——《离骚》

既莫足与为美政兮，吾将从彭咸之所居。

——《离骚》

舒忧娱哀兮，限之以大故。

——《怀沙》

知死不可让，愿勿爱兮。

——《怀沙》

卒没身而绝名兮，惜壅君之不昭。

——《惜往日》

宁溘死而流亡兮，恐祸殃之有再。
不毕辞而赴渊兮，惜壅君之不识。

——《惜往日》

宁赴湘流，葬于江鱼之腹中，安能以浩浩之白，而蒙世俗之尘埃乎？

——《渔父》

可以看出，屈原的死既非激于一时义愤，亦非"水游"而成仙（刘向有"水游"之说），更不是被他人所杀害；屈原的死是他深思熟虑的结果，是为了以死来向不合理的社会现实进行抗议，以死来向邪恶势力做最后一次的斗争，也是以死来保持他终生为之追求的完美人格。在这个意义上可以说，屈原的死，与他对美的追求、对邪恶势力的斗争是完全一致的，也同为他人生观的体现——而这种人生观正是中国许多正直的知识分子们所共同具有的。

总之，屈原虽不是哲学家，其思想也不能划归诸子中的某一派，但他有辉煌的诗篇传世，而其诗篇又有着博大、深邃的内涵。因此，只要我们细加钩稽，还是可以从中窥见其宇宙观、认识论和人生观的。而这种诗人式的哲学思想虽与传统的哲学家的哲学思想表现不同，但同为时代精神的反映，都对中国的思想史产生了深远的影响。我们从唐代柳宗元的《天对》以及当代许多学者对《天问》所作的尚不圆满的回答来看，这种影响甚至还要继续下去。

屈原的政治思想

——屈原思想研究之二

《离骚》云："既莫足与为美政兮，吾将从彭咸之所居。"这"美政"的主张便是屈原政治思想的核心。具体说，又包括三个方面的内容。

一　民本思想

民本思想是春秋以来的一种时代思潮，从《尚书》《春秋》"三传"到《孟子》都表现了这样的思想。如《尚书·泰誓》："天视自我民视，天听自我民听。"（《孟子·万章上》引）《尚书·皋陶谟》："天聪明，自我民聪明；天明畏，自我民明威。"《谷梁传·桓公十四年》："民者，君之本也。"《左传·庄公三十二年》："国将兴，听于民；将亡，听于神。"《左传·僖公十九年》："民者，神之主也。"春秋时期晋国的师旷甚至主张将"困民之主"从台上赶下去（见《左传·襄公十四年》）。这种思想到了孟子而达于高潮，即所谓"民为贵，社稷次之，君为轻"（《孟子·尽心下》）。民本思想的发展，自然是激烈的阶级斗争、不断爆发的奴隶起义，从而使人们越来越认识到"民"的作用的结果。但它一经成为一种思潮之后，其影响所及，便不仅限于北土，也很快达于南楚。而屈原即是继承了春秋以来的这种民本思想，并以此作为他"美政"思想的核心。只不过屈原又将这种思想更加具体化了。

（一）对人民力量的重视。如：

皇天无私阿兮，览民德焉错辅。

> 夫维圣哲以茂行兮，苟得用此下土。
> 瞻前而顾后兮，相观民之计极。
> 夫孰非义而可用兮，孰非善而可服。
>
> ——《离骚》

屈原认为，天意即民意，老百姓所拥戴的，也即是上天所辅佐的。而民众所拥护的标准是什么呢？那就是"义"和"善"，只有这样的"圣哲"，才能统治天下。

（二）对人民苦难的同情。如：

> 长太息以掩涕兮，哀民生之多艰。
>
> ——《离骚》
>
> 皇天之不纯命兮，何百姓之震愆。
> 民离散而相失兮，方仲春而东迁。
>
> ——《哀郢》
>
> 哀州土之平乐兮，悲江介之遗风。
>
> ——《哀郢》
>
> 愿摇起而横奔兮，览民尤以自镇。
>
> ——《抽思》

诗人目睹了民众的离散相失，多灾多难，不禁为之悲伤，并流下了同情的眼泪。甚至在他想自暴自弃的时候，也因看到了楚国人民的苦难而强自镇定下来。当然，上述句中的有些"民"字或有人解作"人"字，但我们不取。

（三）有德在位与选贤任能的主张。既然"民为邦本"，那么，君和臣也都应当适应人民的要求。为此，屈原又进一步提出了有德在位和选贤任能的主张。这是民本思想在国家政治中的具体化。如屈原对国君的要求是：

> 昔三后之纯粹兮，固众芳之所在。
> 杂申椒与菌桂兮，岂惟纫夫蕙茞。

> 彼尧舜之耿介兮，既遵道而得路。
> 何桀纣之猖披兮，夫唯捷径以窘步。
>
> ——《离骚》

屈原认为，作为国君，最重要的品德是"纯粹"和"耿介"。"纯粹"即德行精美，不存杂念，善于任用各方面的人才；"耿介"即光明正大，不搞阴谋诡计。而屈原最不能容忍的君王的缺点是"猖披"，即放纵不检。他的"怨灵修之浩荡""惜壅君之不昭"，应该说都是基于这样的标准。再看他对人臣的要求：

> 汤禹俨而祗敬兮，周论道而莫差。
> 举贤而授能兮，循绳墨而不颇。
>
> ——《离骚》

他所要求于人臣的是"贤"和"能"。而什么样的人才算"贤"与"能"呢？屈原在《离骚》中举例说：

> 说操筑于傅岩兮，武丁用而不疑。
> 吕望之鼓刀兮，遭周文而得举。
> 宁戚之讴歌兮，齐桓闻以该辅。

在《惜往日》中，诗人也反复说：

> 闻百里之为虏兮，伊尹烹于庖厨。
> 吕望屠于朝歌兮，宁戚歌而饭牛。
> 不逢汤武与桓缪兮，世孰云而知之。

屈原出身"贱贫"（《惜诵》有"忽忘身之贱贫"句），所以他竭力主张从下层社会中发现和选拔人才。像操筑的罪犯傅说，鼓刀的屠夫吕望，吟唱《饭牛歌》的商贩宁戚，以及做过奴隶的百里奚、烹割于厨中的伊尹等，屈原认为他们都是民众的精英，是难得的贤才。这与楚王朝用人的世卿世禄原则和世俗的"并举而好朋"的结党营私行为,是完全不同的。

（四）从自己做起,刻苦修养的精神。屈原要求贤从政,所以他首先向前贤学习,处处严格要求自己,刻苦修养,以身作则。这是民本思想在屈原身上的实际体现。《离骚》中有多处描写诗人的佩服香草,其象征义即在于此：

> 朝搴阰之木兰兮,夕揽州之宿莽。
> 扈江离与辟芷兮,纫秋兰以为佩。
> 朝饮木兰之坠露兮,夕餐秋菊之落英。……
> 制芰荷以为衣兮,集芙蓉以为裳。……
> 高余冠之岌岌兮,长余佩之陆离。

诗人以香花香草来装饰自身,便象征了他要用前贤可贵的品质、高尚的情操来要求自己,自警自励。而且,诗人的这种修养又是自始至终、刻不容缓的：

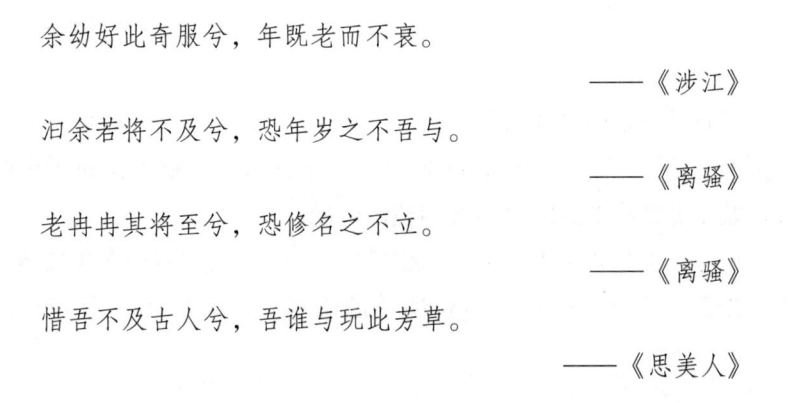

> 余幼好此奇服兮,年既老而不衰。
> ——《涉江》
> 汨余若将不及兮,恐年岁之不吾与。
> ——《离骚》
> 老冉冉其将至兮,恐修名之不立。
> ——《离骚》
> 惜吾不及古人兮,吾谁与玩此芳草。
> ——《思美人》

这种积极自修以为民用的心情,遂使屈原的民本思想带上了强烈的感情色彩,从而有别于诸子的纯理性说教。

二 法治思想

法治思想在屈赋中也有许多方面的表现。

（一）反复强调法制的重要性。像《离骚》之"循绳墨而不颇"，《惜往日》之"明法度之嫌疑""国富强而法立"，都是反复强调法治的重要性。屈原认为，国家要富强，就必须"法立"；而法律既要详明（即所谓"明嫌疑"），又须严格遵循。显然，这是屈原针对楚国政治生活中的"人治"或"心治"的弊端而提出来的，具有重大的现实意义。

（二）极力谴责不循法度的行为。如：

> 固时俗之工巧兮，偭规矩而改错。
> 背绳墨以追曲兮，竞周容以为度。
> 　　　　　　　　　　　　——《离骚》

> 乘骐骥而驰骋兮，无辔衔而自载。
> 乘泛泭以下流兮，无舟楫而自备。
> 背法度而心治兮，辟与此其无异。
> 　　　　　　　　　　　　——《惜往日》

屈原谴责了时俗的"工巧""追曲"和违背法度的行为，并指出这种"背法度而心治"的做法，就如同乘骏马而不备辔衔、乘木筏而不用船桨一样，是十分危险的，随时都有颠覆的可能。

（三）对法律知识的谙熟。屈原在作品中引用了不少古代法律方面的专门用语，从中可以看出他对法令的精通。如《惜诵》中便有这样的句子：

> 所作忠而言之兮，指苍天以为正。
> 令五帝以折中兮，戒六神与向服。
> 俾山川以备御兮，命咎繇使听直。

"为正"即主审，"折中"即判断，"向服"即对证，"备御"即陪审，

"听直"即断案。这都是古代的专门法律用语，但却出现在了屈原的辞赋中，这真不能不令人惊叹屈原的法律修养了！而屈原要洗刷掉自己的冤枉，要表明自己的"言与行其可迹兮，情与貌其不变"，最后竟不得不采用了幻想的"法律"手段，让苍天来作主审，让五帝来作判断，让六神来对证，让山川来陪审，让古代的大法官皋陶来断案，这又曲折地说明了屈原的"法律意识"是何等之强！

（四）亲自为怀王起草法令。《史记·屈原传》记载：

> 怀王使屈原造为宪令。屈平属草稿未定，上官大夫见而欲夺之，屈平不与。因谗之曰："王使屈平为令，众莫不知。每一令出，平伐其功，以为'非我莫能为'也。"王怒而疏屈平。

这一段文字至少可以说明两个问题：一是屈原确曾为怀王起草过"宪令"，这又表明怀王曾经赞同过屈原的法治主张并欣赏他的法律才能；二是"宪令"的内容虽不得前知，但法治的本身无疑将会限制旧贵族集团的特权，所以才招致了上官大夫的恶意中伤，并使屈原被疏。这一段史实在《惜往日》中也有反映：

> 惜往日之曾信兮，受命诏以昭诗。
> 奉先功以照下兮，明法度之嫌疑。
> 国富强而法立兮，属贞臣而日娭。
> 秘密事之载心兮，虽过失犹弗治。
> 心纯厖而不泄兮，遭谗人而嫉之。

所谓"受命诏以昭诗"，即屈原奉怀王之命起草宪令，以"明法度之嫌疑"；所谓"心纯厖而不泄"，即屈原心地纯厚而不肯泄露机密，不肯将宪令草稿交给上官大夫；而所谓"遭谗人而嫉之"，则指上官大夫对屈原的诋毁。大约起草宪令在当时还是一件"秘密事"，只在怀王和屈原间有过某种约定，而且怀王对屈原还颇为放手，即使有过失也不加惩治。但不知怎的，怀王竟中道改变了初衷，对屈原不再信任了。屈原对此当然难以想得通。他在《离骚》中说：

> 初既与余成言兮，后悔遁而有他。
> 余既不难夫离别兮，伤灵修之数化。

所谓"成言"，即起草宪令时的某种约定；所谓"悔遁而有他"，即怀王的改变之意。而从屈原所伤感的"灵修数化"来看，怀王改变主意其实已不是一次了。

应该说，屈原的法治思想是同他的民本思想相联系的，只有做到"在法律面前人人平等"，贵族阶层的特权才能被限制，民的地位也才会真正有所提高。但遗憾的是，屈原的法治主张并未被采纳，而屈原的变法，也如同他之前的吴起变法一样，都以失败而告终。

三 大一统思想

如果说民本思想是屈原"美政"的出发点，法治思想是实现"美政"的手段，那么，大一统思想则是屈原"美政"的最终目的。

"大一统"思想也是滥觞于春秋，至战国中、后期而趋向成熟的。《公羊传·隐公元年》："何言乎王正月，大一统也。"孔颖达《疏》云："王者受命，制正月以统天下，令万物无不一一皆奉之为始，故言大一统也。"又，《汉书·王吉传》引琅邪王吉语云："《春秋》所以大一统者，六合同风，九州共贯也。"可见，所谓"大一统"，即重视统一的事业。而到了战国中后期，这种"大一统"的呼声似乎越来越强烈，并成为诸子们议论的中心话题。不管是儒家的孟子、法家的韩非，还是阴阳家的邹衍，也不管各家的主张和措施如何，他们的目的都十分明确，那就是要统一中国。与此同时，号称"三强"的秦、楚、齐三国中有眼光的政治家们，也在思考统一中国的大略。秦的范雎、张仪等人自不必说，就连齐国的稷下先生们，又何尝不是在设计统一的蓝图。在这种形势下，作为"博闻强志，明于治乱"的楚国政治家屈原，当然也会有他的考虑。换言之，在屈原的"美政"思想中，不可能没有"大一统"的成分。这只要仔细阅读屈原的作品，也是有迹可寻的。

（一）屈原自叙世系，所追溯的是华夏民族的统一祖先。所谓"帝高阳之苗裔"的高阳，即五帝之一的颛顼；而在当时的传说中，颛顼既是黄帝之孙，又是虞、夏、秦、楚等族的祖先。屈原称颂曾经领导过华夏民族的领袖颛顼，实际是为楚人统一中国提供历史的依据。

（二）屈原所称引的圣君贤臣，都是华夏民族所公认的俊杰；而所鞭挞的暴君乱臣，亦为华夏民族所共斥。前者如君德"纯粹"的"三后"，行为"耿介"的尧舜，"俨而祗敬"的汤禹，用人"不疑"的武丁，"论道莫差"的周文王、周武王，善于发现人才的齐桓公，还有伊尹、皋陶、傅说、吕望、宁戚、伯乐、百里奚、伍子胥、介之推等；后者如"猖披"的桀纣，"康娱自纵"的夏启，"淫游佚田"的后羿，贪人家室的浞，"纵欲不忍"的浇，还有助纣为虐的雷开，"信谗"的吴王夫差等。而无论俊杰还是"乱流"，屈原所列举的对象都是遍及华夏大地的，非仅限于南楚一隅。可见，在屈原的心目中，中华民族虽被分成了许多不同的国家，但实际上是一统的，屈原也从来没有将楚国自外于中华民族之林。

（三）屈原作品所涉及的地区，也都是中国的广大疆域。如《离骚》记诗人神游所及：

> 遵吾道夫昆仑兮，路修远以周流。
> 扬云霓之晻霭兮，鸣玉鸾之啾啾。
> 朝发轫于天津兮，夕余至乎西极。
> 凤皇翼其承旂兮，高翱翔之翼翼。
> 忽吾行此流沙兮，遵赤水而容与。
> 麾蛟龙使梁津兮，诏西皇使涉予。
> 路修远以多艰兮，腾众车使径待。
> 路不周以左转兮，指西海以为期。

"昆仑""西极""流沙""赤水""不周""西海"都是中国西部地名（详参《屈原神游西北的地理问题》），亦即屈原心目中的中国西界。而《天问》"焉有石林，何兽能言"与《大招》"南交阯只"的"石林""交阯"，则是中国的南界。至于《少司命》及《河伯》"与女游兮九河"的"九河"（即黄河下游入海处）与《大招》"北至幽陵"的"幽陵"（今北京西南一带），又似为屈原心目中的中国东界与北端。这些都说明，在屈原的头脑中是有一个统一的中国的概念的。

（四）屈原《九歌》中的有些神祇，亦为全国所共祭。如河伯（黄河之神），即是全国共祭之神，从晋公子重耳的投璧于河到魏人的为河伯娶妇都说明了这一点。再如东皇太一（天帝）及云中君（云神），亦非楚人所独祀。直到汉代，祭太一仍是国家盛典。而后世民间祈雨时所祭之神，虽名目不同，也大都是云神的演变。屈原在其作品中反映了各地所共有的祭俗，这本身就说明，屈原在文化心理上已经视中华民族为一了。

概言之，民本思想也好，法治思想也好，大一统思想也好，既反映了屈原对时代潮流的顺应，又表明了他作为进步政治家所具有的思想高度。而且，屈原的这种"美政"思想并非只是停留在理想的阶段，他也有自己的措施和行动，那就是倡改革、反腐败和抗连横。

倡改革——主要是试图实行变法以刷新楚国政治，屈原亲自为怀王起草宪令便是基于此种目的。变法之事，在其初期阶段进行一定的保密是必要的。正如韩非所说："事以密成，语以泄败。"（《韩非子·说难》）但不幸的是，这一消息竟被泄露了出去，以致引起上官大夫的"夺稿"，从而使这一处在酝酿阶段的变法夭折了。而后人对"宪令"的具体内容也无从知晓。不过，我们可以从早于屈原四十多年的吴起变法窥见一点端倪。《史记·吴起传》说：

> 楚悼王素闻起贤，至则相楚。明法审令，捐不急之官，废公族疏远者，以抚养战斗之士。要在强兵，破驰说之言纵横者。

所谓"明法审令"即实行法治，"捐不急之官"即裁撤冗员，"废公族之疏远者"即限制旧贵族的特权。这同前述屈原的主张是完全一致的。因此我们有理由说，屈原的改革不但是吴起改革的继续，而且其内容也可能是大同小异的。

反腐败——主要是揭露楚国社会的腐败现象和旧贵族集团的丑恶行为。归纳起来，这些腐败现象主要有三个方面的表现：一是"贪婪""求索"（"众皆竞进以贪婪兮，凭不厌乎求索"），二是"嫉贤""蔽美"（"世溷浊而嫉贤兮，好蔽美而称恶"），三是颠倒黑白、混淆是非（"变白以为黑兮，倒上以为下"）。而对这种腐败现象的危害性，屈原也一针见血地指了出来：

> 鸾鸟凤皇，日以远兮。
> 燕雀乌鹊，巢堂坛兮。
> 露申辛夷，死林薄兮。
> 腥臊并御，芳不得薄兮。
>
> ——《涉江》
>
> 黄钟毁弃，瓦釜雷鸣。
> 谗人高张，贤士无名。
>
> ——《卜居》

面对腐败的社会，正直贤能的人都隐没了，远离了，只有那些蝇营狗苟的小人还在拼命地钻营，放肆地为非。而最终的结局则是令楚国进退维谷，走向灭亡：

> 惟夫党人之偷乐兮，路幽昧以险隘。
>
> ——《离骚》
>
> 知前辙之不遂兮，未改此度。
> 车既覆而马颠兮，蹇独怀此异路。
>
> ——《思美人》

车覆马颠即败绩。屈原死后，楚国确是屡屡"败绩"，"数十年竟为秦所灭"（《史记·屈原传》）。

抗连横——即屈原对外政策上的"联齐抗秦"主张。面对"三强"争雄的局面，想要使楚国免于灭亡、并进而由楚来统一中国，这无疑是唯一正确的战略方针。为此屈原曾两次出使齐国，一次在怀王十一年（公元前318年）左右，一次在怀王十八年（公元前311年）左右，目的都是为了稳固齐楚邦交，以联合齐国抗击强秦。但遗憾的是，由于怀王对外政策的多变，这一方针未能持续贯彻下去，致使楚国"兵挫地削"，最后连怀王自己也"客死于秦，为天下笑"（《史记·屈原传》）。

总之，屈原作为楚国的一个宗室大臣（无论左徒也好，三闾大夫也好），他的这些政治主张和措施虽未能完全实行，但并不掩其政治思想的光辉。再退一步说，即使是一个专业的政治家吧，能够具备上述的一项或是两项，也就很值得称道了，更何况屈原的政治思想是这样的系统，措施是这样的具体，而他本人又仅是以诗人而闻名于世呢！

（《人民日报》海外版1994年7月7日"楚辞文化专版"详细转载）

屈原的教育思想

——屈原思想研究之三

屈原从事过教育。他所担任的三闾大夫一职，即是掌管楚国贵族子弟教育的。《楚辞·渔父》云：

> 屈原既放，游于江潭，行吟泽畔，颜色憔悴，形容枯槁。渔父见而问之曰："子非三闾大夫与？何故至于斯？"

《渔父》的作者虽不必定为屈原，但近人多认为是先秦的作品。这段话经太史公稍加改动，又被移入《史记·屈原传》：

> 屈原至于江滨，被发行吟泽畔。颜色憔悴，形容枯槁。渔父见而问之曰：子非三闾大夫欤？何故而至此？

看来屈原担任过三闾大夫之职是没有问题的了。盖渔父之称屈原为三闾大夫，乃是"谓其故官"（王逸《楚辞章句》），而左徒则为后来升任之职。殆其遭谗见疏，不再担任左徒之后，又复就职于三闾了。那么，三闾大夫之职掌是什么呢？王逸《离骚序》云：

> 屈原与楚同姓，仕于怀王，为三闾大夫。三闾之职，掌王族三姓，曰：昭、屈、景。屈原序其谱属，率其贤良，以厉国士。

学界多据王逸此语，认为楚国的三闾大夫似北方各国的"公族大夫"，其说极是。

考"三闾"之义，乃因公族三姓分闾而居得名。古以二十五家为闾。《周礼·地官·大司徒》云："令五家为比，使之相保；五比为闾，使之相受。"而且，同姓之族往往聚居。故闾居之人，既有平民，亦有贵族。例如，战国时期齐国的贵族便聚居"东闾"，即所谓"东闾宗族"（见《战国策·齐策六》）；而秦代的贫弱之人则居"闾左"，成为首先遣戍的对象（见《史记·陈涉世家》）。而无论平民还是贵族，闾居者又似乎都应接受一定的教育。王应麟《困学纪闻》云：

> 古者无一民不学也。二十五家为闾，闾同一巷，巷有门，门有两塾。上老坐于右塾，为右师；庶老坐于左塾，为左师。出入则里胥坐右塾，邻长坐左塾，察其长幼揖逊之序。

南楚虽不一定遵守中原之制，但楚王族的三姓最初分居于三闾是可能的，故掌管三姓谱牒、负责三姓子弟教育的职官也便径称为"三闾大夫"了。迨至汉代，官制名称统一，"公族大夫""三闾大夫"一并为"宗正"所取代，此后直至清代的宗人府，尚保留其遗义。

值得注意的是，先秦对于"公族大夫"（即"三闾大夫"）的人选是极其慎重的。我们从《国语·晋语七》所记晋国推选公族大夫的情形便可见一斑：

> 栾伯谓公族大夫（韦昭注："公族大夫，掌公族与卿之子弟。"），公（晋悼公）曰："荀家惇惠，荀会文敏，黡也果敢，无忌镇静，使兹四人者为之。夫膏粱之性难正也，故使惇惠者教之，使文明者导之，使果敢者谂之，使镇静者修之。惇惠者教之，则偏而不倦；文明者导之，则婉而入；果敢者谂之，则过不隐；镇静者修之，则壹。使兹四人者为公族大夫。"

意楚于三闾大夫的要求亦当与此大同小异。而屈原之能膺任此职，除了他的"博闻强志，明于治乱，娴于辞令"外，又当与其道德情操的高尚及在教育方面的才能有关。时至今日，我们当然已很难把握屈原教育思想的全貌，但透过其作品，屈原在教育方面的一些特点还是可以体会得到的。

一是注意广泛地培养和发现人才。屈原有鉴于楚王用人的"不抚壮而弃秽"(《离骚》)及楚国政界的"谗人高张,贤士无名"(《卜居》),除了反复称颂"三后"的能够容纳"众芳"(即多方面的人才),以为楚王之借鉴外,又在自己的教育实践中贯彻了兼收并蓄、不拘一格的培养人才的方针。《离骚》中的下面四句诗实际是他此种教育思想的独白,只不过运用了象征的手法罢了:

> 余既滋兰之九畹兮,又树蕙之百亩。
> 畦留夷与揭车兮,杂杜衡与芳芷。

"兰""蕙""留夷""揭车""杜衡""芳芷"皆香草、香木之名,此处被屈原用来象征他所培养的三闾子弟。值得注意的是,"兰"作为"王者之香草"及楚贵胄子弟的象征(参《楚辞之"兰"辨析》),并非是屈原所培植的唯一香草。可见,屈原所培养的人才也并不限于王室的子弟。又据谭戒甫先生考证说,楚怀、襄两朝的政治势力是分为"木派"和"草派"的,"他们木类取名多从木旁如椒、桂,草类取名多从草旁如蕙、芷","怀、襄二朝的派别组织,就是这两类人在争持"(《屈赋新编·本论·离骚》)。果如此,则屈原在培植人才上已是打破了派别之见,做到一视同仁了。

除了对贵族子弟的培养外,屈原也很希望能从下层社会中发现和延揽人才。他在《离骚》《惜往日》等诗篇中多次称引历史上那些出身低微而又德能卓著的人才,如伊尹、傅说、吕望、宁戚、百里奚、介之推等,便明显包含有这样的意思。他的"上下求女",实际也是要为楚国寻求贤才,只不过其范围已扩大到了整个中国而已。屈原甚至认为,平民出身的人要比那些"羌无实而容长"的贵族子弟更加可靠。此虽不是三闾大夫之职责,但从发现人才和引进人才这一点来说,亦应属于国民教育的范畴。

二是注意政治品质与传统文化的教育。屈原的培养人才,并非是"不治而议论",而是"冀枝叶之峻茂兮,愿俟时乎吾将刈",即希望子弟们健康成长,以便将来担当大任。但他又不是培植私人势力,而是要为革新政治培养骨干，即所谓"率其贤良，以厉国士"。基于这样的培养目的，他便特别注意培养对象的道德修养，以望他们在复杂的政治斗争中不会变质。诗人用象征的手法写道：

> 冀枝叶之峻茂兮，愿俟时乎吾将刈。
> 虽萎绝其亦何伤兮，哀众芳之芜秽。
>
> ——《离骚》

屈原认为，芳草的枯萎、断绝是自然现象，没有什么可伤感的；只有"众芳"的"芜秽"即变质，才是最可哀的。这可以说是屈原教育思想的出发点，也是他时常提醒子弟们引以为戒的。屈原虽然在培育子弟上煞费苦心，但当他被黜之后，还是有不少的学生辜负了他的厚望，变节从俗。请看诗人为我们描绘的众芳变质的情形吧：

> 兰芷变而不芳兮，荃蕙化而为茅。
> 何昔日之芳草兮，今直为此萧艾也？
> 岂其有他故兮，莫好修之害也。
> 余以兰为可恃兮，羌无实而容长。
> 委厥美以从俗兮，苟得列乎众芳。
> 椒专佞以慢慆兮，㯉又欲充乎佩帏。
> 既干进而务入兮，又何芳之能祗。
> 固时俗之流从兮，又孰能无变化？
> 览椒兰其若兹兮，又况揭车与江离？
>
> ——《离骚》

作为师长，屈原当然不愿意看到这悲伤的一幕。屈原的最后"不毕辞而赴渊"，虽说还有别的原因，但在很大程度上便是因为他所培养的人才纷纷变质，他对楚国的前途已彻底绝望。我们当然不能责怪屈原，因为他已尽了自己最大的努力。我们只能说，社会太黑暗了，世情太险恶了，而继续教育的责任又太重了！

至于传统文化的教育，北土的教国子是由"太师教六诗"以实现的

(《周礼·春官》)。南楚的君臣们虽也间能引用《诗经》来谈话，但尚没有足够的史料来说明《诗三百》曾是三闾子弟的必修课。不过《左传》昭公十二年记楚左史倚相"能读《三坟》《五典》《八索》《九丘》"，《孟子·离娄下》亦云"晋之《乘》、楚之《梼杌》、鲁之《春秋》"。姜亮夫师谓此《三》《五》《八》《九》及《梼杌》即楚之史籍，左史倚相能读，官为左徒和三闾大夫的屈原亦当能读（见《楚辞今绎讲录》)。其说至辨。加以屈原曾两次使齐，对当时的学术信息也并不陌生，所以，倘说屈原的教授三闾子弟曾贯穿了这些内容，应当是可信的。而从《天问》所问内容的广泛及其提问方式的"引而不发，令人自悟，不质言而若疑难"（刘梦鹏《屈子章句》语）来看，其中的有些问题，似乎也不排除曾在三闾弟子中进行过讨论的可能。还有辞赋的创作，虽说是楚人一时风尚，但屈原既擅此艺，又为楚辞的创始人，则对他学生的创作，也不会不加指导的。司马迁说："屈原既死之后，楚有宋玉、唐勒、景差之徒者，皆好辞而以赋见称。"（《史记·屈原传》）不管他们三位是否是屈原的入室弟子，他们的辞赋创作受到过屈原的影响是肯定无疑的。

三是注意师长的表率作用。屈原自幼即有异志，愿意为人"师长"。他在《橘颂》中说："嗟尔幼志，有以异兮。"又说："年岁虽少，可师长兮。"而屈原对橘的内美、外美兼具品格的描写，实际上是他人格的自喻，也是他对"师长"品格的理解：

　　独立不迁，岂不可喜兮。
　　深固难徙，廓其无求兮。
　　苏世独立，横而不流兮。
　　闭心自慎，终不失过兮。
　　秉德无私，参天地兮。

——《橘颂》

所谓"独立不迁""深固难徙"，自然是指对故国的依恋；"苏世独立，横而不流"指清醒地处世，不肯随波逐流；而"秉德无私，参天地兮"则是指"师长"无私的品格可以参配天地。这同晋悼公对公族大夫的要求实有着某些相似之处。

为了引导学生好学向善，屈原自己也以身作则，刻苦自修。"民生各有所乐兮，余独好修以为常。"甚至在他遭谗见疏之后，仍是"退将复修吾初服"。《离骚》中那位高冠长佩、芰荷为衣、芙蓉为裳、身披香草的抒情主人公形象，既是诗人"好修"的象征，也可以理解为是对南国"师长"的人格写照。屈原还主张人要内心向善，不图虚名，强调"善不由外来兮，名不可以虚作"（《抽思》）。他认为只有辛勤地耕作才能有所收获，"孰无施而有报兮，孰不实而有获"（《抽思》）？这些也都可以看作是他教诲三闾子弟的心得。而他对自己所从事的教育工作即"三闾大夫"一职也是充满感情的。当他因避乱而不得不"发郢都而去闾""去终古之所居"时，那一步一回首、一步一伤神的痛苦情状中，既饱含着对故都的依恋，也流露了对"三闾"的深情。

末了还值得一提的是，屈原作为三闾大夫的师长表率作用，其影响所及也到了他的身后。我们从"楚虽三户，亡秦必楚"（《史记·项羽本纪》记楚人南公语）的预言中便可以看到这种影响。"三户"犹言"三闾"，即昭、屈、景三大姓（《史记索隐》引韦昭说）。三闾子弟中虽有些人在现实的政治斗争中变质，令屈原伤心；但三闾子弟的后裔们却始终不忘国耻，志在灭秦。这不能不说是屈原的师长人格和三闾精神仍在鼓舞着他们。

（原载《喀什师院学报》1994 年第 1 期，《人民日报》海外版 1994 年 7 月 7 日"楚辞文化专版"详细转载）

屈原的美学思想

——屈原思想研究之四

屈原没有美学著作传世，也没有系统的美学理论。但是，屈原有美学思想。因为屈原不但人美（参沈亚之《屈原外传》），而且爱美，终生都在追求美，古今中外像他那样为"求美"而身殉的人实在并不多见。直到屈原死后两千多年的今天，人们提起他来，也还是赞美之声不绝于口。这样一位彻底"美"化了的人物，如果说他没有美学思想，能讲得通吗？

屈原的美学思想主要是体现在他的文学作品即辉煌的诗歌中的。尽管没有上升为系统的理论，但质朴、鲜明；尽管零散，却不失精辟。下面便从四个方面来对屈原的美学思想作一分析。

一　内美与外美

内美与外美，在屈原认为是和谐统一的。先看他所说的内美：

> 帝高阳之苗裔兮，朕皇考曰伯庸。
> 摄提贞于孟陬兮，惟庚寅吾以降。
> 皇览揆余初度兮，肇锡余以嘉名。
> 名余曰正则兮，字余曰灵均。
> 纷吾既有此内美兮，又重之以修能。
>
> ——《离骚》

这儿的"内美"当作何解？联系到同句中的"纷"字和"既"字，

显然应该指诗人与生俱来的美质,即高贵的出身、吉利的生日以及父亲所赐的"嘉名"。换言之,即指诗人的禀赋之美。这是"内美"含义的一方面。由此出发,内美还有第二方面的含义,即与道德观念上的"善"联系在一起,如:

> 秉德无私,参天地兮。
> ——《橘颂》
>
> 善不由外来兮,名不可以虚作。
> ——《抽思》
>
> 亦余心之所善兮,虽九死其犹未悔!
> ——《离骚》
>
> 世溷浊而嫉贤兮,好蔽美而称恶。
> ——《离骚》

"无私"之"德"当然是一种"善",而"善"又不由外来,只能存在于人的内心之中,这便是一种"内美"了。第四例中的"美"与"恶"对称,自然更是指"善"无疑。

"内美"还包含有政治观念的"贤",这是它的第三种含义。如:

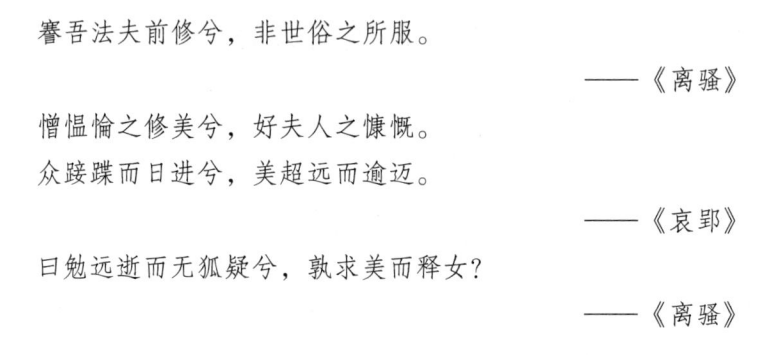

> 謇吾法夫前修兮,非世俗之所服。
> ——《离骚》
>
> 憎愠惀之修美兮,好夫人之忼慨。
> 众踥蹀而日进兮,美超远而逾迈。
> ——《哀郢》
>
> 曰勉远逝而无狐疑兮,孰求美而释女?
> ——《离骚》

前两句中的"修"字都是"美"的同义词,"前修"即前贤,"修美"即贤美。第三句中的"美"与"众"(指众小人)对举,指有美德的贤者,自然也就是"贤"的意思。至于《离骚》的"求美",一般注家都谓求贤,即"举贤而授能"。"贤"作为一种内美,内容十分丰富,它不但包含有爱国、爱民、正道直行的意思,也包括忠君恋宗之义。而贤人当政,便是所谓的"美政"。

可见,屈原的"内美"是包含三个层次的,即禀赋之美、道德之善和思想之贤。三者之中,无疑贤是最主要的。所以求贤不得、美政难为,屈原便只好从前修于地下了。

下面再来看看屈原所说的外美。在屈原认为,外美应包括容貌的美,如:

> 虽有西施之美容兮,谗妒入以自代。
> ——《惜往日》

> 姱容修态,絙洞房些。
> ——《招魂》

> 传芭兮代舞,姱女倡兮容与。
> ——《礼魂》

前一句的"美"字指容貌甚明;后两句的"姱"字与前句的"美"字同义。外美又包括服饰的美,如:

> 余幼好此奇服兮,年既老而不衰。
> 带长铗之陆离兮,冠切云之崔嵬。
> ——《涉江》

> 扈江离与辟芷兮,纫秋兰以为佩。
> ——《离骚》

> 制芰荷以为衣兮,集芙蓉以为裳。
> ——《离骚》

> 高余冠之岌岌兮,长余佩之陆离。
> ——《离骚》

> 及余饰之方壮兮,周流观乎上下。
> ——《离骚》

在诗人的笔下,高冠、长佩,芰荷之衣、芙蓉为裳,身披芳草、腰带长剑的服饰都被描绘成是美的，而且全都被概括为一个"壮"字。"壮"字在这里也是"美"的代字，它与"佩缤纷其繁饰兮"之"繁"，"纷独有此姱饰"之"姱"，皆有"美盛"之义。①

除容貌、服饰外，外美似乎还应当包括一种意态的美，它也是可以被人感知的。如：

美要妙兮宜修，沛吾乘兮桂舟。
————《湘君》

满堂兮美人，忽独与余兮目成。
————《少司命》

既含睇兮又宜笑，子慕予兮善窈窕。
————《山鬼》

娥眉曼睩，目腾光些。
————《招魂》

"美要妙"是一种文静的美，亦即"窈窕"；"目成""含睇""曼睩""腾光"皆指人的眼神，俗谓之"秋波流盼"；"宜笑"言人笑貌，谓笑得恰到好处。虽说"意态由来画不成"，但在屈原的笔下，人物的意态之美还是被形象地描绘出来了。

合而言之，屈原所谓"内美"是指本质的美、心灵的美、思想的美，所谓外美是指现象的美、形式的美、感知的美；而屈原对美的总的要求，便是这两者的和谐统一，即"完美"。他以之律己，也以之求人，他的"愿荪美之可完"（《抽思》），即是表达了这样的美学观点。在这一点上来说，他与墨家的反对"盛容修饰"②，韩非的"好质而恶饰"③，老庄派的

---

① 闻一多：《离骚解诂》，参见闻一多《古典新义》，上海古籍出版社1956年版，第295页。
② 《墨子·非儒下》："孔某盛容修饰以蛊世。"参见孙诒让《墨子间诂》，上海书店1986年影印本《诸子集成》第4辑，第185页。
③ 《韩非子·解老》："夫君子取情而去貌，好质而恶饰。"参见梁启雄《韩子浅解》，中华书局1960年版，第142页。

"五色令人目盲"① 都不相同，倒与儒家的"文质彬彬，然后君子"(《论语·雍也》）相近。而且，屈原在作品中也确实使用过"文"与"质"的概念。《怀沙》中说：

> 文质疏内兮，众不知余之异采。

在《橘颂》中，诗人也借颂橘（实是颂人）表达了这样的观点：

> 青黄杂糅，文章烂兮。
> 精色内白，类可任兮。
> 纷缊宜修，姱而不丑兮。

正因为橘有内美，又有外美，所以屈原才称赞它是"姱（美）而不丑"。

然而，在内美与外美的关系方面，屈原并未完全停留在"文质彬彬"上，而是又向前发展了。首先，他认为"文""质"之间有主有次，内美（即"质"）是起主导作用的，外美（即"文"）仅是内美的一种表现形式，即所谓"满内而外扬"（《思美人》）。由此出发，他认为，缺乏外美固然算不上是"完美"，而仅有外美，缺乏内美，则从根本上就是不美的。例如他在《离骚》中斥责蜕化的贵族子弟时便说：

> 余以兰为可恃兮，羌无实而容长。
> 委厥美以从俗兮，苟得列乎众芳。

"兰"之所以被斥为"无实而容长"，就是因为它委弃了自己的内在美质。此外，在评价宓妃时诗人也指出了这一点：

> 保厥美以骄傲兮，日康娱以淫游。

---

① 《老子》第十二章："五色令人目盲，五音令人耳聋。"参见任继愈《老子新译》，上海古籍出版社1985年版，第84页。

> 虽信美而无礼兮，来违弃而改求。
>
> ——《离骚》

宓妃虽然外貌很美，但心灵不美，所以屈原不得不"违弃而改求"。

其次，在屈原认为，除了禀赋之美是与生俱来的之外，其他一切内美和外美都是可以靠后天的修养即学习和锻炼来得到的。所谓"重之以修能"的"修能"，即指这种"修治之力"（林云铭《楚辞灯》）。原来没有的，可通过"修"来完备；原来已有的，也要通过"修"来保持。那些青年贵族之所以会中道变质（"兰芷变而不芳兮，荃蕙化而为茅"），就是"莫好修之害也"。在这个意义上也可以说，"修"的是否得力，直接关系到"完美"的程度。而屈赋中所谓"灵修""蹇修""前修"，实际也都应理解为屈原对不同修养的人的代称（参亮夫师说）。正因为"修"是如此的重要，所以屈原"独好修以为常"。用今天的话来说，便是活到老、学到老、修养到老。这样的认识在两千多年前的战国时代，实在是难能可贵的。

内美与外美的和谐统一，是屈原美学思想的核心，也是他处理一切美学问题的出发点。

二 自然美与人格美

由内美与外美统一的基本观点出发，屈原认为，人格美与自然美也应是和谐统一的。

屈原是充分意识到了自然之美的。这与他的重视外美是分不开的。屈原认为，自然美有其客观的属性。他说："何所独无芳草兮"（《离骚》）、"兰茝幽而独芳"（《悲回风》）。芳草不管生在何处，总是芳香的，它的美绝不因人的无视而不存在。正是基于此，屈原在作品中热情地歌颂了大自然之美。屈赋中，描写日月山川以及各种动、植物的句子，几乎俯拾皆是，而其中或由形、或由色、或由音、或由味，无不将自然物的美好特性表现殆尽。例如，他歌颂太阳始出时的瑰丽辉煌：

> 暾将出兮东方，照吾槛兮扶桑。

抚余马兮安驱,夜皎皎兮既明。

——《东君》

这是色彩的美。再如:"高堂邃宇,槛层轩些。层台累榭,临高山些"(《招魂》)是外形的美;"缊瑟兮交鼓,箫钟兮瑶簴,鸣篪兮吹竽"(《东君》)是音乐的美;"芳菲菲兮满堂"(《东皇太一》)、"芳菲菲兮袭予"(《少司命》)是味觉的美。即使对于同一种自然美,屈原也能从不同的角度来加以欣赏。例如,《离骚》中写"佩"(即后世之所谓花环。余有另文考证),"长余佩之陆离"言外形,"佩缤纷其繁饰"言色彩,"芳菲菲而难亏兮,芬至今犹未沫"言气味。这样一来,自然物的美的特性便被充分地显示出来了。

屈原不仅认识到了自然美的客观性,还认识到了它的社会性。在欣赏美的过程中,他发现自然美的被感知,除了生理学意义上的因素外,也还有人的因素。正如车尔尼雪夫斯基所说:"凡是在自然中使我们想起人来的东西,就是美的""自然中美的事物,只有作为人的一种暗示才显示出美。"① 屈原在《离骚》中正是不止一次地提到了这种现象:

户服艾以盈要兮,谓幽兰其不可佩。
……
苏粪壤以充帏兮,谓申椒其不芳。

"党人"披艾盈腰、粪土充帏,却反谓申椒无芳、幽兰不可佩。可见,人的好恶不同,对自然美的感受也会是互异的。屈原认识到了这一点,所以他在自己的作品中,有意将自然美的客观性与社会性统一起来,并用自然美来表现道德的善,用自然丑来表现道德的恶,即所谓"善鸟香草以配忠贞,恶禽臭物以比谗佞。……虬龙鸾凤以托君子,飘风云霓以为小人"(王逸《楚辞章句》)。而且,这种手法在屈赋中的运用是大量的,以至我们很难找出不含道德善的自然美,也很难找出不用自然美来表现的道德善。例如,"木兰去皮不死,宿莽拔心不

---

① [俄] 车尔尼雪夫斯基:《生活与美学》,周扬译,人民文学出版社1957年版,第7页。

死"（蒋骥《山带阁注楚辞》）固然表现着人的品德的坚贞不渝；而"三后"君德的"纯粹"，又何尝不是以"杂申椒与菌桂兮，岂维纫夫蕙茝"来体现的呢！

应该说，屈原以自然美来表现道德善的做法，与儒家的"比德"有着某些相似之处。但是，屈原还是又向前发展了。这主要表现在屈原不但以自然物来比"德"，而且还以之比"人"，即以自然美来表现完美的人格。如果说儒家的"比德"还只是一种单纯的比兴的话，那么，屈原已将它发展为一种象征，即将自然物的美与人格的美内在地融为一体了。而且，这种象征又形成体系。这样便极易用来表现人格美的各个方面。例如，屈原在《离骚》中所描绘的抒情主人公便是：荷叶为衣，芙蓉为裳；身披江离，胸佩秋兰；朝搴木兰，夕揽宿莽；滋兰树蕙，琼枝继佩；行于兰皋，止于椒丘；"朝饮木兰之坠露兮，夕餐秋菊之落英"；甚至连拭泪用的也还是"茹蕙"（"揽茹蕙以掩涕兮"）。可见，芳草已成为屈原完美人格的象征了。而自此以后，屈原在人们的心目中，遂与芳草永远结下了不解之缘。

自然美与人格美和谐统一的例子，在屈赋中最典型的莫过于《橘颂》了。在屈原的笔下，橘的"绿叶素荣""青黄杂糅"，象征人的外表美好；橘的"精色内白"象征人的内心纯洁；"纷缊宜修，姱而不丑"象征人的气质、风度；而橘的"受命不迁""深固难徙""苏世独立，横而不流""秉德无私"则象征了人的某些美德。可以说，橘这个自然物的形象，体现了屈原理想的人格，或者说就是他本人品格的化身。而且在这里，自然物的美与人格的美有机结合，不可或分，以至于人们一提起橘便会想到屈原，而谈起屈原，也往往会有橘的形象浮现出来。这在文学上，便开了托物言志的先河。

屈原就是这样以自然美来表现人格美，又用人格美赋予了自然美以完美的含义，并将两者交融在一起，为人们塑造出了许许多多鲜明生动而又"使我们想起人来"的完美形象的。当然，两者之中，人格美是主要的，因为"自然中美的事物，只有作为人的一种暗示才显示出美"。像"惟草木之零落兮，恐美人之迟暮"（《离骚》），草木的零落如果不是与美人迟暮联系在一起，那么它便失去了在美学上的意义。

三　情感美与理性美

情理统一是中国美学的优良传统，而屈原在这方面很早就已经取得了极高的成就。

首先，屈原是主张情感的宣泄的。他在《惜诵》中说："惜诵以致愍兮，发愤以抒情。"在《思美人》中说："申旦以舒中情兮，志沉菀而莫达。"在《离骚》中说："怀朕情而不发兮，余焉能忍与此终古。"司马迁在《史记·屈原传》中也指出："屈平疾王听之不聪也，谗谄之蔽明也，邪曲之害公也，方正之不容也，故忧愁幽思而作《离骚》。离骚者，犹离忧也。"在《太史公自序》中，司马迁还将屈原的《离骚》列入"圣贤发愤之所为作"之列。而我们无论读《离骚》还是读《九章》《天问》，都能从字里行间体会得到屈原那内心所郁积着的真挚、美好而又丰富的感情。

应该承认，强烈的情感抒发是艺术美的基本特点之一。我国古代也一直是十分重视情感对于艺术美的作用的。《礼记·乐记》说："情动于中，故形于声，声成文，谓之音。"《汉书·艺文志》也提出："哀乐之心感，而歌咏之声发。"《淮南子·谬称训》更说："情系于中而欲发外者也。"不难设想，艺术的美会离开情感的抒发，诗赋也一样。"诗赋者，所以颂善丑之德，泄哀乐之情也。"① 而屈原在辞赋中正是大量地宣泄了这种"哀乐之情"，从而使他的作品具有了强烈的艺术感染力。

其次，屈原也是十分富有理性的。他是一个清醒的现实主义者。他对人生、对国家、对天下，乃至周围的一切，始终都保持着清醒的认识。也正是基于这种理性的认识，所以他才提出举贤任能、修明法度、联齐抗秦的主张，表示了对旧贵族、对黑暗势力永不妥协的态度，甚至为了实现自己进步的政治理想而不惜献出宝贵的生命。这种对现实、对人生的清醒认识，在他临死之前写下的《怀沙》中表现得最为明显：

---

① 王符：《潜夫论·务本》，上海古籍出版社1978年版，第19页。

> 万民之生，各有所错兮。
> 定心广志，余何畏惧兮。
> 曾伤爱哀，永叹喟兮。
> 世溷浊莫吾知，人心不可谓兮。
> 知死不可让，愿勿爱兮。
> 明告君子，吾将以为类兮。

诗中，屈原对自己的一生进行了冷静的分析和总结，他坚信自己的理想是正确的，也十分清楚他与那个社会的矛盾是无法调和的。最后，他认为自己作为一个忠臣，在国难当头的时候，只有死才能保持完美的人格，并给后人留下效法的榜样（"愿志之有像"）。显然，屈子之死，绝非"忿怼沈江"，意气用事，而是深思熟虑的结果。一个人直到临死，还能保持这样清醒的头脑，你能说他是缺乏理性观念吗？至于屈原在《天问》中对宇宙万物以及众多的自然和社会问题的发问，除了表明他的知识渊博外，更体现了他理性思维的发达。正如刘梦鹏《屈子章句》所指出的，屈原的提问，不是糊涂无知，而是"引而不发，令人自悟、不质言而若疑难"罢了。

屈原既主张感情宣泄，又注重理性修养，那么，这是不是矛盾的呢？我们说，非但不矛盾，而且恰恰相反，这正是屈原美学思想最高明的地方。我们知道，单纯的感情宣泄或纯理性的认识都成不了美的艺术，只有情理结合才有美的艺术产生。屈原正是将这两者有机地结合起来，并使之达到了和谐的统一。这种结合，既不像儒家的"以道制欲"（《荀子·乐论》），让理性君临于个体的感情之上；也不像道家的"任其性命之情""达于情而遂于命"，任凭感情的自由泛滥。质言之，屈原是"使理性从处于个体情感之上或之外的东西，变为个体情感内在固有的东西。这就是说，个体的情感的要求本身就是理性的要求，理性的要求不是处在情感的要求之外，和情感的要求相对立，对情感的要求加以窥伺防范的东西"[1]。而只有当理性和情感达到这种内在的互相融贯和和谐统一的时候，也才可能有真正意义上的审美和艺术创造。

---

[1] 李泽厚等主编：《中国美学史》第一卷，中国社会科学出版社1984年版，第381页。

应该说，在屈原的作品中，这种情理的和谐统一表现得是十分完满的。我们不妨举《离骚》的例子来加以说明。《离骚》的末尾，正当诗人幻想他驾飞龙、乘瑶车，升腾远逝的时候，忽然于无意间瞥见了祖国的大地：

> 陟升皇之赫戏兮，忽临睨夫旧乡。
> 仆夫悲余马怀兮，蜷局顾而不行。

于是，诗人去国的念头终于不能不打消了。如果说诗人在现实中不肯离开灾难深重的祖国，是反映了他清醒的爱国主义，是为理念所制约；那么，在幻想中也不愿离开"旧乡"，便不能不是为深厚的爱国之情所陶冶的结果了。在这里，爱国之情与爱国之理是互相融贯，并和谐地统一在一起的。理念不是外加的，而情感也是发自内心的。再如《哀郢》描写诗人被迫离开郢都的情形：

> 望长楸而太息兮，涕淫淫其若霰。
> 过夏首而西浮兮，顾龙门而不见。

诗人渐行渐远，当郢都最高的树木"长楸"也在视野中逐渐消失的时候，他伤心的泪水便如雪珠般洒落下来。他为了再看一眼郢都的东门（龙门），虽过了夏首，却还要再乘舟"西浮"。这种对郢都牵肠挂肚的系念，固然反映了诗人对生于斯、长于斯的故土的深厚感情，但同时也可以看出，诗人对郢都陷落的严重后果是充分估计到了的。在这里，理念与情感又和谐地统一了。

总之，在屈原的美学思想中，理性与情感是同时具有，又相互融合的。在这种融合中，前者赋予了后者以清醒的认识，而后者又为前者提供了丰富的艺术创作所必需的"哀乐之情"。两者相互融贯，和谐统一，不但孕育出了"惊采绝艳"的"骚"体文学，同时也将先秦的美学思想推向了一个新的高度。

四　优美与壮美

优美与壮美作为美的两种不同类型,在屈原的作品中也是被和谐地统一着的。

从美学的角度来说,优美是主体与客体的和谐统一所呈现出来的一种美。"宁静和谐的审美感知和情感上的平静的愉悦等心理功能突出,是优美感的基本特点。"① 车尔尼雪夫斯基还说过:"美感的一个主要特征,是一种温柔的喜悦。"② 车氏所说的"美感",就是指狭义美,即优美。这种优美在屈赋中是确实存在的,而在《九歌》中表现尤为明显。《九歌》通过对各类神及其生活环境的描写,既向人们展现了楚地美丽的风光,诸如辽阔的楚天,绚烂的云霞,神秘的巫山,苍翠的九嶷,幽深的密林,以及明艳的湘水、浩渺的洞庭等;又塑造出了一系列美丽动人,富有生活气息的神的形象。我们读《九歌》,就仿佛踏进了一座美丽的百花园,仿佛聆听了一组优美的带有古典风味的轻音乐,又仿佛披览了一卷卷淡雅的彩墨山水画。而其中无处不显示着人物(即是有人情味的神鬼)的外貌、心灵、情感、理想与周围环境交融一体的和谐美。如历来传诵的《湘夫人》的开首一段:

> 帝子降兮北渚,目眇眇兮愁予。
> 嫋嫋兮秋风,洞庭波兮木叶下。

在一个清秋的傍晚,美丽的女神下降到了烟涛微茫的湖中小岛上,秋风阵阵吹来,洞庭湖泛起粼粼水波,周围树上的叶子也在飘摇而下。这是多么动人的情景,又是多么优美的画面!在这里,人与景,景与情完全和谐地统一在一起了。再如《少司命》中的一段,也创造了一种极其美妙的意境:

---

① 刘叔成等:《美学基本原理》,上海人民出版社1984年版,第182页。
② [俄]车尔尼雪夫斯基:《论崇高与滑稽》,参见《车尔尼雪夫斯基论文学》中卷,辛未艾译,人民文学出版社1965年版,第73页。

> 秋兰兮青青，绿叶兮紫茎。
> 满堂兮美人，忽独与余兮目成。

画面中，不但堂前绿叶紫茎的秋兰与堂中窈窕的"美人"相互辉映，为读者勾画出了一幅素雅、淡洁的色彩；而且，秋兰的芳菲袭人与"美人"的眉目传情，又为画面增加了一种馨香醉人的气氛。而这一切又都统一于对人类未来的美好理想之中。再如《橘颂》中所塑造的"橘"的形象，无论就其本身而言，还是就所象征的人格和理想来说，也都是能给人以宁静和谐的美感的。

当然，我们也要承认，优美在屈赋中虽不少概见，但大量存在的却还是壮美。而且这种壮美又常常与悲剧的美交织在一起，以致被人们称作"悲壮之美"。如果说优美的最根本的美学特征是和谐的话，那么，这种悲壮之美则是以严峻、冲突为其特征的。这方面最典型的例子当然还是《离骚》。《离骚》前一部分是诗人对自己大半生斗争经历的回溯，后一部分是对未来道路的探索，而无论回溯还是探索，都贯穿了美与丑、善与恶、光明与黑暗的矛盾冲突。冲突的结果，既"将人生有价值的东西毁灭给人看"（这是"悲"的一面），同时也为读者树立起了一个光辉峻洁的正面人物形象（这又是"壮"的一面）。再如《国殇》写军队的战斗生活和将士的奋勇杀敌：

> 带长剑兮挟秦弓，首身离兮心不惩。
> 诚既勇兮又以武，终刚强兮不可凌。
> 身既死兮神以灵，子魂魄兮为鬼雄。

这种为保卫祖国而英勇献身的精神，当然也应属于壮美无疑。此外，像《天问》《招魂》以及《九章》中的大多数篇章，也都属于这一类。

可以看出，优美与壮美在屈赋中是纷呈的，然又是各有侧重的。如果说《离骚》《天问》《招魂》《九章》是以壮美为主的话，那么《九歌》则是以优美为主。而《九章》中的《橘颂》与《九歌》中的《国殇》又分别与它们所属的一组作品各异其趣。然而这一切又都被和谐地统一于屈原的美学思想之中了。即使在同一篇作品中，这种统一也可以看得十分清楚。例如《离骚》中，当诗人以滋兰树蕙来比喻培养人才，以上下求女来比喻求贤的时候，你能说这不是一种优美的境界吗？再例如《山鬼》中，山鬼的形象本身就有两重性。她既有含睇宜笑、窈窕美好的一面，又有缠绵悱恻、甚至怨怒的一面；既有憧憬未来的喜悦，又有希望破灭的悲哀。这难道不可以说是优美与壮美在这一形象上的和谐统一吗？

那么，为何在同一个作家的作品中会出现这些不同类型的美呢？前面说过，壮美与优美的不同特征仅在于前者的严峻、冲突与后者的温柔、和谐，而屈原的一生虽与黑暗社会毫不妥协，但并不总是在斗、斗、斗的，他有斗争的间歇，也有心情相对平静和愉悦的时刻。而那些优美的作品，大概就是在这种情况下产生的吧！

综上所述，可以看出，屈原的美学思想在重内美、重人格美、重理性美等方面是与儒家美学相通的；而在强调情感的抒发、注重自然之美方面又与道家有着某些相似。至于屈赋中较多表现出来的壮美，倒应该视作是屈原对中国古典美学的独特贡献。因此，我们可以认为，屈原的美学思想是以儒为主、以道辅之，又将这两者和谐地融合进楚文化的产物。在这个意义上也可以说，屈原是美学史上最早的"儒道互补"者。

（原载《兰州大学学报》1986年第3期，中国人民大学《中国古代近代文学研究》1986年第9期全文转载，并收入中国屈原学会编《楚辞研究》一书，齐鲁书社1988年版）

《离骚》结构探微

《离骚》是中国文学史上的伟大诗篇。它光芒万丈，至今仍在辉耀着中国的文坛。在中国文学史上，很少有哪位文学家不曾读过《离骚》，并视《离骚》为屈原精神和品格的载体。据姜亮夫先生说，近代诗僧苏曼殊曾说过两句话："一个人在三十岁以前不读《离骚》是应该死的，没活气了；三十岁以后读了《离骚》不能替国家死，也是没有活气的。"(《楚辞今绎讲录》) 可见，《离骚》的影响实在是太大了。

但是，要真正读懂《离骚》，却并不是一件很容易的事情。乍读《离骚》，往往会感到有点头绪不清，甚至觉得重复之处太多。其实这是没有真正读懂的缘故。古人提出要"痛饮酒，熟读《离骚》"(《世说新语·任诞》)，"痛饮酒"可以姑置不论，而"熟读《离骚》"，实不失为一句至理名言。不过，要做到对《离骚》"熟"，则除了读懂它的字句外，也还应对它的篇章结构以及内部层次有一个通盘的了解。

据朱熹说，《离骚》是四句诗为"一解"的。这样一来，《离骚》的三百七十三句诗便可以分为九十三解。而且，在此基础上，我们还可依照诗义将它划分为十四节，并归纳为三大部分。这样分析、综合以后，不但层次清晰了，而且诗义也能豁然贯通。先看第1节：

1. 帝高阳之苗裔兮，朕皇考曰伯庸。
   摄提贞于孟陬兮，惟庚寅吾以降。

2. 皇览揆余于初度兮，肇锡余以嘉名。
   名余曰正则兮，字余曰灵均。

3. 纷吾既有此内美兮，又重之以修能。
   扈江离与辟芷兮，纫秋兰以为佩。

4. 汩余若将不及兮，恐年岁之不吾与。
   朝搴阰之木兰兮，夕揽洲之宿莽。

5. 日月忽其不淹兮，春与秋其代序。
   惟草木之零落兮，恐美人之迟暮。

6. 不抚壮而弃秽兮，何不改此度？
   乘骐骥以驰骋兮，来吾道夫先路。

以上六解、二十四句为第 1 节，是屈原自叙其世系、生辰、嘉名与好修之品德，并表示愿以自己的"内美"与"修能"来辅佐君王，以使国家强盛。第 1 解中，"帝高阳之苗裔"与"朕皇考曰伯庸"言其世系之高贵，且寓与楚同祖之义；"摄提贞于孟陬"与"惟庚寅吾以降"言其生日之吉利，即所谓寅年、寅月、寅日的生日。第 2 解则全是言其"嘉名"，并以"正则""灵均"隐喻屈平字原之义。而高阳苗裔、三寅生日及所赐嘉名又是屈原引为自豪的"内美"的三个要素。在屈原认为，他先天就具有"内美"，即与生俱来的美德；而后天的任务便是要通过自"修"以实现"完美"。事实证明，屈原的一生，实可视为是追求"完美"的一种过程。而且，诗人还向我们暗示：既然与楚同姓，则情不可离，只有死国而已，此乃爱国思想之所由产生；既然生而得人生之正，则注定与邪恶不能相容，此乃斗争精神之所由坚持；既然已有嘉名，则必然要辅以善行，此乃高尚人格之所由树立。可见，首二解实是一篇之宗旨与纲领。而第 3 解的前两句又是承上启下。"纷吾既有此内美"是以"内美"总结前八句的内容，"又重之以修能"是以"修能"引出诗人终身为之坚持的好修品德。接下便是以象征手法来表现诗人的好修，即"扈江离""纫秋兰""朝搴木兰""夕揽宿莽"，等等。而诗人这样迫不及待地进行自我修养的目的，又是为了献身祖国，即所谓"来吾导夫先路"。第 1 节的思想脉络便大致如此。接下看第 2 节：

7. 昔三后之纯粹兮，固众芳之所在。
   杂申椒与菌桂兮，岂惟纫夫蕙茝？

8. 彼尧舜之耿介兮，既遵道而得路。
   何桀纣之猖披兮，夫唯捷径以窘步。

9. 惟夫党人之偷乐兮，路幽昧以险隘。
   岂余身之惮殃兮，恐皇舆之败绩。

10. 忽奔走以先后兮，及前王之踵武。
    荃不察余之中情兮，反信谗而齌怒。

11. 余固知謇謇之为患兮，忍而不能舍也。
    指九天以为正兮，夫唯灵修之故也。
    [曰黄昏以为期兮，羌中道而改路。]

12. 初既与余成言兮，后悔遁而有他。
    余既不难夫离别兮，伤灵修之数化。

以上六解、二十四句为第2节，是诗人引古帝王以为鉴戒，阐明楚王应走的道路和不能顺利进行的原因。此承上节之"道夫先路"而言。诗人既然要为楚王"道夫先路"，则自应先指出路在何方。所以在第7、第8两解中，便向楚王推荐了两组古代的帝王以为学习的榜样，这就是"三后"和"尧舜"。"三后"或谓禹、汤、文王，或谓楚之先君熊绎、若敖、蚡冒，似以前说为是。"三后"的特点是君德"纯粹"，不含私心杂念，能够容纳多方面的人才，不但"纫夫蕙茝"，也能"杂申椒与菌桂"，即所谓"众芳之所在"。这是针对楚王的心胸狭窄、用人不公而提出来的。尧舜的特点是"耿介"，即光明正大，不搞阴谋诡计，这样自然会使国家走上康庄大道。这又是针对楚王的言行不符、表里不一而提出来的。如果说"三后"、尧舜是正面的榜样，那么反面的例子便是桀纣。"何桀纣之猖披兮，夫唯捷径以窘步。"桀纣的特点是"猖披"，即放纵不检，不循法度，他们的结局是贪走捷径而举步维艰。那么，楚国的现状又是如何呢？"惟夫党人之偷乐兮，路幽昧以险隘。"由于"党人"们的苟且偷生，已将楚国引向了黑暗而且危险的道路。其间，屈原虽曾"忽奔走以先后"，尽力挽救，但楚王却不能体察他的这番忠心，只是听信谗言而动不动就发怒。可见，楚王之所以不能"及前王之踵武"，主要原因就在于他的不察屈原之"中情""反信谗而齌怒"，而且由发怒而终于疏远以致放逐屈原。离别对屈原来说当然并不是什么难事，屈原所伤心的是"灵修之数化"，即楚王的屡次改变主意，以致给楚国带来了严重的后果。再看第 3 节：

  13. 余既滋兰之九畹兮，又树蕙之百亩。
    畦留夷与揭车兮，杂杜衡与芳芷。

  14. 冀枝叶之峻茂兮，愿俟时乎吾将刈。
    虽萎绝其亦何伤兮？哀众芳之芜秽。

  15. 众皆竞进以贪婪兮，凭不厌乎求索。
    羌内恕己以量人兮，各兴心而嫉妒。

  16. 忽驰骛以追逐兮，非余心之所急。
    老冉冉其将至兮，恐修名之不立。

  17. 朝饮木兰之坠露兮，夕餐秋菊之落英。
    苟余情其信姱以练要兮，长顑颔亦何伤？

  18. 揽木根以结茝兮，贯薜荔之落蕊。
    矫菌桂以纫蕙兮，索胡绳之纚纚。

  19. 謇吾法夫前修兮，非世俗之所服。
    虽不周于今之人兮，愿依彭咸之遗则。

以上七解、二十八句为第3节，是从培养人才的变质，说到自己与"党人"的各异其趣。这是承上节的"离别"、见疏而言。一般认为屈原见疏之后便不再担任左徒的重任，而又重新回到三闾大夫的职位上；而三闾大夫一职又是负责贵族子弟的教育的，即所谓"序其谱属，率其贤良，以厉国士"（王逸《离骚序》）。第13、14两解便是屈原自叙其从事教育的一段经历。诗人以"滋兰""树蕙""畦留夷与揭车""杂杜衡与芳芷"来象征他所培养的各方面的人才，这自然与楚王的专用"党人"形成鲜明的对比；而"冀枝叶之峻茂兮，愿俟时乎吾将刈"，又表明诗人是在为国家培养有用之才，并非是为了培植私人势力。正因为如此，所以他特别注重人才的政治品质，唯恐他们走上社会之后蜕化变质。但处在楚国那样一个"竞进""贪婪""求索""嫉妒"的社会中，他亲手培植的"众芳"还是变得"芜秽"了。诗人在悲哀之余也不得不进行自我反思，但反思的结果却是更加坚信自己的志向和行为。他决不能像党人那样"忽驰骛以追逐"，他要"法夫前修"，甘于淡泊，好修不辍，宁肯"朝饮木兰之坠露""夕餐秋菊之落英"，也不愿跟"世俗"同流合污。接下是第4节：

20. 长太息以掩涕兮，哀民生之多艰。
    余虽好修姱以鞿羁兮，謇朝谇而夕替。

21. 既替余以蕙纕兮，又申之以揽茝。
    亦余心之所善兮，虽九死其犹未悔。

22. 怨灵修之浩荡兮，终不察夫民心。
    众女嫉余之蛾眉兮，谣诼谓余以善淫。

23. 固时俗之工巧兮，偭规矩而改错。
    背绳墨以追曲兮，竞周容以为度。

24. 忳郁邑余侘傺兮，吾独穷困乎此时也！
    宁溘死以流亡兮，余不忍为此态也！

25. 鸷鸟之不群兮，自前世而固然。
    何方圜之能周兮，夫孰异道而相安？

26. 屈心而抑志兮，忍尤而攘诟。
    伏清白以死直兮，固前圣之所厚。

以上七解、二十八句为第 4 节，写遭受迫害以后的心情，并表明为保持清白和正直，"虽九死其犹未悔"的决心。此承"非世俗之所服"及"不周于今之人"而来。屈原既然不肯同流合污，则必然要遭诋毁和迫害。第 20 解之"朝谇而夕替"，即早上进谏、傍晚被罢官之义。而诗人遭受迫害以后，心中所想的是什么呢？首先是"哀民生之多艰"，即同情人民的苦难；其次是"怨灵修之浩荡"，即埋怨君王的荒唐可笑；再次是斥"众女嫉余之蛾眉"，即痛斥"党人"的嫉妒和谣诼。诗人不但揭示了他遭受迫害的原因，也想到了他去职以后民生的艰难。而面对折磨和迫害，诗人自己的态度又怎样呢？那就是"宁溘死以流亡""伏清白以死直"。诗人要保持清白而死于正直，宁肯死亡或者流浪，也不愿做出小人之态。而且他还庄严地宣告：只要我内心认为正确，即使多次的死去也仍然不悔！这种不屈不挠的斗争精神实在令人敬佩。再看第 5 节：

27. 悔相道之不察兮，延伫乎吾将反。
    回朕车以复路兮，及行迷之未远。

28. 步余马于兰皋兮，驰椒丘且焉止息。
    进不入以离尤兮，退将复修吾初服。

29. 制芰荷以为衣兮，集芙蓉以为裳。
    不吾知其亦已兮，苟余情其信芳。

30. 高余冠之岌岌兮，长余佩之陆离。
    芳与泽其杂糅兮，唯昭质其犹未亏。

31. 忽反顾以游目兮，将往观乎四荒。
   佩缤纷其繁饰兮，芳菲菲其弥章。

32. 民生各有所乐兮，余独好修以为常。
   虽体解吾犹未变兮，岂余心之可惩？

以上六解、二十四句为第 5 节，写诗人在政治上虽不得志，但好修的初衷及崇高的理想永不改变。此亦承上节而来。诗人面对迫害，不但毫不屈服，而且在艰苦的环境下，仍然能严格要求自己，坚持自修。所谓"回朕车以复路"、步兰皋、驰椒丘，都是"退将复修吾初服"，即按照自己的初衷来进行修养之义。而"制芰荷以为衣兮，集芙蓉以为裳""高余冠之岌岌兮，长余佩之陆离""佩缤纷其繁饰兮，芳菲菲其弥章"，则是其修"初服"的具体内容。概言之，无论早年还是晚年，也无论进还是退，诗人都是"好修以为常"的。而这种"好修"之志，又是"虽体解吾犹未变"的。言下之意，诗人虽处逆境，但只会更加努力地用"前贤"的品德和思想来鞭策、激励自己，而不会自暴自弃。

以上五节、三十二解为《离骚》的第一大部分，是诗人对自己以往经历的回顾。而回顾的结果，是更加坚信自己所走道路的正确，坚信自己的理想和操守。这一部分虽运用了一些象征的手法，但基本上还是实写。从第 6 节开始，诗篇便进入了幻境：

33. 女媭之婵媛兮，申申其詈予：
   曰鲧婞直以亡身兮，终然殀乎羽之野。

34. 汝何博謇而好修兮，纷独有此姱节？
   薋菉葹以盈室兮，判独离而不服。

35. 众不可户说兮，孰云察余之中情？
   世并举而好朋兮，夫何茕独而不予听？

此三解、十二句为第 6 节，是诗人假托女嬃劝戒之词，进一步点明自己遭受迫害的原因。"女嬃"，或谓屈原之姊，或谓屈原之妾、侍女，或谓女巫。其实，南楚往往称女子为"嬃"（洪兴祖《补注》引贾侍中说），我们只需理解为某一位女子就可以了。如果说前面几节中屈原对自己遭受迫害原因的揭露还是侧重于客观环境的话，那么，本节中便是通过女子之口来从主观上找原因了。"鲧婞直以亡身兮，终然殀乎羽之野。"所谓主观原因就是他为人的"婞直"，像鲧一样的婞直。"婞直"犹言刚直。据《韩非子·外储说右上》记载，尧欲传天下于舜，鲧谏曰："不祥哉！孰以天下而传之于匹夫乎？"尧不听，举兵而诛杀鲧于羽山之郊。鲧敢于当面向尧进谏，而内容又关乎接班人的问题，其为人可谓刚直。难怪连后世的苏东坡也说："鲧盖刚而犯上者耳！若小人也，安能以变四夷之俗哉！"（洪兴祖《补注》引）而女嬃之以屈原比鲧，则屈原为人之刚直亦可知矣。再联系到《九章·惜诵》"行婞直而不豫兮，鲧功用而不就"之句，则不但屈原遭迫害的原因已明，而且连鲧的冤案似乎也可以昭雪。除了"婞直"外，屈原的"好修"也是他遭受迫害的原因之一。小人恶草盈室，而屈原却"博謇好修""纷独有此姱节"，难怪他不为时俗所容了。接下是第 7 节：

36. 依前圣以节中兮，喟凭心而历兹。
    济沅湘以南征兮，就重华而陈词。

37. 启九辩与九歌兮，夏康娱以自纵。
    不顾难以图后兮，五子用失乎家巷。

38. 羿淫游以佚畋兮，又好射夫封狐。
    固乱流其鲜终兮，浞又贪夫厥家。

39. 浇身被服强圉兮，纵欲而不忍。
    日康娱而自忘兮，厥首用夫颠陨。

40. 夏桀之常违兮，乃遂焉而逢殃。

后辛之菹醢兮，殷宗用而不长。

41. 汤禹俨而祗敬兮，周论道而莫差。
    举贤而授能兮，循绳墨而不颇。

42. 皇天无私阿兮，览民德焉错辅。
    夫维圣哲以茂行兮，苟得用此下土。

43. 瞻前而顾后兮，相观民之计极。
    夫孰非义而可用兮，孰非善而可服？

44. 阽余身而危死兮，览余初其犹未悔。
    不量凿而正枘兮，固前修以菹醢。

45. 曾歔欷余郁邑兮，哀朕时之不当。
    揽茹蕙以掩涕兮，沾余襟之浪浪。

以上十解、四十句为第 7 节，写幻想中向舜陈词。诗人通过对古代圣贤之君与亡国之主经验教训的总结，更加坚信自己主张的正确。舜死葬九嶷，又为楚人所崇奉，故诗人将有关治乱的问题就近向舜求证。当然这只是一种幻想。而诗人所陈述的内容又主要是夏初建国史，像第 37、38、39、40 解即是谈的这一段史实。其大意是：夏朝的开国之君启只顾自己享乐，因此他死后五个儿子便发生了内讧，让后羿趁机入主中原。而后羿又耽于田猎，于是他的部下寒浞又将他杀死并霸占了他的妻子。寒浞之子浇也是纵欲不忍，终被夏启的后代少康杀死。这是一段珍贵的夏初建国史料，可与《左传》的有关记载对读。而屈原引述这一段史料的目的则是借古论今，即用以证明"固乱流其鲜终"的道理。本节中正面引述的例子是汤、禹及周文王、周武王，屈原通过他们又阐明了"夫维圣哲以茂行兮，苟得用此下土"的主张。通过这一段"瞻前而顾后"的陈词，屈原最后得出了自己的结论，那就是"孰非义而可用兮，孰非善而可服"。这既暗示了楚王及其"党人"的"非义""非善"，也是对自己理想和行为的坚信。不过值得注意的是，陈词结束，舜并没有表态，只是屈原自己觉得已经"得此中正"。所以，下一节中屈原又去向天帝诉说：

46. 跪敷衽以陈辞兮，耿吾既得此中正。
    驷玉虬以乘鹥兮，溘埃风余上征。

47. 朝发轫于苍梧兮，夕余至乎县圃。
    欲少留此灵琐兮，日忽忽其将暮。

48. 吾令羲和弭节兮，望崦嵫而勿迫。
    路曼曼其修远兮，吾将上下而求索。

49. 饮余马于咸池兮，总余辔乎扶桑。
    折若木以拂日兮，聊逍遥以相羊。

50. 前望舒使先驱兮，后飞廉使奔属。
    鸾皇为余先戒兮，雷师告余以未具。

51. 吾令凤鸟飞腾兮，继之以日夜。
    飘风屯其相离兮，帅云霓而来御。

52. 纷总总其离合兮，斑陆离其上下。
    吾令帝阍开关兮，倚阊阖而望予。

53. 时暧暧其将罢兮，结幽兰而延伫。
    世溷浊而不分兮，好蔽美而嫉妒。

以上八解、三十二句为第 8 节，写幻想中的上叩天阍。实际上是以天帝喻楚王，通过叩帝阍见阻，比喻要得到楚王的信任是不可能的。诗人以玉龙和鹥鸟驾车，朝发苍梧，夕至悬圃，然后再上至天庭。不料上帝的守门人"帝阍"却不肯开门,天帝未能见到。于是诗人感慨万端,认为天上、人间都是一样的"好蔽美而嫉妒"。这段又可谓之"一上昆仑"。因为在古人认为,昆仑山有着三级构造,最下为樊桐(一曰板松),中间为悬圃(一曰阆风),最上是层城,即天庭之所在。诗人要上求天帝,自然也就要登上昆仑山的最高层了。此外,在征途中,诗人还曾"上下而求索"。"求索"什么呢?学术界对此曾有多种解释,实即后文之"求女"亦即求贤。请看第9节:

54. 朝吾将济于白水兮,登阆风而绁马。
    忽反顾以流涕兮,哀高丘之无女。

55. 溘吾游此春宫兮,折琼枝以继佩。
    及荣华之未落兮,相下女之可诒。

56. 吾令丰隆乘云兮,求宓妃之所在。
    解佩纕以结言兮,吾令蹇修以为理。

57. 纷总总其离合兮,忽纬繣其难迁。
    夕归次于穷石兮,朝濯发乎洧盘。

58. 保厥美以骄傲兮,日康娱以淫游。
    虽信美而无礼兮,来违弃而改求。

59. 览相观于四极兮,周流乎天余乃下。
    望瑶台之偃蹇兮,见有娀之佚女。

60. 吾令鸩为媒兮,鸩告余以不好。
    雄鸠之鸣逝兮,余犹恶其佻巧。

61. 心犹豫而狐疑兮,欲自适而不可。
    凤皇既受诒兮,恐高辛之先我。

62. 欲远集而无所止兮，聊浮游以逍遥。
    及少康之未家兮，留有虞之二姚。

63. 理弱而媒拙兮，恐导言之不固。
    世溷浊而嫉贤兮，好蔽美而称恶。

64. 闺中既以邃远兮，哲王又不寤。
    怀朕情而不发兮，余焉能忍与此终古？

以上十一解、四十四句为第9节，写上下求女。诗人先是登上阆风山访求神女，但高丘无女（即上界无合适的女子），不得已，只好转求"下女"即下界的女子了。他先后所求的"下女"有宓妃、简狄和二姚，然而，不是对方"信美而无礼"，就是被别人捷足先登，他连一位美女也没有求到。他将原因归结为"理弱而媒拙""导言之不固"，即缺乏得力的中介人。"求女"喻求贤，美女难求，即是说屈原已找不到与自己志同道合的人了。而由于缺乏合适的引荐人，他与楚王之间的遇合也不可能。在极度苦闷中，诗人不得不转而求巫问卜了。第10节便写此事：

65. 索琼茅以筳篿兮，命灵氛为余占之。
    曰两美其必合兮，孰信修而慕之？

66. 思九州之博大兮，岂唯是其有女？
    曰勉远逝而无狐疑兮，孰求美而释女？

67. 何所独无芳草兮？尔何怀乎故宇？
    世幽昧以眩曜兮，孰云察余之善恶？

68. 民好恶其不同兮，惟此党人其独异。
    户服艾以盈要兮，谓幽兰其不可佩。

69. 览察草木其犹未得兮，岂珵美之能当？
    苏粪壤以充帏兮，谓申椒其不芳。

以上五解、二十句为第 10 节，写灵氛占卜。灵氛，善望气氛者，亦是屈原所假托的人物。灵氛占卜所用的工具是"琼茅"与"筵篿"，即草卜和竹卜，亦即后世之所谓"掐茅卦"与"掷筶子"。而其占卜的结果则是劝屈原"勉远逝而无狐疑"，不必"怀乎故宇"。因为屈原与"党人"好恶不同，而楚国又是一个是非颠倒、善恶不分的社会，所以灵氛认为最好的办法是出走。但诗人对灵氛的话还是将信将疑，为了慎重，他又去求巫咸降神：

70. 欲从灵氛之吉占兮，心犹豫而狐疑。
    巫咸将夕降兮，怀椒糈而要之。

71. 百神翳其备降兮，九疑缤其并迎。
    皇剡剡其扬灵兮，告余以吉故。

72. 曰勉升降以上下兮，求矩矱之所同。
    汤禹俨而求合兮，挚咎繇而能调。

73. 苟中情其好修兮，又何必用夫行媒？
    说操筑于傅岩兮，武丁用而不疑。

74. 吕望之鼓刀兮，遭周文而得举。
    宁戚之讴歌兮，齐桓闻以该辅。

75. 及年岁之未晏兮，时亦犹其未央。
    恐鹈鴂之先鸣兮，使夫百草为之不芳。

以上六解、二十四句为第 11 节，写巫咸降神。巫能通人、神两界之意，而巫咸又是楚人所信奉的大巫，故巫咸能将神的意志传达给屈原。降神是在傍晚进行的，而"百神""扬灵"的结果仍是劝屈原"勉升降以上下兮，求矩矱之所同"，即求取与自己志同道合之人。而且，神还告诫屈原，"苟中情其好修兮，又何必用夫行媒"，即是说，只要双方内心都是好修的，就不必通过什么中介人。为此，巫咸还举了傅说与武丁、吕望与周文、宁戚与齐桓的例子，劝屈原择求贤君而事之。最后，巫咸又劝屈原趁着"年岁未晏""时亦犹其未央"，速作决断；若等到"鹈鴂先鸣""百草不芳"、时局恶化之时，就来不及了。巫咸、灵氛皆劝屈原出走，按说，屈原应该毫不迟疑了。但他还要对周围的环境再进行观察，看看是否到了非走不可的程度：

76. 何琼佩之偃蹇兮，众薆然而蔽之。
    惟此党人之不谅兮，恐嫉妒而折之。

77. 时缤纷其变易兮，又何可以淹留？
    兰芷变而不芳兮，荃蕙化而为茅。

78. 何昔日之芳草兮，今直为此萧艾也？
    岂其有他故兮？莫好修之害也！

79. 余以兰为可恃兮，羌无实而容长。
    委厥美以从俗兮，苟得列乎众芳。

80. 椒专佞以慢慆兮，榝又欲充夫佩帏。
    既干进而务入兮，又何芳之能祗？

81. 固时俗之流从兮，又孰能无变化？
    览椒兰其若兹兮，又况揭车与江离？

82. 惟兹佩之可贵兮，委厥美而历兹。
    芳菲菲其难亏兮，芬至今犹未沫。

83. 和调度以自娱兮，聊浮游而求女。
　　及余饰之方壮兮，周流观乎上下。

以上八解、三十二句为第12节，写四方观望。实际是对楚国社会的进一步考察。诗人观望的结果如何呢？一是他所培养的人大都变质，"兰芷变而不芳兮，荃蕙化而为茅""昔日之芳草""今直为此萧艾"，楚国已没有人能跟他一同实行美政了；二是党人还要进一步加害于他，"恐嫉妒而折之"；三是"及余饰之方壮"即趁着年纪还不太老，出走后可能还会有所作为。基于这样三点，诗人想离开楚国了。所以下文便是他的"二上昆仑"：

84. 灵氛既告余以吉占兮，历吉日乎吾将行。
　　折琼枝以为羞兮，精琼爢以为粻。

85. 为余驾飞龙兮，杂瑶象以为车。
　　何离心之可同兮？吾将远逝以自疏。

86. 邅吾道夫昆仑兮，路修远以周流。
　　扬云霓之晻蔼兮，鸣玉鸾之啾啾。

87. 朝发轫于天津兮，夕余至乎西极。
　　凤皇翼其承旂兮，高翱翔之翼翼。

88. 忽吾行此流沙兮，遵赤水而容与。
　　麾蛟龙以梁津兮，诏西皇使涉予。

89. 路修远以多艰兮，腾众车使径待。
　　路不周以左转兮，指西海以为期。

90. 屯余车其千乘兮，齐玉轪而并驰。
　　驾八龙之婉婉兮，载云旗之委蛇。

91. 抑志而弭节兮，神高驰之邈邈。
    奏九歌而舞韶兮，聊假日以愉乐。

92. 陟升皇之赫戏兮，忽临睨夫旧乡。
    仆夫悲余马怀兮，蜷局顾而不行。

以上九解、三十六句为第 13 节，写神游天上。诗人朝发天津，夕至西极，所游之地有昆仑、流沙、赤水、不周、西海等。这些都是西北的地名，都是有所指的。所以有人就说这可能是屈原所设想的一种军事计划，即从背后包抄秦国，有报秦之意。也有人说是为了到西王母之居去追求神仙。而姜亮夫先生则谓是追寻楚人祖先的发祥地"旧乡"，即高阳所兴之昆仑山麓，并通过缅怀祖先以寄托其情思。比较而言，此说更有道理。大约在屈原的时代，有关楚民族发源于西北的传说还曾存在，后来便逐渐湮没了。而保留在《离骚》中的这种痕迹，便是非常的珍贵了。还有，《离骚》篇首曰"帝高阳之苗裔"，篇尾曰"忽临睨夫旧乡"，这样的首尾呼应，实际也是在向人们进行这方面的暗示。屈原神游西北的最后结果是因睨"旧乡"而"仆夫悲余马怀兮，蜷局顾而不行"，这是说，哪怕是在幻想中，诗人也不愿出走。这种对于自己民族和国家的最深厚的感情，即是人们通常所说的爱国思想。

以上八节、六十解为《离骚》的第二大部分，是诗人对未来出路的探索。与第一部分不同，这一部分基本是虚写，是通过假托、幻想和想象以创造一系列的境界，用形象思维的方式来展示自己的内心世界。当然，在探索中，诗人也曾设想过许多的方案，做过各种方式的努力，并有过复杂的思想斗争，但最后的结论还是不能离开楚国。这也就是屈原在《橘颂》中曾向我们昭示过的"受命不还""深固难徙"的意思。

《离骚》的最后一部分是第 93 解，亦即第 14 节：

93. 乱曰：已矣哉！
    国无人莫我知兮，又何怀乎故都！
    既莫足与为美政兮，吾将从彭咸之所居。

所谓"乱曰",从内容上说,是终篇之结语;从乐曲言,又是乐歌之卒章。这是总结全篇并点明主题的部分。具体说,"国无人莫我知"是总结第一部分,言楚国谗邪当道、无人能够主持正义,更没有人能够理解自己,因之故都已不值得怀恋;"既莫足与为美政"是总结第二部分,言上下求女、四方求贤均无所获,求神问卜、四方观望亦无良策,而楚王又不悟,故尔"美政"难以实行。既不能有所作为,又不忍去国远离,于是乎屈原只好"从彭咸之所居"。这是诗人的最后归宿,同时也是《离骚》全篇三大部分的最终归结点。这里的"彭咸",据王逸注说是"殷贤大夫,谏其君不听,自投水而死",而屈原的"从彭咸"即是"将自沉汨渊,从彭咸而居处也"。近人或以彭咸其人无考,颇疑王逸说之不足据,并提出了种种推测。然由"乱"辞及全篇义旨察之,王逸说似难完全否定。试想,美政难为,去国不忍,屈原除了以身殉国以保持其完美的人格外,还能有什么样的选择呢?我们总不能要求屈原去当农民起义的领袖吧。

以上是对《离骚》结构及其思想脉络的分析。而《离骚》的上述结构给诗篇所带来的一些特点,也是颇值得注意的。

一是诗意盎然而又逻辑严密。一般诗歌往往注意了诗意就会忽视其逻辑性。像《离骚》,可谓两者兼备。这不能不说是得力于它匠心独具的结构。作为古代诗歌史上最长的抒情诗,《离骚》所抒之情是悲壮的、美好的、丰富的,因而也是足以摇撼人心的;而其感情的变化发展虽然曲折复杂,却又是符合逻辑的,是有规律可循的。诗人由"内美"而求"外美",并欲以自己的才能来报效国家,然而他却不为楚王所理解,也不为污浊的社会所容,不得已,他只好退而保持自己的清白和正直。同时,他仍在不断地向楚王表明自己的心迹,并为实行"美政"而上下求索,四方求贤,以图挽回楚国覆亡的命运。只是到了最后,时局急剧地恶化,"党人"对他的迫害又要升级,连神巫都劝他赶快出走,他才不得不神游西北。但即使是神游,最终也还是在"旧乡"的上空止步不前。像《离骚》这样抒情性极强的诗篇,而其思维又是如此之缜密、合理,实在令人惊叹!而且全诗首尾一贯,环环相扣,因果相踵,直令人从逻辑上也无懈可击。

二是浑然一体而又层次分明。从总体上来说,《离骚》是一件完美的艺术品，它给人的印象是大气磅礴，浑然一体，精美绝伦。而从内部结构上来看，它又是层次分明，纹理清晰的。如果说《离骚》的九十三解是构成诗篇的最基本的单位，那么十四节则是诗篇的十四个层次，三大部分又是诗篇组合的三个有机板块。而无论缺少了对已往的回顾，还是对未来的探索，或是"终篇之结语"，《离骚》作为一件艺术品都是不完整的；无论将十四个层次中的任何两个层次（如"两上昆仑"）进行颠倒，《离骚》的思想脉络也不会像现在这样的分明。当然，人们对《离骚》的结构尽可以有各种各样的划分，但不管怎样的分节、分段，其内部的层次没有不清晰的。这也从另外一个角度说明，《离骚》的层次划分是多元的，是经得住人们以各种不同的方式来进行推敲的。

三是文采绚丽而又辞气畅达。《离骚》无论抒情还是叙事、状物，其语言色彩都十分绚丽，而且也不乏大段的铺张与层层的比兴。然而其辞气却又一泻千里，绝无窒碍之处。这与它思想脉络的清晰以及结构层次上的层层递进，应不无关系。篇中情节的每一步发展，情绪的每一次波澜，都会迸发出一种"惊采绝艳"的火花，令诗篇熠熠生辉；而这些情节和情绪的发展又是必然之势，故诗人只需直抒胸臆，顺流而下，一气呵成即可。通读《离骚》，尽管篇中气象万端，感情跌宕起伏，但人们一点也感觉不出在辞气上有什么不顺之处。

四是浪漫色彩而又富现实精神。从总体上来说，《离骚》是一部浪漫主义作品，而且已成为我国文学浪漫主义的直接源头。这主要表现在诗人驰骋想象，糅合神话传说、历史人物、自然现象以编织幻想的境界，以及人物形象的超凡脱俗和描写手法上的象征、夸饰等。但透过浪漫的色彩，又能令人感受到一种现实主义的精神。篇中第一部分的实写，固然与作者的经历相关，有些甚至能与《史记·屈原列传》对读；而第二部分的虚写，又何尝没有现实的依据呢？"上叩帝阍"一节已有人指出是比喻求通楚王见阻，而"上下求女"一节，更是对当时各种人才风貌的集中写照。至于"占卜""降神"原本楚俗；而"神游天上"虽飘飘有凌云之志，然所游之地却是实实在在的西北地名，并有着楚民族起源的传说作为依据。可见《离骚》从结构上来说也并非是纯浪漫的写法。

总之，《离骚》既是抒情诗，而又有着动人的情节；既浑然一体、文采绚烂、诗意盎然，又有着严密的逻辑、清晰的层次和畅达的辞气；既是浪漫主义的杰作，又无处不贯穿着现实主义的精神。而这种多姿多彩的风貌及彻里彻外的美感的形成，虽说还有着许多方面的因素，但与《离骚》立意高超的结构应是分不开的。

附：《离骚》今译

1. 我是古帝高阳氏的后代子孙啊，
   我已故的伟大父亲叫伯庸。
   正当寅年的正月啊，
   庚寅这一天我便降生。

2. 父亲观察衡量了我出生的时间啊，
   开始赐给我美名。
   给我起名叫"正则"啊，
   给我取字叫"灵均"。

3. 我已有了这样纷盛的内在美质啊，
   又具备着修饰自己的能力。
   我把江离和芷草披在身上啊，
   又联缀秋兰作为佩饰。

4. 时间飞逝我好像追赶不上啊，
   怕的是岁月不会把我等。
   清晨我拔取山坡上的木兰啊，
   傍晚采摘小岛上的宿莽。

5. 日月很快运行而不停留啊，
   春天和秋天在不断地交换。
   想到草木的凋零啊，
   怕的是美人也要进入暮年。

6. 不爱抚美壮而扬弃秽恶啊,
   何不改掉这些坏处?
   您要以骏马驾车飞奔啊,
   来吧,我愿在前面带路!

7. 古代的三位贤君德行精美啊,
   当然各种芳草都聚集在他们周围。
   杂有着申椒与菌桂啊,
   岂只是会集那些蕙草和白芷。

8. 那尧和舜光明正大啊,
   既沿着正道又登上坦途。
   夏桀和商纣是何等的放荡不规啊,
   只因贪走邪僻小路以至不能举步。

9. 正因那些结党营私的小人苟且偷安啊,
   楚国的道路黑暗而且险阻。
   哪里是我自己害怕遭受祸殃啊,
   我是唯恐君王的车子颠覆。

10. 我急速地奔走于国君车子的前后啊,
    为的是要赶上前代贤王的步武。
    君王不了解我的内心之情啊,
    反而听信谗言对我发怒。

11. 我当然知道忠言直谏会招致祸患啊,
    但想忍耐又停止不住。
    让我指苍天为证啊,
    这一切都只是为了君王的缘故。

12. 当初你已经跟我有过成约啊,

后来却翻悔变心而有别的打算。
我并不以离别为难啊,
所伤心的是你屡次把主意改变。

13. 我已培植了九畹的兰草啊,
    又栽种了百亩的秋蕙。
    分垄种植了留夷和揭车啊,
    还夹杂种了杜衡和芳芷。

14. 希望它们枝高叶茂啊,
    愿到时候我将收获。
    即使它们枯萎凋落又有什么关系啊,
    伤心的是这众多芳草变得污浊。

15. 众小人都争往上爬而贪图私利啊,
    对财物的索求从不感到满足。
    他们以小人之心度君子之腹啊,
    每个人的心中都怀着嫉妒。

16. 多方奔走以追逐权力啊,
    这并非我内心所急。
    老境渐渐将要到来啊,
    我只担心那美好的名声不能树立。

17. 清晨我啜饮木兰上坠落的露水啊,
    傍晚我吃秋菊刚刚开放的鲜花。
    只要我的内心真正美好而且精诚专一啊,
    长期面黄肌瘦又算得了什么?

18. 拿来木兰的须根以编结芷草啊,
    再将落下的薜荔花心穿在一起。

举起那菌桂并挽上芳香的蕙草啊，
又把胡绳搓成长而好看的绳子。

19. 我效法前代的贤人进行自修啊，
这香草不为世俗之人所佩饰。
虽不合于今人的做法啊，
我只愿依照彭咸的榜样行事。

20. 我深深地叹息并不断擦拭眼泪啊，
是可怜人民艰难的生计。
我只因修洁美好而被人牵累啊，
以致早上进谏而傍晚即遭废弃。

21. 已因佩带芳蕙而被废弃啊，
我却要再拔取香芷来修饰自己。
只要是我内心所爱好的啊，
即使多次地死去也仍然不悔！

22. 怨只怨君王的糊涂啊，
始终不理解人家的内心。
众女子嫉妒我的美貌啊，
造谣诬谤说我生性好淫。

23. 世俗之人本善于取巧啊，
他们背离了法规而随便更改措施。
违背法度以追随邪曲啊，
争去苟合求荣并当成常事。

24. 失意而忧愁郁闷啊，
此时独有我的处境最坏。
宁肯突然死去或漂流异乡啊，

我也不忍做出这种小人之态!

25. 猛禽不与凡鸟合群啊,
    前世以来原本如此。
    方和圆怎能重合啊,
    道不同又哪能相安无事?

26. 委屈抑制自己的心志啊
    宁愿忍受罪过并听任诟骂。
    保持清白而死于正直啊,
    这本为前代圣贤所嘉。

27. 后悔观看道路的不够明察啊,
    长久地站立后我将回还。
    将我的车掉头回到原路啊,
    趁着走的迷途还不太远。

28. 让我的马行走在长满兰草的泽畔啊,
    再奔驰到生有椒树的小丘上休息。
    进身君前不能见纳反而获罪啊,
    退离君王我将重新修整以前的服饰。

29. 我用荷叶和菱制成上衣啊,
    再采集荷花做成下裳。
    不了解我也就算了吧,
    只要我的内心确实芬芳。

30. 使我的帽子高高啊,
    让我的佩带长长。
    芳草和污垢杂糅在一起啊,
    只有那洁白的质地仍未亏丧。

31. 忽然回头纵目远望啊,
    我打算到四方荒远之地观览。
    佩带上繁盛的装饰五彩缤纷啊,
    浓郁的香气也愈加明显。

32. 人生各有自己的乐事啊,
    我独独爱好修饰并习以为常。
    即使肢解也仍不改变啊,
    难道我的内心会感到恐慌!

33. 女嬃气喘吁吁啊,
    反复地把我责骂。
    说:"鲧太刚直而忘记自身安危啊,
    终于死在羽山之下。

34. 你为何博闻忠直而爱好修饰啊,
    独独保持了这么多美好的节操!
    众小人屋里堆满了菉葹啊,
    你却判然独立而不肯服用这些恶草。

35. 众人是不可挨家挨户去说的啊,
    谁能了解咱的内心之情?
    世人都互相推举而爱好结党营私啊,
    你为何这样孤独连我的话都不肯听?"

36. 依照前代圣人的法则来判断事理啊,
    可叹我的内心愤懑以至于今。
    渡过了沅江和湘江南行啊,
    我到虞舜那里去陈述衷情:

37. "夏启从天上偷来了《九辩》和《九歌》啊,
　　尽情地享乐遂把自己放纵。
　　不回顾得天下之难并为后代考虑啊,
　　他死后五个儿子因此而发生内讧。

38. 后羿过度地游观田猎啊,
　　又喜欢射那大的狐狸。
　　淫乱之辈很少有好下场啊,
　　果然寒浞又杀了他并霸占其妻。

39. 浇依仗自己强暴有力啊,
　　放纵欲望而不能克制。
　　天天耽于享乐而忘乎所以啊,
　　他的脑袋也就因此而落地。

40. 夏桀行事违背常规啊,
　　就因此而遭殃。
　　商纣把人剁成肉酱啊,
　　殷朝的政权因而不长。

41. 商汤、夏禹庄重而敬贤啊,
　　周王讲论治国之道而没有差错。
　　推举贤人而给能者授职啊,
　　遵循法度而不偏颇。

42. 老天爷并没有偏私啊,
　　他见百姓拥护谁就给以扶助。
　　只有圣明的哲王靠他们的美行啊,
　　才能够享有天下的疆土。

43. 看一看前朝后代啊,

观察人民衡量事物的标准
哪有不义能用于世啊，
又哪有不善而可行？

44. 我已临近危险而在死亡的边缘啊，
    但回顾当初的行为并不悔恨。
    不度量凿孔而削正榫子啊，
    这本是前代贤人遇害的原因。"

45. 我抑郁忧闷而不停地悲泣啊，
    可叹自己生不逢辰。
    拿柔软的蕙草来擦拭眼泪啊，
    止不住的泪水沾湿了我的衣襟。

46. 我跪着铺开衣襟向舜陈词啊，
    分明地感到自己的内心已很纯正。
    我用玉龙和鹥鸟驾车啊，
    等待风来就很快向天上飞行。

47. 清晨我从苍梧出发啊，
    傍晚来到昆仑山的悬圃。
    我想在神灵门前稍作停留啊，
    但那太阳很快就要下去。

48. 我令日御羲和停止挥鞭啊，
    望见崦嵫山而不要迫近。
    道路漫漫而长远啊，
    我将上天下地求寻。

49. 我在咸池里饮马啊，
    并将缰绳系在扶桑。

折取若木之枝擦亮太阳啊，
　　姑且优游徘徊以度时光。

50. 我让月御望舒在前面开路啊，
　　又让风神飞廉跟在后边。
　　鸾鸟凤凰在前为我警戒啊，
　　雷师告我准备尚未齐全。

51. 我令凤鸟在空中飞腾啊，
　　白天接着黑夜。
　　旋风结聚而不散啊，
　　率领云霞把我迎接。

52. 云霞缤纷时聚时散啊，
　　五光十色忽下忽上。
　　我让天帝的守门者开门啊，
　　他倚着天门把我望望。

53. 日光昏暗一天又将过完啊，
　　我编结幽兰徘徊不肯离去。
　　世道混浊而不分善恶啊，
　　总爱遮蔽美好而心生嫉妒。

54. 清早我将渡过白水啊，
　　登上阆风山把马拴住。
　　忽然回头不禁流下眼泪啊，
　　可怜高丘之上没有神女。

55. 我匆匆游览这青帝的春宫啊，
　　折取玉枝把我的佩带装饰。
　　趁这玉枝的花朵还没有凋落啊，

看看可以送给下界的哪位女子。

56. 我令雷神丰隆驾云啊,
    去寻求宓妃的住址。
    解下我的佩带以定情啊,
    再让那蹇修去做媒使。

57. 那宓妃来时仪从好盛啊,
    但忽然又别扭起来不肯相就。
    她傍晚回到穷石住宿啊,
    清晨起来又去洧盘洗头。

58. 仗着她的美貌傲视一切啊,
    成天寻欢作乐东逛西游。
    虽然很美但无礼仪啊,
    我只得抛开她另外寻求。

59. 观察了四方的尽头啊,
    在天上周游后我才下去。
    远望那高耸的瑶台啊,
    看见了有娀氏的美女。

60. 我让鸩鸟做媒啊,
    鸩告我那女子长得不好。
    雄鸩飞叫着要去啊,
    我还嫌它过于轻佻。

61. 心中犹豫而疑惑不定啊,
    想亲自去又觉得不便。
    凤凰已接受别人的委托啊,
    只怕那高辛氏要赶在我的前面。

62. 想远离而无处停留啊,
    姑且游荡逍遥。
    趁着少康还没有成家啊,
    将有虞氏的两个女子聘好。

63. 媒人无能而言辞笨拙啊,
    怕说合的话不成。
    世道混浊而嫉妒贤能啊,
    好遮蔽美德而称扬恶行。

64. 美女的闺房深邃难近啊,
    圣明的君王又不觉悟。
    空怀我的忠情而不能抒发啊,
    我怎能与此环境永久相处!

65. 拿来香茅草与小竹片啊,
    让灵氛为我占卜。
    我说:"美的双方必定会遇合啊,
    但谁真正美好而把我爱慕?

66. 我想天下是如此的广大啊,
    难道只有这里才有美女?"
    灵氛告我:"你还是尽力远走而不要迟疑啊,
    谁求美好的人儿会把你弃去?

67. 哪儿会没有芳草啊,
    你何必苦苦怀念这故国?
    世道昏暗而惑乱啊,
    谁又能分辨我们的善恶?

68. 人们的好恶原本会不同啊,
    只是这帮'党人'也就格外的奇怪。
    他们的腰间挂满了艾草啊,
    反倒说幽兰不可以佩带。

69. 连草木的香臭都不能分辨啊,
    鉴别美玉又岂能得当?
    拿粪土充填在香囊中啊,
    反倒说申椒气味不芳!"

70. 想听从灵氛的吉利占卜啊,
    但心中还疑惑不定。
    巫咸将在傍晚降神啊,
    我携带香椒精米去迎请。

71. 众天神遮天蔽日般下降啊,
    九嶷之神也纷纷前来迎之。
    光闪闪众神在显灵啊,
    巫咸告我那君臣遇合的吉事。

72. 他说:"应该努力上下求索啊,
    去求得你的同道。
    汤禹严正而能访贤啊,
    得伊尹和咎繇而君臣协调。

73. 只要内心都爱美啊,
    又何必借助媒人?
    傅说操杵在傅岩筑墙啊,
    武丁用而不生疑心。

74. 吕望挥刀杀猪啊,

遇周文王而被荐举。
宁戚喂牛而歌啊,
齐桓公听到后让他备于臣辅。

75. 趁着你的年纪还不算老啊,
时光也还没有完结。
只怕杜鹃一声叫啊,
各种香草都会凋谢。"

76. 我的玉佩是多么高贵啊,
众人却要将它遮掩。
想到"党人"的没有诚信啊,
怕因嫉妒而被摧残。

77. 时局纷乱而易变啊,
我怎可以在此居留?
兰和芷变得不香啊,
荃与蕙也都化为茅莠。

78. 为何昔日的芳草啊,
如今简直变成萧艾?
难道有别的缘故啊,
是不善修造成的祸害!

79. 我原以为兰可依靠啊,
谁知他无实而徒有其表。
委弃自己的美质而随从世俗啊,
苟且地被列入芳草。

80. 椒变得专横谄佞而傲慢啊,
也想进入人们佩带的香囊。

既然都在钻营求进啊，
又有什么香草能保持自己的芬芳！

81. 世俗本是随波逐流啊，
又有谁能自持？
看这香椒兰草尚且如此啊，
更何况那揭车和江离！

82. 只有我这佩带是如此的可贵啊，
虽其美质到今还被人鄙弃。
香气浓郁而难以衰减啊，
芬芳至今仍然不息。

83. 协调玉音和步伐的节奏以自欢娱啊，
姑且漂流远方寻求女子。
趁着我的装饰正美啊，
我要周游观望，上天下地。

84. 灵氛已告我吉利的占辞啊，
挑选吉日我将出航。
折取玉枝以为食物啊，
加工玉屑作为干粮。

85. 让我以飞龙驾车啊，
再用美玉和象牙把车装饰。
心意不合怎能同处啊，
我将远行以自求疏离。

86. 我转道行向昆仑山啊，
道路长远便沿途周游。
举起云霞之旗遮天蔽日啊，

车上的玉鸾之铃鸣声啾啾。

87. 清晨我从天河出发啊，
    傍晚来到最远的西方。
    凤凰恭敬地举着旗帜啊，
    在高空有节奏地翱翔。

88. 我很快地行走在流沙地带啊，
    沿着赤水而放慢脚步。
    指挥蛟龙横在渡口以为桥梁啊，
    命令西方之神把我渡过水去。

89. 路途遥远而多艰险啊，
    让众车腾驰径相侍候。
    路过不周山向左转啊，
    指定西海为会合之地。

90. 集合我的车上千辆啊，
    玉轮并排一齐奔驰。
    驾车的八龙蜿蜒前进啊，
    车上的旗帜随风飘起。

91. 旗帜下垂车马停行啊，
    此时我的精神飞驰得很远。
    奏起《九歌》而舞《九韶》啊，
    姑且假借时日娱乐一番。

92. 在初日的光明中啊，
    忽然瞥见了地下的旧乡。
    仆从悲伤马儿感怀啊，
    蜷身回望而不肯奔向前方。

93. 尾声:
   算了吧!
   楚国没有贤人、不能理解我啊,
   我又何必苦苦怀恋这故都?
   既然无人可以一同实行美政啊,
   我将追随彭咸以为归宿!

(原载《中国古代作家作品研究》,兰州大学出版社 2002 年版)

博大、和谐、深邃、持久

——《离骚》象征探微

在中国古代文学中，《离骚》所蕴含的"微义"要算是最为丰富的了。虽有不少人写过"离骚发微"一类的专书和文章，但其中的"微义"还是未能发尽。即以人们所熟知的《离骚》象征手法而言，便有许多"微义"尚未被学术界所洞悉。下面便想对此做些探讨。

一

屈赋中的象征是一个十分庞大而又内部相对独立、层次复杂的系统。而《离骚》则是这个庞大系统的缩影。总的来说，《离骚》所要象征的是诗人的崇高理想及其完美人格（这可以算作一个大的象征系统），但如细加抽绎则会发现，作者所使用的象征物又包含以下四个分支系统。

一是植物系统。《离骚》中所提到的植物共23种。其中香草（包括香木）占绝大多数，计有江离、芷（芳芷、辟芷）、兰（含秋兰）[1]、木兰（树）、宿莽、椒（申椒、芳椒）、菌桂、蕙、荃、留夷、揭车、杜衡、秋菊、薜荔、胡绳、荷（含芰、芙蓉）、琼茅等十七种；恶草仅六种，即葰、菉、茅、萧、艾、樧等。香草中，又以"兰"的出现次数为最多，共八次；"蕙""椒""芷"亦各达六次。这23种植物，除"琼茅"（即香茅，亦即《禹贡》之"菁茅"、《左传》之"苞茅"）为占卜使用、不含象征意义外，其他22种，按所象征的意义，又可分为五种情况：

---

[1] 楚辞"兰"字凡四十二见，其具体所指，详参《楚骚咏"兰"探微》。

（一）象征诗人的服饰之美。如"扈江离与辟芷兮，纫秋兰以为佩""制芰荷以为衣兮，集芙蓉以为裳"。

（二）象征诗人的饮食之精。如"朝饮木兰之坠露兮，夕餐秋菊之落英"。

（三）象征诗人的修养之力与情操之高。如"朝搴阰之木兰兮，夕揽洲之宿莽""揽木根以结茝兮，贯薜荔之落蕊""矫菌桂以纫蕙兮，索胡绳之纚纚""既替余以蕙纕兮，又申之以揽茝""步余马于兰皋兮，驰椒丘且焉止息""揽茹蕙以掩涕兮，沾余襟之浪浪""时暧暧其将罢兮，结幽兰而延伫""木兰去皮不死，宿莽拔心不死"（蒋骥《山带阁注楚辞》），故诗人"朝搴""夕揽"，以示自己的坚贞不渝；"兰""蕙""椒""芷"皆为名贵香草，故诗人行于兰皋、止于椒丘，茹蕙掩涕、幽兰结佩，甚至在因"蕙纕"被"替"之后还要继续采摘芷草。这又象征了诗人在任何情况下都要以美好的理想和情操来陶冶自己。

（四）象征人才的使用、培养与蜕变。这样的句子有："杂申椒与菌桂兮，岂维纫夫蕙茝""余既滋兰之九畹兮，又树蕙之百亩""畦留夷与揭车兮，杂杜衡与芳芷""兰芷变而不芳兮，荃蕙化而为茅""何昔日之芳草兮，今直为此萧艾也""余以兰为可恃兮，羌无实而容长""椒专佞以慢慆兮，樧又欲充夫佩帏""览椒兰其若兹兮，又况揭车与江离"。对"三后"的广延人才，诗人以蕙芷、申椒、菌桂等"众芳"的杂集来加以象征；对自己的培养贵族子弟，诗人用"滋兰""树蕙"来加以象征；而对人才的变质，诗人则以"兰芷不芳""荃蕙化茅"来象征。

（五）象征美与丑的对比。如"薋菉葹以盈室兮，判独离而不服""户服艾以盈要兮，谓幽兰其不可佩""苏粪壤以充帏兮，谓申椒其不芳"等诗句都属于这一类。小人"菉葹盈室"、艾草满腰，反谓申椒无芳、幽兰不可佩，其美丑好恶，自不待言。

二是动物系统。《离骚》中所提到的动物（包括神话传说中的动物），有马（骐骥）、鸷鸟、玉虬、鹥、鸾鸟、凤凰、鸩、雄鸠、鹈鴂、龙、蛟等十一种，亦各有其象征的意义，即所谓善鸟"配忠贞"，恶禽"比谗佞"。具体地说，"鸷鸟"为诗人自喻，"鸷鸟不群"象征了诗人的不肯与群小同流合污；"虬龙、鸾凤以托君子"，象征诗人心目中的贤者；鸩鸟喻谗佞小人，雄鸠喻轻佻之辈；而"鹈鴂先鸣"则象征了百花的凋谢与时局的险恶。

三是人物系统。《离骚》中所提到的人物（包括神话传说中的人物）有三十三个，这就是：女媭、鲧、启、羿、浞、浇、夏桀、后辛、汤禹、羲和、望舒、飞廉、雷师、帝阍、丰隆、宓妃、蹇修、高辛、少康、有虞二姚、灵氛、巫咸、挚、皋陶、傅说、武丁、吕望、周文王、宁戚、齐桓公、西皇、彭咸。这些人物，虽有的在历史上实有其人，但出现在《离骚》中，则在很大程度上已跳出了历史的局限，而被赋予了象征的意义。例如，篇中"婞直"的鲧，实际是诗人自己的象征；而女媭则代表了一部分同情屈原但又不甚理解屈原的人们。再如，篇中的禹、汤、武丁、周文、齐桓是被用来象征明君的，而挚、皋陶、傅说、吕望、宁戚则被当作贤臣的代表。由此出发，武丁与傅说、周文与吕望、齐桓与宁戚的相得，又被用来作为君臣遇合佳事的象征。至于诗中多次出现的美女，则似有两种象征意义：一是喻贤才，并由此出发，以"求女"象征求贤，以高辛、少康的先我而得简狄、二姚象征贤才已为他国所用；二是诗人自比，并由此出发，以男女关系象征君臣关系，以众女妒美象征群小嫉贤，以求媒象征求通楚王之人，以婚约象征君臣遇合等。他如以夏启、夏桀、后辛代表昏君，羿、浞、浇指乱臣，帝阍喻君王左右的小人，宓妃象征恃才无行之辈等，亦皆具有象征的意义。而且，从整体来说，《离骚》中的整个人物系统，又都被用来象征楚国的现实社会。可以说，楚国现实生活中的各类人物，在《离骚》中几乎都能找到他们的象征。

四是事物系统。《离骚》中具有象征意义的事物也有以下几种。

（一）以道路象征国家政治前途。如诗人称尧舜之治为"遵道而得路"，称桀纣昌披为"捷径以窘步"，称党人祸国为"路幽昧以险隘"，称自己与楚王"图议国事"为"来吾导夫先路"，称复前代之治为"及前王之踵武"，称观察政治形势不明为"相道之不察"，称政治上一度误入歧途为"及行迷之未远"，称国家积重难返为"路修远以多艰"等，都是。

（二）以规矩绳墨象征法度。这样的句子有："固时俗之工巧兮，偭规矩而改错""背绳墨以追曲兮，竞周容以为度""举贤而授能兮，循绳墨而不颇""曰勉升降以上下兮，求矩矱之所同"等。而且，由此出发，诗人又称不度量法度而盲目行事为"不量凿而正枘",称志向、法度不同不相为谋为"何方圜之能周"。

(三)以驾驭车马象征治理国家。如诗人称为国家效力为"乘骐骥以驰骋""忽奔走以先后",称国家行将覆亡为"皇舆之败绩",称退隐为"回朕车以复路",称任用贤人为"驷玉虬以乘鹥"等便是。甚至诗人写自己为"美政"而奋斗,也不惜用了"车马行空"来作象征。

他如以马的被"靰羁"象征人的受束缚,以"上叩帝阍"象征对时局所作的最后努力,以"上下求索"象征对国家政治和个人前途的探索,等等,也无不具有象征的意义。

概言之,博大而又层次复杂的象征系统的形成,已成为《离骚》象征手法首要特点。

二

值得指出的是,上述象征系统及其内部的诸象征要素,在《离骚》中并不是机械、孤立地存在着,而是呈现出一种高度的和谐统一。即是说,它们之间既保持着相对的独立,而又有着紧密的、有机的联系,并最终被统一于《离骚》乃至整个屈赋的象征体系之中。而且,正是由于系统内部组合的这种和谐性,才使得作者在运用这一庞大象征体系来塑造人物时,收到了"整体大于部分总和"的艺术效果。应该说,这是《离骚》象征手法更为重要的特点。

我们试看《离骚》中作者运用这种象征手法所塑造的主人公形象吧。读罢《离骚》,人们的眼前定会浮现出这样一位古人的形象来:他荷叶为衣,芙蓉为裳;身披江离,胸佩秋兰;朝搴木兰,夕揽宿莽;"朝饮木兰之坠露兮,夕餐秋菊之落英""行于兰皋,止于椒丘";甚至连拭泪用的也还是"茹蕙"("揽茹蕙以掩涕兮")。他像"鸷鸟"一样的卓尔不群,又似"虬龙""鸾凤"一般的高洁不俗;他似"鲧"一样的"婞直",又具有伊尹、皋陶般的雄才大略。他有着自己的"美政"理想——"举贤而授能兮,循绳墨而不颇",也愿意为祖国的富强而奋勇献身——"乘骐骥以驰骋兮,来吾导夫先路"。他十分向往那人才荟萃、众芳所止的"三后"之世,更希望楚王能够奋发中兴——"及前王之踵武"。为此,他曾

"滋兰树蕙"，培植了大批的贵族子弟；但可惜的是这些人才大都变质了——"兰芷变而不芳兮，荃蕙化而为茅"。他又从平民和下层社会中发现了一些类似傅说、吕望、宁戚那样有经济之才的贤人，但君王却不能用，结果，不是被"帝阍"一样的佞臣拒诸门外，便是像高辛、少康的捷足而娶简狄、二姚一样为邻国先得。就连他自己，也因"婞直"而被诋毁，被"靰羁"——"众女嫉余之蛾眉兮，谣诼谓余以善淫"。但他决不向邪恶势力屈服，不肯与小人同流合污——"芳与泽其杂糅兮，唯昭质其犹未亏"。他即使处在"百草不芳""路幽昧以险隘"的逆境，也不肯放弃自身的修养，不曾忘记以"前贤"的优秀品德和高尚情操来激励自己——"朝搴阰之木兰兮，夕揽洲之宿莽""既替余以蕙𬅪兮，又申之以揽茝"。他也曾有过远走高飞的念头——"朝发轫于天津兮，夕余至乎西极"，然而一旦"临睨夫旧乡"，却又"蜷局顾而不行"。最后，他在"国无人""莫我知""莫足与为美政"的情况下，遂打算以死来殉自己的理想——"吾将从彭咸之所居"。这里的"彭咸"，有人曾不厌其烦地考证过他的姓名和事迹，其实，《离骚》中的彭咸在很大程度上已成了舍身殉国贤士的象征了。

可以看出，《离骚》中的这位主人公，外貌是秀伟的，人格是峻洁的，理想是崇高的，感情是强烈的，他虽然昂首于九天之外，然而脚却一直踏在祖国的大地上。而这样一个文学史上异常高大、异常丰满、异常感人的形象的塑造成功，显然是与诗人调动了这庞大象征体系的每一个象征要素并使之和谐地融为一体是分不开的。换言之，《离骚》中的主人公形象，实际是《离骚》象征体系内部有机组合的外表显现。没有植物、动物、人物、事物诸象征系统（须知这已几乎包括了整个自然界和人类社会）的参与，或没有各系统内部诸要素的相互融合，在中国文学中便不会矗立起一个如此光辉的爱国诗人的形象。

《离骚》象征系统内部的有机组合，除了能令主人公形象显得异常高大和完美外，也使《离骚》具有了高度的美学价值。具体地说，便是体现了屈原自然美与道德善、外美与内美以及优美与壮美和谐统一的美学思想。

我们知道，《离骚》中用以象征主人公形象的香花香草，有些本身就是很美的。例如，对《离骚》中多次出现过的"兰"（即兰草或泽兰），屈原在《九歌·少司命》中就曾加以赞美："秋兰兮麋芜，罗生兮堂下。绿叶兮素枝，芳菲菲兮袭予""秋兰兮青青，绿叶兮紫茎"。后代的李时珍在《本草纲目》中对兰更是有过十分详尽的描绘：

> 兰草、泽兰，一类二种也。俱生水旁下湿处。二月宿根生苗成丛，紫茎素枝，赤节绿叶，叶对节生，有细齿。但以茎圆节长，而叶光有歧者，为兰草；茎微方，节短而叶有毛者，为泽兰。嫩时并可挼而佩之，八、九月后渐老，高者三、四尺，开花成穗，如鸡苏花，红白色，中有细子。……《礼记》"佩帨兰芷"，《楚辞》"纫秋兰以为佩"，《西京杂记》载汉时池苑种兰以降神，或杂粉藏衣书中辟蠹者，皆此二兰也。今吴人莳之，呼为香草，夏月刈取，以酒油洒制，缠作把子，货为头泽佩戴。

可见，从自然属性来说，"兰"的确很美。又据《本草经》记载，"兰"不但可供人佩带，医用还可"利水道，杀蛊毒，辟不祥，久服益气轻身不老"，至被列为"上品"之药。现代中药学的研究也证明，兰草实有醒脾、化湿与清暑、辟浊之功效，并一直被应用于临床。明乎此，则我们真不能不惊叹于《离骚》的作者何以要用"兰"来象征人物秀伟的容貌、美好的理想以及与邪恶势力不屈不挠的斗争精神了！而屈原以自然物的美来象征人的道德的善，并将自然物及人的内美、外美和谐地融为一体，这又是多么高明的美学见解、多么成功的美学实践啊！

优美与壮美的和谐统一，也同样通过象征被体现于《离骚》之中。从美学角度来说，优美是主体与客体的和谐统一所显现出来的一种美；而壮美则是以严峻、冲突为其特征的。《离骚》前一部分写诗人对自己大半生斗争经历的回溯，后一部分写对未来道路的探索；而无论回溯还是探索，屈原都通过大量象征要素的运用，使诗篇贯穿了美与丑、善与恶、光明与黑暗的矛盾冲突，并最终为读者树立起了一个光辉峻洁的正面人物形象。应该说，其基调是壮美的。然而，当诗人以滋兰树蕙来象征人才的培养，以采摘、佩服香草来象征自我修养，以上下求女来象征求贤的时候，谁又能说这不是一些优美的境界呢？壮美中杂有优美，融若干优美色彩绘成一幅壮美的图画，这便是体现在《离骚》中的又一奇特美学现象。而这种现象的形成，当然也是与《离骚》象征系统内部的有机组合分不开的。例如，植物系统中的香花香草对于优美的体现固然重要；而动物系统中的鸷鸟、飞龙、凤凰以及人物系统中的鲧、女媭、美人、帝阍，连同事物系统中的道路、规矩、绳墨等，对于表现诗篇的矛盾与冲突又岂是可少的？更重要的是，由于诸象征要素的交织与融合，才使诗篇能够呈现出美妙而壮观、瑰丽而奇幻的意境，而这在美学上即是优美与壮美的和谐统一。

三

如果说《离骚》象征体系的表层显现是抒情主人公的形象，中层寄托是诗人的美学理想的话；那么，其深层蕴含则又富有哲理的意味。《离骚》中的象征物虽多，象征意义虽十分丰富，然无不以一种对立统一的方式存在着，即正义与邪僻、美好与丑恶、光明与黑暗的对立统一。在作者的心目中，天地万物（即植物、动物、人物、事物）都是对立统一的。例如，有香草，便有臭物；有善鸟，亦有恶禽；有灵修美女，则必有谗佞小人；有耿介坦途，也定会有幽昧捷径。所有这些都是以对立面的存在为其条件，并不以人的意志为转移。而且，万物也会有发展变化，有些甚至能转化到自己的对立面。例如，"兰芷变而不芳兮，荃蕙化而为茅"是由好变坏。而"吕望之鼓刀兮，遭周文而得举"则是由卑微而至高贵。屈原认识到了这些，并通过象征手法，将这种朴素的辩证思想体现在了自己的诗篇中。

不仅如此，屈原还通过这庞大的象征体系，向读者表达了自己的人生观。这便是对正义、美好与光明的追求（《离骚》主人公的逐日而行，亦可视为是对光明的追求）及对邪僻、丑恶与黑暗的憎恶。透过诗篇的象征我们可以明显地感觉到，前者常能给诗人以希望，而后者则屡使诗人失望；前者每每唤起诗人生的欲望，而后者则时时让诗人产生死的冲动。可以说，诗人的大半生便是在这种希望与失望、生与死的矛盾冲突中度过的，而其用生命所写成的伟大诗篇《离骚》，则是生与死、希望与失望的不断冲突所迸发出来的"惊采绝艳"的火花。

应该说，《离骚》中所揭示的生与死的问题，其本身就是一个带有哲理性的大问题。古人云："死生亦大矣。"对此，谁都不能稍加回避。庄子虽然标举"齐彭殇""一死生",然而实际上却常常将自己"处乎材与不材之间",以图延长生命。而屈原是通过庞大象征体系中众多象征物的对立统一,来向人们解释自己的生死观。这较之西方的单纯心理描写,实在要丰富得多、强烈得多。屈原最后的选择是死。而人为什么要死呢?屈原在传统的"成仁""取义"的基础上,也提出了自己的人生准则,那便是"服善"。"亦余心之所善兮,虽九死其犹未悔""孰非义而可用兮,孰非善而可服"。诗人一生不遗余力地追求着"善",然而世界是如此的荒谬,"孰云察余之善恶"?所幸"芳与泽其杂糅兮,唯昭质其犹未亏",不得已,他只好以死来保持自己的美好与善良了。质言之,屈原是热爱生命、热爱生活的,然惟其如此,他才不得不死。这便是《离骚》通过象征手法向我们所揭示出的人生哲理。

四

研究《离骚》的象征,还有一种十分值得注意的现象,那就是《离骚》中的庞大象征体系及其内部的诸象征要素,并不因屈原的投水而消失或解体;相反的,它一直在文学史上延续了下来,具有相对的稳定性。而这种稳定性(在美学上称为延续美),既是《离骚》象征手法的又一特点,也是使《离骚》获得强大艺术生命的重要原因之一。

综观中国文学史可以发现,组成《离骚》象征体系的诸要素如芳草、善鸟、美人、道路、绳墨等,在后世的文学作品中一直不断地在出现着,而其象征的意义也大都与《离骚》一致。例如,"兰"就一直被后世当作君子的象征,从汉人的辞赋直到清人的诗、画,历代咏兰、画兰者不计其数。而从屈原的"夕餐秋菊之落英",到陶渊明的"采菊东篱下"(《饮酒》),到李清照的"有暗香盈袖"(《醉花阴》),再到蒲松龄《聊斋志异》中的《黄英》,菊也一直被当作人品高洁的象征。降至《红楼梦》的作者,则更是有意识地以花的系列来象征不同品格的"金陵十二钗",从而将《离骚》香花、美人融为一体的系统象征手法又向前发展了。《红楼梦》中那篇奇特的《芙蓉诔》无论在骚体的形式上,还是在自然美与道德善的结合上,都应看作与《离骚》是一脉相承的。动物方面,从贾谊《鹏鸟赋》中的恶禽鸱鹗,到祢衡《鹦鹉赋》中的善鸟鹦鹉,到曹操

《龟虽寿》中的老骥，再到柳宗元《笼鹰词》中的鸷鸟苍鹰，直至《聊斋志异》中若干品性善良的狐狸，也无不是将动物当作人的象征。而历代以美人自喻或象征的诗篇，如张衡的《四愁诗》、曹植的《美女篇》、杜甫的《佳人》以及李商隐的《无题》、朱庆余的《近试上张水部》等，更是不胜枚举。事物方面，《离骚》中以道路象征政治前途的手法在后世也得到了广泛的运用。《乐府诗集》中的《杂曲歌辞》收有《行路难》二十五首，其中大都以行路之难来象征政治前途的坎坷。还有李白那首著名的《蜀道难》，也是通过对蜀道艰险的描写，曲折地表达了作者对"安史之乱"前夜唐王朝政治危机的预感和隐忧。至于用"绳墨"来象征法度，则直到今天，人们也还在大讲"以法律为准绳"呢！

除了具体的象征要素外，作为《离骚》象征系统整体成果与结晶的爱国诗人的光辉形象，更是在中国人民的心目中永存着。无论太史公记述屈原"博闻强志，明于治乱，娴于辞令"，还是唐沈亚之《屈原外传》描写屈原的"瘦细美髯，丰神朗秀，长九尺，好奇服，冠切云之冠，性洁，一日三濯缨"；也无论明代陈老莲的绘画《屈子行吟图》，还是近人郭沫若的历史剧《屈原》，都很明显地受到了《离骚》中爱国诗人形象的启迪。而从历代人民反抗强暴、维护祖国尊严的斗争中，从一切志士仁人为振兴中华、立志改革的决心中，从进步思想家们坚持真理、宁死不屈的精神中，也都可以看到《离骚》中诗人形象的影子。可以说，《离骚》中的主人公形象已成为一切爱国者的化身，成为中华民族崇高爱国精神的象征；而一年一度的端午节，便是这种象征的永久性的标志。

至于《离骚》通过象征艺术所体现的和谐统一的美学原则，以及为求永生故不得不死的人生思考，则更对后世的美学乃至哲学都产生过极其深远的影响。《离骚》象征体系所昭示的和谐统一特征，实际包含了内美与外美，自然美与人格美，情感美与理性美以及优美与壮美的和谐统一，它较之儒家的单纯"比德"和道家的只注重自然美，在美学上无疑又向前发展了一步。这是自然物的美与人格的美内在地融为一体的美，是彻里彻外并贯穿于人的一生，形成系统的美，即所谓"完美"，亦即《抽思》所标榜的"愿荪美之可完"。[1] 后世士人们所珍惜的完美人格，以及艺术家们（包

---

[1] 关于楚骚美学的特征，详参《屈原的美学思想》一节。

括文学、美术、音乐、歌舞、建筑、工艺等方面的专门家）所苦苦追求的内容与形式的完美统一，无不在一定程度上接受了这种以和谐统一为核心的楚骚美学的影响。而中国正直知识分子那种"宁为玉碎，毋为瓦全"的可贵品格，那种以自己的死来唤起民众，以自己的死来殉正义事业的崇高行为，也都显示了他们在生与死问题上与屈原所具有的相同的思考和见解。只不过屈原在《离骚》中已将这思考的过程详尽地、艺术地告诉了人们，而后世的追随者们则多是取法其哲学的模式罢了。

总之，《离骚》的象征手法既不同于《诗经》的比兴，亦与后世诗歌中的单纯形象思维不同，它具有博大、和谐、深邃、持久的特征。而这种象征手法的成功运用，不但增大了诗歌的容量，丰富了作品的蕴含，同时也使屈赋呈现出一种立体式的结构，使读者无论从哪一种角度，哪一个层次，都能受到启迪，得到享受。而这也正是眼下流行的某些新诗所最欠缺的。

（原载《固原师专学报》1994年第1期，《人民日报》海外版1994年7月7日"楚辞文化专版"详细转载）

《离骚》的哲学解读

屈原不是哲学家,而以辞赋见称于世。但他的宏伟诗篇中,除了表现出浓厚的诗意外,也处处渗透着深刻的哲学思想。例如,屈原的代表作《离骚》便是如此。如果说《离骚》的表层显现是抒情主人公的形象,中层寄托是诗人的美学理想的话,那么,其深层蕴含便富有哲理的意味。[①] 因此,我们对《离骚》既可以由文学的角度来进行赏析,同样地,也可以从哲学的角度去进行解读。具体说,当有以下三方面的哲学蕴含。

一 天与人的合一

《离骚》中所体现的哲学思想,首先是弥漫其中的天人合一观念。具体说,表现在以下方面。

一是人与自然万物的融汇为一。《离骚》中诗人所构筑的庞大象征体系,既有植物(共23种)、动物(11种),又有人物(33个),还有若干宇宙间的自然现象(如飘风、云霓、丰隆、望舒、飞廉等),而这一切又皆在天地之间活动着,交织着,构成一幅幅雄伟壮观的图画。这庞大的象征体系既是诗人用来创作他光辉诗篇的需要,同时也体现了诗人融万物为一体的宇宙观念。请看诗中"一上昆仑"的画面:

> 饮余马于咸池兮,总余辔乎扶桑。
> 折若木以拂日兮,聊逍遥以相羊。

---

① 参见张崇琛《楚辞文化探微》之"《离骚》象征探微"一节,新华出版社1993年版,第113—115页。

> 前望舒使先驱兮，后飞廉使奔属。
> 鸾皇为余先戒兮，雷师告余以未具。
> 吾令凤鸟飞腾兮，继之以日夜。
> 飘风屯其相离兮，帅云霓而来御。

诗人饮马咸池，总辔扶桑，若木拂日，并使望舒先驱，飞廉奔属，鸾皇先戒，凤鸟环绕，飘风、云霓相迎，这是多么瑰丽的景象！将众多的自然景象、物象包括传说中的动植物形象都与诗人和谐地融进同一画面，对此，文学家们尽管可以用"浪漫主义"来作出解释，但我们透过这浪漫主义的描写，诗人心目中那天人合一的观念，还是可以感受到的。

二是时间与空间的跨越。在诗人认为，人与自然不但能相互融合，而且这相融的万物，在时间与空间上还可以实现跨越。《离骚》的天地神游、上下求女，以时间而言，自高阳、高辛、虞舜、少康、宓妃、简狄、二姚，以至当代的"下女""党人"，可谓上下三千年；以空间言，自南楚以至昆仑西极，又可谓纵横上万里。我们再看诗中的另一段描写：

> 朝发轫于苍梧兮，夕余至乎县圃。
> 欲少留此灵琐兮，日忽忽其将暮。
> 吾令羲和弭节兮，望崦嵫而匆迫。
> 路曼曼其修远兮，吾将上下而求索。

朝发苍梧，夕至悬圃，还有"二上昆仑"时的朝发天津，夕至西极，这是空间的跨越；而诗人让"羲和弭节"，时光慢流，以及诗篇结尾处的"抑志而弭节""聊假日以媮乐"，则是对时间的操控与跨越。这种超越时空的跨越性思维虽带有原始思维的印记，但实可视为屈原天人合一观念的升华。

三是神与人的杂糅。《离骚》中，许多神话传说中的神与现实中的人，常常同时出现，并被相提并论。如雷神丰隆可以"求宓妃之所在"，虞舜重华可以倾听诗人陈说启、羿、寒浞、浇、夏桀、后辛、汤、禹、周王的故事，巫咸大神可以告诉诗人傅说与武丁、吕望与周文、宁戚与齐桓君臣遇合的往事，甚至作为太阳神的羲和可以为诗人驾车，作为天帝守门人的帝阍能"倚阊阖而望予",等等。神谓天神,人谓凡人。这在后世之人来说,其界限是比较清楚的。但在《离骚》中,神与人,神格与人格,竟是很难区分的。而天上的神人与地上的凡人之被杂糅,既反映出人格化了的自然与现实生活中人的融合,同时亦可视为屈原天人合一观念的进一步延伸。

二 对立面的统一

《离骚》中所描写的对象很多,其象征义也十分丰富,然无不是以一种对立统一的方式存在着,即光明与黑暗、正义与邪僻、美好与丑恶的对立统一。在诗人的心目中,天地万物(包括植物、动物、人物、事物),都是对立统一的。如:有香草,便有臭物;有善鸟,亦有恶禽;有灵修美女,则必有谗佞小人;有耿介坦途,也定会有幽昧捷径。而所有这些都是以对立面的存在为其条件,并不以人的意志为转移的。

具体说,《离骚》中的香草(包括香木)有兰(含佩兰、秋兰、木兰、幽兰)、蕙、芷、荃(即荪,亦即石菖蒲)、荷、菊、椒、桂等,而恶草则有菉、葹、茅、萧、艾等;善鸟有鸾、凤、鹭、鸷鸟等,恶禽则有鸩、雄鸠、鹈鴂等;明君有尧、舜、禹、汤、武丁、周王等,昏君则有夏启、夏桀、后辛等;贤臣有皋陶、傅说、吕望、宁戚等,而乱臣则有羿、浞、浇等;美女有"有娀之佚女""有虞之二姚",荡女则有"虽信美而无礼"之宓妃。即使是楚王身边的人吧,既有能为楚王"导夫先路"的诗人自己,也有"竞进以贪婪""凭不厌乎求索"的众小人。而这一切又都客观存在于自然界和社会现实生活之中。请看诗中的描写:

> 户服艾以盈要兮,谓幽兰其不可佩。
> 苏粪壤以充帏兮,谓申椒其不芳。

艾、粪壤与幽兰、申椒,这是自然界中并存的两组臭物与香草,而"党人"竟然不辨,故屈原在诗中对他们加以嘲讽。再看:

> 彼尧舜之耿介兮,既遵道而得路。

> 何桀纣之猖披兮，夫唯捷径以窘步。

"耿介"即光明正大，"遵道而得路"即国家走上了康庄大道。"猖披"即放荡不羁，"捷径以窘步"即贪走邪僻小路以致不能举步。这里又并列出了人间两组不同君王的作风及其治国之道。显然，屈原认为，各种事物无不是以对立的形式，统一存在于自然界和人类社会中。

不仅如此，屈原还认为，对立的双方也会有变化，有些甚至能转化到自己的对立面。如：

> 兰芷变而不芳兮，荃蕙化而为茅。
> 何昔日之芳草兮，今直为此萧艾也。

兰芷不芳，荃蕙化茅，昔日之芳草蜕变为今日之萧艾，这是由香变臭，由善变恶。而其转化的原因，则是"莫好修之害也"。再如：

> 说操筑于傅岩兮，武丁用而不疑。
> 吕望之鼓刀兮，遭周文而得举。
> 宁戚之讴歌兮，齐桓闻以该辅。

罪犯傅说被商王武丁任用，屠夫吕望遇周文王而被荐举，商贩宁戚被齐桓公备于臣辅，这是由卑微而至高贵。而其转化的原因，则是遇合双方的"矩矱之所同"。屈原的这种诗意表达虽不及诸子的理性论述更为明晰，但他既认识到了对立面的相互转化，又揭示出了这一转化的条件和原因，故较之此前的道学家思想，还是又向前推进了。因为道家虽也谈对立面的转化，但无论老子还是庄子，都只讲转化（如"柔弱胜刚强"等），而不谈条件，在这一点上来说，他们尚不及屈原深刻。

三　生与死的冲突与归一

屈原的一生是在希望与失望、生与死的矛盾冲突中度过的。而其用生命写成的伟大诗篇《离骚》，便是生与死、希望与失望的不断冲突所进发出来的"惊采绝艳"的火花。

　　古人云:"死生亦大矣。"① 法国的哲学家加缪也说:"哲学的根本问题是自杀问题。决定是否值得活着是首要问题。世界究竟是否三维或思想究竟有九个还是十二个范畴等等,都是次要的。"② 面对这样一个重大的命题,古今中外的哲学家乃至文学家、艺术家们,无不在以各种不同的方式来进行回答。例如,1949年出土于长沙陈家大山与屈原时代相距不远的战国楚墓的《人物夔凤》帛画(又称《人物龙凤》帛画,今藏湖南省博物馆),便是通过凤与夔的斗争,来"象征生命与死亡的斗争",并表达出"善灵战胜了恶灵、生命战胜了死亡、和平战胜了灾难"这一主题的。③ 而通过文艺作品来回答生与死的问题,在国外有莎士比亚的《哈姆雷特》,在中国文学史上则首推屈原。与莎士比亚在《哈姆雷特》中用大段的心理描写来回答"活着还是不活"(to be or not to be)的方式不同,屈原是通过对正义、美好、光明的追求及对邪僻、丑恶与黑暗的憎恶,来向人们解释自己对生的执着和对死的选择的。请看《离骚》中多次出现的有关"死"的诗句:

　　　　虽不周于今之人兮,愿依彭咸之遗则。
　　　　……
　　　　亦余心之所善兮,虽九死其犹未悔。
　　　　……
　　　　宁溘死以流亡兮,余不忍为此态也。
　　　　……
　　　　伏清白以死直兮,固前圣之所厚。
　　　　……
　　　　阽余身而危死兮,揽余初其犹未悔。

---

① 《庄子·德充符》。王羲之《兰亭集序》曾引此语。
② Albert Camus, "The myth of sisyphus", p. 3, Vintage Book, New York, 转引自李泽厚《古典文学札记一则》,《文学评论》1986年第4期。
③ 此帛画主题颇有异说。此从郭沫若说,见郭沫若《关于晚周帛画的考察》,《人民文学》1953年第11期。

在生与死的矛盾冲突中，屈原最后为什么要选择死呢？那是因为他既"不周于今之人"且又不忍做出小人之"态"，他要保持自己的"清白"、正直与"心之所善"。所以，尽管他多次谈到死，但始终都表现出"未悔"的心态。

应该说，屈原是热爱生活的，也是珍惜生命的。这从他在《九歌》的许多篇章中所表现出的浓厚的生活情趣，以及在《离骚》中所显示的对"完美"的追求和非凡的生活气度便可以看得出来。这样的人本来是可以活得很潇洒的，但他却不等寿终正寝就提早结束了自己的生命，而且连死的方式也是事先就决定了的。然而，我们只要深入考察便可发现，屈原之死，既非激于一时之义愤，亦非为了"水游"而成仙（刘向有"水游"之说），更不是被他人所杀害。他的死是自己深思熟虑的结果。这一点，在《离骚》中也有着逻辑性的表达。而从"神游"中醒来后，诗人便选择了"从彭咸之所居"。可以说，屈原选择死，是为了以死来向不合理的社会现实进行抗议，以死来向邪恶势力作最后的斗争，也是以死来保持他终生为之追求的完美人格。质言之，唯其欲活得有尊严，有意义，他才不得不选择了死。在这里，生命的意义得到了最充分的诠释，而死亡的价值也被深刻地揭示出来。而生与死的激烈冲突，随着诗人的纵身一跃，两者遂达到了高度的统一。用后人的话来说便是："有的人死了，他还活着。"（臧克家《有的人》）而这也就是屈原向我们所表明的生死哲学，以及他对"哲学的根本问题"的回答。

先师姜亮夫先生在授业时曾介绍过近代诗僧苏曼殊的两句话："一个人在三十岁以前不读《离骚》是应该死的，没活气了；三十岁以后读了《离骚》不能替国家死，也是没有活气的。"[①]《离骚》之所以能对后人产生如此巨大的感召力，除了诗中所表现出的强烈爱国激情外，应该说，也与诗人对生与死真谛的解读是分不开的。

以上是对《离骚》中所体现的屈原哲学思想的探析与解读。这种诗人式的哲学虽与传统的哲学家的哲学思想表现不同，但同为时代精神的反映，也同对中国的传统文化产生了深远的影响。姜亮夫先生曾一再教

---

① 姜亮夫：《楚辞今绎讲录》第十二讲《屈原作品的艺术特色》，北京出版社1983年版，第129页。

导,"研究楚辞要综合研究","不单需要有社会科学的知识,也需要有自然科学的知识"。① 而哲学作为自然科学与社会科学的概括与总结,自然也是需要的。值此姜亮夫先生诞辰110周年,谨以此文缅怀恩师,并重温师之教诲。

2012年4月

(原载《职大学报》2012年第4期)

---

① 姜亮夫:《楚辞今绎讲录》第四讲"研究楚辞的方法",北京出版社1983年版,第32页。

一组饱含南楚风情的优美恋歌

——《楚辞·九歌》论析

如果说《离骚》《九章》集中反映了屈原的生平事迹与政治思想，《天问》《招魂》体现了屈原的学术思想与文化视野的话，那么，《九歌》则充分表现出屈原的文学成就。作为文学作品，这一组诗歌是很值得我们去欣赏和研究的。

《九歌》之名，来源甚古。《离骚》有"启九辩与九歌""奏《九歌》而舞《韶》"的句子，《天问》有"启棘宾商，九辩九歌"之句，两篇诗中都提到过它。据《山海经》说，《九歌》是启从天上偷来的，《大荒西经》云："开上三嫔于天，得九辩九歌以下。"这显然带有神话的色彩。近人多半认为，《九歌》是楚地流行的一组民间祭神乐歌。但为何又称"九"呢？有人认为"九"是"多"的意思，所谓"九歌"就是一组诗歌（因为《九歌》实际上有十一篇）。也有人认为"九"是实际的数字，《九歌》就是有九篇。那么，为何又多出了两篇呢？有人说开头的《东皇太一》与结尾的《礼魂》两篇不算，有人则把《大司命》与《少司命》合为一篇，把《湘君》与《湘夫人》合为一篇。此外，还有各种各样合并的方法，以求合于九篇之数。

其实，《九歌》最早应为夏乐，即夏民族之歌。这除了上述文献的根据之外，即从文字上也可以推知。姜亮夫先生认为"九"通"虬"（虬，有角的龙），即"禹"字，也就是一个"虫"（形旁）加上"丩"（声旁）。"虫"即蛇，就是古人所说的龙的主体（见《楚辞今绎讲录》）。可见，《九歌》即是"龙歌"，原本为龙图腾之歌。而"禹"是夏王朝的祖先，夏民族的图腾又是龙，所以说《九歌》是"龙图腾之歌""夏民族之歌"，都是可以的。

又据姜亮夫先生考证，楚为夏后（见其《夏殷制度论》），这样，夏民族的一些乐曲仍然继续在楚民族中流传，也就可以理解了。不过，《楚辞》中的《九歌》虽在音乐上与夏乐有一定程度的承袭关系，但其歌词的内容却不相同。尤其是经屈原加工之后，更是面貌全新了。

关于《九歌》的作者，王逸说是屈原（见《楚辞章句》），而朱熹则谓本有其歌，屈原只是"更定其词，去其泰甚"（《楚辞集注》），进行过一番加工而已。应该说朱熹的话更为可信。南楚巫风盛行，民间用歌乐鼓舞以娱神的事是常有的，而这些歌词的最初作者极可能就是巫觋们。由于是原始萌芽状态的东西，其词难免"鄙俚""而其阴阳人鬼之间，又或不能无亵慢淫荒之杂"。屈原既是一位爱好民间文艺，又有很高艺术修养的人，由他来对歌词进行加工、改造是完全可能的。而且从今天的《九歌》来看，其形象之鲜明、意境之美妙、语言之华美，没有屈原这样的大手笔进行加工、提炼和升华，也显然是不可能的。所以我们说，《九歌》既来源于民间，又是屈原的作品。

《九歌》的写作时间，王逸、朱熹均谓在屈原放逐之后，王逸且点明是屈原晚年放逐沅湘间的作品。以作品本身来印证王逸之说，完全可信。《九歌》中所描写的环境多在沅湘之际，而且诗中所流露出来的情绪，又是一种从生活深处散发出来的忧愁与幽思，这些都与屈原迁放江南时的境况相符。近人或对王逸之说提出怀疑，甚至更进一步认为《九歌》是屈原为出征将士而作的劳军之歌，地点在郢都，时间是在秦楚大战的前夕。再明确地说，《九歌》是屈原为朝廷写的一组大型的歌舞剧，目的是为"获福助，却秦军"，鼓舞将士的士气，祈求神灵的保佑，以使将士们能胜利归来。但从《九歌》来看，除《东君》篇末的"举长矢兮射天狼"一句有报秦之义并已为戴震注所指出外，其他各篇并不见有诅秦的意思。相反地，不少篇中倒是表现出兴尽悲来及热烈的追求而终归失败的情绪，而用这样的情绪来鼓舞楚军的士气，显然是不可想象的。所以我仍然认为《九歌》作于沅湘之际，是屈原在民间祭歌的基础上加工改写而成的。

现存《九歌》共十一篇，历代的楚辞学者曾对它们作过不同的分类。如戴震《屈原赋注》便认为《东皇太一》是迎神曲，《礼魂》是送神曲，不在正式的祭歌之内。黄文焕《楚辞听直》、林云铭《楚辞灯》都把

《山鬼》《国殇》《礼魂》合为一篇，列为祭鬼一类。蒋骥把《湘君》《湘夫人》合为一篇，《大司命》《少司命》合为一篇，认为它们分别祭祀湘水和司命之神。姜亮夫先生则认为《九歌》中有四对神（对偶神），再加一篇《国殇》。具体说，"东君""云中君"为一组，"大司命""少司命"为一组，"湘君""湘夫人"为一组，"山鬼""河伯"为一组。《国殇》因为"殇"了，夭折了，所以没有配偶神。《东皇太一》《礼魂》分别为迎神曲和送神曲。这一分类方法是比较符合实际的。此外，也有人按神鬼的性质，将《九歌》诸神分为三类，即：

1. 天神：东皇太一、东君、云中君、大司命、少司命；
2. 地祇：湘君、湘夫人、河伯、山鬼；
3. 人鬼：国殇。

《礼魂》为送神曲。

总体来说，《九歌》所祭祀的基本上是自然神（《国殇》除外），这是一种原始图腾崇拜的遗风。因为楚地进化较慢，故保留氏族社会的遗风较多。而在同一时期，中土已进入宗法社会，故《诗经》中的"三颂"，其所祭祀的便主要是祖先神了。

至于《九歌》的演唱形式，从总体上来说，它已经具备了后世戏剧的基本要素：诗、乐、舞。可以说《诗》之"三颂"与楚辞之《九歌》，同为后世中国戏曲的起源。在具体的演唱形式上，第一篇中的东皇太一是最尊贵之神，通常由觋来扮演，他不一定有歌舞动作，大抵出场后就不动了，后面的神灵及演唱都是为了取悦于他的。《东皇太一》之后的八场演出则分别由巫、觋扮演其中的鬼神，并且载歌载舞。而每一场演完，都有一个送神曲，即《礼魂》。也有人说要等全部演出结束后才有一个总的送神曲。举例说，《湘君》是由扮演湘夫人的女巫来演唱，《湘夫人》是由扮演湘君的男巫（觋）演唱；《山鬼》是由女巫独自演唱；《大司命》是由觋演唱，也伴有女巫之唱；《少司命》是由女巫演唱，其中又杂有群巫之合唱。这样的演唱形式，有人曾将其与近代流传于湘黔一带的傩戏相联系，不是没有道理的。

不过，由于时代的久远，《九歌》的曲调今天已经不传了，我们所能欣赏到的只是它的歌词,而其中文学价值最高的又要数那些神与神、人与神相爱的恋歌。像《湘君》《湘夫人》《山鬼》等,都是中国文学史上传颂不衰的名篇。

《湘君》通篇都是湘夫人思念湘君的语气,它的表现形式,可能是在祭祀时,以一个扮湘夫人的女巫为主,歌舞迎神。诗中写一次约会,湘夫人先到,久候湘君不至,于是她驾起飞龙之舟,转道洞庭,希望在那里邂逅。但横过大江,遥望涔阳极浦,还是不见踪影。她伤心得涕泣横流,连侍女也为之叹息。她想到这种靠不住的爱情,好比到水里去采山中的薜荔,到树顶去采水里的芙蓉,"心不同兮媒劳,恩不甚兮轻绝"。她清晨在江上往来,傍晚又回到了相约地——北渚,但见鸟儿停在屋上,流水环绕堂前,而她心目中的人儿却依然不见。湘夫人伤心极了,便把湘君赠给她的佩玉抛向江心,表示与湘君决绝。

《湘夫人》则正相反,通篇是湘君思念湘夫人的语气,而由扮湘君的男巫(觋)独唱。大意是说,当湘夫人离开北渚的时候,湘君赶到了北渚,他望眼欲穿,但是看不见湘夫人的影子。他望着一片清秋的景象,心里异常思念湘夫人,却又无法倾吐。拂晓,他在江畔驰骋车马;傍晚,他又渡过西方的水涯。他在朦胧中恍惚听见湘夫人在召唤他,于是飞腾起车驾一同离去。他设想将与湘夫人住在那香花香草构成的水中居室里,过起美满幸福的生活。他还设想那九嶷山上的诸神都要来欢迎他们,场面也一定十分热闹。然而湘夫人却没有来,这一切皆成为空虚的幻想。湘君也气愤了,把湘夫人赠给他的衣物抛在江中和岸边,表示与湘夫人绝离。

《湘君》《湘夫人》两篇合起来是一个整体,文章的结构也大体相同,语气互相呼应。两篇都以候人不遇为线索,尽管主人公在彷徨怅惘中对对方都表示了深长的怨望,但坚贞不渝的爱情则是彼此一致的。这反映了现实生活中楚人对爱情与幸福的追求。

《山鬼》是扮演山鬼的女巫的独唱(也有人说"余处幽篁"以下八句为扮山鬼的女巫所唱,其余是迎神女巫所唱)。诗中写神女去同爱人相会,但爱人却没有来,篇中于是极写女主人公之相思、怨恨、怀疑、忧伤情绪,从而塑造出一位在热情和失恋中痛苦追求的天真可爱的少女形象。

《九歌》作为民歌,它通过鬼神的形象,反映了当时人们的爱情生活,并能让我们窥见楚国人民的部分生活习俗和精神面貌;而作为屈原加工过的文学作品,它又不可避免地被渗入了屈原的主观思想和感情。例如:热烈地追求而终归于失败的主题,便与《离骚》中屡次求女而均遭失败的含义十分一致,这不能不说是屈原与楚王相期改革政治的希望破灭,反被疏远以致流放的痛苦心情的反映。再如《九歌》中还常常表现了一种兴尽悲来的情绪,如《河伯》中的河伯已同他的恋人一起登上昆仑山眺望四方,然于心意飞扬之时,却又生出"日将暮兮怅忘归,惟极浦兮寤怀"的感觉,跟着欣喜而来的便是悲哀。这又与《离骚》结尾"陟升皇之赫戏兮,忽临睨夫旧乡"的作意是一致的。

《九歌》在艺术上的成就,首先是它塑造了一系列优美的鬼神形象。如庄严的东皇太一、勇武的东君、婉约的云中君、严肃的大司命、多情的少司命、哀怨的湘君和湘夫人、奔放的河伯、妖媚的山鬼,无不栩栩如生,亲切可爱。这些形象,作为神,具有人的性情;而作为人,又是被神化和美化了的。他们是幻想与现实的统一,是屈原积极浪漫主义创作方法的杰作。而他们作为艺术形象,又都具有多重性、复合性的特点,有着深厚的文化底蕴。他们既是神,同时又被附丽于历史传说中的人物,而且再深入一步还能发现,他们又都以某种动物或自然物为其原型。例如:

东君的原型是太阳,这是最核心的层次;太阳经人格化即为太阳神羲和,也就是中国的阿波罗。《东君》篇中所描写的便是英武、刚强、雄伟的太阳神形象。而这一形象,实际上是人们对太阳的礼赞。作为人,他们又被想到了现实生活中那些坚持正义的除暴安良者。由太阳、而太阳神、而除暴安良者,这便是东君形象的多重性组合。

大司命是总管人类寿命之神,其形象的特征是严肃、冷峻、长寿。但据闻一多先生考证,大司命的原型乃是大龟(见其《神话与诗·司命考》),大龟由于长命而被视作掌寿命之神。而作为人,他在人们心目中又是一位不徇私情的老年男子形象。由大龟、而司命之神、而老年男子,这便是大司命形象的多重性组合。

少司命是掌管爱情、子嗣之神,其形象充满了柔情蜜意,而其原型则是玄鸟(小燕子)。《礼记·月令》云:"仲春之月,……,玄鸟至,至之日以太牢祠于高禖。"《礼记广义》更明确地说，玄鸟为"帝少昊司命之官"。因为燕子来时，青年男女常到河边谈情说爱，故燕子亦被视为高禖神。鸟崇拜具有东夷文化色彩，可见楚人之祀玄鸟，实为东夷文化在楚地的遗存。而作为现实生活中的人，少司命又成为多情少女的化身。由玄鸟、而司命神、而多情少女，这便是少司命形象的多重性组合。

湘君、湘夫人的原型是湘水，先由湘水人格化为湘水配偶神，再附于舜与二妃娥皇、女英的传说。这一组形象的特征是哀怨、缠绵，这既与湘水绵绵不尽的特点有关，又常常被人们想到热恋中的青年男女。由湘水、而湘水配偶神、而舜与二妃、而热恋中的情人，这便是"二湘"形象的多重性组合。

河伯即黄河之神（冯夷），后来又被与夏初的一位部落首领河伯联系起来，据说后羿射瞎了他的眼睛，又夺走了他的妻子洛嫔，这事在《离骚》和《天问》中都提到过。其实，河伯的原型即黄河，黄河一泻千里，故《九歌》中河伯的形象热情而又奔放。河水有时也会泛滥，故河伯的形象也有其浪漫的一面（如与其恋人一起登上昆仑山）。这不由得也会令人联想到那些豪放而不拘小节、有时还要搞点恶作剧的男子。

山鬼的原型据洪兴祖《楚辞补注》、王夫之《楚辞通释》说是夔、枭阳之类，窃以为，实即古今盛传之野人（详见拙作《"山鬼"考》），此后又与巫山神女相联系。到了屈原的笔下，则成为一位妖媚而又伤感的失恋少女形象。由野人、而"巫山神女"、而失恋少女，这便是山鬼形象演进的轨迹。

可见，要理解《九歌》中的形象，首先要把握其复合型、立体性的特点，要从表层看到中层，再由中层推至深层，而不能只停留在表面的形象上。只有这样才能完整地把握《九歌》诸神的形象，才能真正体会《九歌》之妙。

其次，《九歌》在艺术上的突出成就还表现为对美妙意境的创造。不仅诗中所描绘的楚地自然风光如极目舒怀的楚天、缤纷苍翠的九嶷、幽郁险怪的巫山、清澈明媚的湘水、波光潋滟的洞庭能给人以美感，甚至一片叶子的降落、一个声音的发出、一次眼光的投射都能令人陶醉。而在这种境界中出现的人物，作者虽没有直接描绘他们的外形，但读者已经觉得他们是绝美的了。如长期为人传诵的《湘夫人》的前四句：

帝子降兮北渚，目眇眇兮愁予。嫋嫋兮秋风，洞庭波兮木叶下。

在一个清秋的傍晚，那美丽的湘水女神下降到北面的小岛上了，但是在一片烟涛微茫之中，并看不清她的身影。此时秋风吹拂，洞庭湖泛起粼粼水波，连周围树上的叶子也在飘摇而下。这种美妙而略带轻愁的意境，既衬托了湘君久候湘夫人不至所勾起的怅惘，又仿佛使我们看到了湘夫人的绰约仙姿。再如《山鬼》篇以深山中所特有的景物来描摹女主人公的形象：她住在"幽篁"之中，以薜荔为衣，女萝为带，食的是"三秀"（灵芝），饮的是石泉。她的身体有着杜衡一般的芳香，她的面容常常秋波含情，嫣然浅笑。这是一位多么天真烂漫而又美丽多情的少女啊！这位山中少女为了同自己的情人相会，不怕路途艰险，穿过了石磊磊、葛蔓蔓的峡谷，登上了高山之巅。日色冥冥之中，忽然一阵东风吹来，天又下起蒙蒙细雨。在这凄凉而寂寞的环境中，少女陷入了爱情的沉思。她先是喜悦，继而埋怨，继而生疑，最后终于忧伤起来。

　　此外，文采的绚丽、声调的优美也是《九歌》这一组诗歌的重要特点。因为《九歌》是在民间祭歌的基础上加工而成的，所以它既保留着民歌清新活泼的风格，又具有了文人诗歌华美的辞藻。在句式上，《九歌》虽以六字句为常见，但也不乏五字句与七字句，再加上转韵的次数较多，所以读起来长短错落，韵味悠长。尤其是"兮"字的特殊用法，更增加了《九歌》的音乐性。与《离骚》的"兮"字多用在句末不同，《九歌》的"兮"字多用在句中，既表示语气的停顿，又"可以说是一切虚字的总替身"（见闻一多《怎样读〈九歌〉》）。如《山鬼》的首段：

　　若有人兮山之阿，被薜荔兮带女罗。既含睇兮又宜笑，子慕予兮善窈窕。

其中的第一个"兮"字相当于"于"字，第二、三个"兮"字相当于"而"字，第四个"兮"字则相当于"以（因）"字。也正因为"兮"字既有了"于"的含义，则"于"字便不能再解释为"于"了。郭沫若先生就是据此将"于山"释为巫山，从而将山鬼与"巫山神女"联系在一起的（见郭沫若《屈原赋今译》）。

总之，楚辞中的《九歌》，作为文学作品，它具有美妙的意境，并塑造了一系列姿态各异的鬼神形象（实际是恋人形象），从而成为中国文学史上的杰作；而其篇中所隐含的丰厚的文化背景及文化特征，如神人杂糅之习俗，时空跨越之思维，尊坤崇女之意识等，更使它成为南楚文化的重要载体——而这也正是大多数古代文学作品，尤其是先秦文学作品所具有的一种共同的文化属性。

（原载《中国古代作家作品研究》，兰州大学出版社2002年版）

附：《九歌》今译

东皇太一

吉利的日子啊美好的时光，
恭敬地娱乐您啊东皇。
手按长剑啊抚摸剑饰，
玉佩铿锵啊鸣声琳琅。

香草为席啊玉石为镇，
双手举起啊鲜花美芳。
蕙草包着祭品啊兰草铺垫，
奠以桂酒啊还有椒浆。

举起鼓槌啊敲击大鼓，
节奏舒缓啊歌声安详，
吹竽弹瑟啊乐队领唱。
神灵高贵啊衣饰华丽，
香气菲菲啊弥漫一堂。
五音繁盛啊众乐合奏，
东皇享祭啊喜气洋洋。

云中君

兰汤浴身啊芳草汤濯发,
华美的衣服啊绚丽如花。
云神翩翩啊已经来到,
朝霞灿烂啊神光焕发。

将安飨啊在寿宫,
与日月啊齐光。
乘坐龙车啊身穿帝服,
且游观啊往来翱翔。

云神煌煌啊已经降临,
突又飞升啊云中。
遍览中土啊视野开阔,
横越四海啊直到无穷。
思念云神啊长久叹息,
极度劳神啊忧心忡忡。

湘君

湘君啊犹豫不肯前行,
你是为谁啊而留在洲中?
我容貌美丽啊又打扮适宜,
乘着挂舟啊快去把你迎。

请沅水、湘水啊不要起波浪,
让那长江水啊缓缓流淌。
盼望那湘君啊他却不来,
我吹起排箫啊还能把谁想?

驾起飞舟啊北行,
我转道啊于洞庭。
薜荔缚船啊蕙草缠绕,
荪草为桨啊兰草为旌。

北望涔阳啊在遥远的水裔,
横渡大江啊显示我的诚意。
显示诚意啊未达目的,
侍女动情啊为我叹息。
涕泪横流啊涟涟不止,
痛思湘君啊我悲苦难抑。

桂木做长桨啊木兰做船舷,
拍击水面啊浪花似冰雪飞溅。
采薜荔啊来至水中,
摘莲花啊去到树巅。
心意不同啊媒人徒劳,
恩情不深啊轻易中断。

沙石上的水流啊急湍,
我驾着龙舟啊飞穿。
相交不忠啊长相怨恨,
期约不信守啊反告我没有空闲。

早上我奔驰在啊江边,
傍晚停息在啊北面的小岛。
鸟儿啊止宿在屋上,
流水啊在堂下环绕。

把我的玉玦啊抛向江中,
将我的玉佩啊留在澧水之岸。

再采来那芳洲上的杜若,
将用以赠给啊湘君的女伴。
会面的时机啊不可再得,
我姑且在岛上啊舒心游玩。

湘夫人

湘夫人下降到啊北面的岛上,
远望不见啊使我惆怅。
秋风啊微微吹拂,
洞庭波起啊落叶飘扬。

我踩着白蘋啊极目远望,
与佳人相约啊傍晚张设帷帐。
鸟儿为何聚集在啊水草中?
鱼网为何啊挂到了树梢上?

沅水边有白芷啊澧水有兰,
我心中思念你啊却不敢言。
远远望去啊渺渺茫茫,
但见那江水啊流动缓缓。

麋鹿为何啊来在庭院觅食?
蛟龙为何啊游到了近岸?
清早我策马奔驰在啊江畔,
傍晚又渡过啊西方的水湾。
我仿佛听见佳人啊在把我召唤,
我要驾车飞腾啊与她同往相伴。

我们在水中啊筑室,
屋顶用荷叶啊盖起。

荪草饰墙啊紫贝砌坛,
椒泥芳香啊涂抹堂壁。

桂树作房梁啊木兰为椽,
辛夷作门楣啊白芷饰房。
编织薛荔啊成帷帐,
劈开香蕙啊悬在屋檐旁。

用白玉啊作镇席,
分布石兰啊生香。
白芷覆盖啊荷叶屋顶,
杜衡绕房啊芬芳。

汇集百草啊布满庭院,
放置鲜花啊在廊屋和门前。
九嶷诸神啊都纷纷来迎,
神灵来时啊如彩云满天。

将我的衣袖啊抛到江中,
把我的汗衣啊丢在澧水之滨。
拔取江中小岛上的杜若,
将用来赠给啊远方的情人。
会面的机会啊不可多得,
我姑且在小岛上啊漫步散心。

大司命

(大司命)

大开啊天门,
我乘着啊纷纷的青云。

令旋风啊作我的先驱,
让暴雨啊为我洒尘。

(女巫)

你盘旋啊来到下界,
越过空桑之山啊跟随你行。

(大司命)

如此众多啊九州之人,
为何长寿短命啊都由我来掌控?

(女巫)

高飞啊从容地迴翔,
乘着清气啊驾驭着阴阳。
我与你啊齐飞,
把天帝的神威啊播扬到九州山岗。

(大司命)

我的衣服啊轻而飘扬,
我的玉佩啊长而生辉。
一切啊只是一阴一阳,
众人都不知啊我的作为。

(女巫)

采折疏麻啊上面还有白花,

要送给啊那将离去的他。
老年渐渐啊已经来到,
不稍亲近啊便会疏远愈加。

乘着龙车啊车声辚辚,
高高奔驰啊直冲天际。
结持桂枝啊长久地伫立,
越是思念啊越是令人愁起。
愁人啊又能奈何?
只愿像今日啊这样彼此无亏。
人的命运啊原本无常,
哪有离合啊可以人为?

少司命

（群巫）

秋天的泽兰啊还有蘼芜,
罗列并生啊在神堂下处。
碧绿的叶子啊素净的白花,
香气浓郁啊直入我们的肺腑。
人们自然会有啊美好的子女,
少司命啊您为何还要愁苦?

（少司命）

秋天的泽兰啊多么茂盛,
碧绿的叶子啊掩映着紫茎。
满堂啊全是美人,
很快都与我啊眉目传情。

我来时未说话啊去时也没有告辞，
我乘着旋风啊插载着云旗。
悲伤莫过于啊生死别离，
欢乐莫过于啊又有了新知。

（群巫）

你以荷叶为衣啊蕙草为带，
忽然而来啊又飘忽而逝。
你晚上住宿啊天庭之郊，
你还在云端里啊等待着谁？

（少司命）

愿与你们一起啊在咸池洗头，
并晾干你们的头发啊在向阳之阿。
盼望你们啊却没有来，
我临风恍惚啊只有高歌。

（群巫）

你以孔雀翎为车盖啊翠鸟毛饰旗，
登上九重天啊抚摸彗星。
你手挺长剑啊怀抱幼童，
只有你啊才适合为民之正。

东君

（东君）

旭日将出啊在东方，

照耀着我的栏杆啊透过了扶桑。
轻抚着我的马啊从容驱驰,
夜色皎皎啊已现明亮。

驾着龙车啊车声如雷,
车上插的云旗啊随风卷舒。
长声叹息啊将上至高空,
心中依依啊又生眷顾。
载歌载舞啊令人娱悦,
观者沉迷啊忘记归去。

(群巫)

绷紧琴弦啊相对擂鼓,
敲击大钟啊木驾摇摇。
既吹篪啊又吹竽,
那扮神的灵保啊多么美好。
群巫轻轻飞起啊似翠鸟展翅,
齐声歌唱啊还一同舞蹈。
应着音律啊合着节拍,
神灵纷纷而来啊遮蔽了光照。

(东君)

以青云为衣啊白霓为裳,
举起长箭啊射那天狼。
手持着弓啊向西方降落,
拿起北斗啊酌饮桂浆,
勒紧马缰啊腾空飞翔,
在黑暗的夜宇啊驰向东方。

河伯

（河伯）

与你同游啊在九河,
暴风吹起啊水波横前。
乘坐水车啊荷叶为盖,
两龙驾辕啊两螭为骖。

登上昆仑山啊四面瞭望,
心意飞扬啊精神开朗。
日色将晚啊怅然忘归,
想到那遥远的水边啊又怀念起水乡。

（女巫）

鱼鳞为屋顶啊龙鳞为堂,
紫贝饰门楼啊珍珠镶宫。
河伯为何啊还在水中?

乘着白色的大龟啊追逐文鱼,
与你同游啊水边之渚。
解冰纷纷啊随流下注。

与你携手啊顺流而东,
送别美人啊去到南方的水岸。
水波滔滔啊前来迎接,
鱼儿队队啊相随相伴。

山鬼

（山鬼）

好像有人啊在深山之坳，
身披薜荔啊又以萝带束腰。
既含情流盼啊又笑得好看，
你爱慕我啊是因为我的姿态美好。

我让赤豹驾车啊文狸随从，
用辛夷做车啊桂枝为旗。
以石兰为车盖啊杜衡为飘带，
折取香花啊送给我的相思。
我住在竹林深处啊总不见天，
路途艰险啊姗姗来迟。

我独立特出啊在高山之巅，
脚下环绕啊都是云雾。
日光沉沉啊白昼昏暗，
东风飘飘啊神灵降雨。
为留住情郎啊我忘记归去，
年岁已大啊谁还能使我再如花似玉。

采灵芝啊在山间，
乱石堆积啊葛藤蔓蔓。
怨情郎不来啊怅然忘归，
你也思念我啊只是没有空闲。

山中之人啊芳如杜若，
饮石泉之水啊荫身松柏。

你思念我啊却又疑信交作。

雷声隆隆啊雨色昏暗,
猿声啾啾啊狖又夜鸣。
风声飒飒啊树木萧萧,
思念情郎啊徒自忧生。

国殇

手拿吴戈啊身披犀甲,
战车相错啊短兵交战。
旌旗蔽日啊敌来若云,
箭矢交坠啊战士奋勇向前。

敌人侵犯了我们的阵地啊践踏了我军的行列,
战车的左骖死去啊右骖受伤。
把车轮埋进土中啊把马儿绊住,
拿起鼓槌啊把战鼓擂响。
天在怨恨啊神灵也在发怒,
搏杀已尽啊弃尸疆场。

出征不回啊往而不返,
战场辽阔啊道路遥远。
身佩长剑啊挟带秦弓,
首身分离啊死而无憾。
真是既勇敢啊又威猛,
始终刚强啊不可侵犯。
身虽死啊精神在,
你们的魂魄啊仍是鬼中雄男。

礼魂

（群巫）

　　祭礼完成啊鼓声齐作，
　　传递鲜花啊轮番跳舞。
　　美女领唱啊从容有度。
　　春有兰啊秋有菊，
　　长祭不绝啊绵绵千古。

爱国激情与纪实之词的交融

——《楚辞·九章》导读

《九章》是包括九篇诗歌的总题。王逸《楚辞章句》说："章者，著明也。言己所陈忠信之道甚著明也。"这解释显然是很牵强的。朱熹《楚辞集注》说"后人辑之，得其九章，合为一卷，非必出于一时之言"，是符合事实的。那么，"九章"之名又是谁加上去的呢？司马迁作《史记》时尚未有，最早提到"九章"一名的是刘向，其《九叹·忧苦》云："叹离骚以扬意兮，犹未殚于九章。"刘向是编辑《楚辞》的人，所以题名"九章"，很可能是出自刘向。

《九章》各篇，其基本精神与《离骚》大体一致，只不过其现实性更强，感情更加激烈罢了。至于创作年代，班固、王逸均谓在复迁江南之后，恐不尽然。大约《橘颂》是诗人年轻时候的作品（郭沫若说），《惜诵》是遭谗见疏以后的作品，其余各篇都作于两次放逐期间。其中《抽思》作于汉北放逐时期，《思美人》作于顷襄王三年左右、迁放江南的途中，《涉江》接《思美人》，《悲回风》作于沉湘前一年秋天（依蒋骥说），《哀郢》作于顷襄王二十一年二月，《怀沙》接《哀郢》，而《惜往日》则为绝笔。试分论之：

《橘颂》

《橘颂》一篇，风格明快，没有流露出悲郁愤激的情绪，郭沫若说应写于屈原早年（见《屈原赋今译》）。而且从形式上看，还是沿用四字句的格式，说明属于诗人创作过程中初期的作品。有人因为诗中写了橘树，便断定成于江南流放时期，实则郢都周围亦盛产橘也，朱熹《楚辞集注》

引《汉书》"江陵千树橘"句可证。

诗的前一部分描写橘的形象和特征：它生于南方，不能随便迁移（橘生淮北则为枳）；它外形很美，"绿叶素荣，纷其可喜"，枝条纷然披垂；它长着尖利的刺，不能随便侮弄；它果实青黄相间，色彩十分鲜明；它果肉精致洁白，芳香不俗。后一部分则由橘树讲到了人。诗人以为人的品格也应当像橘树一样，"深固难徙""苏世独立，横而不流""秉德无私"。这首诗实际上是诗人借橘树的形象来寄托自己远大的理想和高尚的情操。橘树的特征，就是诗人个性的缩影；橘树扎根南国，永不迁徙，更是屈原热爱祖国的象征。这种通过咏物来表达思想（即托物言志）的写法，为后来的咏物诗开辟了一条广阔的道路。

《惜诵》

"惜诵"是说怀着痛惜的心情来吟诵诗篇。也有人说是可惜多发议论谏诤楚王的意思。约作于遭谗见疏的初期。

这篇的主题是表现诗人忠心为国却遭谗被疏，不得亲近又不忍远离的矛盾心情。屈原在诗中反复说明自己对楚王抱着一腔忠诚，却遭到了排挤打击（"竭忠诚以事君兮，反离群而赘肬"），因而内心苦闷彷徨（"申侘傺之烦惑兮，中闷瞀之忳忳"）。而思想上一再斗争的结果，还是决定要保持自己的操守，不能随波逐流。

这首诗表达诗人的感情很具体，很有力。为了表白自己的忠诚，诗人对天发誓，并向山川鬼神发出呼吁，请公正的神明来替自己作证，读后令人深深感到诗人的悲愤心情。又如诗人形容他精神上的苦闷："背膺牉以交痛兮，心郁结而纡轸。"精神上的痛苦竟引起了肉体上的痛苦（郭沫若据此说屈原患着神经痛或肋膜炎），可见其痛苦之深了。至于篇首所吟出的"惜诵以致愍兮，发愤以抒情"，更成为屈原此后创作的一种动力。

在语言方面，《惜诵》引用了不少古代法律的专门用语，如"折中"（对双方的争执做出公正的判断）、"向服"（对质事实）、"听直"（断案）、"备御"（陪审）等，可见屈原是精通法律的。诗中也引用了许多民间谚语，如"众口铄金""惩于羹而吹齑""九折臂而成医"等，又说明屈原是善于学习人民语言的。语言方面的这些特点,更增添了诗篇的表现力和说服力。

《抽思》

"抽思"之名,是从"少歌"中"与美人之抽思兮"句中取出来的,意即抽绎其忧思。此篇作于诗人放逐汉北时期,"倡辞"说"有鸟自南兮,来集汉北"可证。汉北即今湖北郧、襄一带。

诗篇说诗人希望楚王成为一个美德的君主("愿荪美之可完"),但一再被谗,无由达其己见("愿自申而不得"),于是陷入了非常悲痛的境地("望北山而流涕兮,临流水而太息")。然而诗人又无时无刻不在关心着楚国("魂一夕而九逝"),所以写了这首诗来解除痛苦("道思作颂,聊以自救")。诗中既写了楚王怎样受蒙蔽而疏远他,也写了自己对楚国的象征——郢都的魂牵梦萦:

> 望孟夏之短夜兮,何晦明之若岁。惟郢路之辽远兮,魂一夕而九逝。曾不知路之曲直兮,南指月与列星。愿径逝而未得兮,魂识路之营营。

孟夏之夜本来是短暂的,但诗人却觉得像一年那样长;汉北离郢都是遥远的,而诗人的梦魂一夜间却能走上许多遍。他的梦魂不顾道路的艰难,在群星与月光的指引下,孤独地向着南方奔波。这是一种多么动人的形象啊!

《抽思》在形式上特别的地方是正文之后又附"少歌曰""倡曰""乱曰"三节。"少歌"就是小歌,"倡"与"唱"同,"乱"即尾声。

《思美人》

此篇的写作时间在《离骚》之后,《涉江》之前,即顷襄王三年左右屈原复迁江南途中的作品。顷襄王即位,屈原本来希望他能有一番作为,但事实证明,不久他亦为群小所包围,最后竟将屈原放逐了。至此,屈原对返政已彻底失望（"媒绝路阻兮，言不可结而诒"），无可奈何，只好"荡志而愉乐"了。这次出发的时间是春天（"开春发岁兮，白日出之悠悠"），路线是从郢都沿长江往南（"遵江夏以娱忧""独茕茕而南行"），而《思美人》即是在由郢都至洞庭口的旅途中所作。

这篇的主题与《抽思》不同，《抽思》是刻意抒写忧思，而这篇却是要尽可能地排遣忧思。诗人要"荡志"、要"娱忧"、要"观南人之变态"，也想象出了许多动人的画面，但矛盾冲突的心情还是可以令人感觉到的。

《涉江》

《涉江》接《思美人》，亦屈原放逐江南途中所作。屈原沿江而下（已见《思美人》），于这年的秋冬之际到达鄂渚（今武昌）登陆（"乘鄂渚而反顾兮，欸秋冬之绪风"）；然后舍船乘车，陆行到方林（"邸余车兮方林"）；又从洞庭湖溯沅水而上，经枉渚、辰阳，最后到达溆浦。

诗的开始先述说自己的崇高理想与现实的矛盾，阐明这次渡江的基本原因（"哀南夷之莫吾知兮，旦余济乎江湘"），接下去便谈到了途中的经历和心情。其中描写进入溆浦以后独处深山的情景尤为动人。

> 深林杳以冥冥兮，乃猿狖之所居。山峻高以蔽日兮，下幽晦以多雨。霰雪纷其无垠兮，云霏霏而承宇。

在这样荒凉、僻远、阴暗、潮湿的深山中，可以想见，诗人的物质生活不仅陷入困境，精神上的压力更是深重。但屈原并没有屈服。"吾不能变心而从俗兮，固将愁苦而终穷！"这就是诗人对政治迫害的回答。他还以接舆、桑扈、比干、伍员等历史上的志士贤臣来勉励自己，决心坚持理想，"董道而不豫"。

《悲回风》

此篇旧解颇多歧义，蒋骥（《山带阁注楚辞》）断为沉湘前一年的作品，很有道理。但蒋氏又谓屈原沉湘在顷襄十三四年或十五六年，则未免过早。依王夫之顷襄二十一年沉湘之说，则是篇之作当在顷襄二十年（公元前279年）之秋。

"悲回风"即临回风而生悲之义。这是一首极其悲愤的诗，几乎全是抒写激动的情感，叙事的成分特别少。诗的开头先因回风摇蕙、众芳已歇的季节气氛而联想到忠贤见斥的现实悲哀，接着便竭力抒发自己的悲愤情绪，反复申述决计为彭咸之志愿。自"上高岩之峭岸兮"之后，则是设想既死之后，精灵不泯，神游天地的境界。末章猛然感悟，又不忍遽死，以"心结絓而不解兮，思蹇产而不释"作结。诗篇既让人感受到诗人情绪的异常激动，离死期不远，又还不是绝命词。

本篇运用了回环往复的写法，如申述为彭咸之意则有"夫何彭咸之造思兮""照彭咸之所闻""托彭咸之所居"三次，不厌重复；又大量地使用了包含叠字的句子，如"愁郁郁之无快兮，居戚戚而不可解""穆眇眇之无垠兮，莽芒芒之无仪"等，这样就使作者回荡起伏的心情表现得更加淋漓尽致，从而增强了感人的力量。

《哀郢》

《哀郢》作于顷襄王二十一年（公元前278年），即秦将白起破郢之年的仲春。《史记·楚世家》说："（顷襄）二十一年，秦将白起遂拔我郢，烧先王墓夷陵。楚襄王兵散，遂不复战，东北保于陈城。"诗的标题及篇中所述的情况似与这一历史背景相合。但也有人认为诗中所写的暴乱情形非关白起，而是"庄蹻暴郢"（见谭介甫《屈赋新编》）。无论何种原因，总之，诗人是在郢都出现了混乱局面之后出逃的。

屈原这次离开郢都，应是最后的永别。而作为国都的郢都，无论对屈原或是对楚国人民来说，都有着明显的象征意义和特殊的感情。郢都的陷落，也就预示着楚国前途的绝望。故名"哀郢"，实际上是对国破家亡的悼念，当然也交织着诗人沉沦迁谪的伤感。

诗篇一开始就描写了诗人所目睹的一片荒凉景象，表达了对流离失所的百姓们的同情（"皇天之不纯命兮，何百姓之震愆。民离散而相失兮，方仲春而东迁"）。接着便记叙了仲春的甲日，诗人杂在百姓中间逃出国门的情形，并抒发了对郢都的深厚感情：

望长楸而太息兮，涕淫淫其若霰。过夏首而西浮兮，顾龙门而不见。心婵媛而伤怀兮，眇不知其所跖。顺风波以从流兮，焉洋洋而为客。

　　诗人渐行渐远，连郢都最高的树木和东门都慢慢地从视野中消失了，于是诗人的眼泪也就像雪珠一样纷纷洒落下来。他心情难过极了，不知道将要流浪到什么地方去。尤其是当他在旅途中想象到郢都的大厦将会变成废墟，城门也要荒芜（"曾不知夏之为丘兮，孰两东门之可芜"），更是"忧与愁其相接"。可以看出，诗人对祖国有着多么深厚的感情！而这一切又是谁造成的呢？诗人不禁对那些误国的群小进行了严厉遣责："外承欢之汋约兮，谌荏弱而难持。"他们只会装出美好的外貌来讨好君主，实际上是一批靠不住的废物。然而现在一切都已经无法挽回了。最后，诗人在"乱辞"中以"鸟飞反故乡兮，狐死必首丘"来比喻自己的不忘故国，读之尤令人感动。

　　《哀郢》一篇，不但有久放之感，而且有破国之忧，故其文辞特别凄怆。

《怀沙》

　　"怀沙"是怀念长沙的意思（蒋骥说），与司马迁所说的"怀石遂自投汨罗"两不相涉，而与《哀郢》《涉江》同为纪实之词。旧说此篇为屈原的绝命词，但细绎诗义，诗中虽表示了自杀的决心（"知死不可让"），然而还不像《惜往日》那样激动（"不毕辞而赴渊"），故不能算最后的一篇。大概本篇作于《哀郢》之后，到达长沙之前，是屈原自夏浦（《哀郢》终于夏浦，屈原并未到过今安徽省青阳县境内的陵阳）赴长沙的途中所作，篇中有"滔滔孟夏""汩徂南土"之句可证。

　　此篇是诗人在长期的流放之后，又经历了郢都沦亡的变故，知道自己不得不死时写的。想到要死，诗人的心情反倒不那么忧伤了。他"定心广志""冤屈自抑"，冷静地对自己的一生进行了分析和总结。他坚信自己的主张是正确的，自己的品德也是君子所赞许的，只是因为处此"变白以为黑兮，倒上以为下"的社会，抱负才不得施展。既不能变节以从俗,那就只有"限之以大故"了。然而,对于敌党的痛斥却仍不留情,他把"党人"比作"矇瞍""鸡鹜",甚至比作"邑犬"。他利用这不多的机会进一步揭露"党人"的罪恶和社会的不公,从而让楚国人民分清黑白、辨明是非。可以想见,这种文字在当时一定发生过巨大的作用。

与此相适应的艺术特点是,诗人有什么话都直截了当地说,没有什么想象的成分,也很少用修饰词,文字显得格外朴素、明朗,句法也简短有力。

《惜往日》

《惜往日》是屈原的绝笔。篇中说:"临沅湘之玄渊兮,遂自忍而沉流。"又说:"宁溘死而流亡兮,恐祸殃之有再。不毕辞而赴渊兮,惜壅君之不识!"这不仅说明屈原写此篇后就投水身死了,而且还可以看出,当时的环境又促使他竟不得稍留时日,致使有些要说的话还没有完全讲完。这倒有点像王国维先生在跳昆明湖前所留下的"五十之年,只欠一死;经此世变,义无再辱"的遗言了。但尽管如此,屈原一生中的一件大事,即与怀王密谋变法的事,还是明白地说出来了:

惜往日之曾信兮,受命诏以昭诗。奉先功以照下兮,明法度之嫌疑。国富强而法立兮,属贞臣而日娭。秘密事之载心兮,虽过失犹弗治。

在屈原以前的作品中,虽有些话影射这一事件(如《抽思》:"昔君与我成言兮,曰黄昏以为期"),但总不像现在这样明白。因为此时的屈原已是死到临头,他还有什么顾忌呢?这一关系到楚国兴衰存亡和屈原个人事业成败的大谜终于被揭开,也有力地证明了《惜往日》是屈原的绝命词。同时,屈原在临死之前,对楚国的失败也表示了自己的看法,那就是"壅君之不昭""听谗人之虚辞""使贞臣而无由"。而归根结底又是"背法度而心治"。他希望自己的死能够感悟其君,唤醒国人。"生既不能力争而强谏兮,死犹冀其感发而改行"(苏轼《屈原庙赋》),这就是屈原临死以前的心情。

《九章》唯此篇最浅易。蒋骥说："非徒垂死之言，不暇雕饰，亦欲庸君入目而易晓也。"(《山带阁注楚辞》)可谓深得其意。

总起来说，《九章》同《离骚》一样，是诗人在同腐朽贵族集团的激烈斗争中产生的，也同样深刻地表现了诗人的爱国之情。但是，由于《九章》中的大部分诗篇是写于放逐期间，艰苦生活的磨炼，同人民群众的接触，以及国难的日益深重，遂使诗人进一步认清了"党人"的丑恶本质。因而对"党人"的鞭挞也就更加有力，对黑暗现实的揭露也就更加深刻。这也就是《九章》中的感情有时比《离骚》还要激烈的原因。

从艺术手法上来说，与《离骚》相比，《九章》幻想夸张的成分较少，主要使用直接倾泻和反复吟咏的方法来表现其奔放的激情。这样就使诗篇具有了更强的现实性。如《哀郢》《涉江》《怀沙》等篇，几乎都是纪实之词，作者的放逐生活历历可见。《九章》的语言还十分华美，非常富于表现力，从而很好地表达了诗人的强烈感情。形式上《九章》散而不乱，跌宕有致，语气也随着感情的起伏而变化。可以说，客观的纪实之词、强烈的爱国主义精神和浓厚的抒情成分完美地结合，便是《九章》的主要特色。

(原载《中国古代作家作品研究》，兰州大学出版社2002年版)

附：《九章》今译

橘颂

天地间最美的树，
橘生来就服了这儿的水土。
天生不可迁徙，
永远生在南楚。

根深蒂固难以迁移，

更有意志的专一。
绿的叶，白的花，
繁茂得令人欢喜。
重重的枝，尖利的刺，
果实都是圆圆的。
青色与黄色杂糅，
上面还有灿烂的纹理。

果质精良洁白，
好像可以担负重任呢！
香气浓郁，修饰得体，
美得无与伦比。

你幼时的志向，
就与众有异。
独立于世，从不迁移，
岂不可贵可喜！
根深蒂固，难以迁走，
心胸宽广，无求无私。
清醒地独立于世，
从不随波流徙。
固守其心，立身谨慎，
也从未有过失。
你秉持美德而无私，
可以参配天地。
愿与你共同成长，
朋友长期。
你善良美丽又不淫佚，
耿直而有理。
你年岁虽少，可为师为长；
你德行堪比伯夷，

应立你为榜样。

惜诵

怀着痛惜的心情来表达内心的忧苦啊,
发愤写诗以抒情。
我之所言要不是一片忠心的话,
可请苍天来作证。

让五方之帝来判定啊,
请各路神祇来对质。
使山川之神来陪审啊,
令皋陶来断是非曲直。

我竭尽忠诚以服事君王啊,
反遭孤立而被视为赘瘤。
我不能谄媚随俗而与众人背道而驰啊,
只能等明君才能理解缘由。

我的言行都可以为证啊,
我的情与貌始终不变。
观察臣子没有人能胜过君王啊,
要求证据实在不远。

我行事总是先君而后己啊,
遂以此招致众人的仇视。
我专为君王着想而没有二心啊,
谁知竟成了众人的仇敌。

我专心一意而不犹豫啊,
即使自身难以保全。

我极力来亲近君王而没有他心啊，
却反为我招来祸患。

没有人比我更忠于君王啊，
以致忘了自己身份的贱贫。
我侍奉君王从没有二心啊，
全不懂邀宠取幸之门。

忠诚究竟有何罪要被处罚啊，
这我也不知道。
不见容于群小而遭受挫折啊，
又被众人所讥笑。

屡次地遭受怨尤而被诽谤啊，
实在难以解脱。
忠情沉抑而不能上达君王啊，
被小人遮蔽总无法言说。

我不得志而心中忧郁啊，
别人又不了解我的内心之情。
我的很多话当然不能用书简封寄啊，
惟愿当面陈述而没有途径。

退而静默没人理解我啊，
进而呼号也没有反响。
屡屡失意所带来的烦乱和困惑啊，
又增添了我内心的忧伤。

当初我梦中登天啊，
灵魂到了中途就没有船航。
我让大神占梦啊，

他说这是有志向而无人相帮。

"难道最终会离开君王吗?"
他说"君王可思念而不可依仗。
众人之口可以熔化金属啊,
从来就有人为此而遭殃。

被热羹烫过的人见了冷菜也要先吹气啊,
你何不改变志向?
要不借阶梯以登天啊,
你还是原先的老样。

众人都害怕而与你离心啊,
又怎能与你为伴。
虽同事一君而路数不同啊,
你又怎能引以为援?

当年晋国的申生可真是孝子啊,
但父亲相信谗言而不喜欢。
鲧行事刚直而不知变通啊,
其治水的功业遂未实现。"

我听说尽忠可以招怨啊,
总把它当作过甚之言。
多次地折臂遂成良医啊,
我现在才知其信然。

短箭安装在上啊,
下面又张设了网罗。
群小借害人以讨好君王啊,
想隐匿又无藏身之所。

欲逗留而仕于君王啊,
恐再遭受祸殃。
欲高飞而停于远方啊,
君王又会说你将何往。

欲狂奔而不由正道啊,
我的志坚而不可。
胸背交痛如裂啊,
心中忧闷而郁结。

折取木兰并揉蕙草啊,
舂申椒作为干粮。
播种江蓠并培植菊花啊,
待春日作为香料和食粮。

恐情实得不到伸张啊,
故重复申述以自明。
保有这些美好的香草以独处啊,
我深思熟虑要远身隐行。

抽思

心中忧思郁结啊,
独自长叹愈加感伤。
愁思纠结而不解啊,
又碰上这漫夜正长。

秋风吹得草木枯黄令人生悲啊,
连天极也为之动荡不定。
屡次想起君王的多怒啊,

更使我伤心悲痛。

愿急起而狂奔啊,
看见民众的疾苦又自我镇定。
将我的微末之情化为陈词啊,
以此来上达君王的视听。

当初君王与我说好啊,
把黄昏作为约定的时分。
谁知他中途又反悔啊,
竟然又有了异心。

你总是骄傲地向我显示美好啊,
又向我炫耀美貌。
你跟我说话不讲信用啊,
却为何还动不动就要火冒。

愿找机会以自我表白啊,
实在害怕不敢接近。
悲叹自己还幻想被任用啊,
心中伤痛犹如火焚。

我历述全部想法以陈词啊,
君王却装聋而不愿听。
正直的人原本不会献媚讨好啊,
众小人果然把我当成了眼中钉。

当初陈述的道理明明白白啊,
难道现在已经全忘?
我为何喜欢这样的直言而谏啊,
只是希望君王的美德能够发扬。

希望国君以三王五霸为榜样啊，
做臣子的也要将彭咸作为模范。
苟如此则什么目标不能达到啊，
其声誉也可以远闻而不衰减。

善良不是从外来的啊，
美名也不可凭空而得。
哪有不给予就有回报的啊，
哪有不结实就有收获？

小歌：

向君王陈述我的思绪啊，
从白天讲到黑夜也无用。
他只是向我显示他的美好啊，
傲慢地对待我的忠言而不肯听。

唱道：

有一只鸟儿从南方来啊，
落到了汉水之北。
它是多么美好啊，
却孤独地处在异隈。

它已孤单失群啊，
又无良媒在其侧。
道路遥远日渐被忘却啊，
想自我申诉又不可得。
望北山而流泪啊，
面对流水叹息远谪。

眼望着孟夏的短夜啊,
为何从天黑到天亮竟像一年?
去郢都的路是如此遥远啊,
睡梦中的灵魂一夜却多次往返。

灵魂不知去郢都之路的曲直啊,
只能以月亮与星星来辨别南去的方向。
愿直接到达而不可能啊,
为识别路径而忙碌紧张。

灵魂是多么诚信正直啊,
只可惜人家的心思不与我同。
媒人无力而难以沟通啊,
尚无人能知我的坦荡心胸。

尾声:

长长的浅滩湍急的流水,
我逆流而上江潭啊。
急切地回望又往南行走,
聊以解我的心烦啊。

乱石崎岖,
阻碍了我回故乡之愿啊。
南进还是北返,
我处境两难啊。

徘徊犹豫,
我宿在北姑啊。
烦乱愁苦,

我流离颠仆啊。

愁叹劳神,
遥思故国啊。
路远地僻,
无人可托啊。

抒发思念作为诗篇,
姑且自我排遣啊。
忧国之愿不能实现,
此话又向谁言啊!

思美人

思念美人啊,
挥拭眼泪而久立直视。
既无人沟通又道路远阻啊,
我的话难以结撰而贻。

忠言直谏反遭冤屈啊,
好像车子深陷而不能发。
日夜都在舒展我的内心之情啊,
因心志沉郁而不能上达。

愿寄语天上的浮云啊,
遇云神丰隆却不肯传话。
又想托归鸟捎信啊,
疾飞高远遇不上它。

帝喾的灵性美盛啊,
遇上小燕子给送聘礼。

我想变节以随从流俗啊,
又自愧改变初衷而屈其心志。

我独屡年而遭受忧患啊,
心中愤懑一直未能化解。
宁忍受痛苦直到老死啊,
又怎能改变志节?

知道前面的道路不通啊,
但没有别的考虑。
车覆而马颠啊,
却还要走这条与众不同之路。

我勒住骏马再次驾车啊,
请造父为我执鞭。
徘徊缓行而不急着往前赶啊,
姑且假借时日以盘桓。
遥指嶓冢山西面的山弯啊,
以黄昏作为约定的时间。

一年发端又是春天开始啊,
明亮的太阳运行迟迟。
我将放荡自己的情志以游乐啊,
沿着长江夏水以排遣忧思。

采摘丛林中的白芷啊,
拔取长洲上的宿莽。
可惜我不与古人同时啊,
跟谁来赏玩这些芬芳?

采集丛生的蒿蓄与杂菜啊,

准备左右佩带。
佩上的花饰缤纷缭乱啊,
直到萎谢而丢开。

我姑且徘徊以排遣忧思啊,
顺便观赏南方人的异态。
我窃自快意于心头啊,
把所有愤懑都置之度外。

芳香与污泽杂糅在一起啊,
香气照样从中飘荡。
浓郁的馨香蒸发出来啊,
内里充盈必然外扬。
只要美的外表与内质确实可以保持啊,
即使居处偏僻声名也可以日彰。

我让薜荔为使者啊,
怕为此而要举趾爬树。
托荷花以为媒啊,
又嫌提起下裳湿足。

登高我不喜欢啊,
下到低处我又不能。
这些原本都不习惯啊,
可我仍踌躇而犹豫不定。

我努力去实现以前的规划啊,
从未改变这种思路。
我命处幽暗将要结束啊,
愿趁着白昼还未日暮。
我孤独地往南行走啊,

那是要追思彭咸的缘故。

涉江

我自幼就爱好这奇特的服饰啊,
年纪老了也仍不衰减。
我身佩长长的宝剑啊,
又戴着高高的切云之冠。
身上披戴的明珠与美玉宝光闪闪。

社会浑浊而无人理解我啊,
我将高高飞驰而不屑一顾。
我以青龙驾辕白龙为骖啊,
要与舜一起游观那昆仑山上的瑶圃。

我登上昆仑山采食玉之精华啊,
将与天地同寿,
与日月一样地永放光芒。
只可怜南夷之地无人理解我啊,
清早我就要渡过长江与湘江。

我登上鄂渚而回望啊,
叹息秋冬之际的余风而生凄凉。
让我的马慢行在水边的高地啊,
让我的车来到树林旁。

乘坐蓬窗小船而上溯沅水啊,
划动双桨击打着水面。
小船缓慢而难以行进啊,
遇到旋涡便停滞不前。

早晨从枉陼出发啊,
晚上就住宿在辰阳。
只要我的心是正直的啊,
即使被放逐到僻远之地而又何妨。

进入溆浦后我徘徊啊,
心情迷茫而不知将要何往。
树林幽深而光线黑暗啊,
这是猿猴们居住的地方。

高峻的山遮蔽着日光啊,
下面幽深黑暗而又多雨。
雪珠纷纷降落而无边无际啊,
云雾弥漫已压到了屋宇。

可叹我一生没有乐趣啊,
独自幽处在山中。
我不能改变心志而随从世俗啊,
当然将愁苦穷困而终生。

接舆剃掉自己的头发啊,
桑扈裸体而行。
忠臣不一定被任用啊,
贤才不一定被看重。
伍子胥遭逢祸殃啊,
比干受剜心剁肉之刑。

前代的事都如此啊,
我为何还埋怨今天的人。
我将坚守正道而不犹豫啊,
当然要面临重重黑暗直至终身。

尾声：

鸾鸟凤凰，
一天天地飞远啊；
燕雀乌鹊，
却把巢筑在了殿堂和祭坛。

瑞香、辛夷，
枯死在丛林啊；
腥臊并用，
芳香却不得靠近啊。

阴阳颠倒，
明时难逢。
满怀忠信而不得志，
恍惚之中我还是再往前行。

悲回风

悲叹旋风摇落蕙草啊，
心中冤愁郁结而感伤。
香草微小而生命陨落啊，
秋声隐约足为时令之先倡。

我为何总是追思彭咸啊，
希望志节耿介坚守不忘。
小人虽万变其情也难掩盖啊，
哪有虚伪的东西可以久长？

鸟兽鸣叫是为了呼唤同类啊，

鲜草与枯草混在一起就不生香。
鱼儿修整其鳞片以示特别啊,
蛟龙却将它的文采隐藏。

苦菜与荠菜不能种在一起啊,
兰茝虽处幽僻之处而独自生香。
想到佳人的永远美好啊,
历经世变仍自保芬芳。

远大的志向所达到的境界啊,
像天上的浮云飘荡。
为免远志会令人不解啊,
特赋诗以昭彰。

思念佳人而独自怀恋啊,
折取杜若、香椒以自处。
屡次地哀泣叹息啊,
独自隐身而思虑。

涕泪交流而凄凄啊,
忧思不眠直至天亮。
经过漫漫长夜啊,
哀愁仍淹留而不消忘。

醒来又从容周游啊,
姑且逍遥以自持。
我悲怀长叹而忧伤啊,
心中抑郁而不可止。

我把思心结为缥带啊,
把愁苦编为胸衣。

折取若木以遮蔽日光啊,
随飘风之所至。

存在的现实似若不见啊,
但内心激荡却像沸水一样。
抚摸玉佩和衣襟以按捺情志啊,
我在迷惘中举步前往。

一年好像很快就要过完啊,
大限也渐渐将要来到。
蘋和蘅枯槁而枝节断离啊,
芳草也消歇而不峻茂。

可怜我的思心无法停止啊,
足证前言之不可释忧。
宁肯忽然死亡以随水而去啊,
不忍此心常常悲愁。

孤子悲吟而擦着眼泪啊,
迁臣被逐而不能回还。
谁能忧思而不隐痛啊,
我将昭明彭咸的规范。

登上石山以远望啊,
山路渺渺而幽静寂寞。
连身影与音响也没有反应啊,
闻听察看和思索都没有感觉。

愁思郁结而没有快乐啊,
居常戚戚而不可化解。
心被束缚而不能放开啊,

气被纠缠而自结。

远望辽阔而无边啊,
一切都混茫而不清。
风声隐微而能感应啊,
生物淳朴而不能自营。

前路漫漫而不可丈量啊,
思心绵绵而无绪。
愁心悄悄常生悲戚啊,
即使高飞也难以自娱。
乘着波浪而顺风漂流啊,
将从彭咸以自处。

登上高岩的峭壁啊,
处在霓虹的顶端。
凭依青冥而抚摸彩虹啊,
倏忽间就扪到了苍天。

我吸着浓重的露水啊,
又用凝霜漱口。
靠着风穴以自寐啊,
忽然醒来又内心痛疚。

我依着昆仑山俯视云雾啊,
隐伏在岷山把长江看清。
惊惧那水石相击之声啊,
聆听那波涛的汹涌。

水流浩浩而无常规啊,
茫茫无际亦无条理。

大水倾泻不知从何而来啊,
一路奔突又在哪里停止?

波涛翻滚上下起伏啊,
水势凶猛也摇荡着两侧。
那水流前后涌出啊,
伴着海潮的定期涨落。

观蒸气的接连上升啊,
看烟雨的聚积。
悲见霜雪的俱下啊,
听潮水的荡激。

乘着时光以往来啊,
又用黄棘弯成鞭子。
去寻介子推的故址啊,
要见伯夷遁去的遗迹。
有了打算就不能改弃啊,
铭记于心而别无所适。

尾声:

我自怨以前的抱有希望啊,
也悲悼未来的忧心惕惕。
浮于长江、淮水以入东海啦,
追随伍子胥而自适。
眼望大河中的洲渚啊,
悲叹申徒狄的崇高行迹。
屡次谏君而不听啊,
怀石自沉又有何益?
心中纠结而不能排解啊,

情思郁屈实在难以消释。

哀郢

天命无常啊,
为何要让百姓这般震惧受难!
人民离散,彼此相失啊,
正当仲春二月而向东逃迁。

离开故乡而往远方去啊,
沿着长江、夏水到处流亡。
出了都门而内心悲痛啊,
出发之时就在甲日的早上。

从郢都出发而离开故里啊,
心神不定,极止又在何方?
船桨齐举船儿缓慢行进啊,
可怜我再也见不到君王。

望着高大的楸树长叹啊,
眼泪滚落如同雪珠一般。
船过夏首一度向西浮行啊,
回望郢都东门已不可见。

心怀缠绵而悲伤啊,
前途渺远而不知落在何方。
顺着风波以随流飘荡啊,
于是无家可归而作客他乡。

乘着浩荡的波涛啊,
像飘忽飞翔的鸟儿而不知所止。

心中的牵挂郁结难以排解啊,
愁思诘屈而不能开释。

将驾船而顺流漂浮啊,
上溯洞庭又下行长江。
离开世代所居之地啊,
如今漂泊而来东方。

我的灵魂总想着归去啊,
何曾有片刻忘记回返。
背向夏浦而思念西方啊,
哀叹郢都离我日渐遥远。

登上那水边的高地纵目远方啊,
姑且舒散一下我内心的忧郁。
哀叹这一带平坦而安乐的乡土啊,
悲悼江畔那古代遗留下来的淳俗。

面对陵阳再向哪里?
大水茫茫,南渡将往何处?
想不到大厦会变成丘墟啊,
郢都的两座东门为何要让它荒芜!

心中的不快已经很久啊,
忧伤与哀愁互相接续。
去郢都的道路遥远啊,
长江与夏水皆不可渡。

时光飞逝好像不能令人置信啊,
离郢都未返已有九年时光。
愁思郁抑心情不畅啊,

困顿失意而又饱含悲伤。

有人外表柔美以讨君王欢喜啊，
实际上内心软弱而难以自持。
忠臣纯厚而愿为国效力啊，
却为众多的嫉妒者所障蔽。

尧舜的行为高尚啊，
目光远大，上薄天穹。
由于众谗人的嫉妒啊，
竟被加上了不慈的罪名。

君王憎恶贤良的美好啊，
却喜欢小人的慷慨激昂。
众小人苟且求进日益受到重用啊，
贤美的君子却越来越疏远君王。

尾声：

我放眼向四方观览啊，
希望何时能够一返故乡。
鸟儿临终要飞回旧地啊，
狐狸死时必将头朝向山岗。
确实不是我有罪而遭放逐啊，
日日夜夜何时能把故国遗忘！

怀沙

初夏的天气和暖啊，
草木都很兴旺。
我心中感怀长久地哀伤啊，

急急地赶往南方。

我放眼一片茫茫啊,
听之又寂静无闻。
心中抑郁而悲痛啊,
就这样长久地遭受苦辛。
我扪心反思自己的情志啊,
受了冤屈只能自我强忍。

就是把方的削成圆的啊,
正常的法度也不会因此而废弃。
改变初志和为人之道啊,
向为君子所看不起。

明定规划记住法度啊,
以前的设计从未改变。
内心敦厚品质端正啊,
是为君子们之所称赞。

巧匠不去施工啊,
谁会知道他能拨正?
黑色的花纹处在幽暗之中啊,
盲人以为他看不清。
离娄随意一瞥啊,
瞎子误认为他视力不行。

黑白变易啊,
上下颠倒。
凤凰被关进竹笼啊,
鸡鸭却飞翔舞蹈。

把玉和石混合在一起啊,
却用同一标准来量观。
党人们鄙陋而顽固啊,
并不知道我的美善。

车载过重啊,
深陷而不前。
美玉在身啊,
穷困而不知向谁展现。

村中的狗群吠啊,
是吠其所怪。
非难俊杰之士啊,
则是党人们的常态。

文华质实而又豁达木讷啊,
众人不知我异样的风采。
才能集身啊,
也没有人知道我的用处所在。

修仁积义啊,
谨慎忠厚以自重。
虞舜不可遇啊,
谁又知道我的磊落心胸。

明君贤臣自古就不能遇合啊,
难道还有别的缘故?
商汤夏禹太久远啊,
实在不可亲慕。

克制自己的愤恨啊,

压抑心志而自强。
遭受祸殃而不改变啊,
惟愿心志有学习的榜样。

向北行进而停宿啊,
光色昏暗已到日暮。
抒发忧思并排遣悲哀啊,
直到我将死去。

尾声：

浩大的沅水和湘江,
分流奔去;
漫长而幽蔽的迁谪之路,
道远荒忽。

无穷的悲伤,
不停的叹息。
世道混浊而无人理解,
心意是不可说的。

身怀美质与真情,
可怜孤独无人为证。
自从伯乐死后,
良马又怎么衡量?

万民之生,
各有安心立命之处。
定下心来放宽胸襟,
我还有什么可以畏惧!

知道死是不可避免的,
我对生命决不爱惜。
我要明白地告诉前代贤人,
将以他们作为模式。

惜往日

痛惜我以往曾被信任啊,
接受君命以使时世清明。
尊奉先王的功业以发扬光大啊,
严明法度以防止含混不清。

国家富强而法度确立啊,
国事托付忠臣而君王日日游戏。
变法的秘密各自放在心里啊,
即使有了过失也不惩治。

我的心纯正老实而不泄密啊,
却遭到了谗人的嫉妒。
君王含怒而对待我啊,
也不去弄清事情的然否。

谗人遮蔽了君王的聪明啊,
无中生有又陷害欺骗。
不比较验证以求得真相啊,
君王放逐了我而不加思念。
他相信浑浊的谄谀之辞啊,
就盛气凌人而责罚我屈原。

为何忠臣无辜啊,
却遭诽谤而获罪?

真惭愧那诚信的天日之光啊,
连我这幽微之人也能受惠。

面对沅、湘的深渊啊,
就忍心而投水。
终于身亡而名绝啊,
可惜昏君至今还不明白。

君王毫无尺度以省察是非啊,
让芳草埋没于丛芜之中。
我又到哪里去抒情和陈述啊,
惟有安于死亡而不苟且偷生。
只是君王还被障蔽啊,
要任用忠臣实不可能。

听说百里奚做过奴隶啊,
伊尹也曾烹于厨中。
吕望在朝歌做屠夫啊,
宁戚喂牛不断传出歌声。
如不遇商汤、周武与齐桓、秦穆啊,
世上谁又能知他们的美名。

吴王夫差相信谗言而不加辨别啊,
伍子胥死后而吴国遭忧。
介子推忠心而抱树被烧焦啊,
晋文公觉悟后又到处追求。
封介山而禁樵采啊,
报大德是何等宽厚。
想到故人与自己的亲近啊,
穿起丧服而哭旧。

有人忠信乃守节而死啊,
有人欺诈却被信任不疑。
不审查实际情况啊,
只是听谗人的虚辞。
芳香与污泽杂糅在一起啊,
谁又能天天去分别之。

芳草为何会过早地凋零啊,
微霜下降就是对它的提醒。
君王实在是不聪明而被蒙蔽啊,
让谄媚之人一天天得逞。

自前世以来就嫉贤妒能啊,
说蕙草与杜若都不可佩。
嫉妒美人的芬芳啊,
丑妇嫫母却搔首弄姿自以为美。
即使有西施那样的美貌啊,
谗妒之人也会挤进来占位。

愿通过陈情以表白自己的行为啊,
我获罪实出于不意。
我的冤情暴露日渐明显啊,
有如天上众星的安置。

乘着骏马以驰骋啊,
没有缰辔而自制。
泛着木筏顺流而下啊,
没有船桨而靠自力。
违背法度而随心而治啊,
就与此种情形无异。

我宁肯突然死亡随水以去啊,
惟恐祸殃会再来临。
我的话还没有说完便投水而死啊,
可惜昏君还不识我的忠心。

"山鬼"考

《九歌·山鬼》之"山鬼",自来研究者说法不一。或谓"山神"(如汪瑗、刘梦鹏、马茂元),或谓"人鬼"(如胡文英、王闿运),或谓"怪兽"(如洪兴祖、王夫之),或谓"物妖"(如朱熹、蒋骥),或谓"巫山神女"(如顾成天、陈子展),迄未一致。其实,对"山鬼"之不同理解,早在宋代以前就已开始了,故朱熹《楚辞辩证》云:"《山鬼》一篇,谬说最多,不可胜辩,而以公子为公子椒者,尤可笑也。"所谓"以公子为公子椒者"即王逸,王逸《楚辞章句》注"怨公子兮怅忘归"一句云:"公子,谓公子椒也。言己所以怨公子椒者,以其知己忠信,而不肯达,故我怅然失志而忘归也。"王逸以"山中人"为"屈原自谓",故遂以"公子"为"公子椒",其说自然牵附之甚,以是后世罕有从之者。

窃以为,《九歌·山鬼》篇之"山鬼",乃一"复合形象"。其原型即近年来所盛传之"野人"(古代有关"野人"的传说也甚多,详后),后被附丽于"巫山神女"的传说;到了屈原的笔下,又被融入了楚人爱情生活的内容,遂成一多情动人的少女形象。这正如"二湘"之原型为湘水配偶神,后被附丽于舜与二妃的传说,到了屈原的笔下又成为一对缠绵悱恻的恋人形象一样。

以下便对"山鬼"这一"复合形象"做些考察。

一

从诗篇的描写来看,"山鬼"这一形象虽已高度文学化了,然仍保存有若干"野人"的痕迹。请看:

篇首"若有人兮山之阿"一句,即已暗示了"山鬼"的真实身份。

王逸《楚辞章句》及朱熹《楚辞集注》都说："若有人，谓山鬼也。"王夫之《楚辞通释》更进一步解释说："仿佛似人，故曰若有人。"可见，山鬼不是鬼，而是"人"；但又不是真正的人，仅是"仿佛似人"。那么，这似人而非人的动物又是什么呢？实不免会令人想到"野人"。

再看"山鬼"的日常装束。她"被薜荔兮带女萝""被石兰兮带杜衡"。即是说，"山鬼"常常身披薜荔和石兰，并以女萝和杜衡为带。此四者皆为香草，而其中尤值得注意的是"女萝"。女萝即菟丝，是一种棕红色的丝状寄生植物。"山鬼"身系棕红色的菟丝，与文献记载（如湖北《房县志》）及近人目睹的"红毛野人"形象也十分相似。

再看"山鬼"的居住环境。她居于"山之阿""处幽篁兮终不见天"；她"乘赤豹兮从文狸"，即出入与野兽为伍；她时而奔走于"石磊磊兮葛蔓蔓"的涧谷，时而又独立于"风飒飒兮木萧萧"的山巅。这与传说为神农架"野人"的生存环境不也大致相同吗？

再看"山鬼"的生活习性。她"采三秀兮于山间""饮石泉兮荫松柏"，即采食灵芝，啜饮山泉，并时常荫身于松柏之中；她"既含睇兮又宜笑"，却又"然疑作"，即生性多疑；她既"留灵修兮憺忘归""怨公子兮怅忘归"，即渴望能遇上"公子""灵修"等迷于山中的"情郎"，而又常常陷于"多情却被无情恼"的境地，在"雷填填兮雨冥冥"的夜晚独自躲在树丛中忧伤。这多么像历史文献及当今的科学工作者为我们所描绘的神农架地区的"野人"啊！尤其是"宜笑"及"多疑"的习性，古代有关"野人"的所有文献中，几乎都提到了。还有《山鬼》篇中"折芳馨兮遗所思"一句，也很值得玩味。《永嘉记》说"山鬼""好盗伐木"，李时珍说"独脚鬼"（即"野人"，说见后）能"放火盗物"，王夫之也说"今俗谓山繰（即'野人'）能富人，故贪夫事之"（《楚辞通释》）。此或即"山鬼""折芳馨""遗所思"之本义吧。

总之，《九歌·山鬼》一篇，除去其表层的多情少女形象外，的确还有一位原型在其中时隐时现着。而这一"原型"，即是自古及今人们所传说的"野人"。

二

现在我们来看看古今有关"野人"的传说吧。

郭沫若《屈原赋今译》曾将"采三秀兮于山间"一句译作"巫山采灵芝",并注云:"于山即巫山。凡《楚辞》'兮'字每具有'于'字作用,如于山非巫山,则'于'字为累赘。"其说甚辨。这样说来,"山鬼"的活动区域便可定在巫山一带了。而有意思的是,古今有关"野人"分布范围的记载,也大多在鄂西及南方一带。请看文献:

1. 《周书·王会》:"州靡费费,其形人身反踵,自笑,笑则上唇翕其目。食人,北方谓之吐蝼。"

2. 《山海经·海内经》:"南方有赣巨人,人面长臂,黑身有毛,反踵,见人笑亦笑,唇蔽其面。因即逃也。"

3. 《山海经·海内南经》:"枭阳国在北朐之西。其为人,人面长唇,黑身有毛,反踵,见人笑亦笑,左手操管。"郭璞注:"《周书》曰州靡髳髳者,人身反踵,自笑,笑则上唇掩其面。《尔雅》云髳髳。《大传》曰周成王时州靡国献之。《海内经》谓之赣巨人。今交州南康郡深山中皆有此物也。长丈许,脚跟反向,健走,被发,好笑。……土俗呼为山都。"

4. 《国语·鲁语下》引孔子之言曰:"木石之怪曰夔、魍魉。"韦昭注:"木石,谓山也。或云夔,一足,越人谓之山缫,音骚,或作猱。富阳有之,人面猴身,能言。"

5. 《尔雅·释兽》:"狒狒如人,被发、迅走,食人。"

6. 《淮南子·泛论训》:"山出枭阳。"高诱注:"枭阳,山精也。人形,长大,面黑色,身有毛,足反踵,见人而笑。"

7. 《神异经·西荒经》:"西方深山中有人焉,身长尺余,袒身,捕虾蟹,性不畏人,见人止宿,暮依其火以炙虾蟹,伺人不在而盗人盐,以食虾蟹,名曰山臊。"

8. 干宝《搜神记》:"庐江大山之间,有山都,似人、裸身,见人便走。有男女,可长四、五丈,能啸相唤,常在幽昧之中,似魑魅鬼物。"

9. 张华《博物志》："日南有野女，群行觅夫。其状白色，遍体无衣。"

10. 刘义庆《幽明录》："东昌县山岩间有物如人，长四、五尺，裸身被发，发长五、六寸，能作呼啸声，不见其形。每从洞中发石取虾、蟹，就火炙食。"

11. 任昉《述异记》："南康有神曰山都，形如人，长两尺余，黑色，赤目黄发。深山树中作窠，状如鸟卵，高三尺余，内甚光彩，体质轻虚，以鸟毛为褥，二枚相连，上雄下雌。能变化隐形，罕睹其状，若木客、山缫之类也。"

12. 《方舆志》："狒狒，西蜀及处州山中亦有之，呼为人熊。人亦食其掌，剥其皮。闽中沙县幼山有之，长丈余，逢人则笑，呼为山大人，或曰野人及山魈也。"

13. 邓德明《南康记》："山都，形如昆仑人，通身生毛。见人辄闭目，开口如笑。好在深涧中翻石，见蟹食之。"又云："木客生南方山中，头面语言不全异人，但手脚爪如钩利。居绝岩间，死亦殡殓。能与人交易，而不见其形也。"

14. 《永嘉记》："安国县有山鬼，形如人而一脚，仅长一尺（丈）许，好盗伐木，入盐炙石蟹食。人不敢犯之。能令人病及焚居也。"

15. 《玄中记》："山精如人，一足，长三、四尺，食山蟹，夜出昼伏。"

16. 《白泽图》："山之精，状如鼓，色赤，一足而行，名曰夔，呼之，可使取虎豹。"

17. 《海录碎事》："岭南有物，一足反踵，手足皆三指。雄曰山丈，雌曰山姑。"

18. 《酉阳杂俎》："山萧，一名山臊……犯者能役虎，害人，烧人庐舍。俗言山魈。"

19. 罗愿《尔雅翼》："古之说猩猩者，如豕、如狗、如猴。今之说猩猩者，与狒狒不相远，云如妇人被发袒足，无膝群行，遇人则手掩其形，谓之野人。"

20. 周密《齐东野语》："野婆出南丹州，黄发椎髻，跣足裸形，俨然一媪也。上下山谷如飞猱。自腰以下有皮盖膝……每遇男子必负去求合。"

21. 李时珍《本草纲目》："诸说虽少有参差，大抵俱是怪类，今俗所谓独脚鬼是也。迩来处处有之，能隐形入人家淫乱，致人成疾，放火窃物，大为家害。法术不能驱，医药不能治，呼为五通、七郎诸神而祀之。"

22. 《聊斋志异·五通》："南有五通，犹北之有狐也。然北方狐祟，尚百计驱遣之，至于江浙五通，则民家美妇，辄被淫占，父母兄弟，皆莫敢息，为害尤烈。"

23. 《子不语·缚山魈》："门外有怪，头戴红纬帽，黑瘦如猴，颈下绿毛茸茸然，以一足跳跃而至。见诸客方饮，大笑去，声如裂竹。人皆指为山魈，不敢近前。"

24. 《房县志》："房山高险幽远，石洞如房，多毛人，长丈余，遍体生毛，时出啮人鸡犬，拒者必遭攫搏。"

以上所引资料中，虽其名称有种种，如州靡费费、狒狒、枭阳（羊）、吐蝼、赣巨人、昆仑人、山都、山精、山缲、山鬼、山魈、夔、独脚鬼、木客、人熊、山大人、山丈、山姑、野女、野婆、野人、毛人、五通、七郎，然其所指，却都是一种生存于深山中的人形动物，而这种"人形动物"到了近代便被人们通称为"野人"。

"野人"在近代也屡见报道。只不过它们的生存区域已由南方的广大山区而逐渐缩小到鄂西北一带，即距离屈原故里秭归不远的神农架地区。1925—1942年，房县曾有活捉或打死"野人"的多次记载。1949年以来，神农架地区对"野人"的目击者，总数已达240多人次。①例如：

1974年5月1日，房县桥上乡清溪大队殷洪发到青龙寨上砍葛

---

① 张良：《他们在寻找"野人"——访神农架的科学考察者》，《甘肃日报》1980年9月5日。

藤遇上"野人";

1975年5月中旬，兴山县榛子乡龙口大队甘明之上山打猪草，一个浑身是毛，约六七尺高，头发棕黑色，脸上宽下窄，腿和手都比人长的"巨人"突然站在了他面前，并踩住他的左脚，眯着眼、露着牙笑了起来，甘明之好不容易才脱险；

1976年5月14日凌晨，神农架林区革委会副主任等一行六人乘吉普车至林区与房县交界的椿树桠，发现一身长约五尺，脸长，嘴略突出，腿又粗又长，屁股肥大，身体很胖的野人"孕妇"；①

1976年6月19日，房县桥上乡女社员龚玉兰看到山上一红棕毛"野人"站立着倚树搔痒，见龚即尾随不舍，龚竭力奔逃始得脱险；②

1980年2月27日下午，神农架考察队员黎国华在林区雪地发现一个高达七尺的红棕色"野人"。③

"野人"的最近一次被发现是在1993年9月3日。这天下午6时20分，铁道部科学研究院高级工程师钟美秦、关礼杰、王俊发等一行十人，正乘车行驶在神农架林区燕子垭风景区以东七八公里的公路上（209国道1550公里里程碑处），突然与迎面来的三个"野人"相遇。当汽车停下来时，距"野人"站立的地方仅五米。"野人"见有人从车上下来，随即冲下公路边的陡坡，向30米开外的原始森林钻去。据目击者们说，这三个"野人"高约1.56米至1.70米，头发披肩，全身布满红色或棕红色毛，其中一个红得很，以至目击者事后开玩笑说："见到了一个穿红色毛衣的野人花姑娘。"它们面部都很像人，只是眼睛比人大一些，嘴巴突出一点，额头宽一点。④

根据科学工作者的长期考察，这些"野人"的体征大致可以综合为以

---

① 张良：《他们在寻找"野人"——访神农架的科学考察者》，《甘肃日报》1980年9月5日。
② 刘民壮：《沿着奇异的脚印——鄂西北山区"野人"考察》，《百科知识》1979年第2期。
③ 张良：《他们在寻找"野人"——访神农架的科学考察者》，《甘肃日报》1980年9月5日。
④ 参见《文汇报》1993年9月16日及《人民日报》（海外版）1993年9月7日专题报道。

下几点：一是直立行走，但受惊或登坡时也能四肢并用；二是成年体高约2米，后肢比前肢略长，大腿比小腿粗，手指比人的手指略粗，脚掌长约一尺，前宽后窄；三是头发披散，全身是毛，以棕色为主，也有棕黄色或棕红色的；四是脸长，上宽下窄，嘴巴突出，鼻骨低而长，门齿较人齿为大，犬齿发达；五是雌性乳房、雄性生殖器自然下垂。[①] 至其习性，一般比较温和，不主动伤人；然多疑善笑，喜攫妇女。它们多单独出没，最多三"人"，很少群体活动。他们用手挖马铃薯，采野果，偷玉米、蔬菜、蜂蜜，也抢走鸡、狗、小猪等。它们冬天住在靠近峭壁的山洞里，夏季则栖身于大树荫下的草堆里。这种"人形动物"虽具有人的一些特征，但还不会劳动，没有语言（虽然有二十余种发音符号），没有社会分工。它们介乎人与世界上已搞清楚的四种类人猿之间，是从猿到人的过渡型动物的孑遗，是人类祖先尚未进化到人的一个最近旁支。[②]

可以看出，"野人"的这些特征与屈原在《山鬼》中所描写的"山鬼"形象，实有着若干的相似。而且，在有些文献中（如《永嘉记》），"野人"已被明确地称作"山鬼"了。大约在屈原的时代，"野人"的分布要比现代更广，数量也更多，而民间关于"野人"的传说也更为丰富。但无论气候及生态环境如何变迁，自古至今，鄂西一带无疑是"野人"集中分布的区域。而鄂西"野人"与巫山"山鬼"在分布区域上的相近，似乎又向我们暗示了这两者之间二而一的关系。

三

其实，以"山鬼"为"野人"的看法并非始自今日。"野人"一词的出现虽然较晚（始于宋代），但古人对"野人"的认识及记载却早就开始了。1977年，房县红塔公社高碑大队出土的西汉古墓中有一株铜摇钱树，上面就刻有一个浑身长毛的"野人"形象。[③] 杜甫《有怀台州郑十八司户》诗云："山鬼独一脚，蝮蛇长如树。"更明确地指出了"山鬼"

---

① 参见杜宣《神农架上探"野人"》，《羊城晚报》1980年4月3日。
② 刘民壮：《沿着奇异的脚印——鄂西北山区"野人"考察》，《百科知识》1979年第2期。
③ 同上。

即"夔"亦即传说中的"野人"。此后,洪兴祖在《楚辞补注》《山鬼》解题中说:"《庄子》曰山有夔,《淮南》曰山出枭阳。楚人所祠,岂此类乎?"又将"山鬼"与"夔"和"枭阳"这两种被古人当作"野人"的动物联系起来。清代王夫之也坚持"山鬼"为动物的看法,他在《楚辞通释》《山鬼》解题中说:

> 山鬼,旧说以为夔、枭阳之类,是也。孔子曰:"木石之怪夔、魍魉。"盖依木以蔽形,或谓之木客;或谓之獠,读如霄,今楚人有所谓魈者,抑谓之五显神。巫者缘饰多端,盖其相沿久矣。此盖深山所产之物类,亦胎化而生,非鬼也。以其疑有疑无,谓之鬼耳。方书言其畏蟾蜍。楚俗好鬼,与日星山川同列祀典。而篇中道其乔媚依人之情,盖贱之也。

王氏明确指出,"山鬼"是"深山所产之物类,亦胎化而生,非鬼也"。而作为"山鬼"的"夔""枭阳",与"木客""獠""魈""五显神"等,虽名称不同,实为一物。只是因"楚俗好鬼",所以便将此物与日星山川一同列入祀典了。

由今观之,枭阳即狒狒。虽然它与"野人"尚有一定区别,但俱为高级灵长动物,故古人常将两者混同起来,统以"山鬼"称之。而"夔"被当作"山鬼",则是有一个过程的。《山海经·大荒东经》中的"夔"是一种"状如牛,苍身无角"的一足怪兽,据说"黄帝得之,以其皮为鼓,橛以雷兽之骨,声闻五百里,以威天下"。由于黄帝势力在中原的持久与巩固,所以有关"夔一足"的神话也便广泛流传开来。到了孔子,从其"不语怪力乱神"的观点出发,硬将"夔一足"解释为"夔有一而足,非一足也"。[①] 这样,"夔"又仅仅被当作舜的典乐之官而存在。不过,直到战国时期,有关"夔一足"的故事仍在流传。如《庄子·秋水》中便有"夔怜蚿"的寓言,其中的"夔"仍是"一足踸踔而行"。汉代,人们又开始把"夔"当作一种人形动物,如《说文》释"夔"即谓"有角、手、人面之形",并与"耗鬼"(能搬运、消耗财物的动物)相联系

---

① 《韩非子·外储说左下》,参见梁启雄《韩子浅解》,中华书局1960年版,第300页。

（夔即魖、魖即耗鬼）。最早将"夔"视作"山缲"（山魈）的是三国时的韦昭（见前引《国语》韦昭注）。此后，葛洪在《抱朴子》中又将山精描绘成为独足动物，实与"夔"等同。其《登涉篇》云："山中山精之形，如小儿而独足，走向后，喜来犯人。"到了唐代，杜甫明言"山鬼"即"夔"。此后历经宋、元、明、清，"夔"遂与山姑、山丈、野婆、山魈等一样，成为"山鬼"的名称之一。不过值得指出的是，古代民间传说的夔即"山魈"，并非今天动物园里的哺乳纲猴科动物山魈，而是指"野人"。至于"夔一足"，章太炎先生在《小学答问》中倒有一种非常好的解释：

> 山鬼即夔。……山缲为物，今贵州、四川有之。声如小儿，足迹似人，民呼为"山神子"，畏惮焉，诚所谓木石之怪者。古谓"夔一足"，或如鹤有两胫，常缩其一，非真一足也。

这样说来，"夔"也应该是一种能靠两足直立行走的人形动物，只不过它常缩其一足罢了。

四

从进化论的观点来看，"野人"作为人与猿之间的一个物种，它在地球上的存在应该有很长时间了。而有关"野人"的传说，也应该早都传播于民间了。但正如不少古代神话和传说都会被附丽于后世的人物和故事一样，"野人"的形象也与"巫山神女"的传说联系在了一起。这首先是地域的原因，即"巫山神女"传说的发生地与"野人"出没地区的一致（已见前述）；其次，也当与"野人"和"巫山神女"的共同特性有关。

从现存资料来看，"巫山神女"的故事最早出现于《山海经》中。《中山经》云：

> 姑瑶之山，帝女死焉，其名曰女尸。化为䔄草，其叶胥成，其华黄，其实如菟丘，服之媚于人。

稍后，化为"䔄草"的"女尸"又变为"瑶姬"，并与巫山发生了地域上的联系。如《文选·别赋》李善注引《高唐赋》所记瑶姬之言云（今本无）：

> 我，帝之季女，名曰瑶姬，未行而亡，封于巫山之台，精魂为草，实曰灵芝。①

又，《文选·高唐赋》李善注也引《襄阳耆旧传》说：

> 赤帝之季女曰瑶姬，未行而卒，葬于巫山之阳，故曰巫山之女。②

而所谓"䔄草"（即"灵芝""三秀"）也好，"瑶姬"也好，它们的主要特征都是"媚于人"，亦即今本《高唐赋》所说的"愿荐枕席"。这与雌性"野人"的"如妇人被发袒足""群行觅夫""每遇男子必负去求合"的习性何其相似乃尔！姜亮夫师曾指出，"山鬼为神女庄严面，而神女为文士笔底之山鬼浪漫面。"③ 看来，"神女"的"浪漫面"倒是更接近于事情的本来面目的。

《山海经》与《九歌》成书的孰先孰后，当然可以讨论。我是主张《山海经》的成书应在战国初期，即早于屈原的《九歌》的。因之，从时间上来说，也应该是"巫山神女"的传说在先，而《九歌》"山鬼"的形象在后。再进一步说，正是"野人"与"巫山神女"形象的叠合，才成为楚人所说的"山鬼"，并被作为民间祭祀对象的。待到屈原据民间祭歌以创作《九歌》，又对这一形象进行了艺术加工，并糅进了楚人爱情生活的内容，这便是《九歌·山鬼》一篇的由来。顾成天《九歌解》说："楚襄王游云梦，梦一妇人，名曰瑶姬。通篇辞意似指此事。"④ 顾氏能够

---

① 萧统编，李善注：《文选》，中华书局1977年版，第238页下栏。
② 同上书，第265页上栏。
③ 姜亮夫：《屈原赋校注·山鬼注》，人民文学出版社1957年版，第264页。
④ 转引自陈子展《楚辞直解》，江苏古籍出版社1988年版，第112—113页。

指出"山鬼"与"巫山神女"间的联系，这是很有见地的。然对"山鬼"原型的考察却不能止于"巫山神女"，它还应该与此前的"野人"相联系。

不过，同任何改造都不会彻底一样，屈原虽在"野人"及"巫山神女"的基础上塑造了多情动人的"山鬼"形象，却也为我们留下了许多有关"山鬼"原型的痕迹——而这些都是可以与后人所记载的"野人"的特性相对照的。除前已述及者外，再如"山鬼"的"乘赤豹兮从文狸"，实即"野人"的"犯者能役虎""呼之，可使取虎豹"也；"山鬼"的奔走于"石磊磊兮葛蔓蔓"的涧底，实际是"野人"在"从涧中发石取虾、蟹"，以"就火炙食"；而"山鬼"的"饮石泉兮荫松柏"，则更是"野人"于"深山树中作窠"的真实写照了。

由"野人"、而"巫山神女"、而多情动人少女，这便是"山鬼"形象演进的轨迹。而《九歌·山鬼》篇创作的成功，不但标志着"山鬼"这一"复合形象"的最后完成，而且也向人们说明了这样一个事实：屈原是中国文学史上最早以"野人"作为描写对象的伟大诗人。

1998 年 10 月

（原载《宁波大学学报》1998 年第 4 期）

《招魂》"些"字探源

屈原《楚辞·招魂》每句以"些"（古读如 suo）字作为语尾，[①] 在中国文学史上是一个创举。在浩若烟海的先秦古籍中，其例也仅见于《招魂》中，这给后世学者留下一个谜团。在汉代，"些"字并未引起学者的注目，如王逸的《楚辞章句》遍释楚言楚语，唯不释"些"字；甚至许慎的《说文解字》也不收"些"字。魏晋以降，人们开始注意到"些"字的特殊用法，并不断提出新的观点。《广雅》释"些"为语辞，甚为简略。宋代沈括著《梦溪笔谈》，其卷三云："《楚辞·招魂》尾句皆曰些。今夔峡湖湘及南北獠人，凡禁咒句尾皆称'些'。此乃楚人旧俗，即梵语'萨佛诃'也，三字合言之即'些'字也。"[②] 近人岑仲勉又认为"些"来源于突厥文"sa"，[③] 是"说"的意思。自宋人黄伯思开始视"些"为楚语（见其《校定楚辞序》），近人游国恩承之，并进而认为："'些'字和'兮'字声音相近，都是楚国方音。而用'些'字做语尾，本来又是楚国巫觋禁咒语中的旧习惯，屈原既假托巫阳来招魂，所以就索性采用他们的语调。"[④] 姜亮夫师在《楚辞今绎讲录》中则谈道：

  沈括《梦溪笔谈》认为"些"是从印度传来的，是印度招魂时用的语尾词。我认为沈说不一定可靠。……又如三苗的所在地，原是湖南北部以及安徽、湖北一带。春秋以来楚国的势力越来越大，

[①] 此取《招魂》的作者为屈原说。
[②] 沈括：《梦溪笔谈校证》，胡道静校注，古典文学出版社 1957 年版，第 109 页。
[③] 岑仲勉：《楚辞注要翻案的有几十条》，《中山大学学报》1961 年第 2 期。
[④] 游国恩：《屈原作品介绍》，参见《游国恩学术论文集》，中华书局 1989 年版，第 230 页。

三苗顺着湖南、贵阳、云南直到西藏等地带过来的。所以说"些"字从印度传来也可备一说。这见解颇有启发性、也很有趣,那么就涉及中印交通问题,也涉及屈子作品中的地理问题。①

姜先生虽未肯定"些"字来源于印度的说法,但也并未否定,同时又认为可从方言及地理角度来探讨这个问题。

观乎上述诸说,游国恩先生认为"些"是模拟南方巫音,惜未举出足够证据;岑仲勉认为"些"是突厥语"我说"之合音,但突厥与楚语系不同,似不宜相混;沈括认为"些"乃梵语,然梵语传入中国甚晚,《招魂》的语尾无从袭用。所以,尽管"些"字并非由印度传来,姜亮夫先生所提示的从地理的角度、人民迁徙的角度来探讨"些"字的来源,却给人以很大的启迪。我们认为,《招魂》中的"些"字,当与嬴秦故地,即今甘肃天水一带的方言和楚怀王客死于秦有关。"些"当来源于秦,并非楚之固有方言,只是随着秦国的不断强大,领土日益扩张,遂逐渐传播至楚。又由于楚怀王的客死于秦,故招魂词中或杂有秦地方言,而屈原将"些"字采入《招魂》作为独特的煞尾语气词,也是很容易理解的。试详论之:

第一,从方言的角度看,今甘肃天水甘谷一带的方言中仍保留有一些古老的词。如代词"阳",《尔雅·释诂》:"台,朕,赍,畀,卜,阳,予也。"作为第一人称代词的"阳"即使在先秦古籍中,也是十分罕见的。而在甘谷一带,至今仍是妇孺皆知的人称代词,意为"我",表示一种关系较亲密且带有撒娇昵称的意味。又如"卬"作为第一人称代词,在甘肃天水一带也广泛使用(天水人读如 ang),带有一种自豪的意味。再如"曹"作为"我们""我"之意,在天水甘谷一带方言中也是普遍运用。② 更有意思的是,天水甘谷一带的方音也保留有古老的语气词"些"(甘谷人读如 suo),而且在甘谷方言的所有语气词中,"些"(suo)的使用频率最高。只要是表达祈请、疑问或感叹语气,往往在句末缀以"些"(suo)。如:

---

① 姜亮夫:《楚辞今绎讲录》,北京出版社1981年版,第33—34页。
② 杜松奇主编:《甘谷县志》,中国社会出版社1998年版,第590页。

> 天快要下雨了，快点走些（suo）！
> 太累了，曹（我们）歇一会儿些（suo）！
> 屋里暖和，进来坐些（suo）！

这些句子都表示祈请语气，句尾都缀以"些"字。时至今日，"些"在天水甘谷一带还是极普通的日常用语，它仍存活在当地活生生的语言之中，可谓是语言中的"活化石"。再联系《招魂》中的句子：

> 乃下招曰：魂兮归来！去君之恒干，何为四方些！舍君之乐处，而离彼不祥些！魂兮归来，东方不可以托些！

句中"些"字作为煞尾语气词，也都具有强烈的祈请意味，它表明《招魂》中的"些"字，其用法与今天天水一带方音中"些"（suo）字用法，在表示祈请语气方面是完全相同的。可见，天水方音中所保留的古音"些"（suo）与《招魂》中的"些"（suo）当有一定的联系。

第二，从历史渊源看，天水一带完全有保留先秦古音的历史条件。天水，古称上邽；甘谷，先秦时称冀县，均距今有两千六百多年的建县史。旧石器时代，先民就在渭水流域一带聚居生活。传说中出生在渭水河畔古风台的人文始祖伏羲氏，教民结网，从事渔猎畜牧。天水市甘谷县的渭水峪、康家滩、礼辛等地出土的彩陶和石斧、石锛等文物，多是四五千年前的人类生产生活用具；甘谷县西坪乡出土的庙底沟文化鲵鱼瓶，更展示了中国最早的龙的形象；甘谷新兴中学出土的陶鬲亦为商周时期羌族文化的器物。[①] 更重要的是，天水一带还是秦的发祥地。据《汉书·地理志》载：

> 秦之先曰伯益，出自帝颛顼，尧时助禹治水，为舜朕虞，养育草木鸟兽，赐姓赢氏，历夏、殷为诸侯。至周有造父，善驭习马，得华骝、绿耳之乘，幸于穆王，封于赵城，故更为赵氏。后有非子，为周孝王养马汧、渭之间。孝王曰："昔伯益知禽兽，子孙不绝。"

---

① 杜松奇主编：《甘谷县志》，中国社会出版社1998年版，第101页。

乃封为附庸，邑之于秦，今陇西秦亭秦谷是也。①

所谓秦邑即今甘肃天水，非子曾牧过马的地方。而且，古代秦的发祥地即至今仍在使用语气词"些"（suo）的地区，除天水、甘谷外，西至武山、陇西，北至通渭、秦安，东至清水（亦为秦武公十年所置，秦时称上邽），南至礼县、西和（即"秦襄公既侯，居西陲，自以为主少昊之神，作西畤，祀白帝"的古西县，见《史记·封禅书》），甚至远达武都一带。这一片广大的区域，正是秦人先祖主要的活动地区，也是秦国崛起的地方。近年来礼县的考古发现，更证实了这一点。经过八年发掘和研究论证，中国考古专家在甘肃礼县发现了秦始皇祖先的坟墓。这意味着秦朝虽然定都陕西咸阳，但甘肃礼县才是秦文化的真正发祥地，目前中国考古界已就此形成共识。著名历史学家李学勤称"这一发现填补了先秦文化的研究空白"②。这个名为秦西垂陵园的秦始皇祖陵，已被历史尘封约2800年，是1993年被意外发现的。至于墓主人，考古专家认为"可能是秦庄公、襄公或文公"③。由于天水及其周边地区是秦人的发祥地，而后世又相对封闭，所以这一带保留秦地的古音诸如"阳""卬""些"（suo）等，是完全可能的。

第三，从"些"字在典籍中出现的时间看，"些"字只能是秦地固有方言，而不可能是楚之方言流传至秦地。天水一带保留的先秦古音如"阳""卬"等在《尔雅》中均有记载，而《尔雅》的成书时间至迟不会晚于秦汉之际。"卬"在《诗经》中有用例，如《诗经·邶风·匏有苦叶》：

招招舟子！人涉卬否。
人涉卬否？卬须我友！

"些"字虽未在《尔雅》中出现，但据姜亮夫先生考证，"'些'和'只'

---

① 班固：《汉书》，中华书局1962年版，第1641页。
② 白宗正：《礼县确为秦人发祥之地》，《甘肃日报》2001年3月3日第1版。
③ 冯诚、谭飞、张燕：《秦始皇祖先在甘肃》，《西部商报》2002年8月28日A10版。

在《诗经》中也见到过"①，证明这些字早在《诗经》时代就已存在了。而"些"的用例在楚地则仅见于《招魂》，在此前和此后的楚地文献中再没有出现过，而且在今天原属楚地的广大地域中，也未见到日常口语中仍大量使用"些"的证据。屈原作《招魂》应在楚怀王客死于秦之后，即顷襄王三年（公元前296年）前后，晚于《诗经》的成书年代至少三百余年，且《招魂》中"些"的使用也仅是孤例。据此，"些"字的来源，并无楚地方言传至秦地的可能性。相反，如果"些"不是当时各民族的共同语（目前尚无证据），那么便只有一种可能性，即嬴秦故地一带的方言。而"些"字当是随着秦楚间文化的交流而辗转传播至楚地，并为屈原所用。唯其如此，才能解释"些"仅出现在《招魂》中，而其他楚国文献中均无用例的原因。

第四，从楚文化的来源来看，它本身就是中原文化和苗蛮文化融合的产物。楚人受华夏文化的熏陶已久，他们向华夏文化学习的首先是语言文字。春秋时代，楚人尽管还说着楚语，但懂得夏言的人越来越多。在国际交往中，楚国的贵族大抵能操夏言，而且是相当流利的。至于文字，楚人所用的只有一种——就是夏文。借助于夏文，楚人才懂得采撷华夏精神文化的繁花硕果，含英咀华，使之成为自己的文化营养。文献证明，最迟在成王之世，楚国的贵族就已熟知华夏的某些重要典籍，他们像中原的贵族那样，常常引经据典，借以判断是非和决疑、定策了。②例如，楚国的大臣申叔时甚至主张用北方的经典著作《春秋》《诗》《礼》《乐》来教傅楚太子。《国语·楚语上》记申叔时的话说：

> 教之《春秋》，而为之耸善而抑恶焉，以戒劝其心；教之以《世》，而为之昭明德而废幽昏焉，以休惧其动；教之《诗》，而为之导广显德，以耀明其志；教之《礼》，使知上下之则；教之《乐》，以疏其秽而镇其浮。

---

① 姜亮夫：《楚辞今绎讲录》，北京出版社1981年版，第33页。
② 张崇琛：《楚辞文化探微》，新华出版社1993年版，第9—11页。

而《楚辞》中有一些词语，如"朕""猖披""愁""青青""蹀躞""睩"等，也确实带有齐鲁方言的色彩。① 正如齐鲁方言随着南楚与中土文化交流的逐渐加强而被屈原撷入《楚辞》之中一样，嬴秦故地一带的方言"些"字之被写入《招魂》，也是楚文化多方面吸纳中原文化的结果。

第五，从民族播迁和人员交流来看，早在夏周时期，天水一带就是西戎所居之地（甘谷一带的戎狄称冀戎），包括汉族、羌族、氐族在内的各族人民共同生活在这片土地上，他们之间在语言、生活方式等诸多方面已有着不同程度的相互影响。② 据《后汉书·南蛮传》记述，约公元前 5 世纪，即秦武公置冀县、上邽（公元前 688 年）约百年后，由于秦国的兴起，游牧于大西北的羌人受到秦国日益强大的军事压力，便开始大规模的迁徙，其中主要的一支就是从西北草原向西南横断山脉河谷地带移动，到达今甘肃东南、四川、云南一带，并形成所谓的"武都羌""广汉羌""越巂羌"。今日聚居在岷江上游一带的约二十万羌族人民，即当年那支播迁羌人的后裔。③ 这期间当然不排除原居天水一带的羌人随同南迁的可能性。由于羌族没有自己的文字，很早以来就通用汉文，④ 有可能就是在这次迁徙中，由那些原居住在天水一带的羌人将当地的方言"些"字带至西南，再传播至南楚。加之战国时代，楚和秦都曾对西南少数部族地区进行过经营，⑤ 更增加了"些"字传播的这一种可能性。另外，秦楚两国接界地域辽阔，两国间人员流动极为频繁，尤其是不断爆发的战争，也为嬴秦方言传播至楚地提供了便利的条件。

第六，《招魂》一文应是屈原为招楚怀王之魂而作，而所用"些"字，亦当与怀王客死于秦有关。怀王时代是楚由强变弱的转折点，这种转折是由他的种种错误造成的。但怀王并不是暴君，他有雄心，希望光大先祖余烈，使楚繁荣富强，进而统一天下。所以怀王客死于秦之后，

---

① 张崇琛：《楚辞文化探微》，新华出版社 1993 年版，第 139—148 页。
② 杜松奇主编：《甘谷县志》，中国社会出版社 1998 年版，第 101 页。
③ 周锡银、刘志荣：《羌族》，民族出版社 1993 年版，第 36 页。
④ 同上书，第 1 页。
⑤ 童书业：《春秋史》，山东大学出版社 1987 年版，第 103—104 页；杨宽：《战国史》，上海人民出版社 1957 年版，第 122 页。

楚国人民都同情他、怀念他。《史记·楚世家》载怀王尸体归葬时"楚人皆怜之，如悲亲戚"①。直到秦朝末年，楚人还怜悯、敬爱他，《史记·项羽本纪》云："自怀王入秦不返，楚人怜之至今。"② 对于怀王客死于秦，屈原心中当然也十分悲痛，故作《招魂》以表达其怀念之情。又由于楚人的信鬼好巫，故楚地招魂的规模和风俗亦异于别域，例如招具即非他国所能比拟。《招魂》云：

  魂兮归来，入修门些。工祝招君，背行先些。秦篝齐缕，郑绵络些。招具该备，永啸呼些。魂兮归来，反故居些。

可见，楚人招魂所用之招具是十分讲究的。这里有齐国出产的粗线绳和郑国出产的丝绵，它们被放在秦国出产的竹笼上。而为何怀王灵魂的座具要用秦出产的竹笼呢？显然与怀王客死于秦有关。同样的，正是由于怀王客死于秦，所以招魂词中也采入了秦地方言，因为时人认为，只有这样，方可将游荡在秦国荒原上的怀王孤魂唤回。因此，作为"博闻强志，明于治乱，娴于辞令"的屈原，③ 在他写作《招魂》时将秦地语尾词"些"字纳入招魂词中，便不是偶然的了。

  合言之，"些"字原本先秦时嬴秦故地一带的方言，而随着民族的播迁和秦楚间文化的交流而逐渐传播至南楚，并在楚怀王客死于秦的背景下，按照楚地的招魂习俗被屈原纳入《招魂》之中。

2004 年 10 月

（此文与杨世理合作完成，原载《职大学报》2005 年第 1 期）

---

  ① 《史记·楚世家》，中华书局 1959 年版，第 1729 页。
  ② 《史记·项羽本纪》，中华书局 1959 年版，第 300 页。
  ③ 《史记·屈原贾生列传》，中华书局 1959 年版，第 2481 页。

《天问》中所见之殷先王事迹

殷先公先王事迹，向因书阙有间，难得其详。《世本》《史记》载其世系，然羌无事实；《山经》《竹书》偶语其事，亦不言其本末。唯《天问》问殷先公先王部分，言王亥、王恒、上甲微三世事颇详，是为这方面所能见到的最具体的材料。

《天问》一书，虽非专言史事，然其史料价值已越来越为古史界所重视。这是因为，屈原在《天问》中所提出的一百七十多个问题，既本楚之民间旧闻，又参阅了《梼杌》及《三坟》《五典》《八索》《九丘》等楚国王室的历史典籍，① 因而必然会保存一部分夏殷以至上古的真实传说，而这些传说在北儒的典籍中是被加工修改过的。同时，屈原本人还两次使齐，亲自听取了稷下先生们的议论，这就更使他有可能从南北方学术思想的差别中发现问题和提出问题——事实上，《天问》中的许多问题就是由此而发的，我们今天当然可以从这些"引而不发，令人自悟，不质言而若疑难"（刘梦鹏《屈子章句》）的问难的间隙丛脞中，窥见一点古史的真面貌。所以，看起来"言不雅驯"的《天问》，其史料的实际价值却在某些经传之上。孔子云："礼失而求诸野。"中土史书所不详的殷先王事迹，不也正可以由南楚的《天问》中得之吗？

《天问》问殷先公先王事，凡七章二十八句，即自"简狄在台，喾何宜"，至"何变化以作诈，后嗣而逢长"。自从王国维以甲骨卜辞印证了

---

① 《左传》昭公十二年记楚左史倚相"能读《三坟》《五典》《八索》《九丘》"。《孟子·离娄》云"晋之《乘》、楚之《梼杌》、鲁之《春秋》"。姜亮夫师谓此《三》《五》《八》《九》及《梼杌》皆楚之史书，左史倚相能读，官为左徒的屈原亦当能读。见姜亮夫《楚辞今绎讲录》。

其中的几位殷先王名字之后（见《殷卜辞中所见先公先王考》），不但这一段文字可读性强，而且所反映出来的史实又足补历世史家之缺略，因而为治史学与文学者所同声称赞。然此七章文字旧注皆多穿凿附会，近世诸家所释亦不能尽同，故其中未发之义仍多。

下面拟在楚辞界诸先辈研究的基础上，复加己意斟酌，将七章中所见之王亥、王恒、上甲微三世事做些钩稽，以供治殷商史者之参考。

王亥

王亥为殷始祖契之六世孙，殷人之以时命名，即自亥始。《天问》有三章专言王亥事。先看第一章：

> 该秉季德，厥父是臧。胡终弊于有扈，牧夫牛羊？

该，清代徐文靖《竹书纪年统笺》、刘梦鹏《屈子章句》均指出为人名，即《史记·殷本纪》之"振"，《世本》之"核"，《汉书古今人表》之"垓"。王国维更据甲骨文断定就是卜辞中的王亥，亦即《山海经》之王亥，《竹书纪年》之殷侯子亥。季，即冥，亥的父亲。有扈即有易，形近而讹（扈亦作戶，与易字篆形相近）。这四句是说：王亥既然能秉父德，处处以冥为榜样，为什么最后竟败给了有易，替人家做放牧牛羊的苦差事呢？这里涉及三事。

一是王亥"弊于有易"还是"宾于有易"？《竹书》帝泄十二年"殷侯子亥宾于有易，有易杀而放之"。《山海经·大荒东经》郭璞注引古本《竹书纪年》亦云："殷王子亥宾于有易而淫焉，有易之君绵臣杀而放之。"今观《天问》，知亥乃"弊于有易"，实不曾为"宾"也。疑"宾"乃"弊"之误。盖弊、宾声近，易相混。且绎其文义，亦当以弊为是。《玉篇》："弊，败也。"王亥既秉父德，才能出众，而今乃败于有易，见辱殊方，故尔屈原发问也。此事亦见于《易》。《易·未济》之"震用伐鬼方"，自来经学家不得其解。其实以《易·既济》之"高宗伐鬼方"例之，"震用"显为人名无疑。李平心谓"震当即《殷本纪》之振，也就是王亥；用即上甲微（崇琛按：关于'用'即上甲微，李氏没有疏证，这里可以替他补一条论据：上甲微，据王国维考证卜辞作田或田，后世或省称甲，而'用'与'甲'形近而伪）。他们父子的攻打鬼方，其实就是与有易（狄）亦即有扈作战"①，很是。不过照《天问》的记载看来，王亥的这次伐鬼方是失败的，以致连自己都当了俘虏。

二是"牧夫牛羊"事。自王国维释此句为"有易之人乃杀王亥，取服牛"（见《殷卜辞中所见先公先王考》）以来，今人多从之。其实，此处之"牧夫牛羊"，仅言王亥被俘后，在有易放牧牛羊而已。刘梦鹏说："弊，败也。牧牛羊者，有易拘留子亥，困辱之，使为牧竖也。"（刘梦鹏《屈子章句》）似较王说为顺。

三是王亥迁殷的事实当无可疑。商之先，自相土以后居商邱。《国语·鲁语》云"冥勤其官而水死"，可见至冥时商人仍居黄河两岸一带。而《路史·国名纪》云"上甲居邺"，邺即殷，则上甲微时商人已居殷了。那么，《竹书》帝芒三十三年"商侯迁于殷"的商侯是谁呢？从《天问》看，即王亥也。王亥既为有易所败（此前不见有易与商发生冲突的记载），而有易又居今河北易水一带，说明王亥时商的势力已达到了河北北部，故商人之迁殷，亦应在此时也。寻《竹书》于冥尚称"商侯"，至亥则已曰"殷侯子亥"，益可征信。

接下四句也是问王亥事：

干协时（是）舞，何以怀之？平胁曼肤，何以肥之？

这是问王亥既为奴隶，何以同有易氏的女子发生了爱情。平胁，丰满的胸部；曼肤，光泽的皮肤，皆用以指有易氏女子。肥即嬰之借字，妃匹之义。干舞，即万舞。《公羊传》宣公八年云："万者何，干舞也。"《文选·东京赋》"万舞奕奕"，薛综注："万舞，干也"，可证。又《左传》庄公二十八年云："楚令尹子元欲蛊文夫人，为馆于其宫侧而振万焉。"杜注："蛊，惑以淫事。"可见干舞亦可用于惑淫。盖王亥之所为，亦类于子元也。有易氏女子为王亥的干舞所挑，由怀思而终于与之相匹配，这事大概不见容于其君，故遂欲击杀王亥于床。然而王亥不知从哪儿得

---

① 《王亥即伐鬼方之震》，《中华文史论丛》第一辑。

来的消息，竟事先逃走了。请看：

> 有扈牧竖，云何而逢？击床先出，其何所从（今本误作"其命何从"）？

有扈即上文之有易。"有扈牧竖"，即王亥也，王亥弊于有易，牧夫牛羊，故直谓之"牧竖"。而王亥既能事先逃出，可见于此次事变中并不曾丧生。疑《竹书》关于王亥被有易之君绵臣"杀而放之"的说法亦不确。且既云"杀"，何得再放？盖杀而不成，王亥自己逃出，遂流放在外也。当以《天问》所言近是。

王恒

恒之名唯见于《天问》和卜辞，其事迹又仅于《天问》中载之：

> 恒秉季德，焉得夫朴牛？何往营班禄，不但还来？

这是一段极其宝贵的文字。我们之所以知道王亥与上甲微之间当有王恒一世，就是王国维以卜辞与这段文字相印证的结果。"朴牛"，王国维说即服牛，驯牛以驾车也。"往营班禄"，《竹书》帝泄二十一年载："命畎夷、白夷、赤夷、玄夷、风夷、阳夷。"（《后汉书·东夷传》注引。《通鉴外纪》引作"帝泄二十一年，加畎夷等爵命"）

王亥拘留有易，依商人兄终弟及之义，王恒自当继为商王。观卜辞中王恒与王亥同以王称，且其祀同；《天问》"该秉季德"与"恒秉季德"相提并论，又前后衔接，可证。此时商附于夏，王恒于夏为商侯，故或有往有易（诸夷之一种）颁赐爵禄之事。然恒之往有易，名为"班禄"，实则别有所图，即欲得王亥所失之"朴牛"也。《山经》《世本》《吕览》皆以王亥为始作服牛之人。王亥败于有易，服牛为有易所取（见《山海经·大荒东经》。又《易·大壮·六五》"丧羊于易"、《旅·上九》"丧牛于易"，说者亦谓是指此事）；至王恒出使有易，服牛遂失而复得也。至于王恒如何假"班禄"之名而复得服牛，此中细节屈原当日亦不能悉知，故有"焉得夫朴牛"之问也。

又"宾于有易"者，前已辨其非王亥事，实则即王恒之"往营班禄"也。刘梦鹏《屈子章句》说："往营班禄，谓往使藩国班赐禄命，所谓'宾于有易'是也。"很对。事实上，王亥、王恒皆曾至有易，不过一为战俘，一为贵宾罢了。《天问》所谓"毙于有扈（易）"者，王亥也；《竹书》所谓"宾于有易"者，王恒也。此又亥、恒事相混之一例。郭沫若说《天问》："可以考定传世神话传说的时代性和真伪，凡在《天问》中有其梗概的，我们便可以安心相信是先秦的真实资料，而非秦汉以后人所杜撰。"（《屈原赋今译·天问解题》）王亥和王恒的例子就是这样，《天问》关于他们的传说，恰可用来正他书之误。

上甲微

王亥"毙于有易"，王恒"不但还来"，故上甲微遂借河伯之师以伐有易。

> 昏微遵迹，有狄（易）不宁。何繁鸟萃棘，负子肆情？

此即《竹书》帝泄十六年"殷侯微以河伯之师伐有易，杀其君绵臣"事也。商之先自契佐禹治水，至冥又为夏水官，故其族与黄河下游之河伯关系密切。"微"，即上甲微。称"昏微"者，其命名取义于昏暮之时也。① 遵迹者，谓循其先人之往迹，即承继王亥、王恒之事业。有狄，即有易，古"易""狄"二字同音，故可通假。② "繁鸟萃棘"，旧注或以为解居父事，或以为《诗·生民》事，皆不得其解。钱澄之谓"匹夫匹妇会于墙阴之事"（《屈诂》），差为近之。按《离骚》"佩缤纷其繁饰兮"，是"繁"亦有美盛义。"繁鸟"投林以求偶之季节，青年男女亦往往于此

---

① 刘盼遂说："殷人命名，多取义于十二辰或十日，然亦有取义于时者……上甲微殆亦取于晨光曦微，而又取于日入三商之昏，以为字与？"转引自姜亮夫师《屈原赋校注》。

② 如"易牙"，《论衡·谴告篇》作"狄牙"；《史记·殷本纪》之"简狄"，《索隐》曰"旧本作易"，可证。

时幽会也,故世俗遂以"繁鸟萃棘"喻男女私处。此则屈原借以指王恒的淫行。"负",《说文》:"恃也。""负子肆情"即王恒恃其子上甲微(上甲微为王恒子,说见下)之兵力而恣肆情欲,淫佚妇女也。

上甲微伐有易,这是殷族早年历史上的一件大事,也是殷先人由衰败而复兴的转折点。故《国语·鲁语上》云:"上甲微,能帅契者也,商人报焉。"《竹书》注亦云:"中叶衰而上甲微复兴,故殷人报焉。"自此以后,殷人在殷一直居住了近百年,直至孔甲九年才复归于商丘,可见这次战争为殷人带来了一个比较长期的安定局面。[①] 屈原对这次战争当然也是赞成的,只是因为王恒"负子肆情"的行径与他的爱民之义相违,故尔提出质问。

至于此后的有易,虽名字不见于文献了,但实际上并没有在历史上绝迹。《山海经·大荒东经》云:

> 河念有易,有易潜出,为国于兽,方食之,名曰摇民。

郭璞注云:

> 言有易本与河伯友善,上甲微,殷之贤王,假师以义伐罪,故河伯不得不助灭之。既而哀念有易,使得潜化而出,化为摇民国。

据此,知上甲微所灭者,仅绵臣一部,而有易之另一部(刘梦鹏谓即河伯之弟,可备一说),则已在河伯庇护下"潜出为国于兽方"了。"兽方",疑即鬼方。有易本鬼方之一支(故《竹书》曰上甲微"伐有易",而《易》曰"震用伐鬼方"),本欲往南发展,遭上甲之伐后,余部又复退回也。其所建之摇民国,即夷民国(摇为夷之声转),亦鬼方之属也。"鬼方,远方也。"(《诗·大雅·荡》毛传)故以为北方少数民族之称。其在商周间曰鬼方,至宗周之季则曰猃狁,春秋后又称戎、狄,战国以

[①] 自帝泄十六年上甲微伐有易,至孔甲九年殷侯复归于商丘,前后计九十四年。见《竹书》。

降，遂曰胡、曰匈奴。① 然则有易实不曾灭绝，故《天问》仅谓"有狄（易）不宁"也。

《天问》问殷先公先王部分的最后四句是：

> 眩弟并淫，危害厥兄。何变化以作诈，而后嗣逢长（今本误作"后嗣而逢长"）？

此四句旧注皆误。王逸谓问舜弟象事，丁晏又以《左传》中通于哀姜之庆父、叔牙当之（《楚辞天问笺》），并非。自"简狄在台"至"成汤东巡"皆言殷事，此处不得又插入前朝或后世事。或谓错简，亦难征信。《天问》中有没有错简呢？当然有的。但我看多数情况下是我们没有把原文读懂。例如《天问》将舜事放在夏桀之后、殷先公之前，就有人说是错简，实则在先秦的传说中，舜是殷人的先祖，这已为甲骨卜辞和其他史料所证明。我不是从根本上反对《天问》的整理，但至少应该先读懂，否则终免不了像屈复的《天问校正》一样，工虽苦而收效微。

其实，"眩弟并淫"之"眩"，当为"胲"之误。古字从"亥"与从"玄"可互讹。《吕氏春秋·季夏》"腐草化为蚈"，高注："蚈，马蚿也。"许（宗鲁）本、宋（邦义）本注"蚿"并误为"蛟"。《初学记》卷二十九引《世本·作篇》"胲作服牛"，《御览》卷八九九引同书"胲"作"鲧"。比此，知"眩"为"胲"之误无疑。胲即亥之假借，亦即王亥，是"眩弟"即王恒也。盖亥与恒在有易皆有淫行，而其所淫者又同为有易之女，故屈原遂谓之"并淫"也。此或为王恒出使有易"不但还来"的原因吧。

"眩弟"既为王恒，那么从文法上看，"危害厥兄""变化以诈"以及"后嗣逢长"的亦皆应是王恒。这样一来，一个骇人听闻的事实便被揭示出来了。前面说过，王亥被有易俘虏之后，并未处死，仅罚作放牧牛羊的奴隶；待到与有易女子相匹偶之后，有易之君虽欲加害，亦能事先逃出；直至王恒赴有易时，王亥尚无恙也，故恒得与亥"并淫"有易之女。然而不幸的是，这位王亥竟死于乃弟之手。其具体情节虽不得而

---

① 从王国维说。见《鬼方昆夷猃狁考》。

知,但"变化以作诈"即指"危害厥兄"之事无疑。大概王恒继为商王后,出使有易,见王亥尚留人间,故遂以阴谋手段害之。此事可能与"并淫"有关,但主要原因还是为了争夺王位。差不多中国历史上的各民族,在奴隶制建立初期,都有过这种残酷的斗争。

而且,上甲微非王亥之子亦明矣。从末章看,王恒虽"并淫""危害厥兄""变化以作诈",然而却"后嗣逢长"。逢,大也。① "后嗣逢长",犹言后继者久长,即子孙世为商王之意。可见此后的商王,包括上甲微在内,皆王恒一系也。此亦甚合于殷人之继统法。殷人同后来的周人不一样,他们的王位继承是以弟及为主的,无弟然后传子。例如自汤至纣三十帝中(汤子大丁早死,不计在内),兄死弟继者就有十四人。其以子继者,亦少兄子而多弟之子。而且,王恒既以诈术危害其兄,则无论从哪方面来说,也不会再传位于王亥之子的。此说显与《世本》《史记》所载不同。然二书既漏载王恒一世,则不得不以微为亥子;王国维将王恒补入,却又不知微即恒子;今则幸赖《天问》而并订正之。

以上便是我们从《天问》中所能见到的殷先王的部分事迹。

(此文部分刊于《兰州大学学报》1982年第4期,题为《王恒事迹考》。全文刊于《殷都学刊》1994年第2期)

---

① 《尚书·洪范》:"身其康疆,子孙其逢。"马融注:"逢,大也。"

屈原神游西北的地理问题

屈原一生未曾到达西北，然心向往之。例如，在《离骚》中，诗人便曾两次描写他神游西北的情形。第一次是：

> 朝发轫于苍梧兮，夕余至乎县圃。
> 欲少留此灵琐兮，日忽忽其将暮。
> 吾令羲和弭节兮，望崦嵫而勿迫。
> 路曼曼其修远兮，吾将上下而求索。
> 饮余马于咸池兮，总余辔乎扶桑。
> 折若木以拂日兮，聊逍遥以相羊。
> 前望舒使先驱兮，后飞廉使奔属。
> 鸾皇为余先戒兮，雷师告余以未具。
> ……
> 吾令帝阍开关兮，倚阊阖而望予。
> 时暧暧其将罢兮，结幽兰而延伫。
> 世溷浊而不分兮，好蔽美而嫉妒。
> 朝吾将济于白水兮，登阆风而绁马。

这是诗人在回顾了自己的大半生经历，对于国事、人事以及自身遭际百思不得其解的情况下而产生的一种幻想。诗人想象自己坐着日御羲和所驾的车子，早上从南楚的苍梧出发，傍晚来到了昆仑山的悬圃。他在传说中太阳沐浴的咸池里饮马，在扶桑树上系结辔辔；然后又以月御望舒为前导，风神飞廉为随从，鸾皇为先戒，兴致勃勃地向天庭进发。然而天庭的守门人"帝阍"却拒而不纳，不得已，诗人只好在天庭外徘徊、等待。第二天一早，诗人又渡过白水，登上阆风山。从诗中所提到的一系列地名如县圃、崦嵫、阊阖、白水、阆风等来看，这次神游的地点显然是在昆仑山一带。

在战国时人的心目中，昆仑山为帝之下都，而且是有着多级构造的。《山海经·海内西经》云：

> 海内昆仑之虚，在西北，帝之下都。昆仑之虚，方八百里，高万仞。……面（上）有九井，以玉为槛。面有九门，门有开明兽守之。

洪兴祖《楚辞补注》引《昆仑说》（《水经·河水》郦道元注引《昆仑说》与此同）曰：

> 昆仑之山三级：下曰樊桐，一名板松；二曰玄圃（县圃），一名阆风；上曰层城，一名天庭。

《淮南子·地形训》曰：

> 昆仑之丘，或上倍之，是谓凉风之山（即阆风山），登之而不死；或上倍之，是谓悬圃，登之乃灵，能使风雨；或上倍之，乃维上天，登之乃神，是谓太帝之居。

《楚辞·天问》亦云：

> 昆仑县圃，其尻安在？
> 增城九重，其高几里？

"增城"即"层城"，亦即"天庭"之所在。以上说虽少异，然都承认昆仑山有多级构造，而屈原的首次神游昆仑，便是依照这种模式进行的。

至于诗中所提到的"白水""崦嵫"，亦皆在西北昆仑之域。王逸《楚辞章句》引《淮南子》曰："白水出昆仑之山。"洪兴祖《楚辞补注》

引《河图》曰："昆仑出五色流水，其白水入中国，名为河也。"是白水即黄河。《左传·僖公二十四年》记晋公子重耳"投其璧于河"而曰"所不与舅氏同心者，有如白水"，《国语·晋语四》记此即作"有如河水"，可为其证。而《史记·大宛列传》引《禹本纪》又谓昆仑为"日月所相避为光明"之山，可见昆仑距"日所入山"（王逸注）的"崦嵫"也不会太远。

第二次的神游是在灵氛占卜、巫咸降神之后。诗人上下求索，仍然找不到一个志同道合者，于走投无路之中，遂转而求巫问卜。结果灵氛告诉他要"勉远逝而无狐疑"，巫咸也劝他"及年岁之未晏""求矩矱之所同"。于是，诗人动心了，他选择了一个吉日良辰，开始了第二次的神游：

> 邅吾道夫昆仑兮，路修远以周流。
> 扬云霓之晻蔼兮，鸣玉鸾之啾啾。
> 朝发轫于天津兮，夕余至乎西极。
> 凤皇翼其承旂兮，高翱翔之翼翼。
> 忽吾行此流沙兮，遵赤水而容与。
> 麾蛟龙使梁津兮，诏西皇使涉予。
> 路修远以多艰兮，腾众车使径待。
> 路不周以左转兮，指西海以为期。

这一次神游的方向虽仍是昆仑一带，然途径的地域却较第一次为广。诗人要行经"流沙"，要沿"赤水"上溯，还要路经"不周"而"左转"，最后到达此行的目的地"西海"。"流沙"当指今甘肃西北、内蒙额济纳旗一带的沙漠，这大概无异辞。"赤水""不周""西海"，说者多以神话地名视之；但如仔细推究，也还是可以找出其"原型"的约略位置来的。

先看"赤水"。《山海经·海内西经》云：

> 昆仑之虚，在西北……赤水出东南隅，以行其东北，西南流注南海厌火东（末句据毕沅校本补）。

王逸《离骚注》云：

　　赤水出昆仑山。

洪兴祖《楚辞补注》引《博雅》云：

　　昆仑虚，赤水出其东南陬，河水出其东北陬，洋水出其西北陬，弱水出其西南陬。河水入东海，三水入南海。

《穆天子传》云：

　　遂宿于昆仑之阿，赤水之阳。

《庄子》云：

　　黄帝游乎赤水之北，登乎昆仑之丘。

可见，"赤水"当是源于昆仑山之东南麓并流入南海（印度洋）的一条河流。以今当之，可能为怒江或澜沧江的上游。

　　再看"不周"。王逸《离骚注》云："不周，山名，在昆仑西北。"《山海经·大荒西经》云："西北海之外，大荒之隅，有山而不合，名曰不周。"郭璞注："此山形有缺，不周匝，因名云。西北不周风自此山出。"洪兴祖《楚辞补注》引《淮南子》曰："西北方不周之山，曰幽都之门。"又云："昆仑之山，北门开，以纳不周之风。"是"不周山"当在昆仑西北，而其山又有一段断缺，以致西北风常由其缺口吹入。今甘肃西北，沙漠浩瀚，四季多风（时谚至谓"一年一场风"），疾风常由走廊南面山口吹入青海高原，所谓"山形有缺""风自此山出"，殆谓此乎？而其地之高山唯祁连，著名山口有扁都口（古谓之大斗拔谷，在今民乐县东南）等，"不周"原型，或者也就在这一带。

　　至于屈原心目中的"西海"，从其神游的路线及地理位置来看，可能即今青海湖。诗人告诉我们，他第二次的神游是从"天津"出发的。"天津"在哪儿呢？王逸《离骚注》云："天津，东极箕斗之间，汉津也。言己朝发天之东津。……夕至地之西极。"吕延济亦云："东极曰天津，西极曰所入也。言朝发东方，夕至西极。"（《文选》五臣注）可见"天津"即天之东极，与地之"西极"相对；而屈原二次神游的路线，正是自东往西的。可以设想，诗人由东西来，行经今额济纳旗一带的"流沙"，然后路过今祁连山一带的"不周"而从山口左转往南，那么，他所要到达的目的地"西海"，便极可能是今之青海湖了。其实，以青海为"西海"，至迟汉人已有此说，西汉末即曾在今青海湖附近置西海郡。《汉书·地理志》云："金城郡临羌，西北至塞外，有西王母石室、仙海、盐池。"王先谦《汉书补注》引董祐诚曰："《河水注》作西海，即仙海，今曰青海。"

这里，还有一个问题也是必须明确的，那就是屈原所神游的昆仑的地理位置问题。古之所谓昆仑，大抵有两种概念：一是神话传说中的昆仑，即"神话昆仑"，《山海经》《楚辞》《淮南子》所言类是；二是汉武帝按古图籍确定的所谓"河源昆仑"，即于阗南山，[①] 亦即今之昆仑山。在屈原的时代，大概还不会有"于阗昆仑"之说，故其神游所依据的便只能是世代相传的"神话昆仑"了。"神话昆仑"当然属于神话的范畴，但正如一切神话都有其现实的依据或"原型"一样，"神话昆仑"也应有其大体的所指。试看《山海经》和《淮南子》关于神话昆仑位置的描述（楚辞所述已见上引两次神游的诗句）：

《山海经·大荒西经》：

  西海之南，流沙之滨，赤水之后，黑水之前，有大山，名曰昆仑之丘。……其下有弱水之渊环之。

《淮南子·地形训》：

  河水出昆仑东北陬。……赤水出其东南陬……弱水出自穷石，

[①] 《史记·大宛列传》："汉使穷河源，河源出于阗，其山多玉石，采来，天子按古图书，名河所出山曰昆仑。"

至于合黎，余波入于流沙。

"西海""流沙""赤水""河水"上文已辨之。"弱水"即今由张掖流入居延海的黑河（蒙古人称额济纳河）。至于"黑水"，则可能是发源于祁连山而向西流去的某条河流（如疏勒河）。

现在，我们可以约略勾勒"神话昆仑"的大体位置了：它在"西海"（今青海湖）之南、"流沙"（今额济纳旗一带沙漠）之滨、"赤水（怒江或澜沧江上游）之后（北）、"黑水"之前（南），"弱水"环其下，"不周"（今祁连山）当其西北。显然，其大致的地理位置应在今西宁市以西、祁连山以南、巴颜喀拉山以北的青海高原上。其中，"西海"应在"昆仑之虚"中间，《山海经》说昆仑在"西海之南"，可算一点程度上的误差。又，今之祁连山，也有人以为即是先秦文献中的昆仑，自前凉酒泉太守马岌提出"酒泉南山说"以迄近代，说者甚多。[①] 其实，那只能算是"方八百里"的"昆仑之虚"的一个边缘罢了，先秦人心目中的"昆仑之虚"绝非如此之狭。具体到屈原的"神游"，则不但"游"了有着多级构造的昆仑主峰，而且也"游"了包括"西海"在内的广大的"昆仑之虚"。

以上是对屈原神游西北地理位置的大致界定。至于屈原神游西北的微义，或谓是幻想去西方的"极乐世界"，或谓是暗示他北上抗秦的进军路线，或猜测屈原曾一度企图投敌，暮楚朝秦。当然，也有人认为屈原的西北地理观念相当模糊，似乎没有必要去认真地求证有关地名的实际地望。而诸说之中，我认为姜亮夫先生的说法最值得深思。姜先生在《楚辞今绎讲录》中说：

> 从楚国的历史看，向南开拓是楚国的国策，所以到南方是要找一个安家的地方。到西方则是追念祖先、寄托感情的地方，因为楚

[①] 崔鸿《十六国春秋·前凉录》："凉张骏酒泉太守马岌上言：'酒泉南山即昆仑之体也。周穆王见西王母乐而忘归，即在此山。此山有石室王母堂，珠玑镂饰，焕若神宫。'"此后，唐李泰《括地志》亦云："昆仑山在肃州酒泉南八十里。"张守节《史记正义》凡注"昆仑"，也多引马岌、李泰之言。而马、李所谓昆仑，当即今肃南裕固族自治县西北甘青界上的祁连山主峰，标高5564米。

国的发祥地在西方；对北方则没有什么感情，在作品中往往将北方写得很可怕。高阳氏来自西方，即今之新疆、青海、甘肃一带，也就是从昆仑山来的。我们说汉族发源于西方的昆仑，这说法是对的，也只有昆仑山才当得起高阳氏的发祥之地，所以他的作品一提到西方就神往。

先生谓高阳氏发祥于西北昆仑，这也是有文献可以佐证的。《史记·五帝本纪》云：

> 昌意降居若水，昌意娶蜀山氏女，曰昌仆，生高阳。

《山海经·海内经》云：

> 流沙之东，黑水之西，有朝云之国、司彘之国。黄帝妻雷祖，生昌意，昌意降处若水……取淖子曰阿女，生帝颛顼。

昌意降居并生颛顼的"若水"，即今之雅砻江，源出青海高原的巴颜喀拉山（昆仑山支脉）东麓。可见，要说高阳氏发祥于西北昆仑之域，是有文献根据的。

另外，近年来的考古发现也不断证明，青海高原确是有古人类生存的遗址的。如1983年，中国科学院青海盐湖所的科研人员便在柴达木盆地发现了距今三万年左右的旧石器遗址。《新华文摘》1985年第3期报道说：

> 我国科技人员在西北地区柴达木盆地距今三万年左右的地层中发现了旧石器和南极石。这组包括刮削器、雕刻器、钻具和砍斫器等石制工具，制于距今三万年左右的晚更新世时期。当时的柴达木盆地植被繁茂，小柴旦湖是淡水湖，人类生活在一种适宜于成群食草类动物生活的草原环境。黄慰文还指出，这些以刮削器为主的石器组合，具有华北旧石器文化两大系统中"周口店第一地点（北京人遗址）—峙峪系"的特色，反映了当时西北与华北的古人类在文

化、技术上有密切联系。

又据新华社1993年8月26日西宁消息（中央人民广播电台同日播出），经地质部门考察，在海拔4000米的东昆仑山区，又发现了距今一万年前人类生存的遗址。至于稍晚一些的原始人类遗址，在青海更是多处发现。1974年至1978年，中国社会科学院考古研究所与青海省文物管理处考古队在乐都县柳湾一带就发掘古代墓葬一千五百余座，出土各种文化遗物三万多件，其年代大致在公元前一千五百年。[1] 可见，青海高原实是中国人类的一个重要发祥地。

这里还要指出的是，一般人往往以为远古的青海高原只是一片冰天雪地，实则并非如此。且不说古今气候的变迁会给青海高原的生态带来的不同影响，单就那里某些局部地区的小气候来说，也是极宜于人类生存的。请看《太平御览》卷五十所引段龟龙《凉州记》的一段文字：

> 祁连山，张掖、酒泉二界之上。东西二百里，南北百余里。山中冬温夏凉，宜牧羊，乳酪浓好。……又有仙人树，行人山中饥渴者辄食之饱。

这不由得会令人联想起《穆天子传》所说的"春山之泽，清水出泉，温和无风，飞鸟百兽之所饮食，先王所谓县圃"的景致。即使是今天，从日月山下到昆仑山麓，甚至是海拔五千二百多米的唐古拉山口，也几乎到处都能见到温泉。仅长江源头附近的青藏公路沿线，由北至南就分布有十四个温泉带，每处泉眼都不下数十个。至于青海湖周围的草原，尤其是海北草原，更是自古以来的重要牧场。每至夏秋，草原上水潭闪烁，牧草丰盛，鲜花开遍，牛羊成群，再辉映着蓝天、丽日、白云，着实令人心旷神怡。而远古高阳氏的居民们，或许早已经领略过此种风光了。大约在屈原的时代，某种有关楚民族起源于西北的传说可能还是存在的，后遂湮而不彰了。这样说来，保存在《离骚》中的屈原神游西北的两段

---

[1] 楼宇栋：《几千年前青海社会的一角》，《光明日报》1985年5月19日。

文字，便不单是屈原"追念祖先、寄托感情"的象征，而且也成为探寻楚民族乃至整个中华民族起源的宝贵资料了。

（原载《西北史地》1993年第4期，《人民日报》海外版1994年7月7日"楚辞文化专版"详细转载）

楚辞齐鲁方音证诂

宋黄伯思作《新校楚辞序》云："屈宋诸骚，皆书楚语，作楚声，纪楚地，名楚物，故可谓之楚辞。"世之注楚辞者，亦多以楚语而解故。自汉迄今，著作颇夥。然楚辞究非全用楚语写作者，故其中难字，单凭楚语，至今仍难释读。近年来，余于楚辞教学中也常遇疑难词语，至有百思不得其解者。余，鲁人也，遂试以齐鲁方音训读之，竟也时能发覆。昔郑康成注《三礼》，其中多杂有高密方言，致使学者至今难明；孰料"书楚语，作楚声，纪楚地，名楚物"的楚辞亦有语义存留于齐鲁方言之中，而待吾辈探求耶？语云：他山之石，可以攻玉。或此之谓也。今试选数则，贡之大雅君子，以求正焉。

朕

屈赋中"朕"字凡七见。即《离骚》"朕皇考曰伯庸""回朕车以复路兮""哀朕时之不当""怀朕情而不发兮"，《九章·抽思》"敖朕辞而不听"，《思美人》"固朕形之不服兮"，《招魂》"朕幼清以廉洁兮"。王逸于"朕皇考曰伯庸"下注曰："朕，我也。"洪兴祖《楚辞补注》引蔡邕《独断》云："朕，我也。古者上下共之，皋繇与帝舜言称朕，屈原曰'朕皇考'。至秦独以为尊称，汉遂因之。"王、蔡训"朕"为"我"，义本于《尔雅》。《尔雅·释诂》云："卬、吾、台、予、朕、身、甫、余、言，我也。"此义周金文及先秦典籍中屡用之，其例多不胜举。唯训"朕"为"我"，字义难解，诸书不言，《说文》亦缺其义。

按"朕"甲金文皆从"舟"，字作"䑴"。或释为"舟缝"（段玉裁《说文解字注》），或释为"灼龟见兆"（姜亮夫师《屈原赋校注》）；今之言"朕兆"者即本其义（谓其几甚微，如舟之缝或龟之坼也）。借为"我"者，盖由其音而不取其义。章太炎《新方言》云："《尔雅》：朕，我也。今北方音转如簪，俗作偺，即嚼，字本朕字耳。秦以来文字无敢称朕者，而语言不能禁也。""嚼"今通作"咱"。此谓北人自称之"咱"即先秦"朕"之声变，甚是。今山东诸城、高密、日照间亦往往自称曰"咱"，音 zèn，与"朕"（zhèn）音尤其接近，恰可为证。唯"咱"义颇不限于第一人称主格之"我"，或为领格，相当于"我的""我们的"。兹举数例：

（1）咱说到做到。
（2）咱文化水平不高。
（3）咱性子急。
（4）咱房子宽绰。
（5）咱爹是个劳动模范。
（6）咱村办起了小工厂。

上述诸例，除第一例之"咱"相当于"我"外，其余均为领格；而领格中，除第六例之"咱"相当于"我们的"外，其余又均相当于"我的"。以此再与屈赋中"朕"字之用法相对照便可以发现，它们间确实有着惊人的相似之处。屈赋的六个"朕"字，除《招魂》一例用为主格外，其余亦皆为领格，相当于"我的"。此为"咱"即"朕"之又一佐证。

倘再对齐鲁俗语之"咱"字仔细加以体味，还可以发现，凡称"咱"者，多寓有一种亲切与自豪之感。除上举数例外，又如"咱军人""咱中国""咱老师"等皆是。而饶有兴味的是，有时虽在讲自己的缺点与不足，而一旦冠以"咱"字之后，则缺点似乎也变成可以骄傲的资本了，如"咱性子急""咱大老粗"之类。此种细微的感情色彩，在屈赋中亦有流露。我们只需将屈赋句中的"朕"字换成"咱"便可以体会得到。如一旦将"朕皇考"译为"咱的老爹""朕车"译为"咱的车子"，"朕辞"译为"咱的话"，则作者之自豪与高傲之情，便可溢于言表。由此也可以悟出，在先秦众多的第一人称代词中，秦天子之所以独以"朕"为称，在很大程度上也许是看中了"朕"字所具有的这种豪壮与自重的感情色彩吧。

还要顺便一提的是，先秦第一人称代词中，与"朕"相近的尚有一"言"字。此字或有人释为动词词头（徐朝华《尔雅今注》），未允。实际上，"言"即今齐鲁方语中之"俺"（参丁惟汾《俚语证古》）。《诗经·周南·葛覃》"言告师氏，言告言归"，便应作如是释。《毛传》《郑笺》训"言"为"我"是正确的。"言"用为第一人称代词时，与"朕"一样，也具有一种亲切的意味；但不同的是，"言"的感情色彩比较谦卑，故祖龙不取焉。

猖披

《离骚》："何桀纣之猖披兮，夫唯捷径以窘步。"王逸注："猖披，衣不带之貌。猖一作昌。"洪兴祖《楚辞补注》："《博雅》云：裮被，不带也。被音披。桀纣之乱，若衣披不带者。"按"猖披"字本作"裮被"。《广雅·释训》："裮被，不带也。"王念孙《广雅疏证》："《玉篇》：裮被，衣不带也。披与被通。今人犹谓荷衣不带曰被衣。《庄子·知北游》云：齧缺问道乎被衣。"《礼记·曲礼上》云即席时应做到"衣母拨"，所谓"衣拨"，即衣不带之貌，亦即"裮被"。盖"裮被"为古谚语，今山东诸城、高密、日照间仍谓着衣不系纽扣为"舍披"或"舍披怀"，实则"舍被"即裮被之声变也。足证王逸释"猖披"之本义为"衣不带之貌"是正确的。近人或斥王注此句为不词，非是。"裮被"字又作"昌披""倡披""敞披"。今人谓车无顶盖者曰"敞篷"，"敞篷"亦"裮被"之声转。又谓外套曰"大氅"，斗篷曰"披风"，肩背服饰曰"披肩"，亦皆缘"裮""被""衣不带"之义而成专用名词。

"裮被"由"衣不带"貌又引申为放纵而无检束，《离骚》所用，正此义也。还可以引申为行为狂乱，曰"伥跛"；行业不正，曰"倡俳"；道德不良，曰"娼姘"。皆同族语也。

愁

《湘夫人》:"帝子降兮北渚,目眇眇兮愁予。"王逸释"眇眇"为"好貌",释"愁予"为"愁我";而洪兴祖则谓"愁予"乃"言神之降望而不见,使我愁也",以"愁"字为使动用法。自朱熹而后,世之注楚辞者多同洪说。然细审文意,实有未合。"帝子"既降于北渚,且又目光美好,则何以会"使我愁"?殊令人费解。若依王注,以"予"为屈原,固属附会;复以"愁予"为湘夫人之愁屈原,更是穿凿之甚。问题的症结在一"愁"字上。姜先生曰:"眇眇与愁连文,则不得云好。按眇眇者,心有所冀,惧其不得当,而窃视之意。今吾乡昭通方言谓小儿畏惧而有所冀曰眇。"(《屈原赋校注》)师以"眇眇"为"心有所冀,惧其不得当,而窃视之意",甚允。兹试本师例,转以齐鲁方音求证"愁"字之义。

按:"愁"字当为"秋睺"之义,长言之曰"秋睺",急言之则为"愁"。齐、鲁方音谓审视曰"秋睺",如云某人至一陌生环境四处观望曰"秋睺"。今时多用为贬义,古代尚是一中性词。"秋睺"声转又为"秋(瞅)胡",如魏彦《鹰赋》:"立如植木,状似愁胡。"湘夫人之"愁"实应作"秋睺"即审视解。若是,则不但与上文之"眇眇"意相连属,且整个句子也能顺畅而合于情理:湘夫人下降到了北渚,她怀着期待的目光在四处搜寻我(湘君)的踪迹。

青青

《少司命》:"秋兰兮青青,绿叶兮紫茎。"按"青青",王逸不注,后人或释为"青绿之色",不确,当从洪兴祖《楚辞补注》。《楚辞补注》曰:"《诗》云:绿竹青青。青青,茂盛也,音菁。"说本《毛传》。《诗经·卫风·淇奥》:"瞻彼淇奥,绿竹青青。"《毛传》云:"青青,茂盛貌。"陆德明:"青,子丁反,本或作菁,音同。"而《唐风·杕杜》"有杕之杜,其叶菁菁"及《小雅·菁菁者莪》,字正作"菁菁",《毛传》亦皆释为"茂"或"盛"貌。先秦状植物之茂盛貌词语颇多,如《周南·桃夭》之"其叶蓁蓁",《葛覃》之"维叶萋萋",《秦风·蒹葭》之"苍苍""萋萋""采采",《高唐赋》之"肃何芊芊",皆"青青(菁菁)"之声转也。降自汉唐,犹相沿用,如《招隐士》之"春草生兮萋萋",《古诗十九首》之"青青河畔草""青青陵上柏",嵇康《赠秀才入军》之"萋萋绿林",谢朓《游东田》诗之"远树暧仟仟(即"芊芊")",崔颢《黄鹤楼》之"芳草萋萋鹦鹉洲",白居易《赋得古原草送别》之"萋萋满别情"是也。至今人语中,则绝少有以"青青"状植物之盛貌者。然齐鲁方言中有之。诸城、日照间形容绿色植物辄称"绿筝筝",推而广之,凡一切葱绿之色亦皆曰"绿筝筝"。"筝筝"即"青青"也。丁惟汾《俚语证古》云:"草色之浅绿者,谓之绿筝筝的。筝筝字当作青青(古音读筝)。"其说甚确。是楚辞"青青"当时或为通语,然其音义,实于今之齐鲁方言中保留之。

齑

《惜诵》:"惩于羹而吹齑兮,何不变此志也。"王逸注:"齑,一作䪢,一作虀。"亮夫师曰:"齑本当作䪢,从次,从韭,弐声。古弐声之字或又从齐声,则虀为或体。"(《屈原赋校注》)。又洪光祖《楚辞补注》(以下简称《洪补》)引郑康成云:"凡醯酱所和,细切为齑。"语出《周礼·醢人》郑注。后之注楚辞者皆从此义。按:释"齑"为腌酱之菜,大意虽合,然究非本义。《说文》:"齑,䪢也。""䪢"为何物呢?清代平度学者王廷斌《恒言》云:"䪢,蒜本葱苗,西南洼下地多有之,俗名䪢蒜。"今胶东人尚名此物为䪢蒜。因此物常生泽湿之地,故或音讹为"泽(zhéi)蒜"。䪢蒜非特山东有之,各处皆生,而号称水乡泽国的楚汉之地尤盛产之,只是不以"䪢"名而已。余1985年于湖北江陵参加中国屈原学会成立大会,席间即曾品尝过糖醋之"䪢蒜";询诸当地人士,皆曰"卵蒜"或"野蒜"。是名称虽异,其实一也。意古之楚人亦多以"䪢"为腌菜,故久而久之,遂称"䪢"为"齑"。抑或"齑""䪢"音近,音转而讹之也有可能。

踥蹀

"众踥蹀而日进兮，美超远而逾迈。"两句既见于《哀郢》，又见于《九辩》。"踥蹀"王逸不注何义，洪兴祖《楚辞补注》释为"行貌"，亦感义蕴难明。王夫之《楚辞通释》更释以"相踵而进"，说为郭沫若《屈原赋今译》所采；马其昶《屈赋微》又谓"奔竞貌"，马茂元《楚辞选》从之。然王、马所释，实皆缘下文之"日进"而生义，均难称的诂。

按"踥蹀"为联绵词，其义尚存留于山东方言中，本义是走起路来可怜的样子，引申以为卑下貌。其字写法变化颇多。"踥"（洪兴祖《楚辞补注》音注为"思叶切"），字一作"躞"，一作"蹀"，一作"蹋"，皆见王注。"踥蹀"，一作"僁偞"，见王注；一作"啑喋"，见《释文》；一作"唼喋"，见《史记·司马相如传》所载之《上林赋》，皆以声转通假。倒言之又作"蹀躞"或"蹀斜"。今齐鲁间状人贱态即往往曰"蹀躞"（die sie），其读音与《洪补》所注同。或重叠言之曰"蹀蹀躞躞""蹀里蹀斜"。皆用以形容卑贱者的动作与表情，与韩文公所谓"足将进而趑趄，口将言而嗫嚅"（《送李愿归盘谷序》）者义近。兹由《聊斋志异》中拈举数例，以为佐证：

（1）"〔成〕自念无以见祖母，蹀躞内外，进退维谷。"

——《王成》

（2）"生恐其遂绝，复伺之，蹀躞凝盼，目穿北斗。"

——《黄九郎》

（3）"婢惭，敛手蹀躞而去。"

——《章阿端》

（4）"女郎急以碗水付之，蹀躞之间，意动神流。"

——《长亭》

(5)"母曰:'床头蹀躞之役,岂孝子所能为者?'"

——《侠女》

又,《金瓶梅》《醒世姻缘传》以及近人小说中也有不少这方面的例子,如:

(6)"虽然有这个小丫头儿,奴家见她拿东拿西,蹀里蹀斜,也不靠她……"

——《金瓶梅》第一回

(7)"婶婶蹀躞着一双小脚到公社,哀求公社武装部长……"

——李存葆《山中,那十九座坟茔》

上述句中之"蹀躞",既状行貌,又寓有一种自卑自贱的意思在内,传神之极。盖《哀郢》及《九辩》所用,正此义也。"众蹀蹀而日进兮",原来屈原是以"蹀蹀"来形容党人们(即"众")求进时的奴颜婢态,而恰与下句之"美超远而逾迈"(郭沫若译为"蕴积者孤高而愈疏远")形成鲜明对比。至此,"蹀蹀"之义既明,我们真不得不惊叹于诗人用词之恰切、形象而又富于感情!

睩

《招魂》:"蛾眉曼睩,目腾光些。"王逸注:"睩,视也。"义甚笼统。按《说文》:"睩,目睐谨也。"段玉裁《说文解字注》:"睩睩,谨貌也。故睩为目睐之谨。言注视而又谨畏也。"是"睩"乃"谨视"之义。今山东诸城、日照间谓短暂而又谨慎地注视曰"溜眼",盖"溜"即"睩"之声转也。如是,则《招魂》此句便可译为:"美女眼波稍一流动,便放射出光彩。"

"睩(溜)"字由"谨视"义又引申为窃视,故俗谓窃视者为"溜子";又引申为快速地扫视,曰"浏览";又引申为漫不经心的行为,如

"溜达""溜冰""遛马"。齐鲁间亦有谓撒播为"溜籽"者。还可引申为客观物质无规律地运动，如谓以动力驱之、使其不停旋转的石头农具曰"碌碡"。又饭气蒸曰"馏"（见《说文》），亦以蒸气之升发不停故也。《世说新语·夙慧》："太丘（陈实）问：'炊何不馏？'元方、季方长跪曰：'大人与客语，乃俱窃听，炊忘箸箅，饭今成糜。'"今诸城、临沂及东昌、临清间仍谓"蒸食曰馏"（见王廷斌《恒言》），即存此古义。又，或谓人生之无意义的操劳曰"碌碌"，亦系同一语族之词也。

上述楚辞中语，为何能以齐鲁方音解读呢？我想，这不外乎两方面的因素：一是屈宋诸赋，虽其中楚声、楚语颇多，然中土通语亦不少概见。而当时之所谓"通语"，降及近代，能够保留的地域实在不多了。今山东东南地区的诸城、高密、日照一带，便是这极少数区域中的一隅。自汉世的田何、伏氏、郑玄，以迄清代的许瀚、王筠，此地学师辈出，古风浸盛。故今日这一带保留的古音也多。举例来说，"家"之古读曰"姑"（gū），今这一地区的不少农村即仍读曰"姑"。顾炎武《唐韵正》云："今青州以东犹存此音，如张家庄、李家庄之类，皆呼为姑。"笔者家乡所在的诸城县地处青州以东，县内之沙家庄、郝家庄、蔡家庄，县人即皆呼为沙姑庄、郝姑庄、蔡姑庄。又，"马"之古读曰"母"（mǔ），今诸城、五莲、莒县一带亦称夏历正月初五之"五马日"为"五母日"。以例推之，当日楚辞中之通语如"朕""青""猖披"等能有音义留存于这一带，自是可以理解了。

二是齐鲁方言被撷入楚辞之中。《离骚》："怀朕情而不发兮，余焉能忍与此终古。"洪兴祖注"终古"，即引郑玄《考工记注》，云："齐人之言终古，犹言常也。""常"即"恒"。是义为"永恒"的"终古"一词，原本齐语。此为楚辞中有齐鲁方言之明证。战国时期，随着南北交往的日趋频繁，南楚与中土文化交流也逐渐加强。楚人环渊成了齐国的稷下先生；楚人陈良，"悦周公仲尼之道，北学于中国，北方之学者未能或之先也"（《孟子·滕文公上》）。即以屈原来说，也曾两次使齐。当是时，楚人而学齐语似已成风气，以致连孟子都说过"有楚大夫于此，欲其子之齐语"（《孟子·滕文公下》）的话。迨至战国后期，今山东诸城、日照、莒县一带更已入楚国版图（参顾炎武《山东考古录·考楚境及齐长城》条）。这些，都为齐鲁方言之入楚辞创造了条件。倘再上溯楚民族的起源还可以发现，今诸城、高密一带，正是东夷文化的发源地之一；而楚文化与东夷文化的关系又是十分密切的（参王维堤《屈赋和楚文化的渊源》，载中国屈原学会编《楚辞研究》）。例如，屈赋中多次提到、并为楚人所深深敬仰的舜，便出生于诸城（参拙文《舜生地小考》，见《大学文科园地》1985 年第 5 期）。东夷地区的古老语言，会不会随着民族的播迁而被带到遥远的南楚呢？应该说也是很有可能的。

（原载《兰州大学学报》1990 年第 1 期，中国人民大学《语言文字学》1990 年第 4 期全文转载）

楚人卜俗考

一

楚人信巫鬼而重淫祀，故荆楚之地非特巫风盛行，其卜筮之俗亦有可观。孔子云："南人有言曰：'人而无恒，不可以作巫医。'"（《论语·子路》）孔子所说的"南人"，应即楚人。[①] 而所谓"巫"者，除兼行医外，卜筮、祭祀更为其专司之事。

其实，早在孔子之前，楚人即以卜筮闻名，也出现了一些以卜筮著称的家族。春秋时期，鲁国有一位卜楚丘，当时的贵族们就曾多次向他问卜。如《左传·文公十八年》记齐侯有疾，鲁国的惠伯令龟（即命龟，以所卜之辞告龟），卜楚丘占之，曰："齐侯不及期，非疾也；君亦不闻。令龟有咎。"又如《左传·昭公五年》记鲁国的叔孙庄叔（名得臣）在他的次子叔孙穆子（名豹）初生的时候也占了一卦，遇《明夷》之《谦》，也去请卜楚丘为他解说。卜楚丘即楚丘之卜人。而所谓"楚丘"者，盖缘楚人曾居此丘而得名。考春秋之"楚丘"有二：一在今河南滑县东，即《左传·僖公二年》"诸侯城楚丘而封卫焉"的"楚丘"，史家称"北楚丘"；一在今山东曹县东南，即《左传·襄公十年》"宋公享晋侯于楚丘"的"楚丘"，史家称"南楚丘"。[②] 楚人自西东来后，先居北楚丘，后迁南楚丘，尔后又辗转而徙至江汉一带；至其未徙者，则仍散居于曹、鲁一带。其中或不乏以卜为业者，而卜楚丘即其一也。据《左传·闵公二年》载，卜楚丘之父亦能操卜。鲁桓公的小儿子（友）将要

[①] 《九章·思美人》："观南人之变态"，王逸注即以"南人"指楚人。
[②] 参见（清）顾栋高《春秋大事表·春秋两楚丘辨》，以及何光岳《楚源流史》。

下生的时候，桓公曾使卜楚丘之父卜之：

> 成季之将生也，桓公使卜楚丘之父卜之，曰："男也，其名曰友，在公之右，间于两社，为公室辅。季氏亡则鲁不昌。"又筮之，遇《大有》之《乾》，曰："同复于父，敬如君所。"

可见，卜楚丘之家族不但能卜，亦且能筮，楚人之善卜筮，于此可见端倪。

迨到南迁江汉之后，楚人重卜宝巫之风益甚。楚平王有功臣曰观从，平王曾任其自择官职，结果这位观从竟以"臣之先佐开卜"为由，选择了"卜尹"一职。① 其后他的子孙也世守此职。楚惠王时有一位曾卜公孙宁（子国）为右司马的观瞻，据杜预说即是"观从之后"。② 又据《国语·楚语下》载，楚国的王孙圉出使晋国，赵简子问楚之国宝，王孙圉不以珠玉为对，而举观射父、左史倚相及"云连徒洲"之薮为国宝。而这位善占卜，"能作训辞，以行事于诸侯"的观射父，亦是观氏家族中人。可见观氏家族之"佐开卜"，所由来者久矣。而由观从以"卜尹"为荣耀，王孙圉以卜巫为国宝，更可见楚人卜风之盛了。

直至汉初，楚地之治《易》者仍不乏其人。西汉列于学官之易家有施、孟、梁丘、京氏四家，而"施"家之施雠即是沛（原为楚地）人。施雠诏拜博士，宣帝甘露中尚"与五经诸儒杂论同异于石渠阁"（《汉书·儒林传》），参加了著名的石渠阁经学辩论大会。还有一位"其学亦无章句，专说阴阳灾异"的沛人高相，只在民间传《易》，与当时的费直并称"费高二家"（《汉书·儒林传》）。又据《史记·仲尼弟子列传》，孔子曾传《易》于其弟子商瞿（子木），商瞿传楚人馯臂子弓，郭沫若先生甚至认为这位子弓就是《周易》的作者。③ 此事虽难以定谳，然楚人易学传统之久远，似是可见的。又，《史记·日者列传》记汉初有一位楚人司马季主，为"楚相司马子期、子反后，芈姓""游学长安，通《易

---

① 《左传·昭公十三年》及《史记·楚世家》。
② 《左传·哀公十八年》杜预《集解》。
③ 《周易之制作时代》，载《青铜时代》；又见《十批判书·儒家八派的批判》。

经》",曾率弟子三四人,"卜于长安东市"。当时的中大夫宋忠、博士贾谊观其"辩天地之道,日月之运,阴阳吉凶之本""列吉凶之符,语数千言,莫不顺理",皆为叹服。直至汉元帝时的褚少孙尚在津津乐道"南方老人用龟支床足,行二十余岁"。此虽方俗末节,然亦可见楚人宝龟重卜之意了。

要之,楚虽蛮夷,不与于中国,然其卜筮之风气,实较中原有过之而无不及。

二

楚人卜筮之风俗,征诸文献,其特征约有以下各点:

(一) 卜、筮结合,而以卜为主

楚有太卜之官,而太卜决疑之法即有卜有筮。《楚辞·卜居》云:

> 屈原既放……往见太卜郑詹尹,曰:"余有所疑,愿因先生决之。"詹尹乃端策拂龟,曰:"君将何以教?"……詹尹乃释策而谢,曰:"夫尺有所短,寸有所长,物有所不足,智有所不明,数有所不逮,神有所不通。用君之心,行君之意,龟策诚不能知事。"

屈原所见的郑詹尹即楚之太卜;而这位太卜决疑所用的方法便是"端策拂龟",即卜和筮,亦即《史记·龟策列传》之所谓"搣策定数,灼龟观兆"也。显然,这种决疑方式是由诸夏传至南楚的。而从詹尹所说的"数有所不逮,神有所不通"看来,其占卜的具体方法亦似与诸夏无大异。句中之"数",王逸注作"天不可计量也",洪兴祖更引《史记》释为"人虽贤,不能左画圆,右画方",均不得其义。实际上,这里的"数"即《周易》"象数"之"数",是用来显示"筮"之结果的。《周易·系辞上》说得很清楚:

> 天一,地二,天三,地四,天五,地六,天七,地八,天九,地十。天数五,地数五,五位相得而各有合。天数二十有五,地数

三十。凡天地之数五十有五，此所以成变化而行鬼神也。

《周易》即是通过这"天地之数"的变化来显示其吉凶休咎的。至其"揲策定数"的具体演变过程，《系辞上》又云：

> 大衍之数五十，其用四十有九。分而为二以象两，挂一以象三，揲之以四，以象四时，归奇于扐以象闰，五岁再闰，故再扐而后挂。……是故四营而成易，十有八变而成卦。

"十有八变"而成的卦为"本卦"，在此基础上还要求取"之卦"，然后才能完成《周易》蓍筮的全过程。而无论求取"本卦"还是"之卦"，实际上都是一种"数"的演变和显示。我们试观卜楚丘及其父的占卦和说卦便可以看出，他们所遵循的，正是《周易》的这种"揲策定数"的路子。郑詹尹之"筮"，所用当然也是《周易》。但由于屈原的人生观、价值观与时人不同，且其卜问的是"居世何所宜行"（《楚辞章句·卜居》），故詹尹只好敬谢"数"之"不逮"了。

其实何止是蓍筮，即令龟卜，亦不能决屈原之疑。所谓"神有所不通"的"神"，即指"龟卜"。古人谓龟能通神，故常以龟卜。据《史记·龟策列传》所载褚少孙所集古太卜占龟之说，其龟卜的具体方法是：

> 卜先以造（灶）灼钻，钻中已，又灼龟首，各三；又复灼所钻中曰"正身"，灼首曰"正足"，各三。即以造三周龟，祝曰："假之玉灵夫子。夫子玉灵，荆灼而心，令而先知。而上行行于天，下行于渊，诸灵数箣，莫如汝信。今日良日，行一良贞。某欲卜某，即得而喜，不得而悔。即得，发乡我身长大，首足收人皆上偶。不得，发乡我身挫折，中外不相应，首足灭去。"
>
> 灵龟卜祝曰："假之灵龟，五巫五灵，不如神龟之灵，知人死，知人生。某身良贞，某欲求某物。即得也，头见足发，内外相应；即不得也，头仰足肣，内外自垂。可得占。"

这是以钻灼之后龟甲的形象来判定吉凶。例如，"卜求当行不行"，其龟兆是："行，首足开；不行，足胕首仰，若横吉安，安不行。"又如"卜居室家吉不吉"，其兆是："吉，呈兆身正，若横吉安；不吉，身节折，首仰足开。"此种卜法与《周礼·春官·太卜》所记中原地区的"三兆"之法不尽一致，故唐人司马贞《索隐》说："褚先生所取太卜杂占卦体及命兆之辞，义芜，辞重沓，殆无足采。"然观其占法及祝辞之风格，实带有较浓厚的楚地特征。窃以为，郑詹尹之卜，观氏之卜，以及那位"投龟，诟天而呼曰：'是区区者而不余畀，余必自取之'"（《左传·昭公十三年》）的楚灵王之卜，其所用方法，或与此相类。

卜与筮比较，楚人似乎更加重卜。这与诸夏"筮短龟长"的看法是一致的。所不同的是，诸夏"凡国之大事，先筮而后卜"（《周礼·春官·筮人》）；而楚人遇有大事，却往往只用龟卜，而很少见筮。如楚昭王出奔隋，隋人之"卜予吴"（《史记·楚世家》）；昭王二十七年之"卜而河为祟"（《史记·楚世家》）；以致那位"投龟诟天"的楚灵王之卜，卜前均不见有先"筮"的记载。《左传·昭公十七年》还载，吴伐楚，楚令尹阳匄卜战不吉，司马子鱼请求"改卜"，而所用之方法也仍是"令龟"，而不用蓍筮。这种重卜轻筮的风习，既与楚地多龟、卜具随其地之所有相关；同时，亦与楚人曾居于殷商故地，受殷人崇尚龟卜的影响是分不开的。

（二）占卜方式的多样化

司马迁曰："蛮夷氐羌虽无君臣之序，亦有决疑之卜。或以金石，或以草木，国不同俗。然皆可以战伐攻击，推兵求胜，各信其神，以知来事。"（《史记·龟策列传》）楚人之卜，除了传统的龟、蓍外，亦有多种多样：

1. 草卜与竹卜

《离骚》中，灵氛为屈原占卜所用的方法即是草卜与竹卜。《离骚》曰：

  索琼茅以筳篿兮，命灵氛为余占之。

《离骚》此句，自来注楚辞者难得其解。王逸《楚辞章句》说："索，取也；琼茅，灵草也；筳，小折竹也。楚人名结草折竹以卜曰篿。"王逸训"索"为"取""琼茅"为"灵草""筳"为"小折竹"是对的；而言"楚人名结草折竹以卜曰篿"则不确。后人不辨，相沿其误，而又强为之说，致使这一古老的卜法至今真相难明。实际上，"琼茅"与"筳篿"皆应为卜具。"琼茅"即《禹贡》荆州所贡之"菁茅"，亦即《左传》管仲责楚"尔贡包茅不入"之"包茅"。以其气味芬芳，或谓之香茅。《水经·湘水》注引《晋书·地道志》，言零陵郡桂阳县有"香茅"，即此物。此物可用以缩酒，亦可用于为卜。"筳篿"，方以智《通雅》谓"筳为直竹茎，篿为团竹格"，皆判竹（即竹片）也，其义得之。"以""与"一声之转，以犹与也。这样，《离骚》此句的意思便是：取香茅与竹片，让灵氛为我占卜。可见，卜以琼茅与卜以筳篿为两样卜法，非两物同为一卜也。明人汪瑗《楚辞集解》谓"既取琼茅而占之，又取筳篿而占之，再三反覆，欲其审也"，正是此义。而所谓"取琼茅而占之"，即是草卜；"取筳篿而占之"则为竹卜。

屈原时代的草卜、竹卜之法，今虽难得其详，然后世风俗有可征者。庞元英《文昌杂录》云："余昔知安州，见荆湘人家多以草、竹为卜。"是草、竹之卜，宋时犹存。宋人周去非《岭外代答》中更详细地记载了草卜之法：

> 南人茅卜法，卜人信手摘茅，取占者左手，自肘量至中指尖而断之，以授占者，使祷所求。即中摺之，祝曰：奉请茅将军、茅小娘，上知天纲、下知地理云云。遂祷所卜之事，口且祷，手且掐。自茅之中掐至尾，又自茅中掐至首。乃各以四数之，余一为料，余二为伤，余三为疾，余四为厚。"料"者，雀也，谓如占行人，早占遇料，行人当在路，此时雀已出巢故也；日中占遇料，则行人当晚至，时雀至暮当归尔；晚占遇料，则雀已入巢，不归矣。"伤"者，声也，谓之"笑面猫"，其卦甚吉，百事欢欣和合。"厚"者，滞也，凡事迟滞。茅首余二，名曰"料贯伤"；首余三，名曰"料贯疾"。余皆仿此。南人卜此最验。精者能以时辰与茅折之委曲，分别五行，而详说之。大抵不越上四余，而四余之中，各有吉凶，又系乎所占之事。当卜之时，或遇人来，则必别卜，曰：外人踏断卦矣。

周氏所述，即所谓"掐茅卦"也。曩者湖湘乡间，往往见之。此种"掐算"之法，北方民间也有，然不以茅，径以手指代替。《离骚》"索琼茅"以"占"，极可能就是这类的卜法。

楚人竹卜之法，胡文英、王闿运均曾言及。胡氏《屈骚指掌》云："筵簿，掷珓以卜，俗云讨筶子是也。珓或用木，或判竹，或以蜃蚌，各随风土用之，故字或从'玉'、从'竹'。"王氏《楚辞释》云："今卜者以竹签书吉凶繇词，摇得，以判竹掷地，视其俯仰，其筵簿与？"此俗至辛亥革命前犹盛行于湘西一带，不过方法稍趋简化。沈从文《自传》记辛亥革命期间，湘西镇筸的清朝衙门捉得西北苗乡造反的人，就是用这种方法判罪的：

> 把犯人牵到天王庙大殿前，在神前掷竹筶。一仰一覆的顺筶，开释；双仰的阳筊，开释；双覆的阴筊，杀头。生死取决于一掷，应死的自己向左走去，该活的自己向右走去。……看那些乡下人，如何闭了眼睛把手中一副竹筊用力掷去，有些人到已应开释时还不敢睁开眼睛。

镇筸又名凤凰厅，民国后改为凤凰县。其地正处沅水流域，距屈原当年流放时经过的辰阳（今辰溪）不远。沈先生所述，也许为屈原时代竹卜的遗风吧！

2. 玉卜

玉在诸夏是最重要的佩饰。《礼记·玉藻》云："古之君子必佩玉""君子无故玉不去身"。然不见以玉为卜的记载。南楚佩玉之风虽不及北土之盛，但占卜用之，且方式独特。如《左传·昭公十三年》便记载了这样一个颇富神秘色彩的"埋璧卜嗣"的故事：

> 初，共王无冢适，有宠子五人，无适立焉。乃大有事于群望，而祈曰："请神择于五人者，使主社稷。"乃遍以璧见于群望，曰："当璧而拜者，神所立也，谁敢违之？"既，乃与巴姬密埋璧于大室之庭，使五人齐而长入拜。康王跨之，灵王肘加焉，子干、子皙皆远之。平王弱，抱而入，再拜，皆压纽。

这故事亦见于《史记·楚世家》。意思是说：楚共王为从五子中选立王嗣，便派人拿了一块玉璧去遍祀名山大川，然后与其妾巴姬一同把这块璧埋于祖庙的庭院里，使五子依次而拜，凡"当璧而拜者"，便是"神所立也"。结果老大（康王）两脚各跨璧之一边，老二（灵王）的肘碰到了玉璧，老三（子干）、老四（子晳）离璧都远；只有老五（平王）幼小，被人抱进来，拜了两次，都压在了璧的纽上。这样的占卜方式真是太神秘了！而更出奇的是，此后事情的发展，竟完全证实了这一次玉卜的结果。据《史记·楚世家》说：

> 故康王以长立，至其子失之；围为灵王，及身而弑；子比为王十余日，子晳不得立，又俱诛。四子皆绝无后。唯独弃疾后立，为平王，竟续楚祀，如其神符。

由今观之，这故事虽不排除后人附会的可能，然在客观上却可以证明，玉卜之俗在南楚是确实存在的。

3. 枚卜

南楚卜俗，临战由"司马令龟"，选官则用枚卜。枚本筹之名，"枚卜"者，"历卜之而从其吉"也（孔安国《尚书大传·大禹谟》），即一个个地卜下去直到得吉兆为止。《尚书·大禹谟》曾记大禹有"枚卜功臣，惟吉之从"之语，然并不见实行。倒是楚人继承了这一古老的占卜方法。例如《左传·哀公十七年》载，楚人欲伐陈，楚惠王求帅，因太师子谷与令尹叶公诸梁意见不一，便实行枚卜，于是武城尹公孙朝得了吉兆，楚王便任命他为统帅。有时，"枚卜"的结果也并不是最终的结论，倘不满意，还可以实行"改卜"。例如《左传》同年又载，楚惠王与老令尹叶公诸梁"枚卜"新令尹，子良得了吉兆，然叶公认为子良做令尹会对惠王不利，说："王子而相国，过将何为！"于是，"他日，改卜子国，而使为令尹"。由于"枚卜"之法涉及的人员较多，选择的余地也大，带有一定的"民主性"，故其法虽不适于北土之宗法社会，却在南楚那样一个保存氏族社会遗俗较多的国家里流传了下来。

4. 梦占

楚有占梦之官。《招魂》云：

> 帝告巫阳曰："有人在下，我欲辅之。魂魄离散，汝筮予之。"巫阳对曰："掌梦。上帝，其难从。若必筮予之，恐后之谢，不能复用巫阳焉。"

这儿的"掌梦"，王逸即以为是"掌梦之官"。由于"招魂者，本掌梦之官所主职"，故职司蓍筮的巫阳遂告"上帝，其难从"。（《楚辞章句·招魂》）按《周礼·春官》，"太卜"之下有"卜师""龟人""占人""筮人""占梦"之设，其中"占梦"的职责是："掌其岁时观天地之会，辩阴阳之气，以日月星辰占六梦之吉凶：一曰正梦，二曰噩梦，三曰思梦，四曰寤梦，五曰喜梦，六曰惧梦。"意楚之"掌梦"，或即诸夏之"占梦"，只是其职掌除如上所述外，又兼管"招魂"。

"掌梦"为王室专司之官，而民间的分工则没有这么明确，故占梦之事也常使巫者为之。《楚辞·九章·惜诵》云：

> 昔余梦登天兮，魂中道而无杭。
> 吾使厉神占之兮，曰有志极而无旁。

屈原梦中登天，而灵魂在中途便没有了渡船。他请厉神为他占梦，厉神告诉他说：这是有志达到目的，却没有辅助者。这儿的"厉神"，王夫之《楚辞通释》即以为"大神之巫"。

比较而言，楚人对占梦的相信程度远不如卜筮。《左传·僖公二十八年》记，晋楚城濮之战前，楚国的主帅子玉自制了琼弁、玉缨，尚未服用，一夕，"梦河神谓己曰：'畀余！余赐女孟诸之麋。'"无奈这位子玉就是不肯相信梦兆，更不愿将琼弁、玉缨投诸河神，结果打了败仗。《左传》作者的本意是想借此说明子玉不信占梦，"实自败也"。然而，倘不是梦占，而是"令龟"，子玉也许不至于如此固执，甚至会表现出另外一种虔诚的态度吧！

(三) 占卜与祭祀、招魂的融合

楚人之占卜活动常伴有祭祀。如《离骚》中，诗人为了决定自己的去留，除命灵氛占卜外，又求巫咸降神。诗中这样写道：

> 欲从灵氛之吉占兮，心犹豫而狐疑。巫咸将夕降兮，怀椒糈而要之。百神翳其备降兮，九疑缤其并迎。皇剡剡其扬灵兮，告余以吉故。

巫咸为楚人所信奉之大巫，能通人神两界之意。他的占卜方式即是先邀请诸神下降，然后通过神的启示，以卜人的吉凶祸福。其邀神所用之物为"椒"和"糈"，王逸《楚辞章句》云：

> 椒，香物，所以降神。糈，精米，所以享神。言巫咸将夕从天上来下，愿怀椒糈要之，使占兹吉凶也。

这种占卜方式实际上已包含有祭祀活动在内。香椒降神、精米享神，更与《诗经·大雅·生民》之"取萧祭脂"、蒸米煮饭以使"上帝居歆"相类。所不同的是楚人既祭且卜，而周人则仅是祭祀而已。楚人的这种祭、卜合糅的占卜方式，随着汉的统一（实即楚人统一中国），一直被保存了下来。汉初，贾谊、宋忠于长安卜肆中所见的卜者仍是以糈求神，以至他们相引屏语，发出"卜而有不审，不见夺糈"（《史记·日者列传》）之叹。《淮南子·说山训》也说："病者寝席，医之用针石，巫之用糈藉，所救钧也。"这种"重糈"之习，寝假而由卜医波及于其他方技领域，故《史记·货殖列传》云："医方诸食技术之人，焦神极能，为重糈也。"

楚人之祭祀活动也多带占卜意味。楚人以淫祀著称，而其所祀者又多是自然之神，这与中原之以祭天、祭祖为主颇不一致。像持璧遍祀群望，然后"埋璧卜嗣"的故事，只能发生在南楚。在楚人的心目中，日月星辰、云霞雷风、名山大川、洞庭云梦都是人格化了的，他们相信这些天神、地祇确能掌管并预知人的寿夭祸福，因而便不断地作歌乐鼓舞以娱诸神,并在娱神的过程中卜其休咎。《九歌》作为祭歌,其创作之最初目的便是基于此。现行《九歌》虽是经屈原加工过的,但仍能看出这方面的痕迹。如《九歌》所崇祭之"东皇太一",据《楚辞补注》引《天文大象赋》注云:"太一一星,次天一南,天帝之臣也。主使十六龙,知风雨、水旱、兵革、饥馑、疾疫。占不明反移为灾。"这是说,楚人之祭东皇太一,实兼有占知天灾、人祸之目的。又,《九歌》之祭祀,其仪式上也会有种种征兆,人们也可据此作出预卜。像《东皇太一》"君欣欣兮乐康",自然象征着"身蒙庆祐,家受多福"(《楚辞章句·东皇太一》);而《湘夫人》"鸟萃兮蘋中,罾何为兮木上",则又喻"所愿不得,失其所也"(《楚辞章句·湘夫人》)。甚至祭祀场面上一阵秋风的扫过,一片树叶的飘落,一次眼光的投射(扮神之巫的眼光),都能预示爱情和生活的某种结局。这种祭中寓卜的占卜方式,不但盛行于当时的南楚民间,甚至也影响了此后的封建帝王。秦皇、汉武的封禅活动即其显例。据说"始皇上泰山,为暴风雨所击,不得封禅"(《史记·封禅书》),这便预示了秦的统治不长,故当时即遭诸生之讥;而汉武帝"封泰山,无风雨灾",遂卜其帝业之绵远。

至于占卜与招魂的融合,在南楚则更是显见的。楚人认为,人死则魂魄离散,而要招魂,则须先卜其魂之所在。楚国旧例,巫者掌卜筮,而"掌梦"主招魂。故《招魂》篇中,有人"魂魄离散",上帝让巫阳"筮予之",巫阳便回答说难以从命。然而,尽管巫阳如此说,可事实上他仍要执行上帝的命令,前去招魂。可以看出,巫阳作为巫者,实际已兼有"筮"与"予"(即招魂以予失者)的双重职责了。这也从另外一个角度告诉了我们卜筮和招魂在南楚的融合与统一了。这种先卜其失魂之处,然后招之的做法,此后几成招魂之普遍形式。稍不同的是,后世对于失魂之处的判断,已很少采用占卜,而径以询问、回忆乃至臆测而定了。如高启《征妇怨》云:"纸幡剪得招魂去,只向当时送行处。"(《青邱诗集》卷一)又,钱锺书《管锥编》亦记:"倘人患病,家人疑为受惊失魂者,则详询或臆测受惊之处,黄昏往而呼患者名。"余少时居齐、鲁间,即曾亲睹此俗,至今犹记小妹溺水被救,老母往池塘边为其招魂的情景。

三

楚人卜风之盛，实有其历史的渊源。

楚之先，出自古帝颛顼，即所谓"帝高阳之苗裔"。据《史记·楚世家》记，楚人的先祖重黎、吴回都曾做过帝喾的火正，并被命名为"祝融"。火正即司火之官，祝融乃"朱明"之转语，二者含义基本一致，即"能昭显天地之光明，以生柔嘉材者也"（《国语·郑语》）。可见，楚人的先祖即已与太阳、火光等原始人认为神秘的事物结下了不解之缘。又据《国语·楚语下》说，重黎之后"不忘旧者"，在夏朝还做过司天之官。夏代曾发生过一次日食，搅得人群遑遑，"瞽奏鼓，啬夫驰，庶人走"[1]，据说就是因为负有司天之责的羲和饮酒过度，没有及时发出预报所致。《尚书·胤征》及《史记·夏本纪》所说的"羲和湎淫，废时乱日"即指此。而这位羲和，[2] 照《史记·历书》的说法，便是"重黎之后，不忘旧者"。可见，重黎的后人已成为能掌管天文历法，并推算日食发生的占日之官了。"文史星历近乎卜祝之间"（《报任安书》），楚人之尚卜，可谓源远流长。

楚人卜风之盛，除了其世袭的原因之外，从渊源上说，亦与他们曾接受过殷周文化的影响是分不开的。楚为夏后，[3] 当楚人自西东迁并居于楚丘一带之后，因为与商人比邻，[4] 便在风习上不能不受些殷商的浸染。商人迷信、崇祭以至决疑多用龟卜的特点，楚人似乎都接受了。以后，楚人又辗转而西、而南，并曾长期依附于周，至被周文王封为楚子，[5] 这样一来，周文化的熏陶也就在所难免了。周人重筮，所谓《周易》，即周人占筮之书。楚人之能操筮，亦当与此一段经历有关。观《周易·乾卦》

---

[1] 《左传·昭公十七年》鲁太史引《尚书·夏书》。
[2] 关于羲和，古书约有三说：《山海经》谓帝俊之妻，即生十日者；楚辞谓日御或日神；《尚书》《史记》则以为占日之官。此取后说。
[3] 参见姜亮夫《夏殷民族考》，《民族杂志》第1册。
[4] 早期的甲骨文记载有"戊午卜，又伐芈"可证，参见《安阳考古报告》第1期。
[5] 此不详述，可参见何光岳《楚源流史》之《荆楚的迁移》一节。

之以"龙"的变化取象,及楚辞之多言龙,① 似可发现这中间的内在联系。当然,周、楚皆夏后,而夏又是龙族(即以龙为图腾),这种相似也还可以追溯得更远。

楚人南迁江汉之后,其文化又受到三苗文化的影响。三苗本江汉、洞庭、彭蠡一带的土著,"其俗信鬼而好祠"②"而其阴阳人鬼之间,又或不能无亵慢淫荒之杂"③。这种"民神杂糅,家为巫史"(《国语·楚语》)的风习,对于本就习惯于卜筮的楚人来说,无疑又起了推波助澜的作用。兼以楚地山水之易启幻想之思,物产之多能用为卜具(如竹、茅、龟、玉之类),更为这种颇具神秘意味的卜俗的发展提供了条件。质言之,楚人之重巫尚卜,既有其自身传统的因素,也是华夏文化与蛮夷文化结合的必然产物。

从另一方面来说,荆楚的这种带有原始性、自然性、神秘性的卜俗一经形成,必然会影响到整个中华民族的风习。这是因为,卜筮之术虽是人类社会早期生产力水平和思维水平都很低下的产物,虽是采取了神秘、怪诞的形式,但它毕竟涵盖了早期人类要求征服自然和改造自然的强烈愿望,涵盖了初民积极探索的科学倾向。而且,在一定的历史时期内,这种卜筮之术还能调节人们心理和生理不平衡状态,帮助人们重新塑造完整的人格,从而给人以生活的信心和奋斗的勇气。完全可以设想,当年的楚人在"筚路蓝缕,以启山林"的奋斗中,倘通过占卜而获得吉兆,该是如何的义无反顾、勇往直前了。正是基于这样的原因,在今天看来似乎是滑稽可笑的荆楚卜俗,却在楚人统一中国之后弥漫于大江南北了。试观汉天子的"敬鬼神之祀"(《史记·封禅书》),隆祭太一,以及仿《九歌》而作《郊祀歌》,甚至连武帝之王夫人卒后亦用巫术而"致王夫人及灶鬼之貌"(《史记·封禅书》),不正是把楚人的一套完全搬到了汉朝吗?至于在民间,虽没有这样的气派,但自汉之后,形形色色的占卜术却如同雨后春笋般冒了出来,而且越来越走向了它们的反面。诸如竹卜、草卜、蚌

---

① 屈宋赋言"龙"者凡十六处,参见姜亮夫《楚辞通故》"龙"字条。
② 王逸:《楚辞章句·九歌序》。
③ 朱熹:《楚辞集注·九歌序》。

卜、镜卜、钱卜、指卜、鞋卜以至星占、梦占等等，不一而足，甚至连荆楚的"国宝"——巫（巫婆）和觋（神汉）也纷纷走出沅湘，流向各地农村。考其本源，实皆由楚地民间之原始的占卜术衍变而来。北土民性本自质实，经此一番风化，也就所向披靡了。原先正统的所谓"龟卜""蓍筮"，逐渐为名目繁多、却简便易行的占卜术所代替，迨至后世，竟连许多专门的经师对卜筮也不甚了然了。这不能不说是南楚卜俗的一大胜利，同时也是它的可悲了。

［原载《兰州大学学报》1991年第2期，《高等学校文科学报文摘》（上海）1991年第5期详细转载］

说"姱女"

楚人称美女曰"姱女"。《九歌·礼魂》云：

> 成礼兮会鼓，传芭兮代舞。姱女倡兮容与。春兰兮秋菊，长无绝兮终古。

这是写祭祀典礼完毕，群巫送神的场面：鼓声齐起，鲜花互递，舞姿翩翩，歌声悠扬。而值得注意的是那位领头唱歌的"姱女"。何谓"姱女"呢？王逸《楚辞章句》说："姱，好貌。谓使童稚好女先倡而舞，则进退容与而有节度也。"王逸所谓"好女"即美女。而美女为何要称"姱女"呢？此当与南楚方言及审美习俗有关。

查"姱"字，《诗经》《左传》及先秦诸子书中未见，唯《楚辞》中出现十一次。除上引《礼魂》之"姱女"外，尚有：

> 苟余情其信姱以练要兮，长顑颔亦何伤？
> ——《离骚》

> 余虽好修姱以鞿羁兮，謇朝谇而夕替。
> ——《离骚》

> 汝何博謇而好修兮，纷独有此姱节。
> ——《离骚》

> 鸣篪兮吹竽，思灵保兮贤姱。
> ——《东君》

> 憍吾以其美好兮，览余以其修姱。
> ——《抽思》

好姱佳丽兮，判独处此异域。

——《抽思》

纷缊宜修，姱而不丑兮。

——《橘颂》

姱容修态，絙洞房些。

——《招魂》

朱唇皓齿，嫭以姱只。

——《大招》

姱修滂浩，丽以佳只。

——《大招》

上述句中之"姱"字，王逸、洪兴祖诸家或训为"美"，或训为"好"。而查《说文》，其中并无"姱"字，可见"姱"当为南楚故言。

按"姱"即"夸"字。《淮南子·修务训》云："曼颊皓齿，形夸骨佳，不待脂粉芳泽而性可说者，西施、阳文也。"① 所谓"形夸骨佳"，即《招魂》之"姱容修态"、《大招》之"嫭以姱只"也。此为"姱"即"夸"之证。淮南为楚地，故直至汉初，尚保留此楚语也。又据姜亮夫先生《楚辞通故》云："夸加女旁为姱，凡女旁字，多柔顺美好之义，本汉字形义演变之一例。姱训美，故美女亦曰姱女。"② 师自汉字形义演变之角度言"姱"，自较王、洪诸家之解更进一步矣。

虽然，若自审美角度言之，则"姱"之微义尚有可索解者。《说文》云："夸，奢也。从大、于声。"段玉裁注以为"奢者，张也"，即张大之义。又《广雅·释诂》："夸，大也。"《方言》："于，大也。"故无论从字形还是从声音而言，"夸"皆有大义。而凡从"夸"之字，也便皆具有了"大"义。如"誇"谓言大，"跨"谓步大，"胯"谓股大，等等。似此，则"姱"亦当指长大之女。故楚辞之以"姱女"为"好女"、为"美女"，非仅由其文字上的递嬗，亦且反映了楚人在审美习俗上以壮大为美的特征。

---

① 《诸子集成》第 7 册，上海书店 1986 年影印本，第 336 页。
② 姜亮夫：《楚辞通故》，齐鲁书社 1985 年版，第 469 页。

我们倘以此种观念来审视楚辞中多处出现的"姱"字，其义便更加显明了。《离骚》《抽思》之"修姱"既然连用，则"姱"当与"修"即长同义；而《招魂》之"姱容"、《大招》之"姱修""嫭以姱只"，实皆用以状女子修长之貌。至于《礼魂》中的那位"姱女"，既然由她来领唱，想来也一定是位身材颀长而引人注目的女子了。而且，"姱"由"美女"之貌又引申出"美好"之义。故《离骚》之"信姱"可解为"诚美"，"姱节"可解为"美节"，《东君》之"贤姱"可解为"贤美"，《橘颂》之"姱而不丑"可解为"美而不丑"。又，"佳"亦有大义。《广雅·释诂》："佳，大。"《战国策·中山策》"佳丽人之所出"句，高诱注："佳，大；丽，美也"可证。故楚辞中又以"姱"与"佳"并称，同用以状女子颀长之貌。如《抽思》之"好姱佳丽"、《大招》之"姱修滂浩，丽以佳只"便是。

此外，楚辞对女性的描写，有些地方虽未出现"姱""佳"等字，但也能令人感受到她们的长大之美。如：

荷衣兮蕙带，倏而来兮忽而逝。
……
竦长剑兮拥幼艾，荪独宜兮为民正。

——《少司命》

若有人兮山之阿，被薜荔兮带女萝。

——《山鬼》

长发曼鬋，艳陆离些。

——《招魂》

丰肉微骨，体便娟只。

——《大招》

无论是荷叶为衣、蕙草为带、一手挺着长剑、一手抱着幼儿的少司命，还是身披薜荔、腰带女萝的山鬼，或者是楚宫中那些长发、微骨、容光焕发而又体态轻盈的女子，给人的印象都是颀长秀美的。即便是楚辞中所描写的男性，也都具有这样的特征：

> 制芰荷以为衣兮，集芙蓉以为裳。
> ……
> 高余冠之岌岌兮，长余佩之陆离。
> ……
> 佩缤纷其繁饰兮，芳菲菲其弥章。
>
> ——《离骚》
>
> 余幼好此奇服兮，年既老而不衰。
> 带长铗之陆离兮，冠切云之崔嵬。
> 被明月兮珮宝璐。
>
> ——《涉江》

这是屈原对自我形象的写照。这种高大、秀伟的形象，也出现在后世有关屈原的戏剧和绘画中，而且一直受到了人们的尊敬。倘是一位矮而胖者，则其高冠、长剑、繁饰便只会令人感到滑稽，难以产生敬意了。再看《九歌》中的"东君"形象：

> 青云衣兮白霓裳，举长矢兮射天狼。操余弧兮反沦降，援北斗兮酌桂浆。撰余辔兮高驰翔，杳冥冥兮以东行。

东君以青云为衣，白霓为裳，举起长箭射那天狼，又拿起北斗星去饮桂花酒，然后在暗沉沉的夜空中向东驰去。这是何等舒展的身姿，何等英武的形象啊！又如"河伯"：

> 与女游兮九河，冲风起兮水横波。乘水车兮荷盖，驾两龙兮骖螭。登昆仑兮四望，心飞扬兮浩荡。
>
> ——《河伯》

河伯虽不似东君的英武，但却十分豪放。他与自己的女友乘水车、驾两龙，冲风破浪，一同畅游九河，并登上昆仑山，心意飞扬地四望。显然，这也是一位壮健的男子形象。概言之，无论女性还是男性，楚人都是以高大壮实为其美的特征的。

楚人之以壮大为美，首先有其历史的和民族的原因。楚之先，出自古帝颛顼。周文王时，其祖先鬻熊服事周王朝，至成王时，后代熊绎被封于江汉之间，姓芈氏，居丹阳（原湖北秭归县东），遂建国。那时的江汉流域还是一片荒无人烟的处女地，楚人"筚路蓝缕，以处草莽，跋涉山林"（《左传·昭公十二年》），开发了这片富饶的土地，并在长期独立发展的过程中，形成了自己独特的地方文化和精神风貌。长期以来，楚国远较中原各国为富足。《史记·货殖列传》说楚地"无冻馁之人，亦无千金之家"，这与"民有饥色，野有饿莩"（《孟子·梁惠王上》）的北方各国是不一样的。但是，尽管楚国有着自己高度发展的经济和文化，还是被中原各国视为"披发左衽"的"荆蛮"（《国语·郑语》），不仅不能列于上国之林，而且在"戎狄是膺，荆舒是惩"（《诗经·鲁颂·閟宫》）的口号下，始终成为北方各国征讨的对象。也正因为楚国处在这样一个被侮辱、被征伐的地位，所以又培养了楚人一种誓死抵抗外侮和力争上游的精神。《左传·宣公十二年》记晋栾书的话说：

> 楚自克庸以来，其君无日不讨国人而训之以民生之不易、祸至之无日，戒惧之不可以怠；在军，无日不讨军实而申儆之，于胜之不可保、纣之百克而卒无后，训之以若敖、蚡冒筚路蓝缕以启山林。箴之曰："民生在勤，勤则不匮。"①

显然，无论是开发国土，还是抵抗外侮，楚人所需要的都是一种强健的体魄和昂扬的奋斗精神，男女都是一样。这表现在审美习俗上，便是对壮大之美的崇尚。车尔尼雪夫斯基在《生活与美学》中说：

> 丰衣足食而又辛勤劳动，因此农家少女体格强壮，长得很结实——这也是乡下美人的必要条件。"弱不禁风"的上流社会美人在乡下人看来是断然不漂亮的，甚至给他不愉快的印象。因为他一向认为"消瘦"不是疾病，就是苦命的结果。②

---

① 杨伯峻：《春秋左传注》，中华书局1981年版，第731页。
② ［俄］车尔尼雪夫斯基：《生活与美学》，周扬译，人民文学出版社1957年版，第7页。

这说的是美感的阶级差异。而在古代的南楚，由于保留氏族社会的遗风较多，人们对"农家少女"与"上流社会美人"的审美观念，其标准几乎是一致的。

其次，楚人之以壮大为美，也是接受了中原文化的影响。具体说，楚辞的"姱女"与《诗经》的"硕人"是一脉相承的。

《诗经·卫风》有《硕人》篇，所描写的"硕人"是卫庄公的夫人庄姜，她在当时即被认为是一位典型的大美人。诗篇除了具体地描写她的手、肤、颈、齿、额、眉的美态外，还反复地说她是"硕人其颀""硕人敖敖"。"硕"，大也；"颀"，长也。"敖敖"，《郑笺》说"犹颀颀"，实际也是长大之义。可见，这位庄姜实是一位身材高大的美女。而类似的"硕人"还见于《诗经》的其他篇章。如：

> 硕人俣俣，公庭万舞。
> ——《邶风·简兮》
>
> 考槃在涧，硕人之宽。
> ……
> 考槃在阿，硕人之薖。
> 考槃在陆，硕人之轴。
> ——《卫风·考槃》
>
> 彼其之子，硕大无朋。
> ……
> 彼其之子，硕大且笃。
> ——《唐风·椒聊》
>
> 有美一人，硕大且卷。
> ……
> 有美一人，硕大且俨。
> ——《陈风·泽陂》
>
> 辰彼硕女，令德来教。
> ——《小雅·车舝》
>
> 啸歌伤怀，念彼硕人。
> ……

> 维彼硕人，实劳我心。
> ……
> 维彼硕人，实劳我心。
>
> ——《小雅·白华》

上述句中，《泽陂》所写之"硕大且卷""硕大且俨"的"有美一人"，陈子展以为即春秋时的美妇人夏姬；[①]《白华》之"维彼硕人"，郑笺以为褒姒；而《车舝》之"辰彼硕女"，诸家也都以为是贤女。褒姒、庄姜、夏姬皆《诗经》时代的美女，而她们的共同特点却都是"硕大"，这绝非偶然。至于男性，则更是以强健壮大为美了。像《简兮》中那位表演公庭《万舞》的舞师"硕人"，即一再被诗篇的作者称为"西方美人"；《考槃》中那位穷处山溪的"硕人"，亦被《诗序》誉为"贤者"；还有《椒聊》中那位"硕大无朋""硕大且笃"的"彼其之子"桓叔（依《诗序》说），不但其美无与伦比，连其后代的繁衍强盛也受到了诗人的称赞。凡此，皆可见《诗经》时代的人们也是以壮大作为其美的特征。

《诗经》产生的时代，一般认为是自西周初年至春秋中叶，其时已进入了阶级社会。倘再进一步上溯还可以发现，早在原始社会，这种以壮大为美的审美观念已经产生。《山海经·海外北经》载有一则"夸父逐日"的神话，学术界一般认为这样的神话应是产生于氏族社会的：

> 夸父与日逐走，入日。渴欲得饮，饮于河、渭，河、渭不足，北饮大泽。未至，道渴而死。弃其杖，化为邓林。[②]

神话说的是远古时代有一个名叫"夸父"的人，敢于和太阳竞走，而且进入了火热的日轮光圈。但他口渴得很，于是便去饮黄河、渭河的水；两处的水不够喝，又想到北方去饮大泽的水。结果没有走到，就在中途渴死了。他死后，手杖化作了一片桃林（据毕沅《山海经新校注》说，

[①] 陈子展：《诗经直解》，复旦大学出版社1983年版，第434页。
[②] 袁珂：《山海经全译》，贵州人民出版社1991年版，第214页。

"邓林即桃林")。这故事所反映的是初民的光明崇拜意识，表现了古人对光明和真理的追求精神。而故事的主人公"夸父"，在远古时期的人们认为，无疑是一种美的象征。从文字上看，"夸"有"大"义，已见前述；"父"通"甫"，男子美称。是"夸父"犹言大个美男子也。且唯其身材高大，举步始阔，才能"与日逐走"；倘是一位"奶油小生"，则万难有此雄心壮志了。时至今日，仍有不少南人俚称北人为"夸子"（求其本义，原非贬词），殊不知，原始时代的人们正是把那些高大壮实的"夸子"作为他们所歌颂的美的对象呢！

由"夸父"、而"硕人"、而"姱女"，这便体现了先秦时代的人们对于人体美的基本要求和演变轨迹。其间当然也有一些例外，如"楚灵王好细腰"（见《墨子·兼爱》及《战国策·楚策》）及庄子"美残体"之类（见《庄子·德充符》），但总的来说，那时的人们还是以壮大为美。这似乎也很容易理解。因为先秦时代去古未远，原始社会的遗俗尚未脱尽；而在原始社会里，无论男性还是女性，只要不具备壮健的体魄，就会被认为失去了追求美好生活的能力。久而久之，壮大的人体遂被视为了美的象征。而这种审美观念之一经形成，就具有相对的稳定性，并影响到了社会各阶层的人们。这就是连一些贵族妇女也无不以壮大为美的原因了。

1993 年 12 月

龙子节·卫生节·屈原节

——端午节的由来与演变

端午又称重五、重午、端阳，即农历五月初五。每逢端午节，人们总会想起屈原。其实，最早的端午节并非是为纪念屈原的。

据闻一多先生《端午考》（见《神话与诗》）考证，端午节起源甚早，它是史前图腾社会的遗俗，确切地说，即是"龙的节日"。远古时期，华夏先民曾分别以"龙"和"凤"为图腾，尔后出现的所谓"龙凤呈祥"的和谐景观，便是华夏一统的象征。而所谓"凤"，实是鸟类的总称；所谓"龙"，则泛指蛇族。在科学尚不发达的古代，以龙为图腾的夏、越等民族，为祈求龙的佑护，除"断发纹身，以象龙子"外，还于每年雨水初盛的仲夏（以后固定在五月初五），划着龙形的木舟，在水面竞渡游戏，以取悦于图腾之神；同时，又把各种食物装在竹筒里投到水中，以备图腾之神的享用。这便形成了古代的所谓"龙子节"，亦即中国历史上最早的端午节。

作为端午节主要象征的龙舟，也很早就见于文献记载了。《穆天子传》云："天子乘鸟舟、龙舟，浮于大沼。"这是见诸文字中最早的"龙舟"。《楚辞·九歌·湘君》云："驾飞龙兮北征""飞龙兮翩翩"，其所谓"飞龙"亦即"龙舟"。河南汲县山彪镇战国墓葬中出土的铜鉴，及四川成都出土的战国时期的"嵌错赏功宴乐铜壶"上，还有竞龙舟的图案。至于浙江余姚的河姆渡遗址所出土的独木舟残骸和木制船桨，虽不能断定其形制必为"龙舟"，但至少可以说明，七千年前，长江下游就已有舟楫了。凡此，当皆与纪念屈原无关。

此后，随着社会的进步，科学的发展，人们的图腾意识也日渐淡漠。炎、黄的子孙们为了健康地生存，已不再向图腾之神祈祷，他们要转而向危害人们生命的瘟疫和疾病作斗争了。于是，端午节作为一个传统的节日，又被注入了新的内容，即由"龙子节"而变为"卫生节"。

这样的转变当然也是有其客观原因的。我们知道，夏历的五月初五正处在小满之后、夏至之前，是一年中阳气最盛同时也是疾病最容易流行的日子。故早在战国时期，五月即被忌称为"恶月"，五月初五更被视为"恶日"。此后直至明、清时期，民间仍保持着五月初五"不迁居""不糊窗槅""不汲水""不曝床荐席"的习俗（见潘荣陛《帝京岁时纪胜》）。而且，连这一天出生的孩子也不能让他存活。例如，战国时齐国的宰相孟尝君田文就是因为五月初五出生，而差点被父亲扔掉。南朝刘宋时的王镇恶将军也是五月初五出生，所以他的祖父才为其取名曰"镇恶"。据说这一天生的孩子将会妨害其父母，用东汉初年的进步思想家王充的话来说便是："五月盛阳，子以生，精炽热烈，厌胜父母。父母不堪，将受其患。"（《论衡·四讳篇》）于是，为了除恶抗病，我们的祖先便在这一天又开展起许多驱瘟防疫的活动来。如悬蒲剑（菖蒲叶形似剑）于门以驱邪恶，插香艾于户以禳毒气，佩香囊于身以辟污秽，洒雄黄酒于床下、墙角以杀毒虫。而菖蒲、香艾、雄黄酒的杀菌、消毒功能都是已为现代医学所证明了的。原先的端午旧俗也被加以改造。除去龙舟竞渡的形式被赋予勇往直前、力争上游的含义而继续保留外，"断发纹身"简化为"彩丝系臂"，以竹筒贮米祭龙则进化为包裹"角黍"（即粽子）以供自食。而粽子作为夏日的应令食品，既具美味又是良药。据李时珍《本草纲目》称，糯米有"补中、益气、止泻"之功能，用糯米做成的粽子，"气味甘、温、无毒，五月初五取粽尖和截疟药良"。可见，端午节已被完全地改造为"卫生节"了。

端午含义的又一次历史性演变是在春秋之后。它的特点是：由对人体疾病的防御，而转向对人性弱点的批判；由对自然界不良环境的改造，而转向对社会邪恶势力的斗争。而这种崇高的民族气质即端午精神，又是先后被附丽于介子推、伍员、屈原三位古人并最终固定在屈原身上的。

端午节纪念介子推，其说最早见于东汉蔡邕的《琴操》："介子绥（即介子推）……抱木而死，文公令民五月五日不得举火。"记载十六国时期风物的《石虎邺中记》也说："并州俗以介子推五月五日烧死，世人为其忌，故不举饷食。"介子推为春秋时晋国人，曾跟随晋文公重耳在外流亡十九年，并在危难之时"割其腓骨以啖重耳"。然文公回国后赏赐诸臣却未能及他，于是，他便携母隐于绵山之中。后文公惊悟，下令燔山求之，介子推则宁肯抱树烧死亦不愿复出。据《左传》记载，介子推的归隐是在鲁僖公二十四年（公元前636），他的死也就在此后数年。由于介子推这种有功而不求报的美德很为后人所敬重，因此，作为历史人物，他就第一个被纳入到端午节的纪念活动之中。然端午节对于介子推的纪念，其俗仅限于山西一带，终未能及于全国。

又过了一百五十余年，即公元前484年，伍子胥（名员）被迫害而死。伍子胥原为春秋时楚国人，因父兄为楚平王所杀，遂奔吴，并帮助吴王阖闾夺取了政权。不久他率兵伐楚，掘平王之墓且鞭其尸，报了父兄之仇。后吴王夫差即位，因信谗言而令子胥自尽，并将其尸体装进皮口袋投入钱塘江中。据《吴越春秋》《越绝书》记载，民间传说伍子胥死后化为"涛神""随流扬波，依潮来往，荡激崩岸"。又据邯郸淳《曹娥碑》载，伍子胥的死期亦在五月初五。于是吴、越一带便于每年的五月初五举行迎"涛神"的仪式以纪念伍子胥。东汉上虞人曹娥的父亲曹盱，就是五月初五溯流迎涛神时溺死的。

照学术界的一般说法，屈原投江是在公元前278年的五月初五，其时距伍员的死又二百余年了。而后人对于屈原的纪念活动也远比介子推和伍员为迟。从现存的资料看，最早将端午风俗与屈原之死联系起来的是六朝人吴均的《续齐谐记》和宗懔的《荆楚岁时记》。《续齐谐记》云："屈原五月五日投汨罗河而死，楚人哀之，每至此日，辄以竹筒贮米投水祭之。"《荆楚岁时记》亦云："五月五日竞渡，俗为屈原投汨罗日，伤其死所，并命舟楫以拯之。"然而，无论隐居不仕的介子推也好，引异国之军以归报父兄之仇的伍子胥也好，他们都不能同疾恶如仇、立志改革、热爱祖国并终生为华夏一统而努力奋斗的屈原相比。所以，此后的端午节便为屈原所独占，并逐渐波及于全国了。

由龙子节、而卫生节、而贤人节，这便是端午含义的三次最主要的演变。而由这一节日的最后被附丽于屈原可以看出，在人民群众心目中，屈原不但是端午精神最恰切的体现者，而且已成为"龙的传人"中最杰出的代表了。在这个意义上也可以说，端午习俗既是屈原精神的再现，同时又是"龙的传人"们最可宝贵的民族气节的象征。

明清以后，端午含义又有过两次小的演变，即"女儿节"和"诗人节"，然都是由纪念屈原而衍变出来的。

明人刘侗、于奕正《帝京景物略》云："五月一日至五日，家家妍饰小闺女，簪以榴花，曰女儿节。"清人潘荣陛《帝京岁时纪胜》亦云："（端午日）饰小女儿尽态极妍，已嫁之女亦各归宁，呼是日为女儿节。"为何将端午节与"女儿"联系到一起呢？据湖湘民间传说，屈原有小女曰女婴（《楚辞》王逸注以为是屈原之姊），甚孝。屈原死后，女婴为防上官大夫等人掘墓，连夜用衣襟兜土，筑成十二座疑冢，墓碑上皆书"楚三闾大夫屈原之墓"。后人为了纪念女婴，除在汨罗江边的玉笥山上建起一座女婴庙并塑有女婴兜土的形象外，还于每年的五月初五精心打扮自己的女儿，以寄托对这位孝女的哀思。而闺中女子亦往往于此日骋其女红（如绣制艾虎、香囊之类），竞相妍饰，久之，遂成节日。此可为一说。但女婴是否为屈原之女，于史无证。

至于以端午节为诗人节，那是20世纪30年代以后的事。抗日战争时期，以郭沫若为首的一批爱国诗人，有感于国家、民族的灾难，遂立志以屈原为榜样，投身救亡事业。郭老除写出了著名的历史剧《屈原》之外，还于每年的端午节邀集诗人们聚会，并发表演说，号召那些"敢于改端午节为诗人节的诗人们，多多努力"（《蒲剑·龙舟·鲤帜》）。1938年，诗人方殷在中华全国文艺界抗敌协会的一次座谈会上正式提出以端午节为诗人节，并得到了广大文艺工作者的赞同。1941年端午节，第一届诗人节庆祝大会在重庆隆重召开。此后，在抗战时期的重庆，不少文人都在这一天赋诗言志。如老舍就曾于端午节写下这样一首七律（转引自1993年6月24日《中国旅游报》）：

  端午偏逢风雨狂，村童仍着旧衣裳。
  相邀情重携蓑笠，敢为泥潭恋草堂。
  有客同心当骨肉，无钱买酒卖文章。
  前年此会鱼三尺，不似今朝豆味香。

诗篇写了抗战的艰苦岁月和文人的清苦生活，而从作者卖文得钱也要买酒欢度节日来看，其时的文人们对端午节又是何等的看重！

20世纪50年代后,"诗人节"的活动曾一度式微。但近年来,各地则又有复兴的趋势,赛诗会的活动也时见报道。每当端午之日,在赛龙舟、食角黍的同时,各种形式的"诗会"似乎又渐不可少了。我们且看端午节还会有怎样的演变。

(此篇据作者1993年端午节的一次讲演记录稿整理而成)

楚骚咏"兰"探微

楚骚之多咏"兰",向来被视为一大特色。据王逸《楚辞章句》,《楚辞》中"兰"字凡四十二见,[①] 居众香草之首。《离骚》云:"余既滋兰之九畹兮,又树蕙之百亩。畦留夷与揭车兮,杂杜衡与芳芷。"按《说文》,田三十亩曰"畹",五十亩曰"畦",如此,则兰之滋计二百七十亩,蕙之树才百亩,而留夷、揭车以下,杂杜衡与芳芷仅五十亩。是所贵者不厌其滋,宜乎骚人之多咏也。然屈骚所咏之"兰"究为何物?其咏"兰"之微义又是什么?此则尚有待吾人之发明也。

一 楚骚所咏之"兰"辨析

《楚辞》之"兰"究竟为何物?王逸《楚辞章句》于"兰"仅注为"香草",义甚笼统,令人莫辨。洪兴祖《楚辞补注》在《离骚》"纫秋兰以为佩"下引颜师古《汉书注》云:"兰,即今泽兰也。"又引《本草注》云:"兰草、泽兰,二物同名。"其以《楚辞》之"兰"为兰草或泽兰既得之矣,然旋引黄鲁直《兰说》,云"兰生深山丛薄之中""清风过之,其香蔼然。在室满室,在堂满堂",至谓"一干一花而香有余者兰",

---

[①] 《楚辞章句》中,"兰"字凡四十二见。其中《离骚》十见,《九歌》十一见,《九章》二见,《招魂》六见,《大招》一见,《七谏》三见,《九怀》四见,《九叹》四见,《九思》一见。若以类分之,则"秋兰"三见,"兰芷"(含"芷兰"及"芷……兰")七见,"椒兰"二见,"兰皋"三见,"滋兰"一见,"兰藉"一见,"兰汤"一见,"兰旌"一见,"崇兰"一见,"皋兰"一见,"兰蕙"一见,"兰"一见,"兰生"一见,"兰芳"一见,"兰膏"二见,"木兰"四见,"兰枻"一见,"兰橑"一见,"兰薄"一见,"兰宫"一见,"幽兰"二见,"春兰"一见,"兰英"一见,"石兰"二见,"马兰"一见,都二十五类。

则又徒滋混淆，令读者莫知所指了。细玩山谷所说，乃近世之所谓兰花，非骚人所咏之"兰"也。后之言"兰"者或更引山谷说以佐之，实距骚人所咏相去益远矣。唯朱元晦于此不惑，其《楚辞辩证》云：

> 大抵古之所谓香草，必其花叶皆香，而燥湿不变，故可刈而为佩。若今之所谓兰蕙，则其花虽香，而叶乃无气；其香虽美，而质弱易萎，皆非可刈而佩者也，其非古人所指甚明。

朱子家闽，其地兰花盛之，故深知"今之所谓兰蕙""非古人所指甚明"。其实，楚辞之兰，当即《诗经·郑风·溱洧》"方秉蕳兮"之"蕳"。陆玑《毛诗草木鸟兽虫鱼疏》云：

> 蕳，即兰，香草也。《春秋传》曰"刈兰而卒"，《楚辞》曰"纫秋兰"，子曰"兰当为王者香草"，皆是也。其茎叶似药草泽兰，但广而长节，节中赤，高四五尺。汉诸池苑及许昌宫中皆种之。可著粉中藏衣，著书中辟白鱼也。

又，《夏小正》言"五月蓄蕳"，《礼记》言"诸侯贽薰，大夫贽兰"，《本草经》云兰草"杀蛊毒、辟不祥，久服益气轻身不老"，《风俗通》言汉时尚书奏事"怀香握兰"，而《楚辞》更言兰之可纫、可佩、可藉、可膏、可浴。观此，知古之所谓"兰"系兰草或泽兰无疑。若夫今之兰花，有叶无枝，但花香而叶乃无气，可玩而不可纫佩、藉浴、秉握、膏焚，岂能当之？惜世俗至今犹以非兰为兰，甚至画家亦承此误，画兰花而题"香生九畹"，真所谓谬种流传矣。

楚辞之"兰"非今之兰花也明，然兰草、泽兰又为何物呢？李时珍在其《本草纲目》"兰草"条下辨析道：

> 兰草、泽兰，一类二种也，俱生水旁下湿处。二月宿根生苗成丛，紫茎素枝，赤节绿叶；叶对节生，有细齿。但以茎圆节长，而叶光有歧者，为兰草；茎微方，节短而叶有毛者，为泽兰。嫩时并可挼而佩之，八九月后渐老，高者三四尺，开花成穗，如鸡苏花，

红白色，中有细子。雷敩《炮炙论》所谓"大泽兰"，即兰草也；"小泽兰"，即泽兰也。《礼记》"佩帨兰芷"，《楚辞》"纫秋兰为佩"，《西京杂记》载汉时池苑种兰以降神，或杂粉藏衣书中辟蠹者，皆此二兰也。今吴人莳之，呼为"香草"，夏月刈取，以酒油洒制，缠作杷子，货为头泽佩带。

李氏所言，较之《本草经》所谓"兰草、泽兰二物同名"者为精细；然其辨二者之差异，则犹有未尽。唐代陈藏器《本草拾遗》云：

兰草生泽畔，叶光润，阴小紫，五月、六月采阴干，即都梁香也。泽兰叶尖，微有毛，不光润，茎方节紫，初采微辛，干之亦辛。

宋代苏颂《图经本草》亦云：

（泽兰）根紫黑色，如粟根。二月生苗，高二三尺。茎干青紫色，作四棱，叶生相对，如薄荷，微香，七月开花，带紫白色，萼通紫色，亦似薄荷花。三月采苗阴干。荆湖岭南人家多种之。寿州出者无花子。此与兰草大抵相类。但兰草生水旁，叶光润，阴小紫，五、六月盛；而泽兰生水泽中及下湿地，叶尖，微有毛，不光润，方茎紫节，七、八月初采，微辛，此为异尔。

刘宋雷敩的《雷公炮炙论》更从药用功能上加以区分：

大泽兰茎叶皆圆，根青黄，能生血调气；与荣合小泽兰迥别，叶上斑，根头尖，能破血，通久积。

综上诸家所言，知兰草与泽兰之别实在于根、茎、叶、花、香及生长环境、药用功能诸端。概言之，兰草生水旁或野地，根青黄，茎圆，节长，叶光润，阴小紫，且多呈三裂状，花淡紫色，状如鸡苏花，开期五六月，香气浓，医用可生血调气；泽兰生水泽中，根紫黑，茎方，节短，叶尖，不光润，无裂，花白色，壮似薄荷花，开期七八月，微香，医用可破血通积。据此，若以今之中草药证之，则兰草即医家尚用之"佩兰"，而泽兰乃药典中仍名"泽兰"者也。人民卫生出版社1970年版的《常用中草药图谱》附有这两种药用植物的彩色图谱，[①] 并对其特征作了较详细的描述：

> 佩兰，别名佩兰叶、省头草、鸡骨香、水香。本品为菊科植物兰草（Eupatorium fortunei Turcz）的全草。植物特征：（1）多年生草本，茎高2—3尺。（2）叶对生，下部叶常枯萎；中部叶有短柄，分裂成三个裂片，裂片长圆形，边缘有齿，表面绿色，背面淡绿色；上部叶较小通常不分裂。揉碎后有香气。（3）头状花序排列呈聚伞花序状，全部为管状花，浅紫红色。生长环境：生于河边或野外的湿地。临床应用：味辛，性平，化湿开胃。
>
> 泽兰，别名地瓜儿苗、地筒子、银条菜。本品为唇形科植物地笋（Iycopus lucidus Turcz）的干燥全草。植物特征：（1）多年生草本，高1—3尺，茎直立，方形而有棱角，中空，表面绿色、紫红色或淡绿色，一般不分枝。（2）叶交互对生，叶片披针形，边缘有尖齿。（3）花小，白色，密集于两叶之间成轮伞花序。小坚果倒卵形而扁，有厚边，（4）地下根茎横走，白色，稍肥厚。生长环境：生长于山野低湿地、河流沿岸，也有栽培。全国大部分地区都产。临床应用：味苦，性微温。活血破淤，通经行水。

显然，《常用中草药图谱》所描绘的这两种植物的特征及其彩色图谱显示，与前述"兰草"及"泽兰"的特征是完全吻合的。倘再以更精密的现代植物分类学鉴定之，则兰草应即今菊科泽兰属之"佩兰"，泽兰乃今唇形科之"地瓜儿苗"（亦名"地笋"）。请看中国科学院植物研究所编《中国高等植物图鉴》对此两种植物的描摹及著录：[②]

[①] 见附图1、附图2。原载《常用中草药图谱》，人民卫生出版社1970年版，图78、图156。文见第140、268页。

[②] 见附图3、附图4。原载中国科学院植物研究所编《中国高等植物图鉴》，科学出版社1980年版。佩兰文、图见第四册，第410页；泽兰文、图见第三册，第683页。

佩兰（Eupaiorium fortunei Turcz）：多年生草本，高30—100厘米。茎被短柔毛，上部及花序枝上的毛较密，中下部脱毛。叶矩卵形或卵状披针形，长5—12厘米，宽2.5—4.5厘米，边缘有粗大的锯齿，但大部分的叶是三裂的……全部叶有长叶柄，长达2厘米。头状花序在茎顶或短花序分枝的顶端排列成复伞房花序；总苞钟状，总苞片顶端钝；头状花序含小花5个，花红紫色。瘦果无毛及腺点。……野生荒地、村旁、路边，也栽培的。全草药用。

地瓜儿苗（Iycopus lucidus Turcz）：多年生草本。根状茎横走，顶端膨大呈圆柱形……茎高0.6—1.7米。叶片矩圆状披针形，长4—8厘米，下面有凹腺点；叶柄极短或近于无。轮伞花序无梗，球形，多花密集；小苞片卵形至披针形；花萼钟状，长3毫米，齿5，披针状三角形；花冠白色，长3毫米，内面在喉部有白色短柔毛，不明显二唇形，上唇顶端2裂，下唇3裂，前对雄蕊能育，后对退化为棒状假雄蕊。小尖果倒卵圆状三棱形。……生沼泽地、水边，海拔320—3100米。变种硬毛地瓜儿苗（Var. hirtus Regel），各部多披小硬毛，几产全国各地，肥大根茎供食用，全草为妇科要药。

《中国高等植物图鉴》着眼于植物的科学分类，较之《常用中草药图谱》所述，自然要精密得多。但有一点也是需要补充的，那就是由于地域、方音及命名之着眼点的不同，古之植物一物多名的现象也是十分普遍的。即如兰草，既因其为草而叶似马兰被称"兰草"，又因其叶生有歧而被呼为"燕尾草"，又因其生于泽畔并常被妇人取以和油泽头而称"兰泽草"，又因其可煮水以浴、疗风疾而名"香水兰"，又因其夏月采置发中，令头不腻名"省头草"，又因其叶似菊、女子与小儿喜佩之名"女兰""孩儿菊"，又因其盛产于都梁（今湖南省武冈县）名"都梁香"。[①]再如泽兰，既因其生长泽中并可为香泽而名"泽兰"，又因其近水而香称"水香"，又因其可以去风而被呼为"风药"，又因其地下根茎肥厚可食俗称"地

---

① "兰草"异名，见李时珍《本草纲目》"草"部第十四卷"兰草"条下所举，人民卫生出版社1978年版，第903—905页。

笋",亦因其小儿喜佩而与兰草同称"孩儿菊"。① 当然,尽管名称是如此繁异,但由于药用功能的不同,古人在大的类别上还是很注意区分的。故雷敩《雷公炮炙论》以"大泽兰""小泽兰"来分别兰草与泽兰,而《本草经》则列兰草为"上品",仅置泽兰为"中品"。

具体到《楚辞》所咏,揆诸诗义,多应为兰草即佩兰,然其中亦不乏泽兰即地瓜儿苗。细言之,若《离骚》之"余既滋兰之九畹""步余马于兰皋""兰芷变而不芳""览椒兰其若兹",《东皇太一》之"蕙肴蒸兮兰藉",《云中君》之"浴兰汤兮沐芳",《湘君》之"荪桡兮兰旌",《湘夫人》之"沅有芷兮澧有兰""疏石兰兮为芳",《山鬼》之"被石兰兮带杜衡",《礼魂》之"春兰兮秋菊",《悲回风》之"兰芷幽而独芳",《招魂》之"泛崇兰些""兰膏明烛"(二见)、"兰薄户树""兰芳假些""皋兰披径",《大招》之"芷兰桂树",《七谏》之"兰芷幽而有芳",《九怀》之"彷徨兮兰宫""余悲兮兰生""将息兮兰皋""株秽除兮兰芷睹",《九叹》之"怀兰蕙与衡芷""游兰皋与蕙林""怀兰芷之芬芳",《九思》之"怀兰英兮把琼若",其句中之"兰"皆应指佩兰;而《离骚》之"纫秋兰以为佩",《少司命》之"秋兰兮麋芜""秋兰兮青青",其句中之"兰"则为泽兰即地瓜儿苗。盖泽兰花期在夏历七八月,较佩兰为迟,时当中秋,故骚人以"秋兰"视之。至于《礼魂》所咏之"春兰",或谓即今之兰花;然朱熹《楚辞集注》云:"春祠以兰,秋祠以菊,即所传之茝也。""茝"而可以相互传递,则其为"复伞房花序"之佩兰,而非"质弱易萎"之兰花明矣。又如"石兰",亦有人谓即兰花,然《山鬼》明言其可以披被,是必修叶长茎者矣。吴仁杰《离骚草木疏》云:"石兰即山兰也。兰生水旁及水泽中,而此生山侧,荀子所谓幽兰生于深林者,自应是一种。"李时珍《本草纲目》亦云:"山兰,即兰草之生山中者。"故"石兰"亦应归入佩兰一类。他如"兰旌"之为兰草所作之旌头,"兰薄户树"之为丛兰种在门口,"崇兰"之为丛兰,等等,其义甚明,其所咏之"兰"也皆为佩兰无疑。

以上说的是佩兰与泽兰。除此而外,《楚辞》中尚有名"木兰"与

---

① "泽兰"异名,见《本草纲目》"草"部第十四卷"泽兰"条下所举,人民卫生出版社1978年版,第906—907页。

"马兰"者,显与前述二兰迥异。如《离骚》"朝搴阰之木兰""朝饮木兰之坠露",《惜诵》"捣木兰以矫蕙",《九叹》"鸱鸮集于木兰";又,《湘君》"桂棹兮兰枻",《湘夫人》"桂栋兮兰橑",凡所咏"兰",皆为"木兰"。王逸于"朝搴阰之木兰"下注云"木兰去皮不死",洪兴祖《楚辞补注》引《本草》云"木兰皮似桂而香,状如楠树,高数仞"。此外,古书之言"木兰"者尚有数处。如《神农本草经》言"立春之日木兰先生",晋成公绥《木兰赋》言木兰"谅抗节而矫时,独滋茂而不雕",任昉《述异记》云:"木兰川在浔江中,多木兰。"而言"木兰"特性之最详、最确者,又无过于李时珍之《本草纲目》。李氏除指出"木兰"因"其香如兰,其花如莲"又名"木莲"、因"其木心黄,故曰黄心"外,还对栏进行了具体的描绘:①

  木兰枝叶俱疏。其花内白外紫,亦有四季开者。深山生者尤大,可以为舟。按《白乐天集》云:木莲生巴峡山谷间,民呼为黄心树。大者五六丈,涉冬不凋。身如青杨,有白纹。叶如桂而厚大,无脊。花如莲花,香色艳腻皆同,独房蕊有异。四月初始开,二十日即谢,不结实。此说乃真木兰也。其花有红、黄、白数色。其木肌细而心黄,梓人所重。……或云木兰树虽去皮亦不死。

上述诸家之言"木兰",综其特征似当为:状如楠,高五六丈;皮似桂而香,木质细密心黄,可以制船及作建筑材料;其花有红、黄、白数色,形如莲,香如兰;其性则滋茂不雕,去皮不死。若以此与《中国高等植物图鉴》相对照,则显即木兰科之"黄兰"也。请看《中国高等植物图鉴》对"黄兰"的描摹及著录:

  黄兰(Michelia Champaca L.):常绿乔木,高达20米,幼枝、嫩叶和叶柄均被淡黄色平伏柔毛。叶互生,薄革质,披针状卵形或披针状长椭圆形……花单生于叶腋,橙黄色,极香;花被片15—20,

---

① 见《本草纲目》"木"部第三十四卷"木兰"条,人民卫生出版社1978年版,第1934页。

披针形,长3—4厘米;雄蕊的药隔顶端伸出成长尖头,雌蕊群柄长约3毫米。穗状聚合果长7—15厘米……分布在云南南部和西南部,在长江以南各省区均有栽培。喜生长于温暖地方。花和叶是芳香油原料,可提取浸膏;木材优良,可供造船。①

《楚辞》"马兰"仅一见,就是《七谏》之"蓬艾亲入御于床笫兮,马兰踸踔而日加"。王逸注"马兰"为"恶草",洪兴祖《楚辞补注》谓"楚辞以恶草喻恶人",并引《本草》云:"马兰生泽旁,气臭,花似菊而紫。"复检《本草纲目》,则"马兰"除本名外,正有别名曰"紫菊",盖因"其叶似兰而大,其花似菊而紫,故名"。又据《本草纲目》载,马兰二月生苗,赤茎白根,生叶有刻齿,状似泽兰,但不香耳。入夏高二三尺,开紫花,花罢有细子。大约因其气臭,《楚辞》遂以之喻恶人。《中国高等植物图鉴》列马兰于"鸢尾科",并有形象的描摹及文字的著录,②其特征与《本草》所言一致,唯不以"马兰"命名,而改以"马蔺""马莲"(Lris ensata Thunb)入载也。盖"兰""蔺""莲"一声之转,呼名之异,当系语音之讹耳。

至于今之兰花,在《楚辞》中究竟有没有记载呢?《离骚》"结幽兰而延伫""谓幽兰其不可佩",方以智《通雅》辩之曰:"凡称幽兰,即黄山谷之所名兰花也;凡称兰芷之兰,即今省头香。"而宋代的范正敏,也早在其《遁宅闲览》中指出:"今人所种如麦门冬者,名幽兰。"姜亮夫师更从屈子造文之义断知,"幽兰"即今之兰花。其《楚辞通故》"幽兰"条下云:

> 今谓幽兰当是六朝宋人至李时珍所定之兰花,与泽兰、兰蕙等之为兰草者异。自屈子造文,亦可断知。曰"谓幽兰其不可佩",意谓幽兰本为芳卉也;曰"结幽兰而延伫",言结之而延伫也。兰花在茎顶,

---

① 见附图5。原载中国科学院植物研究所编《中国高等植物图鉴》第一册,科学出版社1980年版,文、图并见第793页。

② 见附图6。原载中国科学院植物研究所编《中国高等植物图鉴》第五册,科学出版社1980年版,第579页。

不可为结；唯幽兰花有香气，且花茎修洁，兰叶更长为可结也。言兰蕙、兰芷、椒兰皆曰"佩"，佩者，可为末入缨（即今香囊）以为容佩也。而幽兰则直以花叶结之为佩，特取其芳，不以入缨囊也。①

师说至辩，可信从之。而兰花之所以名"幽兰"，前述洪兴祖引黄鲁直《兰说》已道其义，即所谓"兰生深山丛薄之中，不为无人而不芳，含香体洁，平居与萧艾同生而不殊。清风过之，其香蔼然，在室满室，在堂满堂，所谓含章以时发者也"。至谓屈子当年所咏之"幽兰"为今日何种兰花，则由于千百年来兰花品种演变繁多，仅《中国高等植物图鉴》所收即已逾三百种，实难确指。要而言之，《中国高等植物图鉴》所载"建兰"Cymbidium ensifoliun（L.）sw.、"春兰"Cymbidium goeringii（Rchb. f.）Rchb. f. 等，② 当不出昔日骚人之咏。

综上所述，楚骚所咏之"兰"共五种，即佩兰、泽兰、木兰、马兰、与兰花，而尤以佩兰与泽兰为多见。此外，《离骚》"余以兰为可恃"及《七谏》"唯椒兰之不反"中的"兰"字，虽名曰"兰"，而实则别有所指，今人或谓指怀王少子子兰，或谓泛指楚之贵胄子弟，总之，与本文所辨之兰已无关了。

二　楚骚咏"兰"之文化意蕴

对于楚骚之咏"兰"，近世学者多以"比兴"手法释之。其实，楚骚咏"兰"乃一特殊文化现象，其文化蕴含较之"比兴"要丰富得多。具体言之，可有以下四个方面。

（一）楚地之土宜

楚骚所咏之兰多为佩兰（即兰草）与"泽兰"（即地瓜儿苗）。二物皆性喜潮湿，易生泽畔。而楚地河湖纵横，气候湿润，正其所宜。唐人

---

① 姜亮夫：《楚辞通故》，齐鲁书社1985年版，第539页。
② 见附图7、附图8。原载中国科学院植物研究所编《中国高等植物图鉴》第五册，科学出版社1980年版，第747、746页。

陈藏器《本草拾遗》云："兰草生泽畔，妇人和油泽头，故云兰泽。"并引盛弘之《荆州记》云："都梁有山，下有水清浅，其中生兰草，因名都梁香。"①《水经注》亦云，大溪水（资水）"又经都梁县南，汉武帝元朔五年，以封长沙定王子敬侯遂之邑也。县南有小山，山上有淳水，既清且浅，其中悉生兰草，绿叶紫茎，芳风藻川，兰馨远馥。俗谓兰为都梁，山因之为号，县受名焉"②。都梁即今湖南之武岗县，为故楚腹地。又据李时珍《本草纲目》，临淮盱眙县亦有都梁山，产此香草。是"都梁"之名非只一地，又皆不出楚境也。此外，《名医别录》尚云："兰草生太吴池泽""泽兰生汝南诸大泽旁"；而"太吴"应即吴太伯之所居，后亦并入楚国。故李时珍《本草纲目》谓"今吴人莳之，呼为香草……与《别录》所出'太吴'之文正相符合"③。宋人苏颂《图经本草》亦谓泽兰产地，"今荆、徐、随、寿、蜀、梧州、河中府皆有之"④。可见，兰之分布多在江南一带，而尤以楚境为多见。司马相如《子虚赋》所言云梦之地，"其东则有蕙圃，衡兰芷若"，固非虚也。

兰亦称"萠"，《诗经·郑风·溱洧》"方秉萠兮"及《陈风·泽陂》"有蒲与萠"，《毛传》并云："萠，兰也。"然诗之咏兰，仅此两处，不似楚骚之多见；且其域一在郑之溱、洧，一在陈之泽陂，皆为近楚之地。又，"萠"或为"蕳"。《说文》云："萠，香草，出吴林山。"《众经音义》卷二引《字书》云："蕳与萠同，萠即兰也。"卷十二又引《声类》云："蕳，兰也。"是《山海经·中山经》所记"吴林之山其中多蕳草""青要之山有草焉，其状如蕳""洞庭之山，其草多蕳"，皆谓兰草也。而所谓吴林、青要、洞庭之山者，亦皆在中南一带。

兰在南方，不但大量野生，亦有人工栽培。《淮南子》云："男子种兰，美而不芳。"⑤ 可见，至迟到汉代，兰已经开始人工种植了。唐瑶

---

① 转引自李时珍《本草纲目》卷十四"兰草"条，人民卫生出版社 1978 年版，第 903—904 页。
② 陈桥驿点校：《水经注》，上海古籍出版社 1990 年版，第 711 页。
③ 李时珍：《本草纲目》卷十四"兰草"条，人民卫生出版社 1978 年版，第 904 页。
④ 转引自李时珍《本草纲目》卷十四"泽草"条，人民卫生出版社 1978 年版，第 906 页。
⑤ 转引自李时珍《本草纲目》卷十四"兰草"条，人民卫生出版社 1978 年版，第 903—904 页。

《经验方》言，江南人家种兰，夏日采置发中，可令头发不黏，故兰草亦名"省头草"。《唐本草》引苏恭曰："（兰草）生溪涧水旁，人间亦多种之，以饰庭池。"苏颂《图经本草》云："（泽兰）荆湖、岭南人家多种之。"① 盖《楚辞》"滋兰之九畹""沅有芷兮澧有兰""秋兰兮麋芜，罗生兮堂下"，皆是写实，非纯浪漫之手法也。也正因为兰是楚人所习见之物，随处可睹，故其吟咏之间，最易取以入诗。此与楚人辞赋之多咏楚地山川，同样表现了一种朴素而浓厚的乡土观念及爱国恋家情绪，即后人所谓"纪楚地、名楚物"者也。而这种"深固难徙"的意念，又正是楚人强烈爱国思想的基础与源泉。

（二）健身之良药

兰也是重要的药用植物，关乎人类身体健康。《本草经》列兰草于"上品"，列泽兰于"中品"，足见它们在汉代以前即已受到医家的重视了。至其药用功能，二者或不尽同。

先说兰草。《本草经》谓兰草"利水道，杀蛊毒，辟不祥，久服益气轻身不老，通神明"②，《名医别录》谓其"除胸中痰癖"③，《雷公炮炙论》谓其"生血、调气、养营"④，李杲《用药法象》谓"其气清香，生津止渴，润肌肉，治消渴胆瘅"⑤，李时珍《本草纲目》谓其"消痈肿，调月经，煎水，解中牛马毒"。现代中药学的研究也证明，兰草实有醒脾、化湿与清暑、辟浊之功效，⑥并一直被应用于临床。例如，兰草鲜叶单味开水冲泡以代茶饮，迄今仍是治疗暑湿胸闷、食减口腻之症的良药。此外，据马志《开宝本草》载，兰草尚可"煮水以浴，疗风病"⑦，此或即楚人"浴兰汤兮沐芳"（《云中君》）习俗之所由来。又，陈藏器《本

---

① 转引自李时珍《本草纲目》卷十四"泽草"条，人民卫生出版社1978年版，第906页。
② 孙星衍辑：《神农本草经》，人民卫生出版社1963年版，第32页。
③ 李时珍：《本草纲目》卷十四"兰草"条，人民卫生出版社1978年版，第905页。
④ 同上。
⑤ 同上。
⑥ 同上。
⑦ 同上。

草拾遗》谓兰草"香泽可作膏涂发"①，李时珍《本草纲目》亦谓"此草浸油涂发，去风垢，令香润"，并载汉人崔寔《四时月令》所记作香泽法：

> 用清油浸兰香、藿香、鸡舌香、苜蓿叶四种，以新绵裹，浸胡麻油，和猪脂纳铜铛中，沸定，下少许青蒿，以绵幂瓶，铛嘴泻出，瓶收用之。②

如此制成的香泽可作膏涂发、护发，《史记·滑稽列传》所谓"罗襦襟解，微闻香泽"者是也；亦可用作制烛之添加剂，《招魂》所谓"兰膏明烛，华灯错些"是也。可见，王逸注"兰膏"为"以兰香炼膏"固非无据，而后人或讥其望文生义，则是少见寡闻了。

再说泽兰。泽兰之叶及根皆可供药用。《本草经》言泽兰叶能治"乳妇内衄，中风余疾，大腹水肿，身面四肢浮肿，骨节中水，金疮、痈肿疮脓"③，《名医别录》言其治"产后金疮内塞"④，甄权《药性本草》言其治"产后腹痛，频产血气衰冷，成劳瘦羸，妇人血沥腰痛"⑤，《日华诸家本草》更言其治"产前产后百病，通九窍，利关节，养血气，破宿血，消症瘕，通小肠，长肌肉，消扑损瘀血，治鼻血、吐血，头风目痛，妇人劳瘦，丈夫面黄"⑥。现代中药学的研究也证明，泽兰确有活血、通经、行水之功效。故苏颂《图经本草》云："泽兰，妇人方中最为急用。"⑦ 而妇人方中，"泽兰汤"之用也实多。如《济阴纲目》所载"泽兰汤"，以泽兰配当归、芍药、甘草，治经闭羸瘦潮热之症；⑧《医学心悟》所载"泽兰汤"⑨，以泽兰配生地、当归、赤芍、桂心等，治产后恶

---

① 李时珍：《本草纲目》卷十四"兰草"条，人民卫生出版社1978年版，第905页。
② 同上书，第906页。
③ 孙星衍辑：《神农本草经》，人民卫生出版社1963年版，第74页。
④ 李时珍：《本草纲目》卷十四"泽草"条，人民卫生出版社1978年版，第907页。
⑤ 同上。
⑥ 同上。
⑦ 同上。
⑧ 参见成都中医学院主编《常用中药学》，上海人民出版社1971年版，第289页。
⑨ 同上。

露不行、胸腹胀痛皆是。又据张文仲《备急方》，泽兰、防己等分为末，醋汤下，可治产后水肿；[1]《子母秘录》亦言小儿褥疮，"嚼泽兰心封之良"[2]。至于泽兰之根（即地笋），《本草拾遗》言其能"利九窍，通血脉，排脓治血"[3]，《日华诸家本草》更言"产妇可作蔬菜食，佳"[4]。此皆可见泽兰于妇女、儿童健康关系之大了。

南楚地气卑湿，居人常感肿毒痈疾，而妇女亦易得血分之病。故兰之为用，于楚人之健康与繁衍关系尤为密切。李时珍《本草纲目》云：

> 兰草、泽兰气香而温，味辛而散，阴中之阳，足太阴、厥阴经药也。脾喜芳香，肝宜辛散。脾气舒，则三焦通利而正气和；肝郁散，则营卫流行而病邪解。兰草走气道，故能利水道，除痰癖，杀蛊辟恶，而为消渴良药；泽兰走血分，故能治水肿，除痈毒，破瘀血，消症瘕，而为妇人要药。

至于兰之可佩于身（《礼记》言"佩帨茝兰"）、可握于手（《风俗通》言"怀香握兰"）以拔除不正之气，可置于发以"令头不腻"（即令发不黏），可"藏衣著书中辟白鱼"（陆玑《毛诗草木鸟兽虫鱼疏》），亦皆与其药用价值相关。正因为兰有着如此重要的药用价值，故骚人之于兰，当不仅悦其外表，亦重其实用。而发为辞赋，遂不觉时时诵之，所谓感不去心矣。换言之，楚骚之多咏兰，实可视为楚人医药文化及健康意识的一种艺术反映。

（三）王者之香草

在中国文化史上，兰草还被视为王者之香草。晋孔衍《琴操》云：

> "猗兰操"者，孔子所作也。孔子聘诸侯，莫能任。自卫反

---

[1] 参见成都中医学院主编《常用中药学》，上海人民出版社1971年版，第289页。
[2] 李时珍：《本草纲目》卷十四"泽草"条，人民卫生出版社1978年版，第907页。
[3] 同上。
[4] 同上。

鲁，隐谷之中，见香兰独茂，喟然叹曰："夫兰当为王者香，今乃独茂，与众草为伍！"乃止车，援琴鼓之，自伤不逢时，托辞于香兰云。①

此即"兰为王者香"之出处。后之言兰者辄引孔子此语，如吴陆玑《毛诗草木鸟兽虫鱼疏》及明毛晋《广要》皆是。其实，早在孔子之前，兰已被誉为"国香"了。《左传·宣公三年》记：

郑文公有贱妾曰燕姞，梦天使与己兰，曰："余为伯儵。余，而祖也。以是为而子。以兰有国香，人服媚之如是。"既而文公见之，与之兰而御之。辞曰："妾不才，幸而有子。将不信，敢征兰乎？"公曰："诺。"生穆公，名之曰"兰"。……穆公有疾，曰："兰死，吾其死乎！吾所以生也。"刈兰而卒。

这则故事告诉人们，春秋时期的郑国，不但民间有"秉蕑"之俗，即在诸侯之家，亦视兰为胄子的象征。燕姞梦天使与己兰，既而文公又与之兰为信物而御之，后果生穆公，并名之曰"兰"。穆公以兰而生，又因"刈兰而卒"，可见，兰之于穆公，正如玉之于贾宝玉一样，已成为这位国君的命根子了。难怪后世的贵族之家皆欲芝兰生于庭阶，而将"严霜结庭兰"（《孔雀东南飞》）视为厄运的先兆了。值得注意的是，郑穆公名"兰"，与郑毗邻的楚国，其怀王少子亦名曰"子兰"。此则不单是偶然的相重，它与楚骚之以兰喻贵胄子弟，实皆出自一种共同的文化心理，即所谓"兰为王者香"也。

那么，兰为何会被古人视为王者之香草呢？推其义，不外有三。

一是"兰有国香，人服媚之"。即是说，兰之香气甲于一国，人们佩而爱之。兰（佩兰）茎叶皆带紫红色，有香气；茎顶密生头状花，排列成复伞房状花序，香味尤清雅淡远，深受人们的喜爱。故毛晋《毛诗草木鸟兽虫鱼疏广要》谓"江南人以兰为香祖"，又谓"兰无

---

① 《艺文类聚》卷八十一"兰"字条，中华书局1965年版，第1389页。

偶，称为第一香"。① 似此，则唯有王者足以当之。

二是兰之品性，颇类古之君子。《悲回风》云："兰芷幽而独芳。"《孔子家语·在厄》云："芷兰生于深林，不以无人而不芳。君子修道立德，不为困穷而改节。"②《文子》亦云："兰芷不为莫服而不芳，君子行道，不为莫知而止。"③ 正因为兰的品性是如此之高贵，故《易·系辞》曰："同心之言，其臭如兰。"《荀子·王制》亦曰："（民之）好我，芳若椒兰。"这从美学的角度来说，实际是一种"比德"。

三是兰之为用，除具疗疾功能外，其在王室，尚有特殊的用途。《毛诗草木鸟兽虫鱼疏》言"汉诸池苑及许昌宫中皆种之"，而且"天子赐诸侯芷兰"。显然，这对诸侯来说是一种荣耀。在巫风盛行的南楚王室，兰的用处就更为广泛了。"荪桡兮兰旌"（《湘君》），是以兰为饰；"蕙肴蒸兮兰藉"（《东皇太一》），是以兰供神；"传芭兮代舞"（《礼魂》），是以兰为祭仪上传递的花束；"兰膏明烛"（《招魂》），是以兰香炼膏制烛；而"彷徨兮兰宫"（《九怀》），则是以兰命名神人所居，颇类后妃之居曰椒房了。凡此，皆非民间寻常之用。此外，"怀兰英兮把琼若"（《九思》）之"兰英"，还是楚王室酿酒的重要原料，所谓"兰英之酒，酌以涤口""此亦天下之至美"（枚乘《七发》）是也。

合言之，兰之所以被视为王者之香草，盖缘其香气、品性及特殊之用途。若再溯本求源，则兰最初实为一植物图腾，即由健身良药而升华为崇拜对象（即"命根子"）者也。后世之所谓"国花""国树"者，或与此有渊源关系。具体到南楚而言，兰由植物图腾又演化为楚王族之象征，故楚骚每以之喻贵胄子弟，所谓"滋兰树蕙""以兰为可恃""惟椒兰之不反"者是也。而"眷顾楚国，系心怀王"的宗子屈原，也正是通过对兰的反复吟颂，以表现其好修的美德，并抒发其忠君、恋宗、爱国之情思的。

（四）诗思之渊薮

楚民族保留氏族社会遗风较多，楚人思维之具象性及神秘色彩即其

---

① 毛晋：《毛诗草木鸟兽虫鱼疏广要》，"丛书集成"（初编）第1346册，本书第2页下栏。
② 《艺文类聚》卷八十一"兰"字条，中华书局1965年版，第1389页。
③ 同上。

一端。而且，由于地理环境的原因，楚人与大自然的关系亦较北土为密切。楚地气候温暖，土沃物丰，求生至易，故自"筚路蓝缕，以启山林"（《左传·宣公十二年》）以来，楚人便常有闲情逸致以乐其风土景物。兼以"楚人之多才"（《文心雕龙·辨骚》），遂致"南楚好辞"（《史记·货殖列传》）之风寖盛。"物色之动，心亦摇焉"（《文心雕龙·物色》）。楚人吟咏的对象，除日月山川外，"国树"的橘与"国香"的兰无疑又是最具吸引力的。而兰的外美与内美兼具的品格及与之相联系的文化蕴含，似更能引发骚人的种种联想与泉涌的诗思。请看《少司命》开头的描写：

　　秋兰兮麋芜，罗生兮堂下。绿叶兮素华，芳菲菲兮袭予。夫人自有兮美子，荪何以兮愁苦。
　　秋兰兮青青，绿叶兮紫茎。满堂兮美人，忽独与余兮目成。

显然，堂下罗生的秋兰（即泽兰），那绿叶、紫茎、素华的美姿与芳气袭人的美质，引起了诗人对少司命职司的联想。或者说，诗人为少司命的降临精心安排了一个秋兰丛生的典型环境亦无不可。总之，秋兰的描写是作者着意的，非泛泛言之。再加上篇中对秋兰的反复吟咏，似乎更暗示了诗人的这种用意。为什么呢？因为少司命是一位掌管人间子嗣和儿童命运的女神，而子嗣的繁衍，又直接与妇女的健康状况相关。于是，作为"妇人要药"的泽兰便会备受女性的青睐了。故秋兰之咏，极可能是对楚地妇女生活环境的真实写照。而这样的背景描写，非但令诗篇的意境更美，其文化意蕴也更丰富了。且不说秋兰与"美人"的相互辉映所构成的素雅、淡洁的画面，也不说秋兰的芳气袭人与"美人"的眉目传情为画面所增加的馨香醉人的气息，单就诗歌创作与女性文化的有机结合一点而言，又有谁能不为之叫绝呢？可以说，由于"兰"这一文化载体的成功运用，遂使诗篇具有了多重的内涵及无尽的艺术魅力。

再如《离骚》之咏兰，也通过兰的多重象征义，有力地衬托了主人公的光辉峻洁形象，并表达了诗人的政治理想。诗人"纫秋兰以为佩""饮木兰之坠露""步余马于兰皋""结幽兰而延伫"。"滋兰之九畹"既喻对贵族子弟的殷勤培养，而"兰芷变而不芳"又深深地寄托着诗人对人才变质的惋惜。最后，连诗人对楚国前途的彻底失望，在很大程度上也是由于"兰"之"羌无实而容长"。"兰"就是这样在启发着骚人的诗思，也增强着诗篇的表现力。他如《楚辞》各篇中有关兰的描写，若"疏石兰兮为芳""浴兰汤兮沐芳"，"兰薄户树""兰膏明烛"，"游兰皋""泛崇兰"，"怀兰英""悲兰生"，皆不仅为造境之所必需，更将骚人的种种情思抒发得淋漓尽致，诚所谓"结撰至思，兰芳假些；人有所极，同心赋些"（《招魂》）。

总之，楚骚之多咏"兰"，既因兰为南楚所习见，又因兰乃健身之良药，并进而升华为楚人所崇拜的植物图腾及王族之象征；而兰的外美、内美兼具的品格及与之相关的多重文化蕴含，更启迪了楚人的诗思，唤起了骚人的创作欲望，从而成为楚骚抒情的理想载体。

三 楚骚咏"兰"之余韵

汉代，楚辞作家的咏"兰"传统仍未断绝。若东方朔之《七谏》、王褒之《九怀》、刘向之《九叹》、王逸之《九思》，其中都有咏兰的句子。这一方面固然是出于对屈、宋之作的模拟，但同时也可以看出汉人对楚文化重要载体的"兰"在一定程度上的认同。而作为楚人的汉统治者，对"兰"似乎更有一种特殊的感情。如汉武帝所作《秋风辞》中，便有"兰有秀兮菊有芳，怀佳人兮不能忘"之句，至被沈德潜称为"《离骚》遗响"（《古诗源》卷二）。至于汉赋的咏"兰"（如《子虚赋》之"衡兰芷若"），更是非止一处。汉人的这种咏"兰"传统，一直持续到汉末。东汉郦炎《咏兰诗》曰：

灵芝生河洲，动摇因洪波。
兰荣一何晚，严霜瘁其柯。
哀哉二芳草，不植太山阿。[1]

此外，《古诗十九首》之"涉江采芙蓉，兰泽多芳草"（《涉江采芙蓉》），"伤彼兰蕙花，含英扬光辉"（《冉冉孤生竹》），《玉台所咏》所载题为枚

---

[1] 范晔：《后汉书·郦炎传》，中华书局1965年版，第2647页。

乘《杂诗》的"兰若生春阳，涉冬犹盛滋"，以及《文选》所载题为苏武诗的"烛烛晨明月，馥馥我兰芳。芳馨良夜发，随风闻我堂"，也都是咏"兰"的名句。李善于"随风闻我堂"下注云："秋月既明，秋兰又馥，游子感时，弥增恋本也。"① 可见，汉末诗人所咏（枚乘《杂诗》及"苏李诗"实可视为汉末人所作）仍是秋兰，只不过此时的咏兰已不再具有楚骚浓厚的文化意蕴了，仅是托物言志而已。

直至三国魏晋，兰仍是人们心目中美好事物的象征。《三国志·蜀志·周群传》载蜀人张裕多才，善占卜，然因多次冒犯刘备，刘备遂下决心诛之。诸葛亮表请其罪，刘备回答说："芳兰生门，不得不锄。"兰是美好的，但不能当门而生，只能长于阶庭。故当东晋的谢安问子侄们，为何人们都希望子弟好时，谢玄便应声答道："譬如芝兰玉树，欲使其生于阶庭耳。"（《世说新语·言语》）而所谓"芝兰玉树"之"生于阶庭"，也就是"秋兰兮麋芜，罗生兮堂下"之义了。

魏晋时期咏兰的诗篇，当以《玉台新咏》所载傅玄的《秋兰篇》为代表：

> 秋兰荫玉池，池水清且芳。
> 芙蓉随风发，中有双鸳鸯。
> 双鱼自踊跃，两鸟时迥翔。
> 君期历九秋，与妾同衣裳。②

"秋兰"可以"荫玉池"，则傅玄所咏，仍是学名为地瓜儿苗的泽兰无疑。

南北朝时期，文人的咏兰虽然不废，但随着咏梅之风的兴起，咏兰渐为咏梅所取代了。这一时期的咏兰之作已不多见，较有名的是陈周弘让的《山兰赋》：

> 爰有奇特之草，产于空崖之地。仰鸟路而裁通，视行踪而莫至。挺自然之高介，岂众情之服媚。宁纫结之可求，兆延伫之能洎。禀

---

① 萧统编：《文选》，中华书局1977年版，第413—414页。
② 徐陵编：《玉台新咏》，成都古籍书店影印本，第45页。

造化之均育，与卉木而齐致。入坦道而消声，屏山幽而静异。独见识于琴台，窃逢知于绮季。①

从"挺自然之高介，岂众情之服媚"的句子看来，篇中所赋之山兰，实是"当为王者香"的佩兰。

唐代诗人咏兰的更少，而且多属用典，即取骚人咏兰之意以入诗。如李白的"直木忌先伐，芳兰哀自焚"（《古风》三十六）、"光风灭兰蕙，白露洒葵藿"（《古风》五十二），前者寓"兰含香而遭焚"之义，后者则直接引用《招魂》"光风转蕙，泛崇兰些"的句子。而唐人咏兰诗中，最好的也还要数李白，其《古风》三十八便是一首纯以兰来立意的古诗：

> 孤兰生幽园，众草共芜没。
> 虽照阳春晖，复悲高秋月。
> 飞霜早淅沥，绿艳恐休歇。
> 若无清风吹，香气为谁发。②

虽为仿古之作，但作者以"孤兰"自喻，感叹无人能够引类拔萃而荐用之，亦可谓能得骚人之旨。而这首诗也便成为楚骚咏兰的最后余响了。

宋代，咏梅诗词大量出现，仅南宋黄大舆所编《梅苑》即收北宋咏梅词四百余首。相形之下，文人们对咏兰已不感兴趣。间有咏之者，亦多误兰花为兰草，全非骚人之义。此后直至明清，无论诗歌还是绘画，作为描写对象的兰，便全都是兰花了。画家和诗人们已不知三闾所咏为何物，有人甚至将《楚辞》之"兰"与时下的兰花等同起来，如郑板桥之画兰花而题"九畹兰花江上田"③，便是明显的例子。

咏兰作为南楚的一种文化现象，为何由盛而衰，而终至发生变异呢？这首先是由于它的文化背景发生了变化。随着汉朝的统一及南北文化的

---

① 赵逵夫主编：《历代赋评注》（南北朝卷），巴蜀书社2010年版，第466—467页。
② 王琦注：《李太白集》，中华书局1977年版，第136页。
③ 《郑板桥集·八畹兰》，上海古籍出版社1979年版，第169页。

融合,许多地方文化被融入了"大汉"文化之中。此时,文人们的眼光已不再局限于地域文化,他们开始转向对博大中华文化的弘扬。汉赋的兴盛便是明证。"咏兰"作为楚骚的重要特征,原本与楚文化有着密不可分的关系;而随着楚文化被融入汉文化,"咏兰"便在一定程度上失去了它原有的文化基础,并开始被新时代的文人们所忽视。如果说这种现象在汉朝建立之初还不十分明显的话(汉的统治者为楚人,而且多善楚辞),那么,随着时间的推移及文化融合的日渐加强,作为地方文化载体的一些物象便很难在人们的观念中长存了。其次是审美情趣的变化。正如梅在先秦只被人们当作调料一样,[①] 后世的人们也仅视兰为药材之一种了。人们的审美情趣在变化,在更新,人们要寻求更高雅、更含蓄、更富有文化意蕴的美的载体。这便是梅被看中的原因之一。于是,自六朝以来,人们便开始对梅的美学意义不断给予新的诠释,并终于使梅跳出了传统的实用范畴,而成为具有多种美学情趣的审美对象。而梅的不断受重视,又正是兰被忽略的原因。与此同时,人们也从楚骚所咏之兰中发现了一个可以给予新的美学诠释的品种,那就是幽兰,亦即今之所谓兰花。于是,变异后的兰便与梅、竹、菊一起,又合成了一组新的美学意象。

1993 年 12 月

[本文第一部分刊于《兰州大学学报》1993 年第 2 期,题为《楚辞之"兰"辨析》;第二、三部分刊于《甘肃省广播电视大学学报》第 13 卷第 2 期,题为《楚辞咏兰之文化意蕴及其流变》;全文(包括附图)载于香港《屈原研究国际研讨会论文集》,2000 年 5 月光盘版。《人民日报》海外版 1992 年 12 月 17 日曾以《读骚辨兰》为题,对第一部分先期摘要刊登]

---

① 《尚书·说命》:"若作和羹,尔雅盐梅。"参见《十三经注疏》,中华书局 1980 年影印本,第 175 页下栏。

图1 佩兰   图2 泽兰

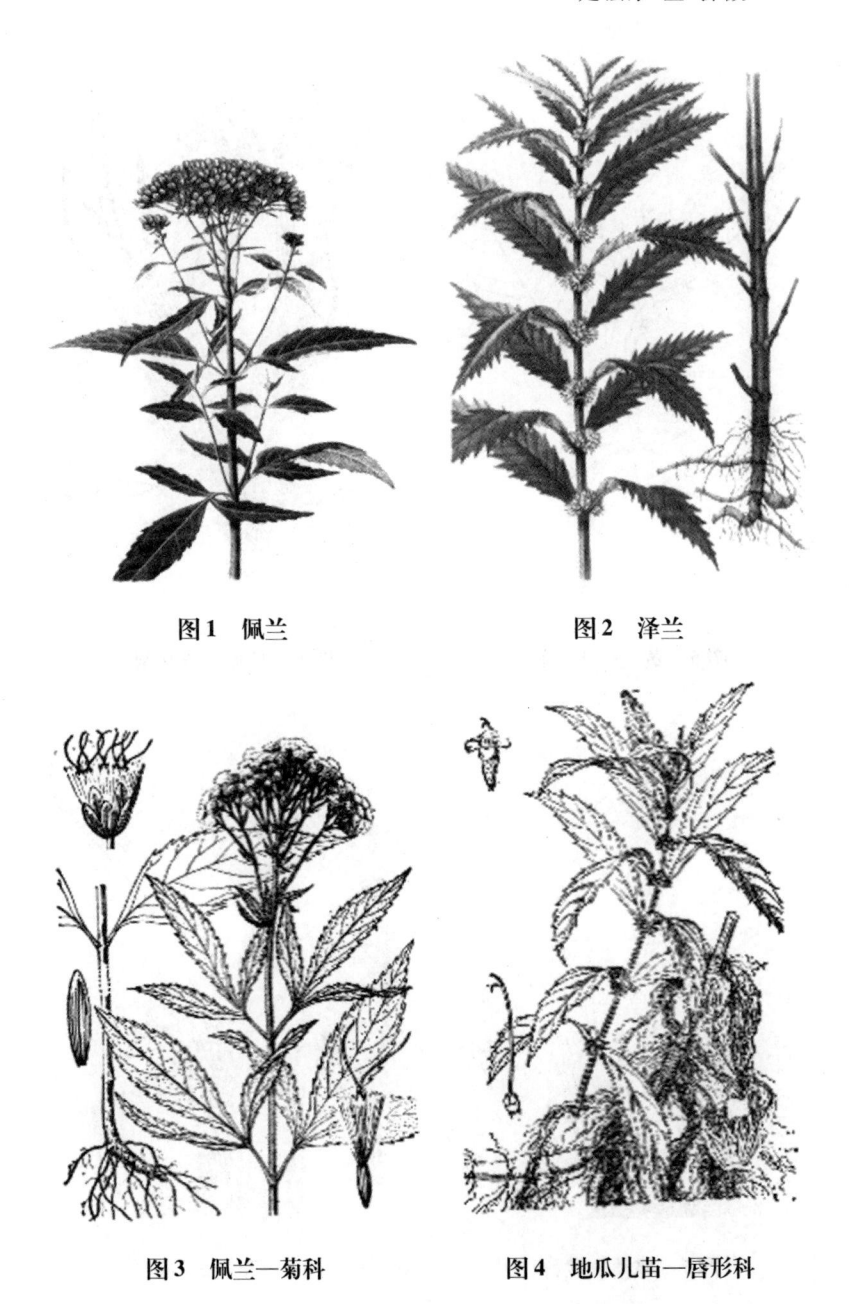

图3 佩兰—菊科   图4 地瓜儿苗—唇形科

图 5　黄兰—木兰科　　　　图 6　马莲—鸢尾科

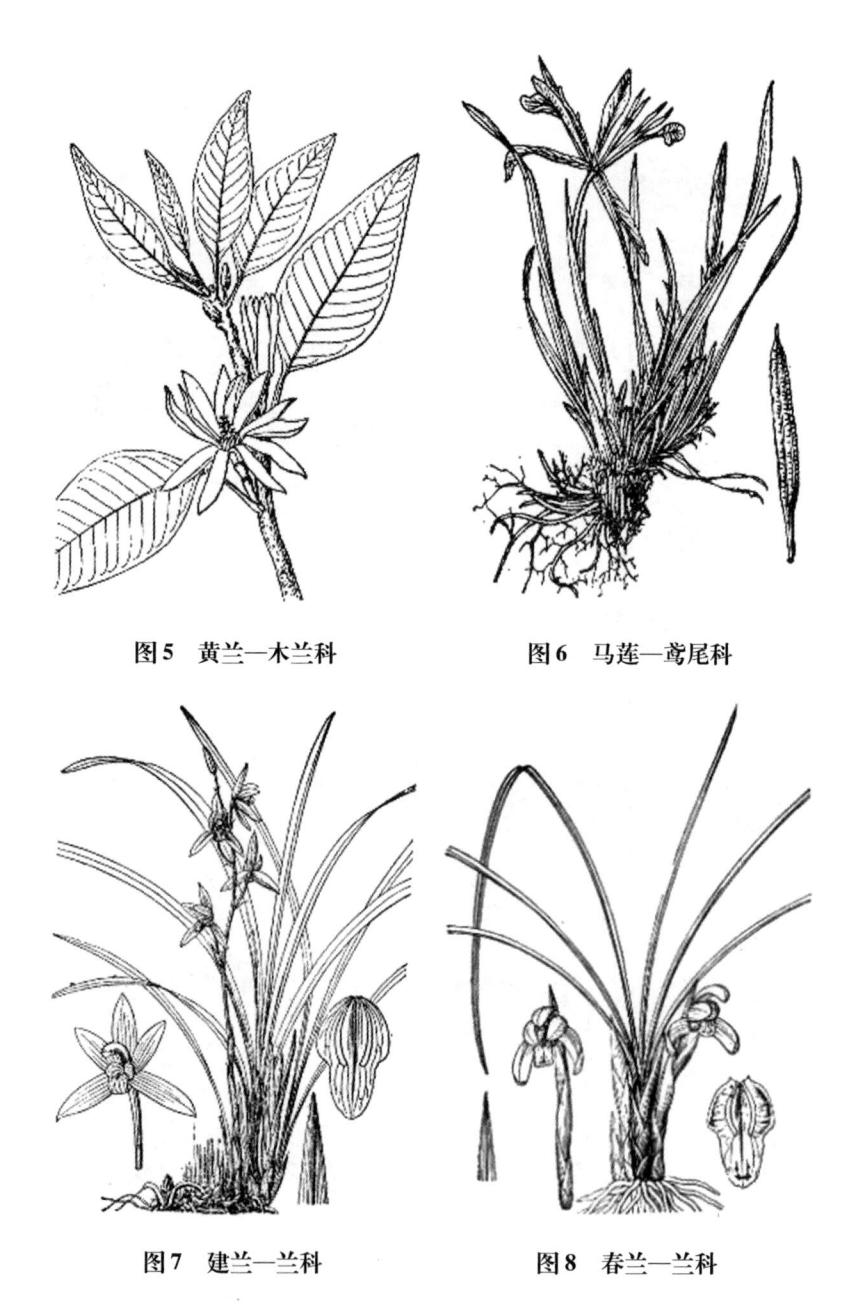

图 7　建兰—兰科　　　　图 8　春兰—兰科

说"蒲剑"

蒲剑即蒲叶，以其形似剑故名。唐李咸用《和殷衙推春霖即事诗》"柳眉低带泣，蒲剑锐初抽"之句，① 即咏此。古时端午节有悬挂蒲剑之俗，如清富察敦崇《燕京岁时记》云："端午日用菖蒲、艾子插于门旁，以禳不祥，亦古者艾虎、蒲剑之遗意。"② 有时人们也将菖蒲移植盆内，于端午前后摆放门旁，如刘若愚《明宫史》所记："五月初一日起，至十三日止……门两旁安菖蒲、艾盆。"③ 还有用菖蒲雕刻天师驭虎像者，如南宋吴自牧《梦粱录》所说："仲夏五日重午节以菖蒲或通草雕刻天师驭虎像于中，四周以五色染菖蒲悬围于左右。"④ 至于以蒲泛酒和沐浴者，更常见之。如南朝梁宗懔《荆楚岁时记》云："五月五日荆楚人以菖蒲或镂或屑，以泛酒。"⑤ 清潘荣陛《帝京岁时纪胜》亦云："端阳日，蒲艾爆干存贮，生子用以沐浴，兼洗冻疮。"⑥ 不管是何种方式吧，总之，在端午节的民俗活动中是少不了蒲的。

那么，蒲究竟是一种什么样的植物呢？或谓"蒲席""蒲轮"之蒲，或谓"蒲柳""蒲苇"之蒲，并非也。蒲即菖蒲，又名菖阳、尧韭、水剑草，实即天南星科植物石菖蒲，学名 Acorus Gramineus Soland。谓之"菖蒲"，乃言其为蒲类之昌盛者；谓之"菖阳"，言其得阳气之先，如《吕氏春秋·任地》所云："冬至后五旬七日，菖始生。菖者，百草之先生者

---

① 四部丛刊影宋本李推官：《披沙集》卷四，第8页。
② 富察敦崇：《燕京岁时记》，北京古籍出版社1983年版，第66页。
③ 刘若愚：《明宫史》，北京古籍出版社1980年版，第86页。
④ 吴自牧：《梦粱录》，浙江人民出版社1980年版，第21页。
⑤ （南朝梁）宗懔：《荆楚岁时记》，岳麓书社1986年版，第34页。
⑥ 潘荣陛：《帝京岁时纪胜》，北京古籍出版社1983年版，第23页。

也，于是始耕。"① 又，传说尧时天降精于庭为韭，感百阴之气为菖蒲，故曰"尧韭"（见《太平御览》卷九九九引《典术》）。而方士则以其形似剑径谓之"水剑草"。

倘再细分，则菖蒲之类亦多。要而言之，皆因其所生之处不同而品类亦异：生于池泽下湿地，叶肥厚，根高二三尺者，为泥菖、白菖；生于溪涧，叶瘦薄，根高二三尺者，为水菖蒲；生于水石之间，叶有剑脊，瘦根密节，高尺余者，为石菖蒲。药用者多为石菖蒲。而石菖蒲又有三种：叶作剑脊而无花者，一也；叶不作剑脊而开黄花者，二也；叶不作剑脊而开紫花者，三也。② 据《抱朴子》说，石菖蒲以一寸九节紫花者尤善，即所谓菖阳、溪荪也。③ 石菖蒲亦可以人工栽培，用瓦石器盛沙种之，至春剪洗，愈剪愈细，直至高四五寸，叶如韭，根如匙柄；甚则根仅二三分，叶长寸许，谓之钱蒲。此即后世端午节用以置门旁之蒲盆也。

菖蒲在古代文献中也很早即已见于记载。《说文》"卬，昌蒲也。"《广雅》："卬，昌阳、昌蒲也。"又，《周礼·天官·醢人》："朝事之豆，其实昌本"，郑玄注："昌本，昌蒲根，切之四寸为菹。"④《左传·僖公三十年》："飨有昌歜"，杜预注："昌歜，昌蒲菹。"⑤《淮南子·说林训》："昌羊去蚤虱而来蛉穷"，高诱注："昌羊，昌蒲也。"⑥ 而《韩非子·难四》《吕氏春秋·遇合》及《太平御览》卷九九九引《说苑》，又俱有"文王嗜昌蒲菹"的记载。可见，菖蒲很早即为古人所认识，并开始服食了。

至于菖蒲与端午节发生联系，则不外有着两方面的因素。

一是菖蒲本身的药用价值。我们知道，最早的端午节并非是为纪念屈原的，它是由龙子节发展而来的卫生节，即于仲夏之时防病、抗病并

---

① 《诸子集成》第六册，上海书店1986年影印本，该书第334页。
② 参见吴仁杰《离骚草木疏》，《丛书集成》（初编）第1352册，本书第2页；李时珍：《本草纲目》"草"部第十九卷，人民卫生出版社1978年版，第1356—1357页。
③ 葛洪：《抱朴子·内篇》"仙药"卷第十一，参见《诸子集成》第八册，上海书店1986年影印本，该书第51页。
④ 《十三经注疏》，中华书局影印本，第674页下栏。
⑤ 《春秋左传集解》第一册，上海人民出版社1977年版，第398页。
⑥ 《诸子集成》第七册，上海书店1986年影印本，该书第291页。

全力以赴向自然界的邪恶进行斗争的日子。① 而菖蒲便是一种防病、抗病、强身的良药。《本草经》将菖蒲列为"上品"之药，并介绍其药用功能：

> 昌蒲，味辛温，主风寒湿痹，咳逆上气，开心孔，补五脏，通九窍，明耳目，出声音。久服轻身，不忘不迷，或延年。②

李时珍《本草纲目》对菖蒲的主治病症又有所补充，并综引各家之说曰：

> 四肢湿痹，不得屈伸，小儿温疟，身积热不解，可作浴汤。（以上引陶弘景《名医别录》）治耳鸣头风泪下，鬼气，杀诸虫，恶疮疥瘙。（以上引甄权《药性本草》）除风下气，丈夫水脏，女人血海冷败，多忘，除烦闷，止心腹痛，霍乱转筋，及耳痛者，作末炒，乘热裹窨甚验。（以上引大明《日华诸家本草》）③

又，《道藏经》有《菖蒲传》一卷，谓菖蒲为"水草之精英，神仙之灵药"，并详细介绍其采摘、炮制、服食的方法。④ 应劭《风俗通》言，菖蒲放花，人食之得长年。葛洪《抱朴子》言，韩众（终）服菖蒲十三年，身上生毛，冬袒不寒，日记万言。⑤《神仙传》言，咸阳王典食菖蒲得长生；安期生采一寸九节菖蒲服，仙去。⑥《臞仙神隐书》言，石菖蒲置一盆于几上，夜间观书，则收烟无害目之患；或置星露之下，至旦取叶尖露水洗目，大能明视。此虽杂有迷信成分，然古人对菖蒲药用价值之普遍重视，实可见一斑。现代医药学的研究也证明，菖蒲（主要是石菖蒲）确有芳香开窍及和中辟浊之功效，并常被用来治疗湿浊蒙蔽清窍和热入

---

① 参见张崇琛《楚辞文化探微》之《龙子节·卫生节·屈原节》一节，新华出版社1993年版，第175—180页。
② 孙星衍辑：《神农本草经》，人民卫生出版社1963年版，第11页。
③ 李时珍：《本草纲目》"草"部第十九卷，人民卫生出版社1978年版，第1358页。
④ 转引自李时珍《本草纲目》，人民卫生出版社1978年版，第1357—1358页。
⑤ 葛洪：《抱朴子·内篇》，参见《诸子集成》第八册，上海书店1986年影印本，第51页。
⑥ 转引自李时珍《本草纲目》，人民卫生出版社1978年版，第1357—1358页。

心包所致的神志昏乱，以及耳聋、健忘、神志呆痴、胸腹胀闷、湿滞气塞、疼痛诸症。①

　　正因为菖蒲与人体的健康有着如此密切的关系，所以菖蒲在以战胜疾病为核心内容的早期端午节中即被人们所重视，便不是偶然的了。大约古人服食菖蒲，原本并没有什么特定的日子（如《周礼》《左传》所记），迨到人们有意识地用它来与"恶月"（即夏历五月）的疾病作斗争时遂渐渐固定在端午节了。而且，其医用的方法也由"切之四寸为菹"，又增加到渍酒、"作浴汤"及"作末炒"等。而随着端午精神内涵的进一步扩大，即由对自然界的邪恶进行斗争发展到对社会邪恶势力的斗争，菖蒲那长而挺拔的叶子又被人们用来作为斩妖除魔的利剑，悬挂在家家的门旁，成为中华民族正义和力量的象征。而几经演变，正义和力量又与审美相结合，这就是菖蒲由野生到盆栽，并被作为观赏植物的文化背景。

　　二是菖蒲与屈原的歌咏及其人格也有着密切的关系。端午节由龙子节、卫生节而发展为贤人节，并最终被固定为纪念屈原，这自然因为屈原是端午精神最恰切的体现者。由于屈原的歌咏，菖蒲在端午民俗中的地位便不断得到了巩固，并一直持续到今天，甚至连日本的端午节风俗也是"蒲剑兰汤，形式上差不多没有两样"②。

　　查屈原作品中，并未见"菖蒲"字样。然"荃""荪"则常咏之。如《离骚》"荃不察余之中情""荃蕙化而为茅"，《湘君》"荪桡兮兰旌"，《湘夫人》"荪壁兮紫坛"，《少司命》"荪何以兮愁苦""荪独宜兮为民正"，《抽思》"数为荪之多怒""荪详聋而不闻""愿荪美之可完"。洪兴祖《楚辞补注》于"荃不察余之中情"下注曰："荃与荪同。"③ 释道骞《楚辞音》于"荃蕙化而为茅"句下出"荪"字曰："本或作荃，非也。凡有荃字悉荪音。"④《汉书·江都王建传》"遗建荃葛珠玑"句，服虔注亦云："荃音荪。"⑤ 是"荃"字又作"荪"音。而"荪桡""荪

---

① 参见成都中医学院主编《常用中药学》，上海人民出版社1973年版，第206—207页。
② 郭沫若：《蒲剑·龙船·鲤帜》，参见《今昔蒲剑集》，海燕书店1950年版，第214页。
③ 洪兴祖：《楚辞补注》，中华书局1983年版，第9页。
④ 参见姜亮夫《楚辞通故》，齐鲁书社1985年版，第559页。
⑤ 班固：《汉书》，中华书局1962年版，第2417页。

壁""荪独宜""数为荪""荪详聋""愿荪美"之"荪",王逸《楚辞章句》本皆曰:"荪一作荃。"可知"荃""荪"字异而音义相同,皆是一物。又,宋吴仁杰《离骚草木疏》引沈存中(括)语云:"香草之类,大率多异名。所谓兰荪,荪即今昌蒲是也。"又引陶隐居(弘景)云:"东涧溪侧,有名溪荪者,根形气色,极似石上昌蒲,而叶正如蒲,无脊,俗人误呼此为石昌蒲。诗咏多云兰荪,正谓此也。"① 沈括言"荪"即昌蒲,而陶氏又言溪荪为兰荪,亦即诗人所咏,皆是。惟陶弘景言"溪荪"并非"石菖蒲",似未妥。故吴仁杰复引《抱朴子》,直谓"溪荪自是石菖蒲一类中尤颖耳"。可见,屈原作品中所大量歌咏的"荃""荪",实即菖蒲也。

屈赋中之所以大量歌咏菖蒲,其药用价值自然是原因之一。而另一个重要原因便是屈原要借"荃""荪"以喻神灵和君王。像"荃不察余之中情""数为荪之多怒""荪详聋而不闻""愿荪美之可完",其句中之"荃""荪"即喻楚王;而"荪何以兮愁苦""荪独宜兮为民正",其句中之"荪"则喻少司命。在众多的名贵香草中,屈原为何弃兰、蕙而不用,独取菖蒲以喻君王呢?此当与中药的配伍及楚人的医药文化心理有关。吴仁杰《离骚草木疏》说:

> 《抱朴子》以紫花为尤善,即所谓昌阳、溪荪者也。知溪荪自是石菖蒲一类中尤颖耳。药有君、臣、佐、使,而此为君;《离骚》又以为君喻,良有以也。②

所谓"君、臣、佐、使",亦即组成方剂的主治药、辅助药、兼治药及引和药四个部分,这样的配伍原则,至今仍被医家所遵从。而像《医学心悟》所载之"安神定志丸"(治惊恐、神志痴呆)及《证治准绳》所载之开心散(治健忘、耳聋)等,又正是以石菖蒲为"君"药的。③ 而且,人们倘将菖蒲所具有的主治耳聋、健忘、神志昏乱等功能与屈赋中"荪

---

① 吴仁杰:《离骚草木疏》,《丛书集成》(初编)第1352册,第1页。
② 同上书,第2页。
③ 成都中医学院主编:《常用中药学》,上海人民出版社1973年版,第207页。

详（佯）聋而不闻""数为荪之多怒"等诗句进行对读，则还可发现，屈原之以"荪"喻君，既含有对楚王名分的尊崇，同时亦不无反讥的用意。其言下之意是说，"荪"本是治耳聋者，却要装聋而不闻，这正如楚王的原本圣明，却要变得健忘和神志不清一样。而后世端午民俗多用菖蒲，也许又包含了人们同情屈原的"信而见疑，忠而被谤"①，并决心用菖蒲以治疗楚王的耳聋、健忘和神志昏乱的因素。

至于菖蒲与屈原人格的关系，苏东坡《石菖蒲赞》中便有一段妙语，兹引述如下：

> 凡草木之生石上者，必须微土以附其根。如石韦、石斛之类，虽不待土，然去其本处辄槁死。唯石菖蒲并石取之，濯去泥土，渍以清水，置盆中，可数十年不枯。虽不甚茂，而节叶坚瘦，根须连络，苍然于几案间，久而益可喜也。其轻身延年之功，既非昌阳之所能及；至于忍寒苦、安淡泊，与清泉白石为伍，不待泥土而生者，亦岂昌阳之所能仿佛哉！②

东坡以石菖蒲与昌阳为二物，其说虽与韩愈《进学解》所指不尽一致，③然其写石菖蒲"濯去泥土，渍以清水""数十年不枯"，以及"节叶坚瘦""忍寒苦、安淡泊，与清泉白石为伍""久而益可喜"的特点，倒是很容易令人联想起"屈原瘦细美髯，丰神朗秀""性洁，一日三濯缨"，④以及"举世皆浊我独清"⑤ "与天地兮同寿，与日月兮齐光"⑥ 的品格。除此之外，菖蒲的叶子自然也会令人联想起屈原身佩的那柄长剑⑦和楚人

---

① 《史记·屈原列传》，中华书局1959年版，第2482页。
② 孔凡礼点校：《苏轼文集》第二册，中华书局1986年版，第617页。
③ 《进学解》有"訾医师以昌阳引年，欲进其豨苓"之句。韩愈既谓昌阳能引年，则其所谓昌阳即石菖蒲也。
④ 沈亚之：《屈原外传》；蒋骥：《山带阁注楚辞》，上海古籍出版社1984年版，第21页。
⑤ 洪兴祖：《楚辞补注·渔父》，中华书局1983年版，第179页。
⑥ 洪兴祖：《楚辞补注·涉江》，中华书局1983年版，第129页。
⑦ 《楚辞·涉江》："带长铗之陆离兮，冠切云之崔嵬。"参见洪兴祖《楚辞补注·涉江》，中华书局1983年版，第128页。

"带长剑兮挟秦弓"① 的英雄气概。

　　总之，端午节的一柄"蒲剑"，既是楚人医药文化心理的体现，又是屈原正直峻洁人格的象征，更是旨在向邪恶势力作斗争的端午精神的标志。

　　让蒲剑在一年一度的端午节高悬吧，它将启示我们保持民族的优良传统，并鼓励我们去战胜自然界和人世间的一切恶魔！

1993 年 12 月

（曾载《人文与自然》2000 年第 2 期，题为《蒲剑——端午精神的象征》）

---

① 洪兴祖：《楚辞补注·国殇》，中华书局 1983 年版，第 83 页。

"薇"与《诗经》中的"采薇"诗

《采薇》是《诗经》中的名篇,而"采薇"后来又成为中国文化中的一种特殊意象,对历代的文化名人影响至大。然"薇"究为何物?其生长的规律如何?"采薇"的文化意义又是什么?这些问题都还有待进一步的考证和落实。本文便结合文献及作者多年的实际考察,尝试作出回答。

一

《诗经》中言及"采薇"的有两篇,即《召南》的《草虫》与《小雅》的《采薇》。《草虫》首章以"草虫"(即蝈蝈)、"阜螽"(即蚱蜢)起兴,时令在秋;二章、三章分别以"采蕨"与"采薇"起兴,时令在春。整个诗篇的思绪乃是由头一年的悲秋到第二年的伤春。正如王照园(郝懿行妻)《诗问》所云:"两年事尔。君子行役当春夏间,涉秋未归,故感虫鸣而思。至来年春夏犹未归,故复有后二章。"[1] 所以此诗之主旨虽今古文及汉宋学间大有争论,然其时序却是明确的,未见异辞。

《采薇》的时序就没有这么简单了。《采薇》共六章,其中的一、二、三章也皆以"采薇采薇"起兴。由于诗中又有"薇亦作止""薇亦柔止""薇亦刚止"的句子,故说者遂谓前三章皆是以薇的生长状况来表示时序的更迭。具体说,以"薇亦作止"的时令为初冬,"薇亦柔止"的时令为春天,"薇亦刚止"的时令为晚秋或初冬,且千篇一律地都认为薇在冬天

---

[1] 转引自陈子展《诗经直解》卷二,复旦大学出版社1983年版,第39—40页。

发芽。如高亨《诗经今注》："薇，冬天发芽，春天长大。"① 程俊英《诗经译注》："薇，冬天发芽，春天二三月长大。"② 袁梅《诗经译注》："薇，冬生芽，春长大，嫩苗可以吃。"③ 其他各家的训释也大体如此。采薇的时间是在春天，这大概没有什么问题（《草虫》篇亦可证）；但谓薇菜冬天发芽则不知何据，而且以此解诗，诗义也颇扞格难通。如按上述诸家的训释，则首章的"岁亦暮止"（周历岁暮即夏历的十月）与三章的"岁亦阳止"（注家多训为小阳月，即夏历的十月）实为同一时间即初冬，而这一时间薇既"作止"，且又"刚止"，岂不矛盾？而且，在诗的第三章言初冬之后，诗的第四章又出现了"彼尔维何？维常之华"的景致。常棣花的花期在季春，由初冬直接跳到季春，诗意也未免突兀。再说，按诗家一般的理解，《采薇》乃"戍役还归之诗"④，即戍卒归途中所作，而且其中的前五章皆是回忆，只有末章才是写归途中的景物与心情；那么，既然前三章皆以时间为序，其第四章也不应例外，怎么会出现时间上的跳跃呢？可见，不但薇的初冬发芽无据，就连薇的初冬"刚止"也是值得研究的。问题的症结出在哪儿呢？窃以为，这是对薇的生长规律缺乏了解，同时又对古代的戍守周期不明的缘故。

二

薇，《毛传》仅言"菜也"，难得其详。《尔雅·释草》云："薇，垂水。"后人望文生义，遂以薇为水菜，并谓"薇草生水旁而枝叶垂于水"⑤。然《草虫》明言"陟彼南山，言采其薇"，是薇非生于水者也。有鉴于此，朱熹《诗集传》释"陟彼南山，言采其薇"曰：

薇，似蕨而差大，有芒而味苦，山间人食之，谓之迷蕨。胡氏

---

① 高亨：《诗经今注》，上海古籍出版社1980年版，第229页。
② 程俊英：《诗经译注》，上海古籍出版社1985年版，第304页。
③ 袁梅：《诗经译注·雅颂部分》，齐鲁书社1982年版，第28页。
④ 姚际恒：《诗经通论》卷九，中华书局1958年版，第181页。
⑤ 李时珍：《本草纲目》第二十七卷，华夏出版社2002年版，第1120—1121页。

（胡寅）曰："疑即庄子所谓迷阳者。"①

晦翁谓薇生于山间是对的，然薇与迷蕨究是二物，不得混为一谈。又《说文》云："薇，菜也，似藿，从草，微声。"陆玑《毛诗草木鸟兽虫鱼疏》亦云：

> 薇，山菜也，茎叶皆似小豆，蔓生，其味亦如小豆。藿可作羹，亦可生食。今官园种之，以供宗庙祭祀。②

许、陆之说，可谓得之矣。复检李时珍《本草纲目》，其中也有关于"薇"的辩证：

> 薇……非水草也，即今野豌豆，蜀人谓之巢菜。蔓生，茎叶气味皆似豌豆，其藿作蔬入羹皆宜。《诗》云"采薇采薇，薇亦柔止"，《礼记》云"芼豕以薇"，皆此物也。《诗》疏以为迷蕨，郑氏《通志》以为金樱芽，皆谬矣。项氏（安世）云："巢菜有大小二种；大者即薇，乃野豌豆之不实者；小者即苏东坡所谓元修菜也。"此说得之。③

可见，古人所谓薇，实即今之野豌豆、大巢菜。倘以更加精细的现代植物分类学名之，则薇便是《中国高等植物图鉴》所著录的"窄叶野豌豆、大巢菜、野绿豆"也，学名为 Vicia angustifolia L.④。此物又名广东苕，是一种野生的豆科植物，古代分布极广，今天在甘肃、陕西、四川、广东、云南等地的山中也仍有生长。其茎叶嫩时可以为蔬，或入羹。作为救荒植物，又常被古人采以充饥，《史记》所记夷、齐食薇，《诗经》所

---

① 朱熹：《诗集传》卷一，上海古籍出版社1980年版，第9页。
② 陆玑：《毛诗草木鸟兽虫鱼疏》卷上，"丛书集成"（初编）第1346册，商务印书馆中华民国二十五年，第1—2页。
③ 李时珍：《本草纲目》第二十七卷，华夏出版社2002年版，第1120—1121页。
④ 中国科学院植物研究所：《中国高等植物图鉴》第二册，科学出版社1980年版，第479页。

咏"采薇",皆此物也。

那么,薇的生长规律又是怎样的呢?诸书仅言薇的形态,而不记其发芽、柔嫩、刚硬的具体时间。兼以此物生长山中,远离城市,无法实际考察,故遂致学者至今难明也。有鉴于此,余立意追寻此事,于今已二十余年矣。甘肃文县乃薇的重要产区,县内的碧口镇更是有名的薇菜加工基地,每年要向日本、韩国及东南亚国家出口薇菜干一千余吨。尤其是日本人,极喜食之,谓之"山珍"。先是,余曾托文县的朋友代为观察、描述,并将薇的生长状况笔之于纸,邮筒相寄;然终以未曾亲睹为憾也。去岁发春,乃托文县马君从山中移植数株于盆,送之舍下,蓄于阳台,此后朝夕观察,时作记载,迄今又已年余。而朋友之载笔,与余之所记,结果完全一致。乃知薇之发芽(即"作止")是在春分之前(一般在3月15日前后),此后幼苗渐长,至清明前后便是采集的最佳时机了。谷雨以后,薇菜开始变老,殆至立夏(5月1日以后),则薇已"刚止"矣。秋后,薇的老苗自然干枯、消失,不复存留于地面。

明乎此,再来重读《采薇》,则有关时序之疑问便可迎刃而解了。由于首章的"薇亦作止"是在春分即仲春之末,故下文的"莫止"便只能训为暮春,而不能解作年终。二章的"薇亦柔止"既为清明前后,则到了三章的"薇亦刚止"便是暮春的谷雨时节。自然,该章的"岁亦阳止"也不能指为夏历的十月,而只能理解为天气暖和了。袁梅《诗经译注》将"岁亦阳止"译为"转眼春日暖洋洋",[①] 无疑是正确的。而谷雨既是"薇亦刚止"之时,又是棠棣盛开之日,故四章遂有"彼尔维何,维常之华"之咏。五章承四章的"君子之车",再言军容之壮,戒备之严。只是到了末章才结束回忆,回到眼前的景物和心情上来。由春分,到清明,再到谷雨,诗篇的时序井然有致,诗意也一气贯通。我们真不得不佩服诗人对景物的细致观察与对时令的深切感受了。

三

上述《采薇》的时序,还可从古代的戍守周期得到证明。

---

① 袁梅:《诗经译注·雅颂部分》,齐鲁书社1982年版,第25页。

古人戍边，其周期一般为二年，即头一年的暮春出发，至来年的冬至月（十一月）以后回归。郑玄《采薇》笺云："西伯将遣戍役，先与之期以采薇之时。今薇生矣，先辈可以行也。"①《郑笺》遵《毛传》，以《采薇》之作在文王之时，遂致后人聚讼，此姑置不论。而郑玄所谓"采薇之时"，实际也就是"杨柳依依"之时，即暮春的清明前后戍卒出征，则是毋庸置疑的。为何要选定在"采薇之时"呢？这大概与古代军粮供应不足，戍卒在青黄不接之时"载饥载渴"，常赖采薇以果腹有关。时间过早，薇未生出，过晚则又刚硬难食，故只能选在食薇的最佳时间出行了。而从第一年的暮春出发，到第二年"薇亦作止"的仲春，时间已近一年，诗人念暮春之将到，遂不觉发出了"曰归曰归，岁亦莫止"的咏叹。

关于古代的戍守周期，朱熹《诗集传》还引程子（颐）曰：

> 古者戍役，两期而还。今年春暮行，明年夏，代者至，复留备秋，至过十一月而归。又明年仲春至春莫遣次戍者。每秋与冬初，两番戍者皆在疆圉，如今之防秋也。②

这也就是王照园《诗问》所说的"两年事尔"。而《采薇》所述，实仅最后一年之事。因为诗人既然于"采薇之时"出发，当然就不可能见到"薇亦作止"的情形了，只有到了第二年的初春才能观察到薇的发芽。所以由"薇亦作止"的初春，到"薇亦柔止"的清明，再到"薇亦刚止"、棠棣盛开的暮春、初夏，所述都只能是第二年的事情。而第五章的"岂不日戒，玁狁孔棘"，继第四章的初夏之后，虽未明言秋令，实际却是在说"备秋"。因为玁狁举事多在草肥马壮的秋季，故"每秋与冬初，两番戍者皆在疆圉"也。这样说来，只有第六章的"昔我往矣，杨柳依依"两句，才是回忆上年出发时的情景。但也仅此两句，到了"今我来思，雨雪霏霏"，便是继秋与冬初之后，又来抒写深冬归途的实况了。简言

---

① 郑玄：《毛诗传笺·采薇》，参见《十三经注疏》，中华书局1980年影印本，第413页中栏。

② 朱熹：《诗集传》卷九，上海古籍出版社1980年版，第105页。

之,《采薇》所写,实是戍者第二年的初春至隆冬间的事情。换句话说,春夏秋冬四季之事,都已隐含于《采薇》一诗了。

四

《诗经》之"采薇",虽是诗人一时歌咏,然却在中国文化史上产生了深远的影响。除《采薇》末章的"昔我往矣,杨柳依依;今我来思,雨雪霏霏"作为名句流传千古外,"采薇"的文化蕴含也是在不断丰富的。大致说来,"采薇"已经历了由实用,到象征,再到文化载体的过程。

李时珍《本草纲目》释"薇"之名曰:"(薇)乃菜之微者也。"并引王安石《字说》云:"微贱所食,因谓之薇。"①又,唐代陈藏器《本草拾遗》亦云薇"久食不饥,调中,利大小肠"。薇之为菜既不名贵,且又"久食不饥",宜乎"微贱"如征夫、思妇者之所常食也。至于伯夷、叔齐,虽贵为孤竹国之公子,然既耻食周粟,又不想饿死,所以也就身同下民,只好"采薇而食之",并作歌曰:"登彼西山兮,采其薇矣。……于嗟徂兮,命之衰矣。"② 质言之,为了活命而去采薇,而采薇的过程中又不免目有所见,心有所感,这便是诗人最初歌咏"采薇"的本意。

随着征夫、思妇对"采薇"的不断歌咏,以及儒家对伯夷、叔齐人格的推重,"采薇"由单纯的实用价值又逐渐具有了一种特殊的象征意义,以致人们一提"采薇",不是想到了戍卒的艰辛,便是隐士的高洁脱俗。甚至在上层社会的礼仪中,薇也开始被当作了高贵的食品。据《仪礼·公食大夫礼》记载,凡国君招待来聘问的大夫,宴会上鼎中的猪肉必须配以薇菜,即所谓"铏芼,豕薇"。再后,更在"官园种之,以供宗庙祭祀"。至此,薇已不再被视为"菜之微者",更不限于"微贱所食",它们已经堂而皇之地登上了大雅之堂。

薇在后世文人那里更受到了特别的赏识,文人们往往将食薇、咏薇甚至画薇作为自己情志和气节的寄托。如苏东坡在黄州时便专门写有咏薇的《元修菜》一诗(东坡将大巢、小巢视为一物),其序云:

---

① 李时珍:《本草纲目》第二十七卷,华夏出版社2002年版,第1120—1121页。
② 司马迁:《史记·伯夷列传》,中华书局1959年版,第2123页。

菜之美者，有吾乡之巢，故人巢元修嗜之，余亦嗜之。元修云："使孔北海见，当复云吾家菜邪！"因谓之元修菜。余去乡十有五年，思而不可得。元修适自蜀来，见余于黄，乃作是诗，使归致其子，而种之东坡之下云。①

在诗中，东坡不但形象地描述了薇菜的"豆荚圆且小，槐芽细而丰""春尽苗条老，耕翻烟雨丛"，而且还着意赞美了薇的"润随甘泽化，暖作春泥融。始终不我负，力与粪壤同"。最后，诗人动情地写道：

我老忘家舍，楚音变儿童。此物独妩媚，终年系余胸。君归致其子，囊盛勿函封。张骞移苜蓿，适用如葵菘。马援载薏苡，罗生等蒿蓬。悬知东坡下，塉卤化千钟。长使齐安民，指此说两翁。②

诗人再三嘱咐友人，回去之后一定要将薇菜籽给他寄到黄州，而且只能用"囊盛"，不能用"函封"，怕密封不透气，会影响薇菜的发芽。他甚至将友人此举与"张骞移苜蓿""马援载薏苡"相提并论，真可见其对薇的情有独钟了。而东坡这种饱含感情的吟咏，不仅流露了他思乡的情绪，反映了他生活处境的窘迫，同时也是他居黄州时期心态与人格的极好写照。

类似的吟咏还见于陆游的诗中，只不过所表现的情致不同罢了。陆游《巢菜诗》"序"中写道：

蜀蔬有两巢：大巢，豌豆之不实者；小巢，生稻畦中，东坡所赋元修菜是也，吴中亦绝多，名漂摇草，一名野蚕豆，但人不知取食耳。予小舟过梅市得之，始以作羹，风味宛如在醴泉蟆颐时也。③

---

① 王文诰辑注，孔凡礼点校：《苏轼诗集》，中华书局1982年版，第1160—1162页。
② 同上。
③ 钟仲联：《剑南诗稿校注》第三册，上海古籍出版社1985年版，第1267页。

其诗云：

> 冷落无人佐客庖，庾郎三九困饥嘲。
> 此行忽似蟆津路，自候风炉煮小巢。①

放翁此诗显受东坡影响，而其"自候风炉煮小巢"的雅人韵致，又为采薇诗别增一种情趣矣。

南宋四大画家之一的李唐还根据伯夷、叔齐的故事画有一幅《采薇图》。② 画中的伯夷正面倚树而坐，须发蓬长，面带饥色，衣透瘦骨；侧坐倾身的叔齐则似匍匐于地，一副弱不禁风之状。但画中人物形瘦而神不散，体弱而气不衰，伯夷目光锐利，神态自若；叔齐也表现出一副专心聆听兄长教诲、唯兄长之命是从的样子。这应是贫贱而不改其节的"采薇精神"更为形象的表现了。难怪徐悲鸿在《采薇图画册》中将此画与达·芬奇笔下的耶稣形象相提并论。

更饶有兴味的是鲁迅先生也创作了一篇名为《采薇》的小说。③ 文中仔细描绘了伯夷、叔齐食薇的情形，说他们将薇菜做成了薇汤、薇羹、薇酱、清炖薇、原汤焖薇芽、生晒嫩薇叶等各种花样。撇开小说的主题不说，单从文化学的角度来说，已足令人深思。我们知道，由于生态环境的不断变化，近代的江浙一带已很少再有薇菜生长了，而食薇者更罕见。那么，鲁迅对薇的这些出色描写，又是从哪里来的呢？联系到日本食薇已有几百年的历史，而鲁迅又长期在日本留学的背景，莫非《采薇》中关于薇菜做法的细致描绘是以日本人的食薇习惯为依据？倘果真如此，则又要算中日文化交流史上的一桩趣事了。

2001 年 8 月

（原载《齐鲁学刊》2002 年第 4 期，同时收入《第五届诗经国际研讨会论文集》，学苑出版社 2002 年 7 月版）

---

① 钟仲联：《剑南诗稿校注》第三册，上海古籍出版社 1985 年版，第 1267 页。
② 原画藏北京故宫博物院。
③ 鲁迅：《故事新编·采薇》，人民文学出版社 1973 年版。

说《诗经·芣苢》

——兼谈周人对夏文化的继承

《周南·芣苢》是《诗经》中的名篇,历来为治《诗》者所注目。然诗中所言"芣苢"究竟为何种植物,采之何用,以及诗歌中所蕴含的文化背景如何,这些问题都还有待我们进行深入研究。

一

《芣苢》一诗不长,共12句、48字,我们不妨先将它引出:

采采芣苢,薄言采之。采采芣苢,薄言有之。
采采芣苢,薄言掇之。采采芣苢,薄言捋之。
采采芣苢,薄言袺之。采采芣苢,薄言襭之。

诗中的"芣苢",历来被释为车前。《毛传》:"芣苢,马舄;马舄,车前也。宜怀任焉。"《毛诗·小序》也说:"芣苢,后妃之美也。和平,则妇人乐有子矣。"这是说,"芣苢"即车前,有"宜怀任"之功能;而《芣苢》之咏,则反映了"妇人乐有子"的美好愿望。此后,治诗者多本《毛诗》之说。兼以鲁、韩两家亦与毛说相近,皆缘芣苢"宜子"以立义,[1] 故此说已被《诗经》研究者广泛接受。

然以"芣苢"为车前,这无论在生长环境、植物形态、药性功能等

---

[1] 鲁诗说见刘向《列女传·贞顺篇》,韩诗说见《昭明文选》中刘峻《辩亡论》注引《韩诗》及薛君《章句》,虽皆谓"伤夫有恶疾",实亦缘"宜子"以立说。

方面，还是与诗中所描写的采集方式进行对照，都存在着许多令人费解之处。

先看车前的生长环境。陆玑《毛诗草木鸟兽虫鱼疏》云："芣苢，一名马舄，一名车前，一名当道。喜在牛迹中生，故曰车前、当道也。"①郭璞《尔雅注》也说："今车前大叶长穗，好生道边，江东呼为虾蟆衣。"② 可见车前生长之处是在道旁及牛马迹中。而《芣苢》中所描写的芣苢，其生长环境又是怎样的呢？请看清人方玉润《诗经原始》的描绘：

> 读者试平心静气，涵咏此诗，恍听田家妇女，三三五五，于平原绣野，风和日丽中，群歌互答，余音袅袅，若远若近，忽断忽续，不知其情之何以移，而神之何以旷。

再看闻一多《神话与诗·匡斋尺牍》中的描写：

> 揣摩那是一个夏天，芣苢都结子了，满山谷是采芣苢的妇女，满山谷响着歌声。这边人群中有一个新嫁的少妇……那边山坳里，你瞧，还有一个佝偻着的背影……

这样说来，诗中所咏的芣苢当是生于"平原绣野"及"满山谷"中了，颇不限于道旁及牛马迹中。显然，芣苢与车前在生长环境上是不一样的。而且，车前作为一种野生植物，今日尚能见到，也确是生于路边道旁，其生长习性并未有多大改变。如以芣苢为车前，则不但与其生长环境相背，而且也与诗中描绘的广阔劳动场面明显不符——因为车前既然只生于道旁，那"平原绣野"及"满山谷"的妇女们采集的又是什么呢？

再看芣苢的植物形态及诗歌所描写的采集方式。《芣苢》中言采集方式的共有六个动词，即采、有、掇、捋、袺、襭，而且都是按采集的先后次序排列的。"采"者，始求之也；"有"者，既得之也；"掇"者，拾取也；"捋"者，从茎上成把的抹取也；"袺"者，手执衣襟兜之也；

---

① "丛书集成"（初编）本，第1—2页。
② 《十三经注疏》，中华书局1980年影印本，第2630页。

"襭"者，兜而将衣襟别于带间也。其中尤值得注意的是"捋"与"掇"两个动作。朱熹《诗集传》释"捋"为"取其子也"，这是对的，正因为要取其子，所以才从茎上成把的抹取。但这样的动作却不适合采集车前子。且不说车前在春天还没有成熟的籽粒，就是成熟时的车前，也仅高尺余，绝不会长到成人站立即可抹取的高度。再加上车前的籽粒太小，长宽才一二毫米，且呈褐色，落地之后几与泥土相混，更是无法"掇之"（拾取）了。所以今天医家采取车前子的方法是，"夏秋二季待种子成熟时采取，夏月采收全草阴干"[1]。

最后来看车前的药用功能。《毛传》称车前"宜怀任"，陆玑《毛诗草木鸟兽虫鱼疏》说"其子治妇人难产"，陶弘景《名医别录》更谓车前子"令人有子"[2]，皆未有确证。故早在朱熹，已对此事产生怀疑，谓"采之未详何用"[3]。宋人寇宗奭《本草衍义》更明确进行反驳[4]：

> 车前，陶隐居云其叶擣取汁服，疗泄精，大误矣。此药甘滑，利小便，走泄精气。《经》云主小便赤，下气。有人作菜食，小便不禁，几为所误。

李时珍《本草纲目》引唐张籍诗"开州午月车前子，作药人皆道有神。惭愧文君怜病眼，三千里外寄闲人"，谓车前尚有"治目之功"，然"大抵人服食，须佐他药，如六味地黄丸之用泽泻可也。若单用则泄太过，恐非久服之物"。可见，车前非但不能"宜子"，相反会"走泄精气"，造成"小便不禁"，而且作为药物，也不宜单用久服。基于此，到了清代，姚际恒在《诗经通论》中便断然说道[5]：

> 按车前，通利之药，谓治产难或有之，非能宜子也。故毛谓之

---

[1] 成都中医学院主编：《常用中药学》，上海人民出版社1971年版，第147页。
[2] 李时珍：《本草纲目》"草"部第16卷"车前"项下引，华夏出版社2002年北京第1版。下引该书均出自同一版本。
[3] 朱熹：《诗集传》，上海古籍出版社1980年新1版，第6页。
[4] 《丛书集成》（初编）本第38页。
[5] 姚际恒著，顾颉刚标点：《诗经通论》，中华书局1958年版，第26、27页。

"宜怀妊",《大序》因谓之"乐有子",尤谬矣。车前岂宜男草乎?季明德谓芣苢为宜子,何玄子又谓为堕胎,皆邪说。

既然车前非"宜子"之草,又不能单用久服,那么妇女们采之何用呢?这便不得不让人们重新去考虑芣苢到底是一种什么样的植物了。

二

芣苢究竟是一种什么样的植物呢?我以为当是薏苡。

薏苡作为一种重要的农作物,早在 6000 年前即已在中华大地上被种植了。浙江河姆渡遗址出土的薏苡种子便已有 6000 年以上的历史。① 《山海经·海内西经》所记的"木禾",也有人说即是薏苡。②

从植物分类学来说,薏苡为玉蜀黍族(Tripasacea)中的薏苡属(Coix)。该属原产中国的有两个种:一个是栽培种薏苡(c. lacryma-jobil.),俗称薏珠子或草珠子;另一个种是野生种薏苡(c. agrcstis lour.),俗称菩提子。③ 李时珍《本草纲目》记载说:

> 薏苡人多种之,二三月宿根自生,叶如初生芭茅,五六月抽茎开花结实。有二种:一种粘牙者,尖而壳薄,即薏苡也。其米白色如糯米,可作粥饭及磨面食,亦可同米酿酒。一种圆而壳厚坚硬者,即菩提子也。其米少,即粳米感也。但可穿作念经数珠,故人亦呼为念珠云。④

李时珍所谓"薏苡",即栽培种也;其称为"菩提子"者,乃野生种也。而在中国古代,这两个品种都是有的。

倘将薏苡与《诗经·芣苢》中所描写的"芣苢"进行对照便可发现,

---

① 中国社会科学院考古研究所编:《新中国的考古发现和研究》,文物出版社 1984 年版,第 45 页。
② 李璠:《中国栽培植物发展史》,科学出版社 1984 年版,第 7、271 页。
③ 李扬汉:《禾本科作物形态解剖》,上海科技出版社 1979 年版,第 488—491 页。
④ 《本草纲目》"谷"部第 23 卷"薏苡"。

其特征完全相符。

　　一是两种作物的适应性都很强。《芣苢》中的芣苢生于平原绣野、山谷山坳中，其分布自然是十分广泛的。而薏苡的生长环境也是"所在有之"，① 诸如原野、山谷、房前屋后乃至池沼浅水处均有野生或栽培。兼以薏苡又具有较强的抗旱、抗涝、抗风和抗病虫害的能力，以及宿根再生的特性，所以在管理上也不需要特别经心，只需到时采摘即可。这也就是薏苡很早即被我们的先民选作粮食作物的原因。至于《芣苢》诗中所描写的那种大规模采集芣苢的场面，实际上，既反映了薏苡到处生长的习性，也透露出人们收获粮食作物时的喜悦心情。

　　二是薏苡的植物形态与《芣苢》诗中所描写的采集方式也十分一致。薏苡为禾本科植物，在玉蜀黍未传入中国之前，它是禾谷类作物中茎秆最为强健的。其栽培种株高一般为 1—1.7 米，秆粗 10 毫米左右；有些杂种品系株高甚至可达 2 米以上，茎秆粗 15 毫米。② 加之薏苡每丛多达数十的分蘖，籽实的呈穗状分布，以及茎秆不会倒伏和折断的特点（薏苡的茎秆甚至可以一直挺立至来年），这样便给人工站立并集中采摘带来了十分有利的条件。所谓"薄言捋之"，即从茎上成把的捋取，正是十分真实地描写了采集薏苡的情形。而且，薏苡的籽实还特别大，其体积几倍于稻麦，因此，即使是落于地上的薏苡，也能很容易地"掇之"（即拾取）。

　　三是从营养价值及保健功能上来说，《芣苢》中的"芣苢"也非薏苡莫属。古代生产力低下，古人求生不易，所以，《诗经》时代人们的第一需要就是饮食，其次才是保健。而薏苡既富有营养，同时又对人体具有一定的保健功能，实在是一种最理想不过的食用作物了。即使在今天看来，薏苡的营养价值和药用价值也是很高的。据分析，每百克薏苡米含蛋白质 13.7 克、脂肪 5.4 克、糖类 64.9 克、粗纤维 3.2 克、钙 72 毫克、磷 242 毫克、铁 1.0 毫克。此外还有淀粉、维生素 A 原、维生素 B_1、烟酸、氨基酸、脂肪油、薏仁素等成分。其营养价值优于大米和小麦，在禾本科

---

　　① 《本草纲目》"谷"部第 23 卷"薏苡"项下引宋苏颂《图经本草》。
　　② 赵晓明等：《薏苡名实考》，《中国农史》1995 年第 2 期。

植物中占第一。① 故薏苡米常被用来煮粥、磨粉制糕点以及制糖和酿酒，成为重要的食品和滋补品。而薏苡仁更是中医所常用的药物，《神农本草经》将它列为上品养心药，且谓"久服轻身益气"。李时珍《本草纲目》亦谓薏苡仁能"健脾益胃，补肺清热，去风胜湿。炊饭食，治冷气，煎饮，利小便热淋"②。近年来的研究还证明，薏苡仁中的薏苡仁酯对癌细胞有抑制作用，薏苡叶片有降压作用，薏苡根有驱虫作用。③ 而且直到"非典"时期，几种抗"非典"的中药方剂中，也仍然是少不了薏苡的。

正因为薏苡所具有的这种营养和保健功能，所以它很早即受到了古人的珍爱。《后汉书·马援传》记载：

> 初，援在交阯，常饵薏苡实，用能轻身省欲，以胜瘴气。南方薏苡实大，援欲以为种，军还，载之一车。时人以为南土珍怪，权贵皆望之。

马援不但自己饵食薏苡，而且还将南方的优良品种引进中原，这说明直到汉代，薏苡仍被栽培着。而在农业尚不发达的《诗经》时代，人们靠采集薏苡以果腹和健身，也便是可以理解的了。

最后，以芣苢为薏苡，也并不乏文献的依据。《说文解字》说：

> 苢，芣苢，一名马写。其实如李，令人宜子。从草、苢声。《周书》所说。

《说文》未释"芣苢"为车前，而是依《周书》所说，谓"芣苢""其实如李，令人宜子"。这是很值得注意的。《周书》即《逸周书》，其说见《王会》篇："康民以桴苡，桴苡者，其实如李，令人宜子。""康民"乃西戎之人，"桴苡"即芣苢。此记西戎所献芣苢当为良种。一般认为，《逸周书》为先秦古籍，其写作时代较《毛传》为早。而《逸周书》所

---

① 张洪文：《药食兼优的薏苡仁》，《吉林农业》1999 年第 1 期。
② 《本草纲目》"谷"部第 23 卷 "薏苡"。
③ 张洪文：《药食兼优的薏苡仁》，《吉林农业》1999 年第 1 期。

说的"其实如李"的"桴苡"(芣苢)肯定不会是车前,那么它又会是什么呢?

先看芣苢"其实如李"的特征。段玉裁《说文解字注》对此辨析说:

> "其实如李",徐锴谓其子亦似李,但微而小耳。按《韵会》所引,"李"已作"麦",近似之,但未知其何本。

这是说芣苢籽实的外形似李,只是微而小耳。但无论怎样微小,车前子的外形也绝不似李,这是可以肯定的。相反的,薏苡籽实的外形倒是很有点像李果的形状。赵晓明等《薏苡名实考》一文描写道:

> 薏苡籽粒在外形上非常像稻麦内外稃的那种结构,实质上称为总苞,它与种籽分离,在施加外力后,很容易脱落——除去总苞(外壳)的薏仁(米)大粒圆形,有一腹沟,种皮深红色,与成熟李果形态极为相似。①

我们真不得不佩服《周书》作者细致入微的观察了。而《韵会》所引以"李"作"麦",虽"未知其何本",但也是有它的道理的,因为麦的籽粒上也有一腹沟,只是不呈深红色罢了。

再看芣苢的"令人宜子"。闻一多《诗经通义·周南》云:

> 芣、胚并"不"之孳乳字,苢、胎并"以"之孳乳字,"芣苢"之音近"胚胎",故古人根据类似律(声音类近)之魔术观念,以为食芣苢即能受胎而生子。②

黄侃《尔雅音训》亦有同样的见解:

> 芣苢之为言胚胎也,《说文》"胚",妇孕一月也;"胎",妇孕

---

① 赵晓明等:《薏苡名实考》,《中国农史》1995 年第 2 期。
② 《古典新义》,上海古籍出版社 1957 年版,第 121 页。

三月也。《诗传》"宜怀孕",《说文》"令人宜子"。故得是名矣。①

闻、黄两位大家皆谓"宜子"之说源于芣苢之得名（即胚胎），是由音而寓义，这是符合语言学的规律的。然闻先生旋谓"末世歧说，变芣苢以为薏苡",② 则是不敢赞同了。窃以为，流变的真相不是"变芣苢以为薏苡"，相反的，倒应是变薏苡以为芣苢。容后申论之。

至于作为实质性植物的芣苢，究竟有无"宜子"之功能呢？如以芣苢为车前，车前自然是不具备这种功能的，这在前文已经论及。如以芣苢为薏苡呢？则不但《本草经》谓薏苡"久服轻身益气"，而且李时珍《本草纲目》也引《海上方》谓"薏苡根一两，水煎服之"，可治"经水不通"；并谓薏苡叶"初生小儿浴之，无病"。③ 这样说来，薏苡也并非与"宜子"毫无关系也。

综上所述，《芣苢》中的芣苢，无论在生长环境、植物形态、营养价值与药性功能，还是文献根据方面来说，都应是薏苡而非车前。至于"马舄"，则既可用以名车前，亦可用以名薏苡，并由此而造成了两者的混淆，这在前引赵晓明等的《薏苡名实考》一文中已有详尽的辨析，在此就不赘言了。

三

薏苡不但是古人重要的粮食作物和药用植物，同时也与夏民族的生长、繁衍密切相关。古代文献中有关夏人祖先食薏苡的记载很多，如：

> 禹母脩己吞薏苡而生禹，因姓姒氏。
> ——《史记·五帝本纪》《索隐》引《礼纬》

> （禹）父鲧妻脩己，见流星贯昴，梦接意感，又吞神珠薏苡，胸

---

① 黄侃：《尔雅音训》，中华书局2007年版，第133页。
② 《古典新义》，上海古籍出版社1957年版，第122页。
③ 《本草纲目》"谷"部第23卷"薏苡"。

坼而生禹。名文命，字密，身九尺二寸长，本西夷人也。
——《史记·夏本纪》《正义》引《帝王纪》

（禹）祖以吞薏苡生。
——《史记·夏本纪》《集解》引《礼纬》

禹母吞珠孕禹，坼副而生于涂山。
——《太平御览》卷八二引《蜀王本纪》

禹姓姒氏，祖以亿（薏）生。殷姓子氏，祖以玄鸟子也。
——《白虎通·姓名》

禹母吞薏苡而生禹，故夏姓曰姒。
——王充《论衡·奇怪篇》

若夏吞薏苡而生，则姓苡氏。
——王充《论衡·诘术篇》

鲧娶有莘氏之女，名曰女嬉，年壮未孳。嬉于砥山，得薏苡而吞之，意若为人所感，因而妊孕，剖胁而产高密。
——赵晔《吴越春秋·越王无余外传》

禹的母亲吞薏苡而生禹，这自然反映了古代"感物生人"的观念；而透过这一观念，我们则可以感受到夏人与薏苡的不同寻常的关系。

据近人对古代气候的研究，"从仰韶文化到安阳殷墟，大部分时间的年平均温度高于现在2℃左右"①。这就造成了黄帝及尧、舜、禹时代中国气候的温暖多雨，而鲧禹治水的传说便是这一气候现象的真实反映。由于夏人处在长期的洪水灾害之中，所以其他的农作物都很难有所收获，唯有薏苡以极强的抗水淹性为夏人带来了赖以维生的食粮。这样一来，

---

① 竺可桢：《中国近五千年来气候变化的初步研究》，《考古学报》1972年第1期。

夏人对薏苡便充满了感激之情，不但演绎出了禹母吞薏苡而生禹的故事，而且为了铭记薏苡的恩情，连自己民族的姓也成了"姒氏"。实际上，薏苡已成为夏民族的植物图腾了。夏人对薏苡的这种情愫也一直延续于后世，直到周初会朝时，禹的后代西戎之人还以薏苡献于周廷。这便是《周书·王会》"康民以桴苡"的文化背景。

在夏民族原居住区域的"二南"之地，夏人对苤苢的这种感激与崇敬之情更被长久地保持着。《吕氏春秋·音初》云：

禹行见涂山之女，禹未之遇而巡省南土。涂山氏之女乃令其妾待禹于涂山之阳，女乃作歌曰："候人兮猗！"实始作为南音。周公、召公取风焉，以为《周南》《召南》。

"二南"之民本禹后，加之周公、召公又取夏人之南音以为《周南》《召南》，故"二南"之民一定会在文化上保留若干夏文化的要素，而有关薏苡的传说自应是其中重要的一个方面。与西戎之人相比，禹母吞薏苡而生禹的传说似乎对"二南"之民的影响也更为深远。具体说可分为以下三个阶段。

一是采摘薏苡习俗的形成。对于禹的后人"二南"之民来说，薏苡作为求生的粮食作物虽不像洪水时期那么重要了，但作为一种纪念祖先的仪式，这种采集活动还是一直被延续下来，并形成一种固定的民俗。而且，后人在这一采集习俗中也注入了新的内容，那就是对求子的期盼。当年禹母吞薏苡而生禹，这对后世的妇女们简直是一种莫大的鼓舞，她们也希望通过对薏苡的采集和食用，再生下一个像禹那样的大圣人来。应该说，这才是"妇人乐有子"的真正底蕴。这与殷的祖先简狄吞玄鸟之卵以生契，从而引发了后世青年男女在仲春之月于河边嬉戏游玩，并形成了"上巳节"（即尚子节）的习俗是同样的民族心理。

二是由采集活动的"宜子"导向，"末世歧说"，又变薏苡以为苤苢，亦即"胚胎"之义。为何不是"变苤苢以为薏苡"呢？因为到目前为止，我们所见到的有关禹母生禹的文献记载，都是"吞薏苡"或"吞神珠"（神珠即薏苡，今人犹谓薏苡为"素珠"），而从无作"吞苤苢"者。至其流变的原因，则既有文字孳乳的因素，亦与采集活动底蕴的不断变异有关。当然，这种流变是需要一个比较长的时间的。

三是在采集薏苡并将采集对象的名称流变为芣苢之后，又产生了歌咏这一活动的民歌，即保存于《诗经》中的《芣苢》篇。一般认为，《芣苢》作为《周南》的一篇，其产生的时代是在西周初年（以毛、郑说为代表）。其时虽距禹母吞薏苡以生禹的传说已经很久远了，"二南"之地也已化为周的王道乐土，但夏文化的影响还是存在着。再加上周公、召公取夏人的"南音"以为《周南》《召南》，于是这种追念夏人祖先与歌颂"文王之化"双重主题的民歌便产生了。也可以说，《芣苢》是融夏文化的内核于周文化的乐歌外壳之内，并典型地反映了周人对夏文化继承的事实。

最后，顺便谈谈《芣苢》之作与洽川之地的关系。第八届诗经国际学术研讨会将在陕西洽川召开，这引起了很多《诗经》研究者对洽川的兴趣。洽川地处八百里秦川最东侧的黄河之滨，夏初为有莘国（今洽川莘里村），战国时称为"河西"（即子夏传经处），秦称夏阳，西汉置合阳县，今属渭南市合阳县。《芣苢》一诗会不会也产生于洽川一带呢？我以为是很有可能的。《芣苢》为《周南》之一篇，而《周南》的采诗之地就包括洽川一带，此其一；大禹在这一带凿龙门治水，夏启封支子于此建有莘国（今洽川莘里村），夏禹的母亲莘女、周文王的母亲太任、文王的王妃太姒都是有莘人，这里既是夏文化的发祥地，又是夏、周文化交融的重要区域，此其二；洽川紧靠黄河河岸达几十里，至今仍是中国最大的湿地，尤其在境内的莘里村，"芳草萋萋，峰林迤逦，神泉汩汩，十里荷塘，百鸟朝阳，万顷芦荡，烟雾茫茫"，[①] 其自然环境是极宜于芣苢生长的，此其三；加之禹及禹母的传说在这一带的广为流传，禹的后代同时又是周人女祖先的太任、太姒对夏周文化的播扬，其"采采芣苢"之咏极可能会从这一带兴起，此其四。当然，这也只是一种推断，谬误之处，还请方家有以正之。

2008 年 7 月

（原载《诗经研究丛刊》第十七辑，学苑出版社 2009 年版）

[①] 夏传才：《诗经发祥地初步考察报告》，《河北师范大学学报》2006 年第 2 期。

附图1　薏苡

兰州与"兰"

兰州之地，周属雍州，春秋后羌人居之，秦及汉初属陇西郡。汉昭帝始元六年（公元前81年），"以边塞阔远，取天水、陇西、张掖郡各二县，置金城郡"（《汉书·昭帝纪》），治所在允吾（音铅牙）。关于允吾的具体位置，学术界一般认为在今青海省民和县的下川口，不在今兰州市内。不过，金城郡所领县（后增至13县）中有金城县，而今兰州市区即属汉金城县的辖地。这便是兰州被称作金城的由来。隋文帝开皇（581—600年）初，又废郡而置兰州总管府（见《隋书·地理志》），领二县，治所在子城县（今兰州城区），至此，兰州之名始见于史籍。隋炀帝大业（605—618年）初府废，再改为金城郡。之后，唐、宋、元、明、清历代都有"兰州"建置，或为州，或为府，或为县；尽管隶属不同，然治所却大都在今兰州市的范围以内。于是，兰州又取代金城，成为人们对这一地区的习惯称谓，并一直延续到了今天。

至于"兰州"之得名，据《旧唐书·地理志》说："隋开皇初置兰州，以皋兰山为名。"而皋兰山之名最早实出现于汉代。《汉书·霍去病传》记载，汉武帝元狩二年（公元前121年）春，骠骑将军霍去病将万骑出陇西伐匈奴，曾"转战六日，过焉支山千有余里，合短兵，鏖皋兰下"。据为《汉书》作注的颜师古说，此"皋兰"乃山名，"言苦战于皋兰山下而多杀虏也"。这样说来，兰州南山之被命名为皋兰山（一说霍去病所鏖战之皋兰山在今河西走廊一带），至少已有2100余年的历史了。

然而，对"皋兰"一词的含义，学术界的认识却迄未一致。或以匈奴语释之，谓"匈奴呼天为祁连"（《汉书·霍去病传》颜师古注），而"皋兰"与"祁连""乌兰""贺兰"音近，亦当为高峻之义；或以蒙语释之，谓"皋兰"义为飞奔的骏马；或以古羌语释之，谓"皋兰"为河，而河边的大山即是"皋兰山"。秦汉以前，兰州至河西一带曾为少数民族的游牧之地，这是事实；但绝不能说这一带的地名皆由少数民族而起。例如《尚书·禹贡》所载之"黑水""三危""弱水""积石"等地名，便看不出有少数民族语音的痕迹。所以，对"皋兰"一词的含义，我们实不妨作多方面的考察。

按"皋兰"一词，《楚辞》中已见之。如《招魂》："皋兰被径兮，斯路渐。"倒言之又或为"兰皋"，如《离骚》之"步余马于兰皋"、《九怀》之"将息兮兰皋"、《九叹》之"游兰皋与蕙林"。东汉王逸《楚辞章句》于"步余马于兰皋"下注曰："泽曲曰皋。"宋洪兴祖《楚辞补注》进一步解释说："皋，九折泽也。一云泽中水溢出所为坎。《招魂》：'皋兰被径。'"是"皋兰"即生长于泽畔之兰，而"兰皋"乃长满兰的岸边之地。由于兰州地处西北，气候干旱，不可能有兰花生长，所以历来人们在解释"皋兰山"的含义时，这一传统的义项一直不被学术界所重视。

其实，这是出于对"兰"的误解。汉以前，人们所谓"兰"，并非今之兰花。王逸《楚辞章句》于"兰"注为"香草"，而宋洪兴祖《楚辞补注》在《离骚》"纫秋兰以为佩"下引颜师古《汉书注》云："兰，即今泽兰也。"又引《本草注》云："兰草、泽兰，二物同名。"朱熹《楚辞辩证》亦云：

> 大抵古之所谓香草，必其花叶皆香，而燥湿不变，故可刈而为佩。若今之所谓兰蕙，则其花虽香，而叶乃无气；其香虽美，而质弱易萎，皆非可刈而佩者也，其非古人所指甚明。

朱氏家闽，其地兰花盛之，故深知"今之所谓兰蕙""非古人所指甚明"。

再看古籍中所记之"兰"。《夏小正》言"五月蓄兰，为沐浴也"；《礼记》言"诸侯贽薰，大夫贽兰"；《本草经》云兰草"杀蛊毒、辟不祥，久服益气轻身不老"；《风俗通》言汉时尚书奏事"怀香握兰"；《楚辞》更言兰之可纫、可佩、可藉、可膏、可浴。观此，知古之所谓"兰"即兰草或泽兰无疑。若夫今之兰花，有叶无枝，但花香而叶乃无气，可玩而不可纫佩、藉浴、秉握、膏焚，岂能当之？惜世俗至今犹不能辨之，甚至有的画家亦承其误，画兰花而题"香生九畹"，真所谓谬种流传矣。

兰草、泽兰又为何物呢？李时珍在其《本草纲目》"兰草"条下辨析道：

> 兰草、泽兰，一类二种也，俱生水旁下湿处。二月宿根生苗成丛，紫茎素枝，赤节绿叶；叶对节生，有细齿。但以茎圆节长，而叶光有歧者，为兰草；茎微方，节短而叶有毛者，为泽兰。嫩时并可捋而佩之，八、九月后渐老，高者三四尺，开花成穗，如鸡苏花，红白色，中有细子。雷敩《炮炙论》所谓"大泽兰"，即兰草也；"小泽兰"，即泽兰也。《礼记》"佩帨兰芷"，《楚辞》"纫秋兰以为佩"，《西京杂记》载汉时池苑种兰以降神，或杂粉藏衣书中辟蠹者，皆此二兰也。

再参以刘宋雷敩《雷公炮炙论》、唐代陈藏器《本草拾遗》、宋代苏颂《图经本草》诸书对兰草及泽兰的描述可知：兰草与泽兰之别实在于根、茎、叶、花、香及生长环境、药用功能诸端。概言之，兰草生水旁或野地，根青黄，茎圆，节长，叶光润，阴小紫，且多呈三裂状，花淡紫色，状如鸡苏花，开期五六月，香气浓，医用可生血调气；泽兰生水泽中，根紫黑，茎方，节短，叶尖，不光润，无裂，花白色，壮似薄荷花，开期八、九月，微香，医用可破血通积。据此，若以今之中草药证之，则兰草即医家尚用之"佩兰"，而泽兰乃药典中仍名"泽兰"者也。倘再以更精密的现代植物分类学鉴定之，则兰草应即今菊科泽兰属之"佩兰"（Eupatorium fortunei Turcz），泽兰乃今唇形科之"地瓜儿苗"（Lycopus lucidus Turcz），亦名"地笋"。[①]

据人民卫生出版社1970年版的《常用中草药图谱》介绍，佩兰"生于河边或野外的湿地"，泽兰"生长于山野低湿地、河流沿岸，也有栽培"。全国大部分地区都产。而从文献记载来看，汉以前，黄河流域也是有兰的。兰古或写作"蕳"，《诗经·郑风·溱洧》："溱与洧，方涣涣兮。士与女，方秉蕳兮。"《毛传》云："蕳，兰也。"陆玑《毛诗草木鸟

---

① 参见《楚骚咏"兰"探微》之附图1、2。

兽虫鱼疏》亦云："蕑，即兰，香草也。"诗篇说的是暮春之时，青年男女在溱河和洧河岸边一同游观，并互赠香草之事。而溱、洧即在今河南省新郑县境内。此种"秉蕑"之俗亦传到了诸侯之家。据《左传·宣公三年》记，郑文公曾将兰赠与其妾，后其妾生子即名为"兰"（即郑穆公）。可见，春秋时期，地处黄河中游的郑国一带是盛产兰的，以致士女们可随手采择、秉握。又，晋孔衍《琴操》云：

"猗兰操"者，孔子所作也。孔子聘诸侯，莫能任。自卫反鲁，隐谷之中，见香兰独茂，喟然叹曰："夫兰当为王者香，今乃独茂，与众草为伍！"乃止车，援琴鼓之，自伤不逢时，托辞于香兰云。

这说明，春秋时期的鲁、卫一带也是产兰的。卫国故地在今河南淇县、汤阴一带，鲁国故地在今山东曲阜一带，其纬度皆与兰州差不多。

古时，兰又写作"蕳"。《说文》云："蕳，香草，出吴林山。"《众经音义》卷二引《字书》云："蕳与蕑同，蕑即兰也。"卷十二又引《声类》云："蕳，兰也。"是《山海经·中山经》所记"吴林之山其中多蕳草"，其所谓"蕳草"，实即兰草也。而从地理位置上来看，《山海经》之"中山"亦应在中原一带。

具体到兰州来说，其纬度既与郑、卫、鲁接近，而黄河又从境内流过，兼以汉之前的气候较今日为温暖，应是宜于兰草或泽兰生长的。东汉范阳（今河北定兴南固城镇）人郦炎诗曰：

灵芝生河洲，动摇因洪波。
兰荣一何晚，严霜瘁其柯。
哀哉二芳草，不植太山阿。

郦炎为灵帝时人，据《后汉书·郦炎传》称，"州郡辟命，皆不就。有志气，作诗二篇"。上面所引即其诗中之句。郦炎既然未曾出仕，则其所咏，自然是乡间之物。可见，东汉时的河北中部一带尚有兰草生长。而地理位置远较范阳为南的兰州地区，更可能会有兰的存在了。再看甘肃作家傅玄《秋兰篇》中的句子：

> 秋兰荫玉池，池水清且芳。
> 芙蓉随风发，中有双鸳鸯。
> 双鱼自踊跃，两鸟时迥翔。
> 君期历九秋，与妾同衣裳。

"秋兰"可以"荫玉池"，则傅玄所咏，乃是学名为地瓜儿苗的泽兰无疑。诗作的具体时间地点虽无法确定，但傅玄籍贯泥阳故城，一般都认为是在今甘肃省的宁县境内。

如果说随着沧桑之变，佩兰与泽兰在今日的兰州已很难继续存活，那么还有两种兰则是自古至今一直生长于兰州地区的。一是鸢尾科的马兰（又称马蔺、马莲，见附图1），请看中国科学院植物研究所编《中国高等植物图鉴》（第五册）的介绍：

> 马蔺，马莲（Iris ensata Thunb）多年生草本。根状茎短而粗壮；须根棕褐色，长而坚硬。……叶基生，多数，坚韧，条形，长达40厘米、宽达6毫米，灰绿色，渐尖，具两面凸起的平行脉。……花蓝紫色，外轮3花被裂片较大，匙形，稍开展，顶端钝或尖。……种子近球形，棕褐色，有棱角。分布于东北、华北、西北、华东和西藏，朝鲜、苏联也有。生于沟边草地及草甸。

马兰的生长地区几乎遍布今天的中国北方，以致民歌中都有《马兰花开》之咏。而孔宪武《兰州植物通志》（甘肃人民出版社1962年版）更明确地指出：

> 马蔺（Iris ensata Thunb）……多生于道旁、田边或河床上，兰州附近甚普遍。叶内纤维强韧，可代绳以缚物，其根可制刷子。叶在甘肃可利用制纸，亦可制人造棉，但比较粗糙。种子可供药用，主治金疮、疽肿及作止血剂。又名蠡实，俗称马莲。花期四月，美而香。

这应该是兰州有马兰存在的确证了。至于马兰之名，也早在楚辞中即已出现。《楚辞·七谏》："蓬艾亲入御于床第兮，马兰踸踔而日加。"宋人洪兴祖《楚辞补注》引《本草》云："马兰生泽旁，气臭，花似菊而紫。"又据《本草纲目》载，马兰二月生苗，赤茎白根，生叶有刻齿，状似泽兰，但不香耳。入夏高二三尺，开紫花，花罢有细子。至于"马兰""马蔺""马莲"呼名之异，当系声转之故也。

二是鸢尾科的细叶鸢尾，又称乌兰（见附图2），在兰州一带也甚为普遍。孔宪武《兰州植物通志》介绍说：

> 细叶鸢尾（Iris tenuiflia Pall）多年生草本，通常数珠丛生，但不形成大形之墩；叶线形，略扁平，弓状弯曲，长10~20厘米，下部不脱落，但多破裂呈纤维状而包围茎之基部；花莛长10~15厘米，仅生一花；花蓝色，萼片长约5厘米，阔约7厘米，倒披针形；花瓣较萼片稍短。花色美丽，可供观赏。生于干燥黄土山麓，兰州甚普遍。花期四至五月，无芳香。

乌兰不但在今日的皋兰山北坡尚有生长，而且靖远县城附近之山即名乌兰山，每当春夏之际，山上常开满了蓝色的乌兰花朵。至于马兰，则兰州市内沿黄河两岸随处都有生长（如小西湖公园及南湖公园一带），兰州附近至今仍有地名曰"马兰滩"。可见，兰州与"兰"也并非毫无关系。

总之，兰州之以"兰"名，我以为当与"兰"有关。先是古人称生长于黄河岸边之兰为"皋兰"，继而又命名皋兰丛生之地的山为"皋兰山"；到了隋代，则径以皋兰之"兰"名州，即所谓"兰州"了。至于皋兰之"兰"，当然不是今之兰花，它应是马兰与乌兰。而会不会也包括佩兰与泽兰呢？此虽有文献可征，但尚缺实物证明，姑存疑，以待识者。

（原载《档案》杂志2010年第1期）

314 / 楚辞文化研究

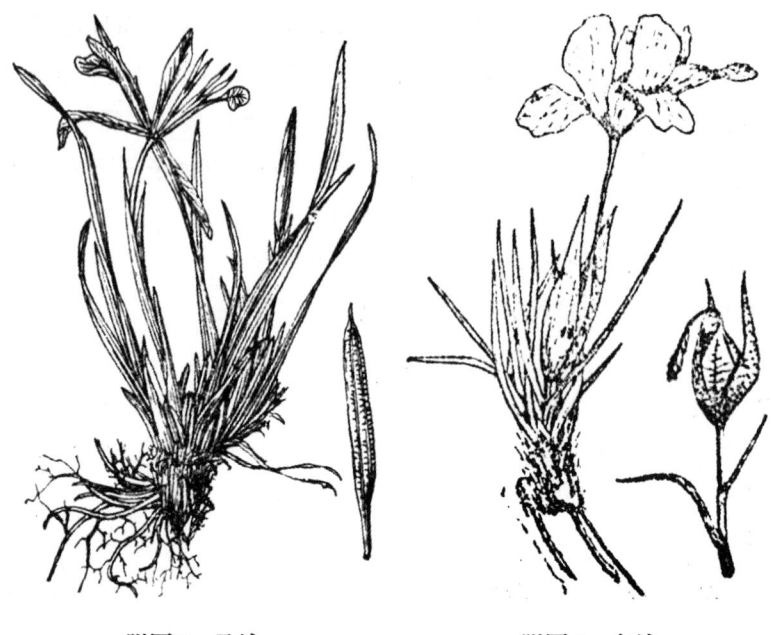

附图1 马兰　　　　　附图2 乌兰

一个值得重视的《楚辞》注本

——读清人刘梦鹏《屈子章句》

《楚辞》注本中，刘梦鹏的《屈子章句》一向很少为人所称道。偶有语及者，亦多抑词。如游国恩《楚辞概论》介绍此书说：

> 清刘梦鹏撰《楚辞章句》（琛按：当为《屈子章句》）七卷。这书就诸本文字的异同，参互考订，亦颇详悉；然不注某字出某本，是他一个缺点。至于篇章次第，窜乱尤多：《九歌》内《湘君》《湘夫人》《大司命》《少司命》本各自标题，而删除《湘夫人》《少司命》的篇名，称《湘君》前后篇、《司命》前后篇。又《九章》内把《抽思》《橘颂》的篇目删去，统名为《哀郢》，且移置它们的先后，都不知何据。又误以《史记》叙事的文为屈原的话，合《渔父》《怀沙》为一篇，删去《渔父歌》，而加入"乃作《怀沙》之赋，其辞曰"九字，尤其是任意更张，绝不可从。

游先生的介绍大体依《四库全书总目提要》（不录），今人言刘书者，多同此说。

己未、庚申之际，余参加教育部举办之"楚辞"师训班，从姜亮夫先生学《楚辞》。先生处藏有乾隆五十四年黎青堂刊本《屈子章句》一部，乃在先生指导之下，费时三月，潜心研读。读讫，始知向之言《楚辞》者，于刘书长处多未注意，而《屈子章句》实在是一部值得重视的《楚辞》注本。兹特不揣冒昧，略陈一得之见。

首先要指出的是，《四库全书总目提要》及游先生所述刘氏变易屈赋篇章事，均有未尽：如《九歌》内以《东君》与《东皇太一》大旨略同，移为第二；《九章》既出《怀沙》，复入《远游》，并删去各篇之目，而以第一章、第二章等系之，总题曰《哀郢九章》；又以《大招》与屈赋诸篇全不相似，谓非屈原手笔而删去不录。就变乱篇章次第一点而言，刘书洵难称善。

然而，只要细读全书便可发现，篇章次第的"窜乱"，并非刘书的主要特点。刘氏生当考据学甚盛之乾隆时代，其注《楚辞》，不溺于章句，而运用"知人论世"的方法，重在屈子思想的清理、发明，这才是卓然不同于时人的。观乎乾嘉诸子，注书多重训诂考据，而忽视义理阐发，刘氏则无此病。视其注本，每篇皆先有总论，然后分段注释，并合若干段为一节或一章；章又有章旨，节有节义，全书脉络清晰，词气贯通，与大义不明而锱铢作解者迥异。总论及章旨节义亦颇多精闿之见。如辨"依彭咸之遗则"非为投渊之谓曰：

> 屈子前后称彭咸者六，志行之符，非小谅之效。子政水游云云，亦泥于湛身之说，而非所以为则矣。吾观屈子骤谏不听，任石无益之语，且若有不满于申徒、伍胥者，而于彭咸独惓惓焉，宁无谓耶？且此篇（按指《离骚》）作于楚怀疏黜之日，未应便欲水游，可知遗则自有在也。

又云：

> 国既无人，又莫知己，悲怀无益，惟有遂初练要，求仁得仁，以从彭咸之所处而已。孔云窃比，孟称愿学，志趣依归，各有私淑。彭咸所居，岂赴清冷之谓哉！

王逸以彭咸为殷贤大夫，谏君不听而自投于水，学界多谓其说无据。梦鹏之说，虽非首创，[①] 然其言甚辩，颇能启后人之思，俞樾、曹耀湘诸氏

---

① 对于王说，宋钱杲之已启疑端，其《离骚集传》云："从彭咸所居者，犹言相从古人于地下也。"

之说或受其影响。① 又，《离骚》："欲少留此灵琐兮，日忽忽其将暮"，王逸以"灵琐"为喻楚王之省阁，释日暮为年岁之将尽，亦牵附之甚，后人（如朱熹）虽斥其"非文义"，亦无确解。至梦鹏则谓：

> 琐，锁闼也。县圃登之则灵，故称灵琐。昆仑三重，最上一重，是维上天，是为太帝之居。原欲上征者，欲上至太帝之居，下文所谓开关，即其处也。县圃近帝关而尚未到者，故不敢少留，恐日暮不及上征者也。

以县圃为屈原幻想中上天必经之地，原欲暂留，又恐日暮，不及上达帝关，说既浅显，又合于文义，故近世注家多有从之者。再如发《东君》篇末"举长矢兮射天狼"之义云："天狼星在西宫咸池，盖寓言秦也。……呜呼，报仇雪耻，原何日忘之哉！"与戴震报秦之说亦不谋而同。② 他如谓《天问》乃"引而不发，令人自悟，不质言而若疑难"；谓《远游》"与《离骚》末节结意大同""神仙度世，皆无聊解脱之语，非真欲学道延年"；本太史公而断《招魂》为屈原所作，谓"假托巫阳之口，备道南州之乐"等，其见解亦皆有胜前人之处。至其论屈子之为人，谓既有悲愤激切之情，又有"深仁笃挚之性"，而最后之投渊乃因不忍见其邦之沦丧，尤能发前人所未发，章学诚推为"能知古人之意"（见章氏《为谢司马撰楚辞章句序》），诚非轻许。当然，刘氏以一"名孝兼"而为屈赋作注，又事事皆欲索其旨归，其间儒家说教之言，牵附凿空之处，亦所难免。

是书字词诠释，简明扼要，然又不乏新解。如释《离骚》"不抚壮而弃秽兮"曰："抚之为言，爱也，护也。壮则犹未零落者，即下'余饰方壮'之壮。秽，乱芳者。此度，即指不弃秽而言。"谓"不抚壮而弃秽"为不爱抚美壮而扬弃秽恶之义，实较旧解为得，闻一多先生《离骚解诂》

---

① 俞说见《读楚辞》《楚辞人名考》，《春在堂全书》本《俞楼杂纂》。曹说见《读骚论世》（稿本，北京图书馆藏）。

② 据段玉裁《戴先生年谱》云，戴震《屈原赋注》写于乾隆十七年，刻成于乾隆二十五年冬。刘书虽刊于乾隆五十四年，然据其自序云，乾隆二十五年八月之前已经写成。

辨"壮"字之义即本乎此。再如释《离骚》之"灵修"为善修，谓"伤灵修之数化"即"兰芷不芳，荃蕙化茅之意""善修不力，为可伤耳"，亦甚有思致。龚景瀚《离骚笺》释"修为修治、修饰""在君为灵修，在臣为好修，其义一耳"，亦似本此。又《哀郢》"皇天之不纯命兮"，王逸释"纯"为"纯一"，朱熹释为"不杂而有常"，均颇感扞格。刘氏曰："纯之为言，笃也。"是"不纯命"即不厚命矣，于义既明且顺。《怀沙》"文质疏内兮，众不知余之异彩"，旧注皆以"文质""疏内"分疏，刘氏则谓："文，道德之华；质，忠诚之实；疏，豁达；内，木讷。有此四者，屯中发外，彬彬可观，故曰异彩。"亦甚合于《楚辞》之文法。① 他如谓《离骚》"夕归次于穷石兮，朝濯发乎洧盘"，即"下淫游之意"；释"虽信美而无礼兮，来违弃而改求"之"无礼"，为"骄傲淫游，放于礼法"；释"凤皇翼其承旗兮"之"承"为"接""言凤皇同翔其上，其翼与车旗相承接也"，都甚切合诗义，而为后人所采用。

刘氏注《天问》，于历史事实的考核，尤有其卓异之处。如"厥萌在初，何所亿焉。璜台十成，谁所极焉"四句，旧注皆不可通。刘氏引《淮南子》谓"璜台十成，极言皇居壮丽之意"，以为此四句当是问舜事，"舜初意本不及此，而卒有天下"。考之上下文义（此章前后皆言舜事），其说甚确。再如"该秉季德，厥父是藏。胡终弊于有扈，牧夫牛羊"四句，自来《楚辞》注家均不得其解，刘氏乃能据《左传》《竹书》《山经》，指出"该"即殷先公之"王亥"，"有扈"为"有易"之讹，"弊于有扈，牧夫牛羊"即王亥败于有易，有易"困辱之，使为牧竖"。其结论之确凿不易，竟令人惊叹。近人王国维通过甲骨卜辞的印证，亦得出了大体相同的结论，然已是在刘氏之后一百多年了。

是书正文之前还冠有《屈子纪略》一篇，为刘氏考证屈子生世之作。其以屈原迁放江南在顷襄王十二年，卒于二十一年，均甚有见地（前者与游国恩说只差一年，后者与郭沫若说相同）；然定屈原生年在楚宣王四年，则未免过早。

关于刘氏身世，《清史列传》《湖北通志》《蕲水县志》均有记载，

---

① 如《离骚》"览相观于四极兮"之"览、相、观"，《抽思》"好姱佳丽兮"之"好、姱、佳、丽"，《悲回风》"闻省想而不可得"之"闻、省、想"，均与此同类。

略谓梦鹏字云翼,① 清蕲水人,乾隆十六年进士,曾官饶阳知县,循声颇著。后以丁艰归,寻卒。所著除《屈子章句》外,尚有《春秋义解》十二卷,大旨推本《公》《穀》。《屈子章句》的最早刻本即乾隆五十四年藜青堂刊本,其后又有嘉庆五年藜青堂刊本及嘉庆务本源重刊本(与原刊无大异)。然皆流传未广,今存者亦不多。究其原因,与学人之抑词不无关系。论者于刘书长处不能洞见,而专责其篇章次第之"窜乱",洵为不公。由今观之,是书不失为清人注释《楚辞》之重要著作。有清一代,注《楚辞》者颇多,而刘氏《屈子章句》之明晰,与王夫之《楚辞通释》之多微义,蒋骥《山带阁注楚辞》之翔实,戴震《屈原赋注》之精核,可谓各具特色。此意向曾与亮夫师言及,师亦以刘书为佳,且以不能翻印为憾耳。

(原载《文献》第十二辑,1982 年 6 月版)

---

① 《清史稿·艺文志》作刘飞鹏,"飞"系"梦"之误。《四库存目》作《楚辞章句》,"楚辞"系"屈子"之误。

两座文学高峰间的相通

——从《离骚》到《聊斋》

余读聊斋诗，常见柳泉借鉴三闾之处。如"须发难留真面目，芰荷无改旧衣裳"，[①] 句本《离骚》"制芰荷以为衣兮，集芙蓉以为裳"；"伤美人之迟暮兮，怅秋江之已晚"，[②] 句本《离骚》"惟草木之零落兮，恐美人之迟暮"；"愿在荷而为盖兮，受金茎之一点"，[③] 句本《湘夫人》"筑室兮水中，葺之兮荷盖"；"涉江何处采芙蓉""楚陂犹然策良马"，[④] 句本《湘君》"搴芙蓉兮木末"及《湘夫人》"朝驰余马兮江皋"，不胜枚举。至于直言追随屈宋传统者，其诗句也不少。如"怀人中夜悲《天问》，又复高歌续楚辞"[⑤] "《九辩》临江怀屈父，一尊击筑吊荆卿"[⑥] "狂吟楚些惟酾酒，龟策何须问卜居"[⑦] "鬼狐事业属他辈，屈宋文章自

[①] 《聊斋诗集》卷一《寄家·其二》，参见蒲松龄《蒲松龄集》，路大荒整理，中华书局1962年版，第461页。
[②] 《聊斋文集》卷一《荷珠赋·乱曰》，参见蒲松龄《蒲松龄集》，路大荒整理，中华书局1962年版，第30页。
[③] 同上。
[④] 《聊斋诗集》卷一《寄孙树百·其三》，参见蒲松龄《蒲松龄集》，路大荒整理，中华书局1962年版，第484页。
[⑤] 《聊斋诗集》卷一《寄孙树百·其二》，参见蒲松龄《蒲松龄集》，路大荒整理，中华书局1962年版，第484页。
[⑥] 《聊斋诗集》卷一《呈树百·其一》，参见蒲松龄《蒲松龄集》，路大荒整理，中华书局1962年版，第507页。
[⑦] 《聊斋诗集》卷一《呈树百·其二》，参见蒲松龄《蒲松龄集》，路大荒整理，中华书局1962年版，第507页。

我曹"①"敢向谪仙称弟子,倘容名士读《离骚》"②。因思聊斋之诗,其受屈原影响可谓大矣。

然细思之,其实何止是诗,就是蒲氏的《聊斋志异》,所受屈原辞赋的影响也是显见的。当然,这种影响已不单是词句的化用或描写的相类,而是更高层次上的相通了。例如,无论就写作的动因,还是作品的表现手法抑或文化蕴含而言,《聊斋》与《离骚》间都有着很多相通之处,而其间又可见留仙对屈原之继承。以下便试为探析。

一 从"发愤以抒情"到"孤愤之书"

《聊斋志异》与《离骚》的写作,皆是源于一个"愤"字。

司马迁在《史记·屈原列传》中论述《离骚》的写作原因是:

> 屈平疾王听之不聪也,谗谄之蔽明也,邪曲之害公也,方正之不容也,故忧愁幽思而作《离骚》。离骚者,犹离忧也。

而屈原自己在《九章·惜诵》中则说他的诗歌创作是"发愤以抒情"。由"忧愁幽思"而"发愤抒情",将自己内心的一腔怨愤形诸诗歌,这便是《离骚》的写作缘起,也就是人们通常所说的"愤怒出诗人"。

再看蒲松龄的《聊斋自志》。他在一开头便想到了屈原,并由"披萝带荔,三闾氏感而为骚"而引出《聊斋》的写作缘起:

> 独是子夜荧荧,灯昏欲蕊;萧斋瑟瑟,案冷疑冰。集腋为裘,妄续幽冥之录;浮白载笔,仅成孤愤之书。寄托如此,亦足悲矣。

这里蒲氏明言他的《聊斋》是"孤愤之书"。而"孤愤"原为《韩非子》

---

① 《聊斋诗集》卷二《同安邱李文贻泛大明湖》,参见蒲松龄《蒲松龄集》,路大荒整理,中华书局1962年版,第514页。
② 《聊斋诗集》卷三《九月晦日东归》,参见蒲松龄《蒲松龄集》,路大荒整理,中华书局1962年版,第563页。

中的一个篇名,其中所写内容,正如梁启超所说:"本篇言纯正法家与当涂重人不相容之故及其实况,最能表示著者反抗时代的精神。"① 再检篇内,韩非所论,正是"智法之士与当涂之人不可两存之仇也"②。所谓"智法之士",即明于治国之士;所谓"当涂之人",即当国的权臣。这二者是"不可两存"的仇敌。当然,一般的士是难以与权臣较量的,所以士便只有"孤愤"而已。

　　蒲松龄为何也会"孤愤"呢?我们知道,蒲松龄早年即存有经国济民的雄心壮志,他在孙蕙问他可仿古代何人时所说的"他日勋名上麟阁,风规雅似郭汾阳"便是明证。③ 但事实又如何呢?到他写《聊斋自志》时,竟连一个举人也未曾中得,而经国济民又从何谈起?而其原因首先是一般考官的"目盲",才导致"陋劣幸进而英雄失志"(《聊斋志异·于去恶》)。这叫他怎能不"孤愤"呢!无奈之下,他便"托街谈巷议以自写其胸中磊块诙奇",④ 以写作《聊斋志异》来谴责那些把持科举权柄的考官,并宣泄自己内心的"孤愤"。正如清人张鹏展所指出的,"其幽思峻骨,耿耿不自释者"⑤。这便是"仅成孤愤之书"的缘起。

　　可以看出,《聊斋》与《离骚》,其写作动因是一致的,都是因"幽思"而"发愤",最后始成"孤愤"之作的。

二　从"上下求女"到为女子"立传"

　　《离骚》与《聊斋》,都充满着对女性的赞许与褒扬,也都在女性身上寄托了作者美好的理想与向往。先看《离骚》中的"求女":

　　　　朝吾将济于白水兮,登阆风而缧马。忽反顾以流涕兮,哀高丘

---

① 梁启雄:《韩子浅解》,中华书局1960年版,第80页。
② 同上书,第81页。
③ 《聊斋诗集》卷一《树百问余可仿古时何人,作此答之》,参见蒲松龄《蒲松龄集》,路大荒整理,中华书局1962年版,第464页。
④ 铸雪斋抄本《聊斋志异》《附录·南邨题跋》。
⑤ 张鹏展:《聊斋诗集·序》,参见蒲松龄《蒲松龄集》,路大荒整理,中华书局1962年版,第686页。

之无女。……及荣华之未落兮，相下女之可诒。吾令丰隆乘云兮，求宓妃之所在。……望瑶台之偃蹇兮，见有娀之佚女。……及少康之未家兮，留有虞之二姚。

诗人先是登上阆风山访求神女，但高丘无女（即上界无合适之女子），不得已，只好转求"下女"即下界的女子，如宓妃、简狄（即有娀之佚女）和二姚等。但不是对方"信美无礼"，就是被别人捷足先登，他连一个美女也没有求到。屈原是以美女喻贤才，又以"求女"喻求贤的。美女难求，便表示屈原已找不到与自己志同道合之人了。

《离骚》的"求女"虽然无果，但这种"求女"的传统却为蒲松龄所继承。蒲松龄不但对女性存有好感与敬意，而且在《聊斋》中还为不少女子立传。这些女子除一般女性外，又多是狐女与鬼女。如《娇娜》中之娇娜，《青凤》中之青凤，《婴宁》中之婴宁，《莲香》中之莲香，《恒娘》中之恒娘，《红玉》中之红玉，《长亭》中之长亭、红亭，《凤仙》中之八仙、水仙、凤仙，皆是狐女。而《聂小倩》中之聂小倩，《公孙九娘》中之公孙九娘，《晚霞》中之晚霞，《连琐》中之连琐，《伍秋月》中之伍秋月，《小谢》中之小谢、秋容，又皆是鬼女。蒲松龄在《聊斋志异·狐梦》中曾假托狐女向其好友毕怡庵致意道："聊斋与君文字交，请烦作小传，未必千载下无爱忆如君者。"谓狐女主动求蒲松龄作传，这自然有其调侃的意味。实际上，蒲松龄为这些女子立传，完全是主动的，并且寄予了他深长的用意。

蒲松龄一生，除了南游作幕的一年外，主要就是在当地乡绅毕际有家长达三十年的坐馆生涯。这期间他所见过的女子包括孙蕙的姬妾歌女及毕家的女眷婢女等自然不少，其中有些女子，或心地善良，或姿容出众，或能歌善舞，都曾引起过蒲氏的注意甚或是爱怜。而他在《聊斋》中所为立传的女子身上，便有着这些女性的影子。换言之，这些《传》体现了蒲松龄的生活情趣及审美趣味。此其用意之一。

在中国漫长的封建时代中，女性几乎与社会隔离，这便使人类原本具有的一些美好品质在很多女性身上能够得以保留，而这些美好品质和优秀道德又正是蒲松龄所欣赏和赞美的。也就是说，在这些被立传的女性身上，又寄托了蒲松龄的美好理想和对人性真善美的向往。此其用意之二。

蒲松龄将一般女性幻化成狐女、鬼女,这便有利于突破世俗的樊篱,有利于他文学才能的发挥、想象和人物形象的塑造,从而收到完美的艺术效果。此其用意之三。

合言之,《离骚》与《聊斋》,或"上下求女",或为女子"立传",都贯穿了对女性的一往情深,并同引女性为知己,同以女性作为人世间美好事物的象征。

三 从兰蕙鸾凤到花妖物魅

《离骚》与《聊斋》中,除通过女性以寄托作者的思想与情志外,还借用了大量的自然物(主要是动植物)以为象征。

汉代的王逸在谈到《离骚》的象征手法时说:

> 《离骚》之文,依《诗》取兴,引类譬喻。故善鸟香草以配忠贞,恶禽臭物以比谗佞,灵修美人以媲于君,宓妃佚女以譬贤臣,虬龙鸾凤以托君子,飘风云霓以为小人。
>
> ——王逸《楚辞章句·离骚序》

事实也确是这样。初步统计,《离骚》中所使用的象征物就有兰蕙等植物二十三种,鸷鸟鸾凤等动物十一种。此外还有皇舆、琼枝、瑶象、飘风、云霓、升皇(太阳)等自然物多种。[①] 这些象征物,或用以象征诗人的服饰之美、修养之力、情操之高,或象征人才的培养、使用与蜕变,或象征美与丑的对比。例如,"朝饮木兰之坠露兮,夕餐秋菊之落英"便象征了屈原人品的高洁;"余既滋兰之九畹兮,又树蕙之百亩"象征了屈原对人才的培养;"鸷鸟之不群兮,自前世而固然"象征了诗人不肯与群小同流合污;"岂余身之殚殃兮,恐皇舆之败绩"象征了诗人对国家前途的担忧等。正如王逸所指出的,这些象征手法的运用,皆令人"慕其清高,嘉其文采,哀其不遇,而愍其志焉"(《楚辞章句·离骚序》)。

[①] 参见张崇琛《楚辞文化探微》,新华出版社1993年版,第106—108页。

《离骚》的象征手法到了《聊斋》中，便成了一篇篇象征物的小传。如屈原反复吟咏过的荷花到了蒲松龄的笔下便成了《荷花三娘子》，屈原曾餐食过的菊花成了《黄英》。还有，牡丹被演绎出《聊斋》中的《葛巾》《香玉》、香獐被演绎出《花姑子》、蜂子被演绎出《莲花公主》、绿腰蜂被演绎出《绿衣女》、老鼠被演绎出《阿纤》、白鱀豚被演绎出《白秋练》、鹦鹉被演绎出《阿英》、老虎被演绎出《二班》《苗生》等。甚至连自然界的风，蒲松龄也为护花而作檄词，并演绎出《绛妃》一篇。

　　而尤值得注意的是，《聊斋》中这些充当美好人性载体的花妖物魅身上，既存物的特点，又有人的性情；既是写实的，又具有象征意义。如《葛巾》《香玉》中的牡丹，虽已化为女郎，但仍具花的气质，"热香四流""无气不馥"；《花姑子》中的香獐，虽化为少女，但"气息肌肤，无处不香"；《阿英》中的鹦鹉阿英，虽已化为二八女郎，然犹"娇婉善言"；《阿纤》中的老鼠阿纤，虽已化为"窈窕秀弱，风致嫣然"之女郎，但仍"恶嶂"难改，不忘积粟，"年余验视，则仓中满矣"；而最典型的则是《绿衣女》，请看《聊斋》中的描写：

> 女子已推扉入……视之，绿衣长裙，婉妙无比。……罗襦既解，腰细殆不盈掬。……谈吐间妙解音律……声细如蝇，裁可辨认。静而听之，宛转滑烈，动耳摇心。……频展双翼，已乃穿窗而去。

作为由绿腰蜂幻化而成的女子，她既有女性的特征，如"绿衣长裙，婉妙无比"，且解音律，能度曲；但这些特征背后又无不体现着物的本性，如蜂的绿身细腰，嘤嘤而鸣，以及声音的细小而能"动耳摇心"。最后的"频展双翼""穿窗而去"，则又让它由幻化回到了现实。

　　应该说，《聊斋》中的幻化既承《离骚》中的象征而来，同时又有所发展。它通过故事化的手法，已将象征物与被象征者紧密地融为一体，并赋予了物以人的特征，从而创造出了超越时空、超越物我的特异形象与美感。

四 《离骚》的立体化结构与
《聊斋》的多重文化蕴含

从作品的蕴含来看，《离骚》的立体化结构与《聊斋》的多重文化蕴含之间，也有着相通之处。

《离骚》之所以能流传千古并令人百读不厌，其立体化的结构是重要因素之一。《离骚》中，用以象征的诸要素并不是机械地、孤立地存在着，它已形成了一种和谐统一的象征体系。又由于形象大于思维，所以这一象征体系便扩展了诗歌的内涵，增大了作品的容量，从而使《离骚》形成了一种立体化的结构。具体说，便是《离骚》表层的抒情主人公形象，中层的作者美学理想，以及深层的哲理蕴含。[1]

先看表层的抒情主人公形象。读罢《离骚》，人们的眼前首先会浮现出这样一位古人的形象来：他荷叶为衣，芙蓉为裳；身披江蓠，胸佩秋兰；朝搴木兰，夕揽宿莽；朝饮木兰之坠露，夕餐秋菊之落英；行于兰皋，止于椒丘。他像鸷鸟一样卓尔不群，又似虬龙鸾凤一般高洁不俗。他曾"滋兰树蕙"，培植了大批的贵族子弟，但可惜的是这些人才大多变质了——"兰芷变而不芳兮，荃蕙化而为茅"。不得已他又上下"求女"，即多方延揽人才，但也没有成功。可以看出，这位主人公的外貌是秀伟的，人格是峻洁的，理想是崇高的，感情是强烈的。这样，一位中国文学史上的光辉形象便鲜明地跃然于《离骚》之上了。

再看中层的美学理想。《离骚》中用以象征的不少香花香草，其本身就是很美的。例如兰（即佩兰，非今之兰花），不但其紫茎、素枝、绿叶及复伞形花絮很美，而且还是一味"上品"的中药。屈原用以象征人外表的美及道德的善，从而将自然物及人的内美、外美融为一体，实际上这就是一种十分高明的美学见解。而且，由于诸象征要素的交织与融合，整个诗篇又呈现出一种美妙而壮观、瑰丽而奇幻的意境，这在美学上则又是优美与壮美的和谐统一。

至于其深层的哲理，则主要表现为天人合一的宇宙观（人与自然万

---

[1] 参见张崇琛《楚辞文化探微》，新华出版社1993年版，第110—115页。

物的融汇为一)、对立统一的朴素辩证意识(主要是美好与丑恶、正义与邪恶、光明与黑暗的对立统一),以及对生与死的解析诸端。这种诗人式的哲理虽与传统的哲学家的哲学思想表现不同,但同为时代精神的反映,同样对后世产生了深远的影响。

《离骚》的这种立体化结构也为蒲松龄的《聊斋》写作所借鉴,从而形成了《聊斋》中的多重文化蕴含。不同年龄段及不同文化层次的人之所以都爱读《聊斋》,实与《聊斋》尤其是其中的爱情篇章所具有的多重文化蕴含是分不开的。只不过《聊斋》爱情篇章的表层已化为情趣,中层已化为美趣,深层已化为理趣而已。而洋溢在整个《聊斋》书中的浓厚生活趣味,与弥漫于《离骚》中的强烈抒情气氛,又可谓是不同代两位著名文学家的异曲同工。

总之,《离骚》与《聊斋》,虽一为先秦诗歌的高峰,一为中国文言短篇小说的高峰,且其时间跨度又达两千余年,但两者之间确实是相通的。这是中国文学史上两座文学高峰间的相通,也是中国文学传统的相通,更是屈原与蒲松龄这两位文学巨匠心灵上的相通。

(原载《蒲松龄研究》2018 年第 1 期)

后 记

《楚辞文化探微》初版于 1993 年，由新华出版社印行，距今 25 年了。由于当时印数较少，现在要找一本书已不太容易。有些图书馆虽藏有此书，但不外借，只能在馆内看。这期间，还有一些研究生要作论文，需要此书参考，曾来信或来电话向我求助，但我也无能为力——因为我手头也只有一本了。最近又听我的学生说，这本原价 6.30 元的书，陇平书店在网上已卖到 160 元。这令我非常不安，于是萌发了再版的念头。兼以近年来我又陆续写了一些有关楚辞文化的论文，为节省研究者及阅读者的翻检工夫，也有必要汇总在一起。这样便形成了这本《楚辞文化研究》。

该书原有 16 篇，此次再版又新增 11 篇，合计已达 27 篇，而书名也由《楚辞文化探微》改为《楚辞文化研究》了。新增的篇什一本原先的宗旨，即从大文化的视野来研究楚辞。具体说，有以下几个方面的内容：

一是对楚辞及楚文化源头的追寻，这样的文章有两篇。其中，《昆仑文化与楚辞》在对昆仑地望进行界定的基础上，着重探讨了昆仑文化的特点及对楚辞与楚文化的影响。楚人源于西北，即昆仑山；而先秦人心目中的昆仑，即所谓"神话昆仑"并非汉武帝所命名的"河源昆仑"（即于阗南山，亦即今之昆仑山），而在今青海高原一带，史前期人类曾在这里创造过中华文化源头之一的昆仑文化。其对楚辞的影响主要表现在四个方面，即昆仑文化之情结，神人杂糅之习俗，时空跨越之思维及尊坤崇女之意识。《伏羲文化与楚辞》一篇则从《大招》的"伏羲驾辩"说起，不但进一步证明了伏羲的真实存在，同时也揭示出伏羲文化与楚辞及楚文化的关系，即楚辞中多言伏羲及与伏羲有关的人物和故事，楚人对伏羲时代的音乐多有继承，以及伏羲文化的龙文化在楚辞中的鲜明体现。而这种现象的出现，除了伏羲文化的直接和间接影响外，也与两者共同来源于昆仑文化是分不开的。

二是继续从大文化的视角，对楚辞各篇进行解析。除从哲学的角度来解读《离骚》，从文学及民俗学的角度来论析《九歌》与《九章》外，又从"山鬼"的原型来考察《山鬼》篇的写作，从嬴秦方言及秦楚文化交流的视角来探讨《招魂》中煞尾语气词"些"字的微义。《离骚》作为中国文学史上的宏伟诗篇，除表现出浓厚的诗意外，也处处渗透着作者的哲学思想，即天与人的合一，对立面的统一，以及生与死的冲突与归一。《九歌》作为一组饱含南楚风情的优美恋歌，既有着美妙的意境，也塑造了一系列姿态各异的鬼神形象（实际是恋人形象）；同时，其篇中所隐含的丰厚的文化背景（如夏文化的龙图腾背景）及文化特征（如神人杂糅及时空跨越等），也使其成为南楚文化的重要载体。而《九章》各篇，由于大多是纪实之词，其基本精神则与《离骚》一致，其艺术手法也以感情的直接倾泻和吟咏为主。可以说，客观的纪实之词、强烈的爱国精神与浓厚的抒情成分之完美的结合，便是《九章》的主要特色。至于《山鬼》篇，我则通过对作品的仔细分析及查阅历来文献，并搜集了自古至今大量有关"野人"的记载（共24条），提出"山鬼"的原型即近年来所盛传之野人。而由"野人"、而"巫山神女"、而多情动人的少女，这便是"山鬼"形象演进的轨迹。屈原则是中国文学史上最早以"野人"为描写对象的伟大诗人。还有《招魂》中的句末语气词"些"字，历来难得其解，我则通过对西北方言的实际考察，指出"些"字原本先秦时期嬴秦故地一带的方言，而随着民族的播迁和秦楚间文化的交流逐渐传播至南楚，并在楚怀王客死于秦的背景下，按照楚地的招魂习俗被屈原纳入《招魂》之中。凡此，皆从大文化的视野对楚辞各篇进行了新的阐释。

三是对楚辞中植物文化的进一步研究。楚辞咏兰是一种很特殊的文化现象。原书中我曾对楚辞所咏之兰（共42处）进行辨析并分别以拉丁文之学名固定之，对楚骚咏兰的文化意蕴也作了探讨，即楚地之土宜、健身之良药、王者之香草、诗思之渊薮。此次再版，又增入了《楚骚咏"兰"之余韵》一节，对汉以后诗歌咏兰的传统进行梳理，并对由咏兰到咏梅变迁的文化背景作了揭示。其结构上也合三篇为一篇，总名之曰

《楚骚咏"兰"探微》。

此外，我还将有关《诗经》植物文化的两篇以及兰州与"兰"关系的一篇也作为附录收在本书中了。诗、骚植物文化同源，但所咏对象有所不同。我通过对文献的考查以及对实际栽培样本的观察，对《诗经》中的两种植物即"薇"与"苤苢"以及诗人咏此的文化意蕴重新进行了研究，并得出了全新的结论。古人所谓"薇"，即今之野豌豆，或曰大巢菜。而《采薇》所咏之"薇亦作止"的时令应在初春（并非传统所说的初冬），"薇亦柔止"是在清明，"薇亦刚止"则在暮春（并非十月）。以此来读《采薇》，有关时序的种种疑问便可迎刃而解了。又，《诗经·周南·苤苢》中的"苤苢"，历来都释为车前草，我则通过对作品的仔细研究以及对苤苢药用功能的认真辨析，断定苤苢并非车前草，而是薏苡。薏苡是夏民族的救灾作物和植物图腾，周人居夏故地，遂继承之，又歌咏之。至于《兰州与"兰"》一篇，则意在考证兰州得名之由。我通过对兰州一带植物生态的研究，认为兰州之以"兰"名，实与植物之兰有关，而非传统所说的源自少数民族语言（如蒙语与羌语）。《旧唐书·地理志》说"隋开皇初置兰州，以皋兰山为名"。而所谓"皋兰"，即生长于河畔之兰，后遂被用于山及州之命名。当然，这种兰并非今之兰花，它主要是马兰与乌兰，会不会也包括楚辞所咏的佩兰与泽兰呢？在遥远的古代也不是不可能的。

还有将《离骚》与《聊斋》进行比较的一篇，从写作动因、表现手法以及文化蕴含等方面来揭示两座文学高峰间的相通，在此就不详谈了。

日月不居，光阴荏苒。回忆我从姜亮夫先生学楚辞到如今，忽忽已40年了。近年来，楚辞学作为一门显学，已有了突飞猛进的发展，楚辞学者也如群星丽天，辉耀在学术舞台上。这是一种十分可喜的现象。而我，作为一个年逾古稀的楚辞爱好者和研究者，所能贡献于屈学界的，则只有这本小书而已。

张崇琛

2018年端午节草于皋兰山下之朴斋